A GUERRA DOS SONHOS

MYLENA LEOCÁDIO

A GUERRA DOS SONHOS

plus+ editora

DIREÇÃO EDITORIAL
Giovanna Vaccaro

PREPARAÇÃO
Rebeca Luz

REVISÃO
Jadna Alana

CAPA
Henrique Morais

DIAGRAMAÇÃO
Michael Vasconcelos

MAPA
Kátia Schittine

DADOS INTERNACIONAIS DE CATALOGAÇÃO NA PUBLICAÇÃO (CIP)

Leocádio, Mylena
A guerra dos sonhos / Mylena Leocádio. – 1ª edição – São Paulo: Coerência, 2021

ISBN: 978-65-87068-78-7

1. Ficção brasileira 2. Fantasia I. Título

CDD: 869.3

Grupo Editorial coerência
plus+ editora

São Paulo
Avenida Paulista, 326,
cj 84 - Bela Vista
São Paulo | SP – 01.310-902
www.editoracoerencia.com.br

Para minha irmã, Maysa...
Por me ensinar que o amor é o suporte do mundo.

A verdadeira magia não precisa ser vista ou ouvida: ela precisa ser sentida e enxergada com o coração. Dançar, ler, amar... viver. Passar pelas tempestades da vida de cabeça erguida. Se isso não for a pura magia, eu não sei o que é.

Mylena Leocádio.

Apresentação

Amor, mistério, sangue e lágrimas... Essas são as palavras que definem *A guerra dos sonhos.*

Depois de oito meses enfurnada no meu quarto, entre doces e pães de queijo, digo que este é o belo romance sobre magos que sempre quis escrever. Este livro foi uma mistura de prazer e conflito. Escrevê-lo me ensinou coisas básicas da vida que, às vezes, não apreciamos com tanta dedicação e carinho. Aquilo que realmente é importante e que, algumas vezes, só enxergamos nos momentos em que a maré está alta e agitada.

Escrevê-lo me fez me emocionar em momentos de lutas, chorar nas despedidas e sorrir nas mais lindas manifestações de amizade. Esta obra é uma bela demonstração de magia, mas não só aquela representada pelos quatro elementos que regem a vida, e sim a magia que está enraizada na alma, aquela que ninguém consegue remover, pois arde com cada batida do coração.

A guerra dos sonhos fala sobre essa magia representada pelo amor: a luz da alma.

Despedidas, guerras sangrentas, amizades fortes e amores admiráveis; tudo isso em apenas um livro.

Em um universo inserido no nosso.

Vistam suas túnicas, preparem seus elementos e materializem seus cajados. Convido-os a embarcar comigo nesta jornada de muito poder e suspense.

Estão preparados, magos?

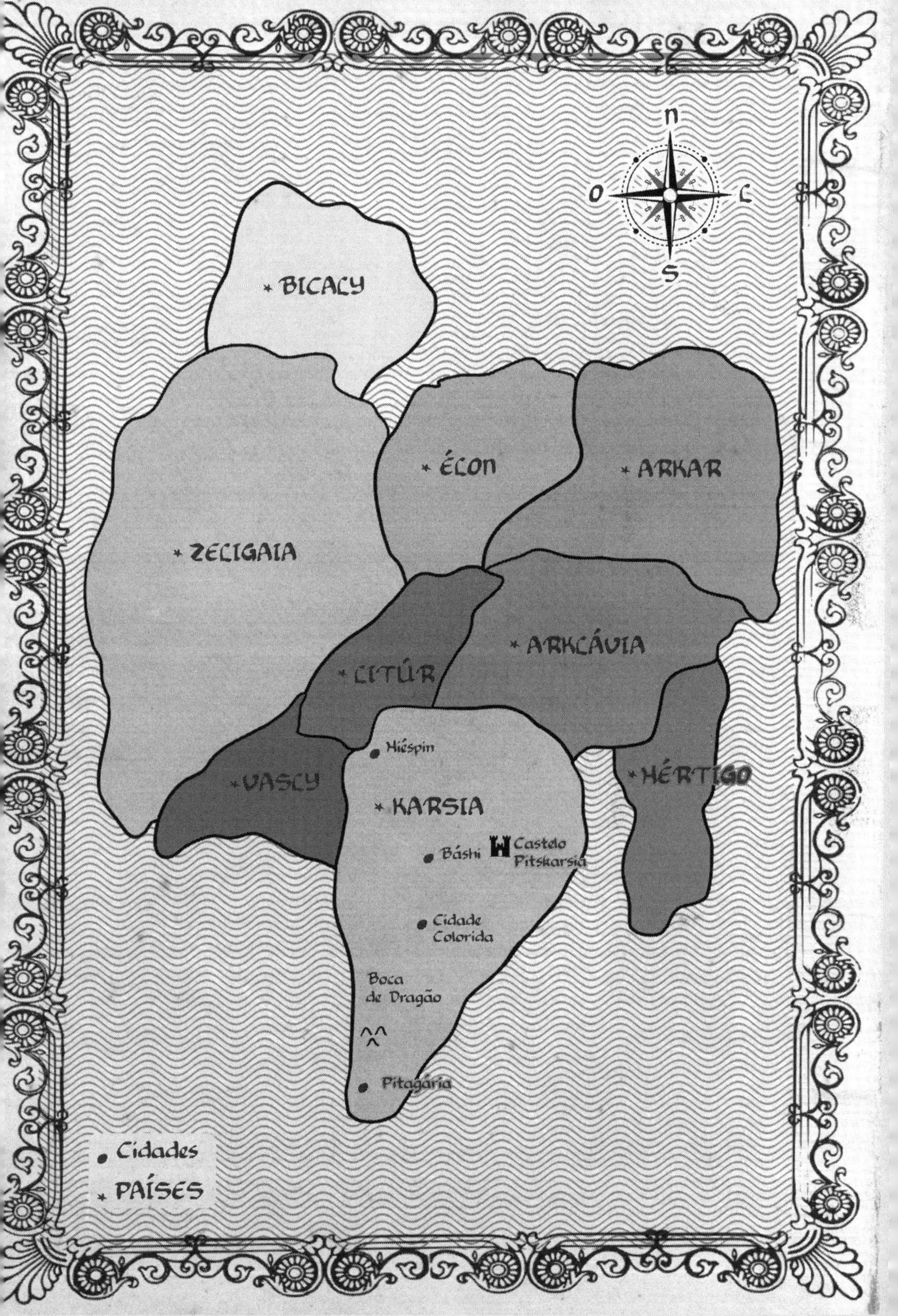
N
O
L
S
BICALY
ZELIGAIA
ÉCON
ARKAR
ARKCÁVIA
CITÚR
VASCY
HÉRTIGO
KARSIA
Hiéspin
Báshi
Castelo Pitskarsia
Cidade Colorida
Boca de Dragão
Pitagária
Cidades
PAÍSES

Prólogo

Século XVIII

Elizabeth arfava violentamente enquanto corria. Os longos cabelos castanhos grisalhos se chocavam contra seu rosto, a pele alva úmida pelo suor, os olhos, verdes como a grama, jogando olhadelas para trás, ainda que não deixasse de avançar, desesperada, com seu filho de sete anos nos braços.

Corria não por sua própria vida, mas pela de seu menininho.

Dos seus olhos jorravam lágrimas de angústia, e seu peito palpitava o medo da morte, mas, como toda mãe, a vida de seu filho era mais importante que qualquer coisa no mundo, mais até que a sua própria.

— Arf! — arquejou baixinho, sentindo a borda de sua túnica negra, a túnica de uma maga, enroscar em algo, mas não se permitiu parar.

A criança em seu colo estava calada, soltando nada além de ofegos quando era chacoalhada, sem entender o que estava acontecendo ou o que viria a acontecer.

Sem entender que, a partir daquele momento, sua vida mudaria para sempre.

As ruas do reino de Karsia estavam alagadas e cheiravam a esgoto. Os prédios de pedra escura eram altos e não possuíam beleza alguma. No entanto, a aparência degradada, escura e claustrofóbica fornecia certa cobertura para a mulher, que passava rapidamente pelas carroças de mercadorias vazias e as casas noturnas de má fama que abrigavam alguns comerciantes de Zeligaia, ao norte de Karsia.

Atrás de uma das carroças, uma mulher de aparência discreta, de cabelos cacheados e pele negra, esperava-os. Ela usava um vestido longo da época, provavelmente para se misturar mais facilmente.

— Vamos, Elizabeth! Não nos resta muito tempo — sussurrou a mulher, apressando-a.

A maga colocou o filho no chão, limpou as lágrimas que deslizavam por seu rosto e preparou seu discurso de despedida. O menino, atormentado e ainda sem compreender a situação, começou a chorar ao ver a mãe se derramar em soluços.

Era uma despedida.

— Meu filho, eu não queria ter de fazer isso, mas agora você terá de ser um bom menino e obedecer a mamãe sem questionar, tudo bem? Está vendo essa mulher? Ela vai te levar para um lugar lindo, onde vai conhecer várias crianças da sua idade que irão brincar com você. E-eu... Não posso ir contigo, mas... prometo que ficará tudo bem, ok?

— Não quero ir, mamãe — choramingou a criança, esboçando um biquinho trêmulo.

— Você precisa, meu bem. A mamãe vai sempre estar com você, bem aqui... — assegurou ela, tocando o peito da criança e se forçando a sorrir para acalmar o filho.

— Por que vai me deixar, mamãe? — questionou, limpando o rostinho com as mãos pequenas.

A pergunta partiu o coração de Elizabeth em mil pedaços. Desejava que um dia seu garotinho pudesse entender o sacrifício que ela fazia e como era difícil vê-lo partir. Queria, mais do que tudo, permanecer com ele, porém sabia que era impossível. Por mais que quebrantasse seu coração, precisava deixá-lo partir.

— Eu nunca vou te deixar, meu filho. Nunca! — garantiu, abraçando-o fortemente sob o olhar atento da outra mulher, que lançava olhares preocupados para os lados.

Elizabeth se afastou e limpou com os dedos as lágrimas que escorriam pelas bochechas rosadas do menino, secando o próprio rosto ao se afastar.

Ela juntou as mãos, misturando as lágrimas, depois afastou os dedos para ver a magia acontecer.

Entre as mãos, elas se juntaram. Rodeando a mão direita sobre a prova de seu amor, o líquido se juntou e cresceu, solidificando magicamente, formando uma pequena bola de cristal transparente. A maga colocou nele um feitiço de proteção contra todos aqueles que tentavam encontrar seu menino. Colocou todo seu amor naquele pequeno objeto, transformando-o em algo que garantiria a vida da criança.

Quando a bolinha parou de brilhar, após finalizar o encantamento, Elizabeth segurou o pequeno pingente em suas mãos e colocou nas mãozinhas do menino.

— Você sempre terá algo de mim com você, amor. A mamãe tem muito orgulho de você. Eu o amo muito, meu querido, e sempre amarei com toda a intensidade do meu coração.

— Eu te amo, mamãe — disse ele, abraçando-a mais uma vez.

Seus pequenos bracinhos se enrolaram no pescoço da mãe como se não fossem mais largá-la, apertando-a mais forte quando o colocou na carroça. Virando-se para trás, viu o brilho da emoção nos olhos da mulher responsável por salvar seu filho.

— Cuidarei dele como se fosse meu — disse, com pena no olhar. — Lamento por tudo isso, Elizabeth.

— Agradeço a você pelo que está fazendo por nós. É uma dívida que jamais poderei pagar, mas... — Elizabeth puxou a mulher e a envolveu em um abraço sincero. — Mude o nome dele, por favor.

A mulher concordou com a cabeça.

Estava na hora.

A hora do adeus.

A hora de admirar aquele rostinho pela última vez.

Elizabeth observou a mulher puxar a capa para encobrir seus cabelos, segurando o menino próximo ao corpo, enquanto subia na carroça e fazia os cavalos começarem a avançar. Com as mãos estendidas diante do corpo, como se pudesse alcançar o filho, fitou o menino começar a espernear para voltar para a mãe.

— Mamãe — gritava a criança. — Não quero ir, mamãe! Por favor, vou ser bonzinho se me deixar ficar! Mamãe, por favor!

Elizabeth caiu de joelhos no chão molhado, sentindo-se estremecer quando a voz do filho sumiu juntamente com a carroça. A vida não fazia mais sentido para ela, pois a coisa mais preciosa lhe fora tirada à força.

Olhou para os céus e rogou pela proteção do filho.

Não tinha mais volta.

Ela se levantou e pensou no próximo passo. Mesmo que não estivesse mais com a criança, ainda era um risco permanecer ali, indicando o caminho que ele havia tomado. Recompondo-se como pôde, agarrou um dos cavalos que relinchava diante de uma das tabernas e, montando-o, galopou até Pitskarsia, onde trabalhava como professora de Alquimia.

Minutos depois, atava as rédeas do animal em um poste na lateral do prédio. Depressa e sorrateiramente, subiu as escadas do edifício, sabendo que o marido a esperava com seus pertences para fugirem.

No entanto, ao abrir a porta de sua sala, suas pernas falharam.

Diante dela, jogado de bruços no chão, em uma poça do próprio sangue, estava ele.

Sua respiração ficou desorientada, em seu peito o coração batucava acelerado, e mais uma vez soluços suaves nasceram em seus lábios.

— Não, não! — chorou, rouca.

Ela recuou quando três homens surgiram das sombras no fim da sala, um deles barrando a saída. Dois eram guerreiros e o terceiro era o atual diretor de Pitskarsia, emissário dos magos na Corte de Karsia.

— Se queriam matar a mim, não precisavam ter feito isso com ele! — rosnou, ofegante pela raiva e pela dor.

— Cadê a criança? — inquiriu o homem mais velho.

Elizabeth se levantou, estendendo seu cajado de cristal que sustentava um topázio azul, o símbolo de seu elemento — água — em direção aos homens.

— Nunca o encontrarão — jurou.

— Acha que conseguirá nos deter? — retrucou o emissário. — Você é uma maga cujos sonhos não se realizam. Você é uma farsa!

— Meus sonhos são reais!

— Durante vinte anos, acreditamos em você, mas agora temos certeza de que esse dom é uma fraude. Só traz contendas e discórdias ao povo. É hora de acabar com a Geração de Profetas, assim ninguém mais será atormentado por falsas visões.

— As profecias se cumprirão, e chegará o dia em que vocês se arrependerão por isso!

Cobrindo sua aura com água luminosa, Elizabeth a expandiu, tentando atingir seus adversários. Eles recuaram um pouco com o impacto, mas seus escudos os livraram do golpe.

— Acha que pode nos vencer? — zombou o emissário.

— Morrerei tentando!

Elizabeth ergueu o cajado e, em movimentos curvilíneos, projetou um líquido viscoso tóxico que corroía aquilo que tocava. Ela o fez chover sobre os três magos com movimentos violentos, sem se importar que aquilo a deixasse fraca. Eles se separaram, grunhindo, tentando se desviar. Enfurecida, ela continuou a direcionar rajadas do líquido.

Quando um dos guerreiros foi acertado, gritando em agonia, a maga perdeu a concentração por um milissegundo.

Foi o suficiente, porém.

O emissário girou seu cajado, criando um pequeno, mas violento tornado, mostrando o porquê de ser um emissário da corte ao usar com facilidade o poder do seu elemento — o ar.

Elizabeth foi envolvida por completo, tirando sua concentração e a pouca energia que lhe restava. Sem conseguir mais enxergar seus adversários, lutando para se manter em pé, sentindo-se sufocar, ela expandiu sua aura de água em uma tentativa de escapar. Porém isso só piorou sua visão e impossibilitou que outros movimentos fossem feitos. Caindo de joelhos, ela tentava se desvencilhar daquela maldita armadilha, mas aquilo só a feria, sufocando-a ora por falta de ar, ora por afogamento.

Nada funcionava!

O emissário, vendo a situação, aproveitou para dar o golpe final. Tirou da túnica negra uma adaga que continha no cabo quatro pedras poderosas e a lançou no tornado, interrompendo-o a tempo de ver a lâmina ser fincada no abdômen da mulher, e o silêncio tomou conta da sala.

O silêncio que precedia a morte.

A sala se inundou pela água conforme Elizabeth perdia o controle de seu poder, caindo no chão com a mão sobre o ferimento sangrento. Ela se contorcia e convulsionava, sentindo como se a adaga corroesse seus órgãos. Havia algo de estranho naquele objeto, algo maligno e perturbador.

A esperança de que poderia fugir e talvez encontrar seu filho se esvaíra. Jamais o veria crescer e formar sua própria família.

— Ele é só uma criança — balbuciou. De sua boca, jorrava sangue. — Não é um profeta. Por favor, deixem-no.

— Nós encontraremos seu filho, maga — prometeu o emissário, agarrando-a pelos cabelos para forçá-la a encará-lo. — E, quando o encontrarmos... seu sacrifício terá sido em vão.

Os homens saíram do quarto, deixando-a para morrer sozinha em meio a agonia e o desespero. Elizabeth se virou e se arrastou até o corpo do marido.

— Perdão, meu amor — sussurrou. — E-eu fiz tudo q... Eu...

Deixando a cabeça pender, ela aproximou o rosto do dele e deu seu último suspiro.

1

A mudança

Século XXI

Explosões colossais, raios queimando os céus, uma onda de calor aterrorizante, corpos sem vida espalhados pelo Grande Gramado e sangue por toda parte... E Hillary Baker se encontrava bem no meio de tudo.

Aterrorizada, ela corria com desespero pelo gramado vermelho de sangue a fim de encontrar uma saída daquele terrível pesadelo, até que se desequilibrou e caiu, umedecendo seu corpo inteiro com o líquido rubro.

Com o coração batendo forte em seu peito, Hillary se sentou na cama com uma expiração agoniada. Olhou em volta pelo quarto e agradeceu, pois tudo não passara de um pesadelo. Ainda assim, algo no seu interior mudara, algo indescritível.

Algo inestimável.

Um calor intenso corria por suas veias, fazendo-a sentir uma energia pulsante em seu peito. Aquilo não era normal, nunca se sentira assim. Era como se suas veias estivessem em plena ligação com as coisas ao seu redor. Ela não era mais uma simples garota, mas se tornara algo que fazia parte de um plano muito maior que não fazia sentido, algo que respirava a energia transbordada por ela.

A menina podia sentir o fogo do pânico consumir suas veias, o fôlego exaltado, o pulsar de seu sangue, tudo em perfeita sincronia. Ela podia enxergar dentro de si, ouvir com maior precisão seus batimentos cardíacos e o entrar e sair do ar em seus pulmões. Isso a apavorou sobremaneira.

Trouxe um medo transcendente que parecia vir de outro mundo. Suas emoções estavam à flor da pele.

Ela se perguntava o que aquele sonho fizera com ela. Sua vontade era sumir de seu quarto e se esquecer de todas as sensações sinistras que o pesadelo lhe proporcionara.

Esquecer do mesmo modo como tentava fazer quando deitava sua cabeça sobre o travesseiro e as lembranças de sua mãe falecida lhe perturbavam.

Esquecer era o seu desejo.

Não sentir mais dor era o que mais queria.

O passeio que fez pela manhã seguinte foi uma passageira fonte de sossego. A única coisa ruim é que a calmaria, em algum momento, acabava. Voltar para casa se tornara algo indesejável e doloroso, pois tudo ao redor a fazia lembrar de sua mãe falecida e de seu pai, que nunca mais fora o mesmo desde a perda da esposa.

Por isso, era melhor ficar longe do que presa na casa em que sentia um incômodo. A saudade de tempos que nunca voltariam era latente em seu peito. Voltar para casa naquele dia fora uma tarefa ainda mais difícil do que o normal, a sensação de uma mudança dentro de si ainda muito viva.

Ao abrir a porta naquela manhã, deu de cara com seu pai com um semblante entusiasmado. Ao vê-la, aproximou-se, encarando-a com olhos avaliativos.

— O senhor está bem? — perguntou Hillary, confusa.

— Você conseguiu, Hillary! — exclamou, satisfeito. — Fui informado pela Escola e Universidade de Magia de Pitskarsia de que você tem uma vaga.

— O quê? — surpreendeu-se.

— Logo começará o ano letivo e você estará pronta — disse o pai.

Ela conhecia Pitskarsia, é claro. Não havia quem não conhecesse. A Escola e Universidade de Magia de Pitskarsia, que se dedicava a instruir e formar jovens magos desde muito cedo, acompanhando-os por anos, era o sonho de muitos. De algum jeito, eles sempre sabiam quando uma pessoa possuía o dom para a magia.

E, aparentemente, ela era uma dessas pessoas.

— Eu?

De súbito, ela, admirada, começou a entender, em partes, o porquê de seus sentidos estarem mais apurados. Contudo, tornar-se maga não estava em seus planos, apesar de não possuir muitos, pois só tinha onze, quase doze anos e não sabia o que queria para o futuro.

Tudo que sabia é que descobrir repentinamente que teria de sair de casa para viver em outro lugar, longe de tudo que conhecia, era assustador.

— Não é possível, pai.

— Essa é uma oportunidade que não se pode recusar, Hillary — retrucou. — Já aceitei e fiz sua matrícula.

— Mas...

— Você será uma maga! — afirmou o pai, impaciente.

Olhando ao redor, Hillary pensou melhor e viu que não era uma boa ideia começar a brigar. Sua vida estava na palma de sua mão, e qualquer decisão que tomasse mudaria seu destino para sempre.

Como sentia falta da mãe, do aconchego que nunca mais teria!

Com isso, percebeu que talvez fosse mesmo melhor estar em uma escola de magos do que na casa em que crescera, onde cada cômodo lhe lembrava momentos em família.

Hillary olhou para o pai e viu que ele estava realmente animado por ela ser uma maga. De qualquer modo, nem sequer tinha mais tempo para a filha, e a ausência dela seria um motivo para ele poder trabalhar em paz sem se preocupar com quem ela andava ou para onde costumava ir.

A menina sentiu medo, mas encararia a proposta de frente. Se não poderia recusar, ao menos aproveitaria aquela oportunidade da melhor forma possível.

O dia da mudança chegou. A Escola e Universidade de Magia de Pitskarsia era extensa e bela. O prédio se situava na cidade de Báshi, no reino de Karsia, porém era afastado de todo e qualquer comércio que a cidade oferecia.

Pitskarsia fora construída no meio de muitas colinas com lindos jardins. A parte externa possuía um campo verde com várias árvores e flores das mais variadas cores. As paredes eram de pedra, e a estrutura era composta por abóbodas e uma cúpula que poderia ser vista de outra cidade. A entrada possuía uma pequena escadaria e uma portaria monumental.

— Uau! — sussurrou Hillary, impressionada ao subir as escadarias e passar pela porta.

A primeira parte do edifício era o Grande Salão onde geralmente aconteciam bailes e formaturas. Ali, todos os novos alunos eram convocados à reunião de início de ano. No canto do Grande Salão, à direita da grande portaria, chamando a atenção de Hillary, havia quatro pedestais de cinco metros de altura feitos de pedra que aguçaram sua curiosidade.

O primeiro sustentava uma curiosa planta que se enrolava em todo seu corpo como uma trepadeira. O segundo possuía em seu topo uma chama que dançava de acordo com o vento. O terceiro detinha uma pequena porção de água que se mexia como um oceano raivoso. E, por último, o quarto pedestal continha um pequeno tornado.

Aquele era o símbolo dos poderes: os quatro elementos.

Hillary subiu a escadaria principal, passando os dedos ansiosos pelos grandes adornos nas laterais. Passou por corredores cheios de alunos de todas as idades e foi levada ao corredor do dormitório das alunas, observando o movimento e a euforia dos estudantes que já se conheciam.

A janela do seu quarto, que ficava no meio do cômodo entre duas camas, possibilitava ver o jardim. Uma mesa com livros estava posicionada ao lado de um guarda-roupa, e em cima de sua cama fora depositada sua túnica de cor cinza, bem como todo o seu uniforme.

Na outra cama, deparou-se com uma das garotas mais lindas que já vira. Assim como Hillary, Isla Collins tinha onze anos de idade. Tinha longos cabelos ruivos ondulados, olhos verdes e a pele branca com lindas sardas. Seus olhos transmitiam timidez, mas seus gestos mostravam que Isla era determinada e estava ansiosa pela jornada na qual iria embarcar.

— Ah, oi! — exclamou a garota, vendo Hillary parada na porta. — Vem, pode entrar! Você é minha colega de quarto, não é?

— Sim! Sou Hillary.

Isla pareceu gostar dela de imediato. Sua conversa tímida logo se tornou mais animada, e era evidente que ambas desejavam ter uma amiga. Mesmo um pouco constrangidas no começo, deram-se bem, e o futuro prometia uma amizade.

— Posso te chamar de Hill? — perguntou Isla, enquanto caminhavam para o refeitório.

— Claro — respondeu, agitada pela intimidade que estavam criando tão depressa.

Juntas, saíram do quarto, dirigindo-se ao corredor para conhecer o prédio. Em um dos corredores, Hillary se deteve, um pé na escadaria que descia ao Grande Salão. Seus ouvidos foram invadidos por um som agradável e melódico.

Era a música, a paixão de suas vidas.

A aula da Srta. Sasha Moore, uma maga do elemento Terra, era famosa. Todos a conheciam por seu jeito meigo e simpático, e por seu grande conhecimento na música.

— Você canta? — perguntou Hillary, olhando na direção de onde vinha o som do coral.

— Um pouco... Vou me inscrever na aula amanhã. E você, canta?

— Não, mas meu pai me colocou em aulas para aprender piano, e eu gostei da experiência, apesar... de não estar muito entusiasmada — respondeu Hill com ar de tristeza.

— Por quê?

— Tem a ver com a minha mãe — falou Hillary, hesitando.

— Ela não quis que você fizesse as aulas? — perguntou Isla, confusa.

— Ela... morreu.

Isla arregalou os olhos.

— Sinto muito — disse, colocando a mão no ombro dela, carinhosa.

Depois de conhecer boa parte da escola, elas estavam famintas. Dando fim à conversa, Hillary voltou a descer as escadas em direção ao refeitório para se deleitar da famosa comida que todos diziam ser divina. O lugar era enorme, cheio de mesas esculpidas na madeira. Várias delas foram colocadas em linhas retas e cada uma possuía dez cadeiras ao seu redor.

— Quero ver uns amigos da cidade. Sabe se posso sair de Pitskarsia para visitá-los? — perguntou a Isla, sem querer voltar ao assunto anterior.

Antes mesmo de Isla responder, um belo garoto alto, forte e de pele negra chegou, interrompendo a conversa.

— Onde está a garota mais bonita de Pitskarsia? — falou ele, olhando para Isla.

— Mal-educado! Hill este é Myles Hayes. Ele é meu vizinho e amigo — disse Isla, tentando repreender as atitudes dele com um olhar severo.

Myles se virou para Hillary e pegou a mão dela com carinho, beijando-a, fazendo-a corar de vergonha. Pelo visto, ele era um garoto galanteador e tinha o dom de fazer todas as pessoas gostarem dele. Era engraçado e extrovertido, e com o tempo poderia se tornar um grande amigo.

— Então, sobre o que estavam conversando? — perguntou, curioso, jogando-se ao lado delas.

— Hill queria saber se tem como sair para encontrar uns amigos.

— Não pode. Menores de dezoito anos ficam na escola — respondeu Myles.

— Eu já esperava por isso — disse, triste por não poder mais ir ver seus amigos com a frequência de antes.

Agora ela teria uma vida diferente.

Seria uma maga.

O primeiro dia em Pitskarsia era o mais importante na vida de um mago, pois ele seria apresentado aos princípios dos elementos.

Os quatro elementos da magia.

A noite chegara e todos os alunos foram convocados ao Grande Salão para que fizessem seu juramento de lealdade ao rei e começassem os estudos. Os novatos estavam dispostos nas primeiras fileiras, os mais velhos ficavam atrás, todos virados para os quatro grandes pedestais.

A agitação dos alunos era quase palpável, pois ali encontrariam o rei, o primeiro-ministro e o diretor de Pitskarsia, que também era emissário dos magos na corte.

Os três grandes homens apareceram, saindo de uma porta abaixo dos pedestais. Dois estavam vestindo ternos, e o terceiro usava a túnica negra de mago.

O rei demonstrava ser um homem carismático e gentil. Seu olhar era pleno e seu sorriso era carinhoso. O primeiro-ministro era o mais sério dos três. Já o diretor era o mais velho, tinha cabelos e barba grisalhos e uma aparência dócil, mas todos sabiam da grandiosidade de seu poder, por isso o temiam.

Ele não era um simples mago, era o Senhor do Fogo.

A História contava da existência de quatro grandes magos que podiam ser chamados de Os Senhores dos Elementos a cada geração, quatro arquimagos, um para cada elemento. Enquanto vivos, eram os únicos detentores do controle total do elemento e podiam fazer feitiços normalmente complexos de seus elementos com um simples estalar de dedos.

O elemento escolhia seu senhor, assim como escolhia seu mago. A partir do momento em que um arquimago morresse, o elemento elegeria outra pessoa para dominá-lo como um Senhor do Elemento, escolhendo-o por suas características individuais e coração digno do poder exorbitante.

Uma mulher negra de cabelos curtos e grisalhos, de meia-idade, que também estava vestida com túnica negra, apareceu diante dos homens, fez uma reverência formal diante do rei e se virou para os alunos. Ela levantou suas mãos e as mirou para as lamparinas que iluminavam o Grande Salão, diminuindo sua intensidade.

O lugar ficou mais tenso, cada presente se voltou para onde estavam os pedestais e os três grandes homens. Ela desviou seus olhos severos para os alunos e começou a dizer:

— Sejam bem-vindos à Escola e Universidade de Magia de Pitskarsia. Sou Ravena, a coordenadora — apresentou-se. — Começaremos o ano letivo com o juramento de fidelidade ao legítimo rei. Cada mago deve fazer o juramento antes mesmo de dominar a magia, pois os dons que aprenderão não poderão ser usados para exceder a lei e a coroa. Somos guerreiros de nosso reino, protegemos nosso povo, lutamos para salvar todos os civis de qualquer doença ou guerra e seguimos as leis dadas pelo rei.

Em seguida, todos os alunos se ajoelharam perante o rei e proferiram em uníssono o voto: "Juramos lealdade ao rei de Karsia, enquanto nossas almas vagarem por este mundo. Protegeremos o reino com nosso sangue. Levantaremos nosso cajado contra o inimigo. Damos nossa honra e fidelidade à Vossa Majestade".

Hillary assistia a tudo com assombro, sentindo-se arrepiar ao fim das palavras.

Depois das breves palavras do rei, que falou sobre questões de lealdade, fidelidade e harmonia, ele partiu juntamente com o outro homem que o acompanhava, deixando apenas a coordenadora e o diretor diante dos pedestais. O diretor e Senhor do Fogo se aproximou, tomando lugar diante do microfone.

— O juramento que fizeram garante que nenhum de vocês deixará que a magia exceda seus princípios, não corrompendo nossa pátria. Jamais se esqueçam disso! — Ele se endireitou, parecendo ficar ainda mais alto. — Sou o diretor Hunter. Dou as boas-vindas aos antigos alunos e saúdo os mais novos magos de Pitskarsia. Alunos da Escola de Pitskarsia, vocês receberam um grande privilégio, e espero que honrem a posição de magos pelos próximos dez anos que estarão em Pitskarsia e quando se formarem na Universidade. Hoje lhes apresentarei o objeto mais importante para um mago, objeto tal que sustentará toda a magia que existe em suas almas...

Ele deu um passo para trás, apontando para os elementos nos pedestais.

— Esses são os quatro elementos — disse. — O primeiro pedestal sustenta o poder da Terra, o segundo do Fogo, o terceiro da Água e o quarto do Ar. Juntos formam os quatro elementos da magia. — Ele se virou para os alunos. — Não são vocês que escolhem a magia, é ela que os escolheu. E assim será também com as especificidades dela. Cada mago possui o seu elemento, e, assim como a magia torna alguém mago ou não, o elemento também o elegerá. Vocês poderão fazer coisas que jamais pensaram que pudessem fazer com a magia que aprenderem, porém trabalharão melhor com seu próprio elemento.

Hillary estava de olhos arregalados, compenetrada. Não estivera confortável em ir para a Escola e Universidade de Pitskarsia, mas tinha de admitir que era incrível conhecer aquilo.

— Agora, o objeto mais importante do mago é o seu cajado — prosseguiu o diretor. — Nele será concentrado todo o poder de sua alma e ninguém pode tocá-lo a não ser seu próprio dono. Ele não é algo dado a vocês, e sim materializado a partir do cerne da sua magia. É por ele que catalisarão a energia em vocês. Ele é o seu escudo, sua arma, seu poder e sua vida. É a partir dele que o mago sabe o elemento que o escolheu. Como podem ver, o meu é o fogo.

O diretor Hunter estendeu a mão direita, revelando a marca que o diferenciava de um mago comum. A tatuagem em espirais e arabescos negros deslizava e dançava em seu braço direito até seus dedos, com uma única diferença no centro da mão: o símbolo do fogo reinava ali. As chamas foram pintadas como presente do próprio elemento, dado somente a quatro magos para quatro elementos distintos.

A tatuagem representava que ele era um dos Senhores dos Elementos.

O diretor, então, materializou seu cajado feito de ouro puro. No topo, continha uma mão que segurava uma bola de fogo magnífica.

Um murmúrio baixo de admiração se seguiu. Todos sabiam que estavam diante de um dos magos mais poderosos da geração. Hunter, o Senhor do Fogo.

Então ele continuou:

— A magia da materialização lhes será ensinada na hora certa, pois um mago mal treinado poderá causar sérios danos ao universo. — Ele abaixou o cajado e acenou. — Boa sorte, novos magos. Que as aulas comecem!

2

Primeiros sinais

Dez anos se passaram desde o primeiro dia em Pitskarsia, e a amizade entre Isla, Myles e Hillary se fortalecera. Nas férias de verão, todos voltavam para suas casas, apesar do desejo de poder ficar. Hillary não gostava de voltar, pois, depois da morte de sua mãe, aquela não era mais sua casa, e seu pai se tornara frio e indiferente. Ela sentia como se não fizesse diferença estar ali ou não, por isso sempre ia visitar seus amigos no leste da cidade.

O início do ano letivo sempre era animado, cheio de abraços, risadas e histórias. Passaram cinco anos na escola aprendendo toda a base para que pudessem entrar na universidade e seguir suas carreiras. Agora que estavam no quinto ano universitário, duvidavam muito que tudo seria tão fácil como antes.

A Universidade de Magia de Pitskarsia ficava no mesmo prédio da Escola de Magia de Pitskarsia, porém na parte norte do gigantesco edifício, impossibilitando, assim, que os alunos universitários e os do ensino escolar se relacionassem fora das festas organizadas para todos.

O ensino escolar durava cinco anos, assim como a universidade. Todos os alunos escolhiam suas carreiras durante aquele tempo, tendo à disposição aulas complementares para cada curso. Porém, desde o ensino-base, os magos eram obrigados a estudar minuciosamente cada membro do corpo humano, pois nasciam com uma inclinação ao poder da cura e à prática das artes da luta, afinal, todos deveriam estar prontos para proteger seu reino.

Cada mago tinha o privilégio de controlar um elemento natural, tais como terra, água, fogo e ar. Alguns controlavam as derivações desses elementos, mas eram casos raros. Esses magos diferentes conseguiam canalizar energia da fonte dos elementos e usá-la para fins próprios.

O poder da cura era o mais cobiçado entre todos. Além de ser o mais difícil, tal poder consumia muita energia dependendo da gravidade da doença ou ferimento; por isso, conhecer a anatomia do corpo era algo obrigatório, pois tentar usar o dom da cura de forma errada poderia causar a morte do mago e da pessoa ferida.

Isla acreditava que a magia deveria ser usada para o bem e seu maior desejo era se tornar uma médica e trabalhar em hospitais ajudando seu povo.

Hillary gostava da História da Magia e era fascinada pela evolução do ser humano. Amava passar seu tempo mergulhada em incríveis histórias sobre o passado. Além disso, também gostava das artes da guerra, tanto quanto de tocar piano — lutar era como dançar para ela.

Myles era um amante da arquitetura. Seu sonho era usar seu poder para construir grandes monumentos que marcariam a História. Os belos monumentos que construía em sua imaginação e passava ao papel eram exorbitantes e incrivelmente belos. Ele se tornaria um grande mago arquiteto um dia.

E, no entanto, mesmo já estando no quinto ano da universidade, nenhum dos três descobrira seus elementos.

Com o tempo, Hillary não só se acostumou a viver em Pitskarsia como a transformou em seu lar. Adorava a rotina louca de estudos, de compartilhar um quarto por anos com Isla, de ter amigos que, como ela, seriam grandes magos um dia, pilares de sua sociedade.

Ela faria a diferença um dia, tinha certeza. Seria uma guerreira ou uma guardiã da História de Karsia. Hillary era realmente apaixonada pela história do mundo e adorava acompanhar os acontecimentos entre os países e reinos. Era algo que desejava estudar profundamente em seu tempo em Pitskarsia.

Naquela tarde, lia sobre Karsia e Zeligaia.

O mundo passava por grandes transformações que seriam lembradas e trariam mudanças a todos os países e reinos. Karsia, em especial, era uma grande potência. Possuía muitas indústrias, sua economia estava ótima e seu Produto Interno Bruto era elevado. Era um reino desenvolvido, uma nação com bom desenvolvimento econômico e social. Sua forma de governo era a Monarquia Parlamentarista.

Já Zeligaia, um país que ficava no mesmo hemisfério que Karsia, mas ao norte, enfrentava uma grande depressão por causa de grandes dívidas externas e hiperinflação. Sua forma de governo era presidencialista, e seu chefe de governo era um dos mais corruptos do continente. Grandes greves e manifestações foram feitas, para, enfim, ocorrer o tão esperado impeachment, e seu sucessor logo saíra por causa das novas eleições.

Com isso, ocorreu o que nunca havia acontecido em toda a História... O novo presidente de Zeligaia era um mago, e não um simples mago, era o Senhor do Ar. Seu nome era Júlio Cohen, e sua tatuagem era a prova de seu posto. Ela seguia o padrão da linha de espirais e arabescos no braço direito até os dedos, mas o que o diferenciava era o símbolo do tornado que se ligava aos espirais no centro de sua mão, o que o marcava como o arquimago do ar.

Magos nunca deveriam ser eleitos nem se candidatarem, mas, por conseguir apoio popular em meio a tantas crises, a população lhe concedeu o voto de confiança, pois ele era um candidato carismático e prometia elevar o país a uma grande potência.

Foi criado o Partido Nacional de Zeligaia, ou PNZ, que atiçou os sentimentos populacionais. Com o passar dos anos, o país foi se tornando um estado militar, onde os magos exerciam grande poder como guerreiros. Elevou-se o grau de industrialização, o PIB cresceu e muitos empregos foram criados por causa das grandes usinas que foram instaladas, melhorando, assim, a qualidade e expectativa de vida.

Depois de um grande esforço econômico, o presidente Júlio Cohen reergueu as Forças Armadas, criando divisões de blindados, de infantaria e uma grande frota naval, avançando com seus artifícios de guerra e treinando todos seus magos para uma verdadeira evolução.

Embora aquele conteúdo fosse divulgado em Karsia e era a atualidade do mundo, não fazia parte dos estudos naquele ano. Ainda assim, Hillary adorava ler sobre aquilo, pois sua curiosidade a levava a teorizar sobre o futuro de Zeligaia.

Abandonando o livro mais recente sobre a história dos governos do continente, Hillary se voltou para a frente, onde Isla terminava de recolher seus materiais de estudo. Saíam juntas da aula de música quando avistaram um garoto alto e bronzeado esperando por elas fora da sala.

— Oi, Myles — falou Isla, erguendo uma sobrancelha para as garotas que o encaravam de longe, dando risinhos.

Ele se tornara um dos garotos mais desejados pelas garotas da universidade, porém só tinha olhos para uma pessoa: Isla. Ela e seus lindos cabelos ruivos ondulados chamavam a atenção, seus olhos verdes e tímidos faziam todos se apaixonarem.

Hillary era o contrapeso do grupo. Tinha longos cabelos negros como corvos e olhos escuros como a noite. Sua pele era dourada e suas bochechas tinham um leve tom rosado que era pontilhado por sardas marrons.

— Como estão as garotas mais bonitas de Pitskarsia? — perguntou Myles, sorridente.

— Quer algo especial, Myles? — perguntou Hillary.

— Vim acompanhá-las até a próxima aula. É de Magia IIII com o professor Dixon. Será que finalmente descobriremos nosso elemento? — perguntou, animado.

— Espero que sim — respondeu Hill, abrindo um sorriso. — Depois de esperar tanto tempo...

— Imagine ter seu próprio cajado! — exclamou ele, soando sonhador.

Obter seu cajado mostrava que o mago possuía o dom de controlar seu próprio poder, pois esse artefato era feito completamente do cerne da magia de cada um. Embora tenham passado anos estudando e usando magia na Escola de Pitskarsia, raramente um aluno sentia sua magia despertar antes de ingressar na universidade. E os amigos queriam encontrar a força de sua magia depressa, mas já estavam no último ano e nada de elemento.

Ao entrarem na sala, viram que todos os alunos já estavam presentes.

O cômodo era claro e arejado, tinha o chão de madeira e as paredes de pedra, e o espaço já fora preparado para as aulas do dia. Os alunos foram colocados em dupla, e assim eles seguiriam durante as demais aulas. Hillary se sentara ao lado de Isla, e Myles ao lado de um colega chamado Callum, um garoto magro, alto e muito inteligente.

O professor entrou e fez uma breve reverência. Era um homem negro, alto e de cabelos grisalhos. Tinha uma aparência severa e obstinada.

— Sejam bem-vindos à aula de aplicação da Magia IIII. Hoje lhes ensinarei uma das matérias mais importantes da aprendizagem de um mago. Ela pode gerar contendas e ressentimentos entre amizades mais próximas se vocês não souberem usar corretamente, mas será útil. — Ele fez uma pausa dramática que causou arrepios em Isla, enquanto Hillary se mostrava curiosa, e Myles abria um sorriso ansioso. — Vocês aprenderão a conversar mentalmente.

Hillary achou aquilo surpreendente e, embora vacilante, estava empolgada.

— Olhem os rostos de seus colegas e memorizem sua face — disse o professor, com um ar misterioso na fala. — Agora fechem os olhos. Encontrem seus colegas em suas mentes, o invoquem e logo o verão e poderão conversar.

As meninas invocaram a mente uma da outra para que pudessem conversar. Não era uma magia difícil, mas exigia muita concentração. Passaram-se alguns segundos antes que o primeiro "oi" partisse de Hillary.

Isso não é empolgante? Temos privacidade total aqui, disse Isla.

Podemos nos esconder de uma certa pessoa, brincou Hill.

Ambas riram.

Finalizada da aula, a conversa a caminho do refeitório foi agitada. Falaram do que aprenderam e passaram a observar com mais atenção os rostos dos colegas, pois sabiam que, para terem uma conversa mental, precisariam ter o rosto do interlocutor em mente.

— Perdeu o nervosismo com a aula de Magia IIII, Isla? — perguntou Myles, sentando-se ao lado dela com o olhar provocativo, lambendo a colher suja do chocolate da torta que fora servida como sobremesa.

— Não estou nervosa, mas sei que vou ficar quando precisar usar a magia contra alguém. Ainda bem que nossa próxima aula é mais interessante! — respondeu Isla.

— Gosta tanto de Alquimia assim? — perguntou Hill, sorrindo.

— Claro! Só assim poderei aprender a fazer uma poção do esquecimento para certa pessoa parar de me perseguir — respondeu Isla, olhando diretamente para Myles com um olhar irônico.

Myles olhou para Hill. Ambos caíram na gargalhada.

— Eu sei que você me ama, Isla — disse Myles, sorrindo e devolvendo o olhar.

— Não amo.

— Ama, sim — retrucou ele, ainda sorrindo.

— Vou deixar o casal debater sobre seus sentimentos e vou para a aula — disse Hill, erguendo as sobrancelhas em zombaria.

— Não, espere! Já estamos indo — disse Isla, levantando-se depressa, sem jeito.

A sala da aula de Alquimia era toda equipada com frascos de vidro para o uso da química, receitas coladas nas paredes e livros em todas as mesas. Aquilo era ainda mais divertido. Hillary e Isla eram boas em elaborar poções e encantamentos simples desde a escola e os primeiros anos de universidade.

O professor e mestre da Alquimia entrou e deixou todas as garotas sem fôlego. Seu nome era Graham Jones, e seu elemento era o ar. Tinha uma beleza exuberante. Era loiro, alto, um tanto forte e com um olhar que provocava arrepios em todas as jovens. Parecia ter em média de uns vinte e oito anos, e, embora fosse jovem, emanava sabedoria.

Isla, fazendo uso da aula anterior, invocou Hill em sua mente.

Sempre fico perdida na aula desse professor, disse.

Isso por causa de sua beleza?, perguntou Hill sorrindo.

Você me julgaria se fosse?

Jamais! Ainda bem que professores não namoram alunas, respondeu Hill, dando um sorrisinho de lado que fez Myles jogar um olhar para elas, antes de se voltar para o professor.

Uma pena, disse Isla, analisando o professor.

Elas se entreolharam e riram, o que deixou Myles curioso.

— Sejam bem-vindos à aula de Alquimia do quinto ano. Aqui vocês aprenderão a fazer poções do esquecimento, da sorte e até do amor. Aprenderão a confundir seu adversário mudando ou acrescentando algo na paisagem. Vocês levitarão objetos e os destruirão. Enfim, essa é a melhor matéria — disse o professor Jones, sorrindo de lado.

As garotas se entreolharam, concordando.

— Vamos começar esse semestre com uma matéria interessante. Quero que olhem ao redor e decorem aquilo que mais lhes fascinar. Isso vai exigir mais concentração do que falar com alguém pela mente, vai exigir a cópia perfeita daquilo que querem projetar, por isso analisem bem o objeto de seu interesse. — Ele esperou. — Fechem os olhos e imaginem esse item. Usem a imaginação para copiar aquilo que é verdadeiro. Puxem a energia do interior de vocês e projetem o objeto para todos verem. Saibam que não poderemos tocar naquilo que projetamos, pois isso é só uma ideia, porém podemos enganar os olhos daqueles que não são magos experientes. Mas não se preocupem, eu farei de vocês magos experientes, porque só assim poderão alcançar o cerne de sua magia.

Hill invocou em sua mente a imagem de um frasco de vidro que estava sobre a mesa do professor, que continha um líquido escuro e cintilante que imediatamente aguçou sua curiosidade. Entretanto, não conseguiu projetá-lo. Abriu os olhos. Estava usando pouca energia. Tentou novamente e, no entanto, não obteve êxito uma vez mais.

Uma garota travessa, chamada Rave, que tinha cabelos claros e curtos, foi a única que conseguiu projetar. Quando todos olharam para o que ela projetou, gargalharam.

Era o próprio professor.

— É isso aí — disse ele, rindo. — Fico lisonjeado por ser a coisa que mais lhe fascinou nesta sala, Srta. Rave.

Todos riram, e Rave corou, rindo.

O professor voltou a explicar para alguns alunos nas primeiras fileiras sobre a técnica quando os risos cessaram.

— Estão preparados para o baile de outono? — perguntou uma garota loira no fundo da sala, que se chamava Aisha. — Espero que Graham vá — sussurrou.

Hillary e Isla se entreolharam e se espantaram em como haviam esquecido do evento. O baile de outono era uma comemoração pelo aniversário de cinco séculos de Pitskarsia. Seria um evento memorável!

As meninas perto dela abaixaram as cabeças, e apenas duas acenaram.

— Imagino que vocês nem têm par — completou, em tom de deboche. — Não se esqueçam: faltam apenas três meses. E vamos torcer para o professor aparecer!

3

O baile de outono

Três meses se passaram e a véspera do baile de outono chegou. Os dias eram acolhedores, as folhas se estendiam sobre o gramado e o clima estava perfeito, nem úmido nem seco. Todos pareciam animados com a chegada do baile, que seria no dia seguinte. Em toda parte de Pitskarsia se via casais, aqueles que seriam os supostos parceiros na valsa, e os alunos tiveram de ensaiar, mesmo que ainda não tivessem pares.

Hillary estava sentada de pernas cruzadas em sua cama, admirando Isla com prováveis vestidos para o evento. Ela já experimentara peças de todas as cores, e, enquanto trocava e voltava com sua nova vestimenta, Hillary se entregava a um livro de suspense e romance que a deixava emocionada.

— Você não está prestando atenção — reclamou a amiga, que aparecera com um vestido cor-de-rosa.

— Estou, sim. Esse é maravilhoso! — respondeu Hill, focando na amiga.

— Você disse isso sobre todos os vestidos!

— É que você fica linda em todos eles — retrucou, com um sorriso no rosto.

— Não seja modesta. Quero sua verdadeira opinião! — Enrubescendo, acrescentou: — Qual você acha que Myles vai gostar mais?

— Ele não se importaria se você fosse de pijama, Isla — disse, gargalhando. — Ainda assim, seria a garota mais encantadora de Pitskarsia para ele.

Isla lançou à Hill um olhar de irritação, o que a fez revirar os olhos.

— O verde. É o melhor.

— Obrigada — disse ela, trocando-se novamente e experimentando mais uma vez o verde. — Mas, e você, Hill? Não me disse com quem vai.

Hill voltou a atenção ao livro como que para desviar do assunto.

— Fale! Quem a chamou? — perguntou Isla, curiosa, pois Hill ficara corada.

— Uma pessoa me chamou, mas ainda não aceitei.

— Quem?

— Ele é de outra turma — falou. — Denyel.

— Denyel?! — Surpreendeu-se Isla. — O mago do fogo?

O garoto era, de certo modo, famoso na universidade, sendo um dos mais cobiçados pelas garotas de Pitskarsia e, provavelmente, o mais namorador. Ele também havia descoberto seu elemento nos primeiros anos de universidade.

— Sim.

Isla sorriu.

— O baile é amanhã, então trate de aceitar.

— Pode deixar — respondeu Hill, sorrindo em meio a fala de Isla.

Ela não costumava ser mandona, por isso era engraçado quando dava uma ordem.

— E com qual vestido você vai? — perguntou, lançando um olhar para ela.

— Tenho um vestido preto guardado... Não se preocupe, ele me cai bem.

— Me mostre — pediu Isla, cheia de curiosidade.

Hill encarou a amiga e resolveu se entregar à realidade. Deixou o romance de lado e foi experimentar o vestido junto com a amiga. Ali, as duas ficaram dançando e rindo de suas palhaçadas com seus belos vestidos no corpo.

A amizade era forte entre as duas. Nos anos em que estiveram juntas, criaram um laço forte de irmandade. Elas se amavam profundamente, por isso aproveitavam os momentos uma com a outra.

Não eram só amigas. Eram irmãs com pais diferentes.

No dia seguinte, o baile de outono chegou. A luz das estrelas inundou o céu com seu esplendor, dando a certeza de que aquela seria uma noite inesquecível.

Todos estavam vestidos de acordo com a situação. Os garotos, de todas as idades, usavam ternos de variados tons, e as garotas desfilavam com seus belos vestidos. Os professores deixaram de lado as túnicas negras e se vestiram apropriadamente ao baile, elegantes e charmosos.

Isla estava com seu vestido verde longo. Ele era de alça, marcava a cintura fina e se alargava em seus quadris. Os cabelos estavam soltos, deixando seus cachos ruivos visíveis. Hillary vestia seu longo vestido preto, que, como o de Isla, marcava a cintura. Ele era composto por longas mangas, feitas de renda, e estampado por belos detalhes dourados em sua saia, que dançavam de acordo com seu caminhar.

Myles, com seu charme de sempre, apareceu com um terno cinza-escuro e ficou admirando suas amigas na porta do Grande Salão. Ele se aproximou de Isla e lhe estendeu o braço, ela, timidamente, acompanhou-o ao espaço da festa.

Hillary ficou à espera de seu par. Quando olhou para trás, deparou-se com o belo garoto negro, alto e forte que a acompanharia. Seus olhos verdes a encaravam, e ele se aprumou quando a flagrou o olhando também, dando batidinhas no terno preto como que para tirar a poeira.

Era Denyel, o garoto do fogo.

Hillary sabia de suas intenções ao olhar no rosto dele, mas deixou de lado, pois acreditava que ele não tentaria qualquer coisa em público.

Ele se aproximou, pegou sua mão e a beijou, sem deixar de admirá-la. Depois a acompanhou para dentro do Grande Salão, que fora ornamentado com belas flores, lustres, jogo de luzes, músicas, deixando sempre os quatro pilares à mostra, como sinal de engrandecimento.

— Você está linda, parceira de baile — disse Denyel, encarando-a.

— Obrigada — respondeu Hill, sorrindo. — Você também não está nada mal.

Denyel riu.

A noite seguiu com muitas conversas. Os alunos e os professores se deliciavam das guloseimas e bebidas que eram oferecidas pelos garçons. Depois de um longo tempo, o momento da valsa chegou. Todos, incluído professores, foram para o centro do salão, tomaram seus pares nos braços e se prepararam para a dança.

Denyel segurou Hillary e a fitou profundamente com seus belos e galanteadores olhos verdes. Ela não se sentia à vontade, mas não podia sair e o envergonhar.

A banda, composta por alunos, posicionou-se para dar início à valsa. As pessoas, com seus instrumentos – como violinos, violoncelos, contrabaixos e uma das mais encantadoras harpas que Hillary havia visto –, estavam dispostas sobre o altar dos quatro elementos, e o som dos primeiros acordes reverberou.

A orquestra começou com um som fluído, suave como o vento da primavera. A música era "Valsa das flores", do famoso compositor Tchaikovsky. Os pares começaram com passos leves, que foram evoluindo à medida que a música crescia e se intensificava. Giravam em perfeita simetria, como se tivessem treinado havia um longo tempo, o que não era mentira.

Denyel e Hillary dançavam com maestria, ele a guiava perfeitamente, e ela o acompanhava dando seu toque de feminilidade.

Assim a dança se seguiu, harmoniosa e romântica.

Quando o último acorde soou, os parceiros se curvaram em cumprimento aos seus pares e bateram palmas para a banda. Danyel, sem tirar os olhos de Hill, aproximou-se, colocou sua mão em uma bochecha dourada da garota e a outra na cintura dela, puxando-a para perto. O coração de Hill começou a bater rápido, e, como num reflexo, ela se afastou imediatamente.

Devia saber que ele tentaria alguma coisa!

Fogos de artifício começaram a estourar do lado de fora, no gramado de Pitskarsia, o que disfarçou sua ação. Para sorte de Hill, os alunos foram correndo para lá, o que a fez deixar de lado o clima que ficara entre Denyel e ela.

Agradeceu aos fogos de artifício ao correr para o lado de seus amigos.

Eles ficaram admirando a linda chuva de cores que desenhava o céu, todos comemorando o quinto século de Pitskarsia. Isla puxou Hillary e Myles para perto de um fotógrafo e pediu uma foto. Fazendo poses, eles tiraram a foto que ficaria marcada para sempre em suas memórias.

Aquele era um momento feliz, mas poderia ser o último.

4

O santuário

Dias depois, Hillary corria pelo Grande Salão com euforia. Esbarrava em alunos e, às vezes, tropeçava em sua túnica, mas nada a impedia de continuar. Em suas mãos estavam os papéis que continham os escritos do Portal Oásis, o jornal oficial de Karsia.

A jovem, como sempre gostou de assuntos da contemporaneidade, surrupiava um exemplar do jornal da sala dos professores sempre que possível. Com o amontoado de papéis em mãos, dirigia-se ao quarto na esperança de que Isla estivesse lá, para lhe contar as novidades. Hill era o meio pelo qual a amiga adquiria informações e não se importava, afinal, adorava conversar sobre tais assuntos que, muitas vezes, eram ignorados pelos demais alunos, além de pouco comentados pelos professores.

Passou como um furacão pela coordenadora Ravena, torcendo para não ser pega.

Não podia perder tempo com repreensões. O assunto era importante.

Zeligaia continuava crescendo. O Partido Nacional de Zeligaia mostrava ter como representante um líder totalitário com a ideologia que feria os direitos humanos. Ainda assim, sua influência estava tão grande que mesmo que passeatas fossem feitas, seu partido continuaria a governar o país. Houve o recrutamento obrigatório a todos os jovens, e os magos estavam com seus destinos traçados, tinham de ser guerreiros e cumprir seus deveres com a pátria.

Todos eles!

Hillary passou por alas lotadas de alunos com vários cadernos nas mãos e por professores com suas túnicas rastejantes, que aparentavam nunca ficarem limpas, pois a barra estava sempre se arrastando e levando consigo toda e qualquer poeira que estivesse naquele chão de pedra. Hill olhou para a barra da própria túnica e agradeceu por não ser tão longa, pois assim poderia correr melhor.

Ela chegou ao corredor do dormitório feminino, procurou por seu quarto e abriu a porta número nove. Como havia previsto, Isla estava, em seu precioso intervalo, debruçada sobre a cama com um livro que continha imagens horrendas de corpos humanos com muito sangue.

Hillary realmente não sabia como alguém poderia gostar tanto daquilo.

— Faça menos barulho — repreendeu Isla, sem tirar os olhos do livro.

— Tenho notícias — disse Hill, fechando a porta atrás de si com cuidado.

— Myles deve estar chegando. Vocês não tinham combinado de explorar o castelo por aí? — interrompeu Isla, balançando a mão.

Hillary acenou. Estivera tão distraída que esquecera do compromisso. Olhou para o relógio e viu que ainda havia tempo até o intervalo terminar, e Myles ainda não tinha chegado.

— O Portal Oásis publicou notícias importantes — retrucou com ansiedade.

— Hill...

Antes que Isla pudesse pedir para ela parar, Hill começou a ler a notícia:

— "Júlio Cohen, presidente de Zeligaia, o mais novo estado militar do continente, iniciou sua política de expansionismo. A nação cresce fortemente com sua política de rearmamento e supremacia. O exército do país, que inclui desde suas Forças Armadas a magos guerreiros, invadiu um pequeno reino chamado Élon, que fica a leste do território. O evento está sendo chamado de Guerra Relâmpago por ter sido tão rápido" — narrou, fazendo Isla erguer a cabeça. — "O território em que os magos do reino praticavam e instruíam seus mais novos aprendizes foi completamente destruído. Foi, certamente, uma batalha sangrenta, que deixou medo nos corações do povo e de seu rei, até que a nação se rendeu à Zeligaia".

As jovens se entreolharam com expressões iguais de horror antes de Hillary ler a parte seguinte:

— "Zeligaia mostrou ter uma força exorbitante. Seus magos possuem uma magia superior a qualquer outra, e seus métodos de conquista são inovadores, algo que nenhum outro mago de qualquer outro país já tenha visto. Tal poder fez com que os sobreviventes de Élon migrassem para outros países à procura de abrigo, alegando que a magia a qual usavam os invasores era diferente: algo maligno". – Ela pausou antes de acrescentar a frase seguinte: – "Resta a este jornal conjecturar até que ponto a política expansionista de Zeligaia vai".

Hillary apertou as páginas do Portal Oásis nas mãos. Isla se sentou na cama e fechou o livro sobre o colo.

– Eles invadiram Élon? – perguntou ela, perplexa.

– Isso não é nada. Eles fizeram coisa pior. Estão tomando terras para fins econômicos. Por poder – respondeu com repulsa na voz. – E não é só isso. Pelo que está escrito na página quatro, Arkar e Bacaly decidiram se juntar ao presidente Júlio.

Isla se inclinou para ler.

> "As Repúblicas Arkar e Bacaly, que demonstraram possuir ambições parecidas com as do presidente Júlio Cohen, decidiram se juntar a ele. Através de acordos políticos e econômicos, os três formaram a Aliança-Fati."
>
> Portal Oásis

– Aliança-Fati? Que medonho! – interrompeu Isla, erguendo a sobrancelha, claramente debochando.

– Está chamando Friedrich Nietzsche de medonho? – retrucou Hill, rindo. – É criativo. Mas eles trocaram as primeiras palavras, porque o termo correto é Amor-Fati. Eles só pegaram o sentido. – Hill tentou se explicar. – Amor-Fati, traduzido do latim, seria amor ao destino, aos acontecimentos, tendo sempre uma postura afirmativa diante dos fatos. Nietzsche também falava sobre o homem seguir sua vontade de potência, para alcançar, assim, seu crescimento a partir de sua força motivacional, para alcançar o além do homem, que seria o ser mais evoluído que possui o potencial absoluto.

– Humm – murmurou Isla. – E por isso eles se autodenominam homens evoluídos que amam o destino? Não passam de tiranos.

– Concordo plenamente.

Hillary se sentou na cama enquanto sua amiga voltava a se deitar, mas dessa vez concentrada nas notícias do Portal Oásis.

— Pelo que o jornal informa, a Aliança garante união e proteção aos países envolvidos, e destrói aqueles que são contra. Aqui diz: "Zeligaia invadiu mais um território, o reino chamado Litúr, com mais uma guerra sangrenta, deixando para trás muitos corpos e fazendo os sobreviventes se renderem e apoiarem suas ideologias".

A partir daí, grandes conflitos estavam garantidos, certamente.

— Isso é terrível! — exclamou Isla. — Karsia pode até não entrar no conflito, mas Litúr é o reino que nos separa de Zeligaia, e, agora que ela está tomada, nada pode impedi-los de vir para cá.

Hillary assentiu.

Quando o povo de Zeligaia fosse expandir seu território ainda mais, quando decidisse tomar Karsia, teria de se preparar para um combate épico.

— Isso é uma guerra ideológica — refletiu Isla, fazendo Hill olhar para ela. — O que o rei e o primeiro-ministro disseram sobre essa situação? — indagou, inclinando-se para espiar o jornal.

— Bom... Eles estão sentindo a tensão, com certeza.

Hillary deu mais uma olhada no Portal Oásis à procura de um possível pronunciamento de seus governantes, mas não o encontrou.

— Acredito que Júlio Cohen não seja um idiota a ponto de tentar invadir Karsia — refletiu Hill. — Nós somos uma grande potência, e, mesmo que eles estejam com essa tal magia superior, ainda temos o maior centro de magos do continente.

Isla concordou. As duas relaxaram com essa conclusão, pois tinham um bom representante que sempre se preparava para qualquer tipo de conflito.

A situação era, vez ou outra, comentada em Pitskarsia. No entanto, apesar da tensão no reino, ali o ensino corria normalmente. Os estudantes estavam a par dos acontecimentos do mundo, mas não achavam que a guerra iria alcançá-los. Aulas de cura, feitiços, poções e muito mais eram passadas aos alunos, e era naquilo que eles focavam.

Alguém bateu na porta com força.

Hillary se assustou e ouviu o risinho de Isla a acompanhar enquanto se levantava para abrir a porta a um possível Myles, animado. Ele estava segurando o mapa do castelo de Pitskarsia nas mãos e tentava imaginar cada cantinho do lugar que passaram a chamar de lar.

Myles voltou seu olhar para Isla, que voltara sua atenção para as imagens horrendas de órgãos, veias e sangue.

— Ah, por favor! Você vai com a gente — disse Myles.

— Estou estudando.

Entrando no quarto rapidamente, Myles pegou o livro das mãos de Isla e o outro sobre a cama dela.

— Ei!

Isla pulou da cama.

Myles levantou o par de livros, fazendo Isla pular para tentar pegá-los de sua mão, pois ele era bem mais alto. Hillary sorriu.

— "O sangue chega ao coração através da circulação pequena..." — leu Myles, como se estivesse recitando um poema, em tom de gracejo.

— Myles. Devolva!

— Não adianta, Myles — debochou Hill. — A biologia é o amor da vida dela. Nem tente competir.

Myles revirou os olhos diante da insinuação.

— Não vou devolver até ouvir você dizer que vai sair e dar uma volta com seus amigos, Isla — falou Myles. — Sei que cada frase desse livro já está dentro dessa cabecinha linda. Pode dar uma pausa, não?

Isla fez uma careta.

— Ok, ok! Eu vou.

Myles sorriu e os devolveu. A garota agarrou o par de livros.

Saíram e foram para a ala oposta. Passaram por corredores e mais corredores, por lugares onde muitas e diferentes pessoas caminharam, admirando as mesmas coisas que eles.

Isso maravilhava Hillary.

Os amigos eram curiosos e tentavam conhecer cada canto de Pitskarsia, especialmente a parte reservada à universidade, que não podiam visitar quando eram da escola. Vagavam por lugares que não eram tão visitados pelos alunos e, com o mapa nas mãos de Myles, passeavam pela construção.

Chegaram a um corredor no primeiro andar que era afastado de tudo, e a única coisa que nele possuía era quadros. Isla andava com seus livros de anatomia em mãos, enquanto Hillary se deleitava com a história que aquelas paredes continham.

O corredor estava vazio, por isso Hill tomou a liberdade de explicar aos amigos os eventos que os quadros retratavam. Ela declarava cada guerra, conflito e evolução de tal forma que dava para sentir a onda de sentimentos que as pinturas exalavam. Ela passava de um para o outro com tanto vigor que às vezes era difícil acompanhar seu raciocínio, mas Myles e Isla a entendiam.

Quando chegaram a um certo quadro, que retratava um curioso feitiço que era somente elaborado por um arquimago, ficaram parados. A pintura revelava um mago sobre um cavalo de fogo. Em suas mãos, erguia seu cajado, exibindo seu elemento. Era o Senhor do Fogo. Poucos magos tinham energias exorbitantes como aquela para, através de seu elemento, criar seres como aquele cavalo.

Hillary parou para admirar a incrível magia que revolucionou a História. O feitiço fora feito somente uma vez em um conflito que ocorrera séculos antes. Aquele feitiço se chamava "Cavaleiro Elemental".

Myles e Isla admiravam, juntamente com a amiga, a linda obra de arte.

Hill franziu o cenho, sentindo que algo estranho emanava da pintura. Ela ficara séria, fazendo os amigos a encararem. Estendeu sua mão e tocou levemente a pintura. Imediatamente, como num susto, afastou-se.

— O que foi? — perguntou Myles, preocupado.

— Vocês não estão sentindo? — indagou, com os olhos repletos de curiosidade. — O quadro está enfeitiçado, ou é algo atrás dele.

— Não sinto nada, Hill — disse Isla, franzindo a testa.

Hillary retirou o quadro e tocou a parede. Confirmou sua hipótese de que não era a pintura, mas, sim, a parede que estava enfeitiçada. Várias suposições passaram por sua mente, e ela só conseguiu chegar a uma conclusão.

Era uma passagem secreta.

Ela direcionou sua mão e fez o feitiço para que a porta oculta se abrisse. Em um piscar de olhos, a parede ganhou contorno e se abriu para dentro, liberando o ar quente.

— Não vamos entrar — disse Isla, com receio.

— Essa passagem não tem no mapa — disse Myles, analisando freneticamente o papel em suas mãos.

— Porque é secreta — afirmou Hill, sorrindo diante da descoberta.

Ela começou a entrar e os outros se viram na obrigação de acompanhá-la, mesmo estando com certo receio. Uma escada que descia sobre um túnel escuro pairava sobre eles. Hillary fez nascer de suas mãos uma bola luminosa que guiou o caminho. Assim eles avançaram, mesmo que seus corações estivessem palpitando forte.

Os degraus pareciam não ter fim, até que chegaram a uma sala estranha, que carregava uma energia negativa, o que causou arrepio nos três. Ainda assim, a curiosidade era maior que medo, até mesmo para Isla.

Eles se dirigiram ao meio da sala e dali puderam discernir onde estavam. Isla tocou nas paredes e percebeu que elas não eram feitas de pedra, mas de terra pura, como se não tivessem tido tempo de construí-la. O lugar estava no subsolo, embaixo de Pitskarsia.

E como fedia!

Os amigos olharam em volta. O cômodo possuía vários livros, grimórios na maioria das vezes. No chão, vários símbolos foram desenhados, e, mesmo não sabendo o que significavam, puderam sentir sua opressão. Já no canto leste da sala, um altar feito de pedra se estendia. Nele estava uma pequena pilastra.

Hill subiu e avistou dois livros sobre ela.

— Olhem o que quiserem, mas deixem no mesmo lugar, exatamente como estava — falou Isla.

Assim eles começaram a abrir os grimórios e a tentar desvendar suas propriedades mágicas e porque eles eram tão estranhos. Hill voltou sua atenção aos dois livros sobre a pilastra. Um deles estava aberto e possuía vários símbolos de energia negativa. Ela leu a primeira página e percebeu que se tratava de necromancia, ensinava um ritual para trazer os espíritos dos mortos ao plano astral, onde os humanos poderiam vê-los.

Um arrepio subiu pelas costas dela.

A jovem pegou o outro livro que estava fechado e leu as primeiras letras que estavam na capa "O conto...". O resto parecia ter sido queimado para que ficasse ilegível, mas assim mesmo dava para ver que ele possuía um símbolo. Ela o abriu e percebeu que todo o livro fora queimado. As páginas continuavam inteiras, mas, por uma magia peculiar, o livro fora queimado somente nas palavras, permanecendo com as folhas intactas. Hill o colocou no lugar, e uma energia ainda mais estranha começou a surgir.

Aquilo não era uma sala qualquer, era algo maior.

A garota desceu até o altar e o contemplou. Era óbvio.

— Esse lugar é um santuário de magia das trevas — sussurrou.

— Vamos sair daqui — retrucou Myles.

Os três saíram às pressas, deixando tudo em seu devido lugar. Correram para fora e tentaram esquecer o que haviam descoberto.

Eles tentaram.

5

O mago das trevas

Hillary se viu no Grande Salão. Tudo parecia diferente. A tensão era grande. Não havia alunos ou professores andando de um lado para outro, seguindo suas tarefas. Ela olhou para as pilastras que representavam os elementos e percebeu que o lugar não estava normal.

— Olá? — chamou, sem resposta. — Tem alguém aí?

Estava sozinha.

Os ventos cantavam uma música sinistra e aterrorizante. A brisa gelada balançava seus cabelos e arrepiava seu corpo.

Hill sentia medo.

Depois do horrendo silêncio, algo se materializou à sua frente. Era uma figura escura cujo corpo queimava em chamas negras. Seu rosto não era visível, mas sua aura emanava fome por sangue.

A figura sombria começou a correr em direção a Hill. Por instinto, virou-se e fugiu. Subiu a escadaria o mais rápido que pôde. Suas pernas começaram a fraquejar, de sua testa o suor escorria, e em seu peito o coração saltitava.

Perguntava-se o porquê de aquela figura maligna a querer.

Mesmo sem entender, correu o mais rápido que conseguiu.

Em dado momento, desviou sua rota e foi parar no terraço, sobre o Grande Salão. Ele proporcionava uma perfeita visão do jardim e das alas destinadas a estudar astrologia. O lugar era amplo, mas sem saída.

Hill se viu encurralada pela figura maligna.

Estava em um beco sem saída.

Hillary se virou para encarar a encarnação do mal que parara de correr, pois viu que suas chances de conseguir o que queria eram enormes. Ela percebeu que o mago sombrio possuía um cajado que emanava fogo negro.

O terror se apoderou de seu corpo.

Contudo, antes que a figura exercesse seu poder maligno, algo apareceu atrás de Hillary. Seu corpo sentiu outra aura aparecer no terraço, e a temperatura do lugar se elevou. Virou-se e observou a nova figura sem rosto coberta por chamas, porém sua aura emanava o bem, mesmo que exalasse sede de vingança.

Duas figuras do fogo, uma do bem e outra do mal.

Uma luta.

Ela estava bem no meio disso.

Abaixou-se bruscamente quando os ataques começaram.

Não entendia o porquê de estar ali. Tudo estava tão confuso...

Seu corpo sofria queimaduras graves por causa das rajadas de fogo que caíam sobre ela. De repente, algo inesperado aconteceu. A figura nigérrima avançou em direção a Hill, sem ela perceber, agarrou seu pescoço e com o cajado abriu um buraco no chão.

Hill começou a cair com o mago sombrio pressionando seu pescoço. Lágrimas de aflição começaram a rolar de seus olhos. Seus dedos tentavam tirar as mãos de si, sem sucesso. Ela encarou o desconhecido durante a queda na esperança de olhar nos olhos de seu assassino, mas nele só se via o fogo que dilacerava a pele de Hill, corroendo-a.

A dor tomou conta dela.

De repente, um rosto começou a se projetar na figura. Uma mulher de cabelos castanhos grisalhos lhe encarava com um olhar de arrependimento. De seus olhos, lágrimas escorriam. Hill sentiu que a mulher estava querendo lhe dizer alguma coisa.

Ela colocou sua outra mão nas bochechas de Hillary, abriu a boca e sussurrou:

— Perdoe-me.

No final da fala, seu corpo encontrou o chão.

Uma explosão.

Colossal.

Magnífica.

Era o fim.

Hillary acordou num sobressalto. Seu corpo estava pesado, como se algo a prensasse contra a cama. Seu coração palpitava. Tudo não passara de um pesadelo, mais um pesadelo. De sua cabeça, as visões do macabro sonho não se apagavam.

O medo começou a crescer em seu peito a ponto de sufocá-la. As visões do mago das trevas a sufocando, tentando matá-la, ainda a assombravam, como se ele ainda estivesse ali. O peso de seu corpo não a deixava. Ela soluçou. Nunca se sentira assim, mesmo que já tivesse tido pesadelos como aquele, mas algo estava diferente, como se ele realmente tivesse acontecido e estivesse preso em sua memória.

Em sua alma.

Virada de barriga para cima, ela tentava, sem sucesso, controlar a respiração.

De súbito, sua respiração parou pela beleza que inundou sua vista. Fechava e abria os olhos para ver se o que enxergava era real. Acima de si, cristais de neve começaram a flutuar em uma dança sincronizada. Vários deles deslizavam em sua magnificência, como se estivessem ali para ajudá-la e consolá-la.

Hillary ficou maravilhada. Sua respiração começou a voltar ao normal.

Sentou-se e observou pequenos flocos de gelo dançarem em volta de seu corpo como se pudesse dançar com eles. Aquilo a deixou confusa, mas a acalmou, trazendo de volta a tranquilidade e o conforto, fazendo com que se esquecesse de seu sonho.

Seus olhos arregalados admiravam a melodia silenciosa que os cristais criavam, quando um deles chegou perto o bastante para lhe dar um beijo frio em sua testa e derreter em seu rosto. Hillary fechou os olhos, concentrando-se no toque gelado, como se realmente alguém estivesse ali a beijando para acalmá-la.

Quando abriu os olhos, os cristais desapareceram.

Ela se perguntou se aquele seria seu elemento. A água. O gelo.

Hillary avistou a amiga dormindo no outro canto do quarto. O relógio marcava três horas. Tão cedo, e ela já estava tão desperta. As aulas do dia consistiam em treinar cura, luta com lâminas e motivar seu poder a revelar seu elemento, sendo que o último era praticado todos os dias.

Hill se lembrou dos sonhos que tinha quando era criança. Todos eles pareciam se interligar, mas ela não sabia como. Uma curiosidade imensa se apoderou dela. Queria saber respostas sobre o que era o fogo escuro e por que esses sonhos a deixam apreensiva.

Queria, principalmente, um pouco de descanso.

Desde a morte de sua mãe, eles lhe causavam insônia.

Mesmo sendo proibido sair do quarto de madrugada, levantou-se, abriu a porta e saiu na esperança de respirar ar puro. Passou pelo corredor dos quartos das meninas, atravessou um pátio vazio e foi em direção ao Grande Salão, que a separava do jardim. Enquanto descia a escadaria principal, avistou os magos guerreiros que guardavam o castelo. Sua fuga estava arruinada, mas ela já estava no final da escadaria.

Não recuaria.

No último degrau, para seu azar, tropeçou.

– Arf! – ofegou antes de poder se deter.

Em seu pânico momentâneo, Hill se escondeu atrás do corrimão assim que os magos notaram a voz, ocultando-se da visão deles.

– Porra! Por que vocês, alunos, gostam de perambular pelo castelo a esta hora?

Enquanto ele reclamava, Hillary correu sem fazer barulho para um corredor atrás das escadas.

Aliviada por não ter sido pega, um “ufa” saiu de seus lábios. Tornou a andar vagorosamente, pois, mesmo no escuro, dava para admirar a bela arquitetura que o castelo de Pitskarsia possuía. Ela entendia muito bem o porquê de Myles amar andar pela construção. As pilastras, os desenhos nas paredes, as formas equilibradas e harmoniosas, estava tudo em perfeita simetria.

Logo a preocupação com o sonho se esvaiu.

Andou até chegar em um corredor com belos quadros, corredor que não levava a lugar algum, pois sua função era apenas a admiração das pinturas. Quando se aproximou da pintura do cavaleiro de fogo, interrompeu-se, sentindo a energia que fluía dela. Era como se tivesse sido puxada para lá.

O desejo imenso de entrar na passagem secreta se apoderou dela. Era como se todos os segredos que ela escondia a chamassem, e não poderia recuar.

Hill retirou o quadro e, com magia, abriu a passagem. O ar abafado a atingiu, e os grimórios a chamavam para dentro.

Lembrou-se do sonho e percebeu que poderia descobrir algo sobre o fogo negro com todos aqueles livros e símbolos. Pensando nisso, entrou. Fechou a passagem e projetou seu globo de luz.

Algo que ela não notara da primeira vez que estivera ali era que nas paredes possuíam hieróglifos que não conseguia decifrar.

Desceu as escadas e se deparou novamente com o santuário.

O tenebroso santuário.

Nada parecia estar fora do lugar desde a vez que estivera ali. Ela se perguntou se alguém sabia da existência daquele lugar.

A energia negativa a envolveu, os fios de seu cabelo se eriçaram e um frio começou a percorrer sua barriga. Ela subiu no altar e avistou o livro que fora queimado, "O conto...", e o que estava ao seu lado, aberto em uma página que mostrava um ritual de invocação.

O livro de necromancia.

Percebendo que não acharia nada sobre o fogo negro ali, partiu para outro livro.

Grimórios que possuíam vários símbolos estranhos de espiritualidade negativa estavam lá. Hill queria sair, mas sua vontade de saber mais era maior. Então leu vários livros. Sentou-se no chão de terra e mergulhou no conhecimento que aquelas páginas poderiam lhe oferecer.

Descobriu que o fogo negro era uma elevação do elemento fogo. A magia daquele fogo era rara, pois era necessário que a energia de vários espíritos lhes desse aquela força. Os espíritos viravam escravos dos magos, e os magos usufruiriam de toda energia negativa que tiveram durante a vida. Somente com a morte do mago os espíritos seriam libertos para irem ao descanso eterno.

— Magia das trevas... — sussurrou para si mesma.

O fogo negro possuía particularidades inabaláveis. Suas chamas não podiam ser apagadas por meio comum, como água e gelo. Suas flamas eram letais, pois impedia que algo se regenerasse com facilidade. A ferida o atormentaria por meses, dependendo do grau. Todas as propriedades que o mago do elemento fogo possuía, o mago do fogo negro tinha em dobro, incluindo mais agilidade e precisão.

Percebendo que passara várias horas no santuário, Hill se desesperou, pois não sabia se já amanhecera ou não. Deixou o livro exatamente onde o encontrara e correu para sair daquele lugar maligno. Ao deixar a passagem, colocou o quadro do cavaleiro no lugar e agradeceu por ainda estar escuro. Correu escadaria acima, desviando dos olhares dos magos guerreiros, para enfim chegar ao corredor dos dormitórios femininos.

Respirou fundo e voltou a andar normalmente. Um relógio na parede indicava que três horas haviam se passado. Ela apressou o passo, pois a ala começaria a se encher de alunos em uma hora, e, se Isla a encontrasse fora tão cedo, poderia fazer questionamentos que Hillary não sabia se poderia responder.

O que queria era um banho relaxante para tirar toda lembrança do sonho e da sensação ruim por ter ido ao santuário.

Quando começou a correr, uma pessoa saiu às pressas de um quarto e colidiu com o corpo de Hill. Ela se desequilibrou e caiu. Olhou para cima e se espantou em notar quem era.

A pessoa que ela menos esperava ver.

– Hillary – cumprimentou e estendeu a mão.

– Denyel – falou ao aceitar a mão.

Ficou em pé.

– O que está fazendo perambulando por aí a esta hora? – perguntou ele, com um sorriso atrevido.

– Faço a mesma pergunta, Denyel. Aliás... acho que já sei a resposta – respondeu Hill, mirando o quarto de Liana, uma garota simpática e carismática.

Os dois passavam muitas noites juntos, pelo que Hillary ouvia.

Ele emudeceu por um segundo, pois não esperava encontrar alguém em sua fuga.

– Já que fui descoberto, o que você estava fazendo, mocinha? – perguntou ele, franzindo as sobrancelhas.

— Na biblioteca. — Foi a primeira coisa que conseguiu pensar.

— Mas ela só abre às seis — disse ele, cético.

— Bom, eu dei meu jeito...

— Não me surpreendo ao vê-la sair de madrugada para ler — brincou, lembrando-se das muitas vezes em que a viu no jardim absorta do mundo ao seu redor, pois estava lendo.

— Então vou voltar ao meu quarto — disse Hillary, já andando em direção ao dormitório.

— Espere! — Ele segurou o braço dela. — Podemos ser amigos, parceira de baile?

Hill o encarou e percebeu que ele ficara com vergonha no dia em que não teve sucesso com o beijo, pois gostava dela. Hill sorriu como sinal positivo ao seu pedido. Denyel era uma pessoa agradável e seria um bom amigo.

— Claro, parceiro de baile.

Ele a soltou e se despediu com um sorriso. Hill lhe devolveu o sorriso e voltou para seu dormitório. Isla continuava na cama dormindo como a donzela disfarçada que era. Aproveitando a privacidade, Hillary partiu para o banheiro das meninas no corredor, pegando, no caminho, a pequena caixinha eletrônica de Isla.

Uma música cairia bem para despertar!

Entrando no banheiro, ligou o aparelho e clicou na estação local, em vez da rádio de Pitskarsia, e o ambiente se encheu com uma boa música romântica.

Hillary suspirou ao sentir o toque da água quente em contato com sua pele nua, enquanto seus ouvidos se deleitavam com a melodia.

De repente, a música foi interrompida pela voz de uma locutora do Portal Oásis na rádio.

Tentou mudar a frequência, porém aquele era um anúncio obrigatório a todos os cidadãos de Karsia. Mesmo que gostasse de ouvir e ler as notícias, naquele momento só queria relaxar, mas percebeu que não seria possível. Então pôs-se a ouvir o que a mulher dizia:

— *Voltamos ao ar com novas informações sobre as ações da Aliança-Fati, comandada pelo presidente Júlio Cohen, e seus impactos em Karsia* — dizia a mulher.

— Na tarde de terça-feira, os reinos de Arklávia e Hértigo, juntamente com outros países do continente, fizeram um pronunciamento oficial sobre medidas para evitar o avanço da Aliança-Fati. Confiram a fala do rei de Arklávia: "Criamos a Aliança Iluminada como uma organização que impeça a expansão dos ideais autoritários de Zeligaia, que agora conta com o apoio de outros países. Nossa intenção é pregar a paz entre as nações e respeitar sempre os Diretos Humanos", disse o monarca em entrevista exclusiva para o Portal Oásis. "Nós, da Aliança Iluminada, nos tornamos seres iluminados. Não permitiremos que a violência e o ditatorialismo governem nosso mundo!". Na noite de anteontem, a Aliança Iluminada informou que a convocação à Zeligaia foi respondida. Foi declarado que o exército do país não vai invadir mais nenhum território, embora Júlio Cohen tenha se recusado a renunciar aos que já foram tomados. Ambas as alianças aceitaram os termos do acordo.

— Ah, sério? — murmurou Hillary, revirando os olhos.

Agora estava parecendo uma disputa filosófica. Primeiro era criada uma aliança com base na filosofia de Nietzsche, agora outra inspirada na de Immanuel Kant.

Hillary balançou a cabeça e ergueu a mão para pegar o xampu de ervas.

Hill entendeu as entrelinhas que a interlocutora não queria revelar. A Aliança Iluminada tentava deter a Aliança-Fati, e o modo que viu isso se realizando foi deixando os países já conquistados com Júlio para não causar um conflito maior. Zeligaia não tinha força suficiente para acabar com a Aliança Iluminada, pois, apesar de tudo, era um país em ascensão. No fundo, Hillary pressentia que isso não ficaria barato!

Os objetivos de Zeligaia, ainda assim, estavam sendo cumpridos. Élon lhe proporcionara grande fonte de matéria-prima e Litúr uma grande fonte de petróleo e magos incrivelmente treinados.

Mesmo assim, Hillary se sentiu aliviada pelo resultado da conferência ter sido a paz. Não aconteceria mais guerras e expansionismo exacerbado! Nenhuma guerra atingiria Karsia.

Em poucos minutos, ouviu o som das alunas adentrando o banheiro para se prepararem para as aulas, enquanto Hillary ouvia o fim da notícia.

— De acordo com o pronunciamento do primeiro-ministro de Karsia, houve uma reunião oficial na tarde de ontem com o presidente de Zeligaia. O primeiro-ministro, juntamente com Júlio Cohen, fez um pacto de não-agressão — acrescentou a mulher.

— Pacto de não-agressão... — murmurou Hillary, enrolando-se na toalha e saindo do banheiro.

Karsia, obviamente, estava preocupada com a invasão de Litúr, pois este era um reino que o ligava diretamente à Zeligaia. Mesmo que a conferência entre os dois governos tenha sido considerada um sucesso, um pacto de não-agressão não assegurava muita coisa. No entanto, Zeligaia temia que Karsia entrasse para a Aliança Iluminada, pois isso significaria seu fim. Por isso, cedeu, em sinal de paz, parte do território de Litúr.

Karsia se tornara um dos reinos mais fortes e grandes do continente. A população poderia ficar mais tranquila quanto a uma possível invasão, de acordo com o jornal.

E, no entanto, por que isso parecia pouco tranquilizante para Hillary?

6

O senhor do gelo

Dias se passaram e, com eles, chegou a estação mais gélida.

O inverno daquele ano fora o mais gelado vivido em décadas. Juntamente com o frio que consumia a todos, matando os mais necessitados, veio também um conflito que ninguém mais esperava que voltaria a acontecer.

Zeligaia tomou para si um território do sul chamado Vasly, que lhe proporcionara grande fonte de minério e uma grande tropa de novos magos. O ataque foi uma surpresa, pois todos os representantes de seus países não acharam que depois da conferência de paz Júlio Cohen fosse invadir outro lugar. Entretanto, ele se mostrou um presidente autoritário que só se importava com seu crescimento.

Poder e glória. Esse era seu objetivo.

Seu povo agradecia por tê-los tirado da miséria em que estavam vivendo. Zeligaia se tornara um país de grandes riquezas, e esse mérito todos davam ao presidente mago Júlio Cohen. A Aliança Iluminada ainda não se pronunciara, mas o verdadeiro conflito agora pairava às portas de todos os governos. A morte e a dor eram suas vizinhas. Nada que pudessem fazer conseguiria deter o mais feroz tirano da História.

"Este jornal precisa assinalar... Seja pelo governo autoritário, a guerra que iniciou, ou pelo poder sem precedentes, o grande arquimago do ar jamais será esquecido."

Hillary soltou o jornal e olhou para o teto. Nem mesmo ler sobre a tensão política, graças ao Senhor do Ar, a distraía.

Novamente, o mesmo sonho que tinha havia tempos vinha atormentar a noite de Hillary. O mago do fogo negro caindo sobre ela e depois a mulher de cabelos castanhos grisalhos tocando seu rosto e pedindo perdão. Hill não entendia o motivo daquele pedido, pois nunca a conhecera.

Ou, pelo menos, não se lembrava dela.

Seu corpo despertara tão pesado quanto da última vez em que tivera o pesadelo. Novamente os cristais mágicos dançaram para ela, acalmando seu coração e a fazendo voltar à realidade. Os pingos de gelo desapareceram assim que um deles lhe dera um beijo no nariz, não como da última vez, que fora na testa.

O beijo gelado dos cristais de gelo era, estranhamente, o que a acalmava.

Os raios de sol começaram a inundar o quarto. Hill se levantou, abriu a janela e inspirou profundamente o ar do novo dia, sentindo-o consumir seus pulmões. Era uma manhã gloriosa e um novo dia para um recomeço, apesar de tudo o que estava acontecendo mundo a fora.

Depois da aula de Aplicações da Magia IIII, na qual eles treinaram seus poderes e impulsionaram seus elementos para serem descobertos, muitos outros descobriram seus elementos, mas Hillary, Isla e Myles não chegaram nem perto de senti-lo, apesar de Hill achar que o seu era o gelo por causa dos cristais.

Os belos cristais que lhe acalmavam quando ela precisava.

Todos foram ao refeitório para se deliciarem do almoço. A comida servida estava cheia de novidade. Tortas de frango e carnes, verduras e vários outros tipos de legumes, massas de variados tipos e bebidas de cores diferentes e sabores deliciosos. Na mesa, estavam sentados vários amigos que estudavam no mesmo ano que os três amigos. Piadas e risadas reinavam no ambiente.

— Vocês o viram? — perguntou Aisha, arrumando os cabelos loiros e piscando seus olhos incrivelmente azuis.

A pergunta foi dita para todos que estavam na mesa. Seus olhos estavam ansiosos por respostas.

— Viu quem? — perguntou Liana, a garota que, por pouco tempo, fora cortejada por Denyel.

Os dois não estavam mais juntos, pois nem sequer assumiram algo.

As duas garotas eram grandes amigas e adoravam uma fofoca.

— O novo professor, é claro! Ouvi dizer que ele é um pedaço de mau caminho — respondeu Aisha com um sorriso pervertido.

Todos na mesa caíram na gargalhada.

— Quem não é um pedaço de mau caminho para você, Aisha? — perguntou Myles, que não parava de rir.

— Estou falando sério. Ainda tem mais um detalhe sobre ele que vai fazer até vocês, machos ranzinzas, quererem ter aula particular com ele... — disse ela com um olhar desafiador.

Os colegas de classe se entreolharam e começaram a rir novamente. Hill e Isla se deliciavam do almoço, mas não deixavam de rir com os garotos.

— Duvido muito — disse finalmente o amigo de Myles, chamado Callum. Ele era tão ruivo quanto Isla, mas sua verdadeira beleza estava nos olhos inteligentes. — Mas quem sabe ele não nos dê a honra de umas aulas particulares — completou, dando gargalhadas com Myles.

— O que ele tem de tão especial? — perguntou Liana, com o olhar furioso para os meninos, que não paravam de rir.

Aisha inclinou o pescoço e disse suavemente:

— Ele é o Senhor do Gelo.

Todos pararam de rir e ficaram espantados com a notícia. Um dos arquimagos sendo professor? Era a pergunta que semicerrava nos olhos de cada um na mesa. Eles encaravam Aisha com perguntas estampadas no rosto, enquanto ela se deliciava com a atenção, um sorriso estampado em seu rosto.

— Por que um dos Senhores dos Elementos veio lecionar? Achei que eles trabalhariam com coisas mais pesadas — opinou Liana.

— Essa é a questão. Ninguém sabe! — disse Aisha.

— Ouvi dizer que tem um amigo aqui, o professor Jones de Alquimia — comentou Liana. — Ele vai começar a dar aulas para nós neste segundo semestre.

— Ah, sim, acho que eu o vi quando estava indo para minha aula. Eu vi... um homem com o professor Jones. Os dois levitavam suas malas e estavam indo aos aposentos dos professores. Talvez seja ele — disse Isla.

— Como ele é? É realmente um pedaço de mau caminho? — perguntou Aisha com curiosidade estampada nos olhos. Colocou os cotovelos sobre a mesa e apoiou sua cabeça nas mãos, esperando pela resposta.

— Eu diria que sim — respondeu Isla, corada.

Hillary começou a rir da amiga, e Myles se remexeu, desconfortável. Aisha soltou um gemido de satisfação. Novas risadas soaram.

— Ele é professor de História da Magia. A partir de hoje essa será minha matéria favorita — disse Aisha, não se importando com as risadas dos amigos.

— Vai ser uma honra imensa ter aula com um arquimago — disse Hill.

Todos assentiram.

Hillary voltou sua atenção ao seu prato de comida, enquanto todos riam e conversavam sobre diversos assuntos, quando alguém chegou por de trás e lhe deu um beijo rápido na bochecha. Hill imediatamente se virou e deu cara com os olhos atrevidos de Denyel rindo de seu espanto.

— Boa tarde, parceira de baile. Isso aí está bom? — indagou com os olhos cheios de diversão.

— Aham — falou, olhando para a mão dele, que segurava uma folha de jornal. — É do Portal Oásis?

— Ah, é, sim. — Ele lhe entregou o jornal. — Ganho um beijo por te dar isso?

Hillary e Denyel tinham se tornado bons amigos, apesar de não conversarem com frequência, e ele nunca mais tentara beijá-la, para satisfação dela, embora a provocasse constantemente com comentários como aquele.

Antes que Hill pudesse responder à pergunta de Denyel, outros garotos apareceram e o arrastaram para longe, dizendo, em meio às gargalhadas, que tinham de lhe mostrar algo. Ele foi empurrado, mas ainda conseguiu gritar de longe.

— Até mais tarde, parceira.

Hillary balançou sua cabeça e deu um risinho, confirmando. Ele sempre fora e sempre seria o mais popular da universidade.

Ela baixou o olhar para o jornal e leu enquanto seus amigos conversavam. A notícia estampada na capa causou arrepios em Hill.

"Aliança Iluminada declara guerra contra Aliança-Fati."

— Um arquimago autoritário que só pensa em poder. Um tirano, é o que ele é — murmurou Hill para si.

O verdadeiro conflito pairava às portas de todos os cidadãos desses países. A morte e a dor agora eram suas vizinhas. Nada que pudessem fazer conseguiria deter o governante mais devastador da História.

Júlio Cohen, o Senhor do Ar.

Hillary sentiu dor de cabeça. Lembrou-se do maldito sonho com o Mago das Trevas e se perguntou se todos aqueles conflitos influenciavam em seus sonhos. Talvez sua tensão a fizesse ter aqueles pesadelos.

Voltou-se para sua comida, mas sua mente foi inundada por visões dos sonhos que a atormentavam. Seu olhar ficou distante e absorto.

Está tudo bem?, perguntou Isla pela ligação mental.

Tive um pesadelo. Nada demais, garantiu Hillary.

Quer conversar sobre?, insistiu Isla.

Quero voltar ao santuário. Tem fragmentos do meu sonho que eu não consigo entender, mas algo naquele lugar me chama, como se me implorasse para investigar, respondeu Hill.

O olhar de Isla ficou sério. Não falavam sobre o santuário, nunca, e ela não sabia que Hill o visitara novamente sozinha.

– Está tudo bem? – perguntou Myles, observando a tensão entre as duas.

– Ela quer ir ao... você sabe – sussurrou Isla, apontando o queixo para Hill.

– Por quê? – perguntou Myles.

– Tenho a impressão de que há algo lá que me ajudaria a entender meus pesadelos. Por favor, me ajudem – pediu em um murmúrio. – No caminho, conto o sonho.

Myles e Isla se entreolharam e se levantaram, o que deu a entender que haviam concordado. Hill se levantou e seguiu os amigos em direção à passagem secreta.

Ao santuário.

Ao palco da Magia das Trevas.

7

A promessa

Os três caminharam sorrateiramente enquanto Hillary falava. Os dois ficaram intrigados quanto as propriedades do fogo negro, também queriam saciar suas perguntas investigando o único lugar que poderia, talvez, dar as devidas respostas.

O santuário permanecia intacto, como se ninguém o visitasse desde a primeira vez que estiveram ali. Os livros, os símbolos e objetos, todos do mesmo jeito. O ar abafado os oprimiu. Desconforto e apreensão os dominaram.

Os três começaram a procurar tudo sobre fogo negro e magia das trevas. Descobriram feitiços diferentes, todos malignos, o destino de forças ocultas e alguns rituais que envolviam a necromancia. Tudo naquela sala era macabro e espiritual, até mesmo o livro sobre o altar que nada mais revelara, a não ser as primeiras palavras "O conto...". Este livro em especial roubava a atenção de Hill, e ela não entendia o porquê.

Cada feitiço poderia ser dito de trás para frente por Hill, por causa do tanto de vezes em que os lera, mas aquilo era magia das trevas. Ela nunca a praticaria.

Depois de horas lendo e relendo, os três começaram a ouvir passos no andar de cima, no corredor dos quadros. A respiração dos três paralisou. Eles se entreolharam e o espanto e o terror cresceram.

Isla começou a tremer de medo, Hill se colocou ao lado dela e segurou firme sua mão. A pessoa acima parou, e os três conseguiram ouvir e sentir pela magia que ele retirava o quadro do cavaleiro. Seus corpos gelaram como se estivessem mortos. O santuário que desde o início imaginaram não pertencer a ninguém, agora teria um novo visitante que não eles.

Aquele lugar tinha um dono. E provavelmente era alguém que morava em Pitskarsia. Alguém ali praticava magia sombria.

Isso os apavorou.

Mais passos ecoaram acima deles, e agora as duas pessoas conversavam. De algum jeito, quem estava prestes a entrar na passagem secreta aparentemente desistiu e os passos soaram, afastando-se. Minutos depois, Hill, Isla e Myles dispararam escadaria acima, sem olhar para trás, pois a única coisa que queriam era sair daquele lugar maldito.

Alguém em Pitskarsia praticava aquelas atrocidades, e eles não sabiam quem.

Alguém maligno vivia ali.

Ao saírem, verificaram tudo e se certificaram de que as coisas estavam em seu devido lugar. Suas respirações estavam irregulares quando saíram de lá. Correram pelo corredor e só pararam quando já estavam a vários metros de distância.

— Nunca mais, em hipótese alguma, entraremos naquele lugar. Jamais! — falou Isla com terror nos olhos. Hill nunca a viu assim antes em toda a vida. — Prometa, Hill!

— Prometo — disparou Hill com a voz desregular, pois também estava com medo.

Isla encarou Myles esperando a resposta dele. Seus olhos ficaram confusos, mas então ele percebeu que também teria de prometer.

— Prometo, Isla.

Isla respirou fundo, acenando.

— Estamos atrasados para as aulas extracurriculares. Encontrarei vocês no gramado.

Isla disparou pelo corredor, indo em direção à aula de anatomia, e Myles seguiu por outro caminho e foi para sua aula de engenharia. Hill, porém, ficou por um tempo parada, ainda assimilando os minutos anteriores.

Ela não queria ir para sua aula, que envolvia treinamento com lâminas, apesar de adorar treinar.

Hill se tornara uma das melhores lutadoras com lâminas, pois conseguia usar seu poder para percepção e o aprimorara para fazer com que seus movimentos ficassem mais rápidos e precisos. Depois de tudo que o mundo estava passando, as aulas de lutas em Pitskarsia se tornaram obrigatórias, para o horror de Isla. Hillary participava de duas aulas extras, uma envolvendo luta, e a outra, História. Embora amasse aquelas aulas, sentia-se exausta mentalmente.

Em vez de ir à aula, Hill disparou escadaria acima e foi para o lugar em que seu sonho ganhava vida. Não conseguia tirar a cena do mago sombrio sobre ela, por isso foi ao terraço do prédio.

O crepúsculo se fez presente, deixando as nuvens em tons de rosa-escuro e púrpura. A vista era suntuosa. Trazia paz e harmonia, diferente do que outras pessoas estavam vivendo pelo mundo. Cinco alunos caminhavam pelo local, mas eles não perceberam quando Hill parou no centro do terraço e olhou para baixo, como se pudesse sentir as pedras se partindo e ela caindo, como se estivesse em seu pesadelo. Seu coração voltou a palpitar forte pela lembrança.

Medo.

Ela caminhou para o final do terraço e se apoiou no pequeno muro para olhar para baixo, onde se dava para ter a visão perfeita do jardim da universidade. Hill imaginou como seria uma morte trágica cair dali.

— Admirando a altura? — perguntou um homem, que também estava apoiado no muro a uns oito metros de distância de Hill.

— É bem alto — disse ela, imaginando-se cair.

— Se a senhorita se inclinar um pouco mais, irá cair — alertou-a.

Hillary voltou a si e se forçou a encarar o homem ao seu lado. Ele era diferente, novo em Pitskarsia. Carregava um livro entre os braços e usava uma túnica tão negra quanto um corvo. Era um homem lindo e não muito mais velho que ela, percebeu.

— Está tudo bem? — perguntou ele, encarando-a e a tirando de seus devaneios.

— Está — respondeu ela, imediatamente.

Virou seu corpo novamente para admirar o jardim e o crepúsculo.

O homem fez o mesmo.

Hillary começou a pensar nas pessoas que estavam morrendo no mesmo instante em que ela simplesmente admirava aquele suntuoso pôr do sol. Isso a perturbava. Saber que pessoas sofriam e ela não podia fazer nada, absolutamente nada, a deixava com raiva. O ódio começou a crescer em seu peito, e ela não se sentiu digna de admirar a vista.

— Será que a guerra chegará em Karsia? — perguntou ela, com tristeza nos olhos.

Só percebeu que pensou alto depois de ter feito a pergunta.

— Bom, estamos sob um tratado de paz — respondeu o homem, medindo as palavras.

Hill se voltou para ele.

— Mas Zeligaia quebrou o limite imposto pela Aliança Iluminada. O que garante que não quebrará o pacto de não-agressão com Karsia? — Uma pergunta delicada que só poderia ser respondida diretamente.

— Acredito que o presidente Júlio Cohen não planeja correr o risco de atacar Karsia neste momento — disse ele, dando seu real ponto de vista. — Por isso estamos treinando vocês. Quando algo acontecer, devemos estar prontos.

Aquela frase chamou a atenção de Hill, especialmente o uso da palavra "quando".

Ela o encarou e percebeu que não estava falando com qualquer pessoa.

Os olhos do desconhecido eram azuis e seus cabelos tão negros quanto a noite. Sua pele era clara, o que destacava a tatuagem em sua mão, parcialmente oculta por suas vestes. A túnica escondia o resto da tatuagem, que subia pelo seu braço até o ombro, mas ela estava amostra em sua mão, e no topo dela o símbolo que Hill tanto queria ver. Nela, havia um belo floco de neve desenhado com a mesma cor dos espirais. Tudo era uma tatuagem só. E não era qualquer símbolo, era o que mostrava que ele era um arquimago.

Aquele era seu novo professor, Johannes Murray.

O Senhor do Gelo.

Hill não perdeu a compostura, embora seu coração tenha saltado de emoção. Sorriu graciosamente e fez uma curta reverência.

— Seja bem-vindo, senhor.

— Obrigado, senhorita.

Os cantos dos lábios dele se ergueram, mostrando seu belo sorriso. Ele também fez uma curta reverência, o que deixou Hill corada.

— Vejo que a guerra a preocupa bastante — disse ele, tentando voltar ao assunto.

— É só que... Sinto que ela está vindo — confessou Hill.

Essa foi a única alternativa que conseguiu achar para seus sonhos. O medo da guerra chegar a afligia.

Hillary se virou para o centro do terraço e voltou a imaginar como seria cair até seu corpo colidir com chão do Grande Salão. O professor havia ficado calado e contemplativo, como se tentasse entendê-la. Ela sentiu como se estivesse vivendo um déjà-vu, algo que só se passou em um sonho.

Um sonho estranho.

Antes que pudessem continuar o assunto, uma voz suave a chamou mentalmente.

Hill? Olhe para baixo, disse Isla.

Hillary se inclinou para poder ver Isla e Myles no jardim à sua espera. Ela não vira o tempo passar. O crepúsculo já tinha ido, trazendo a escuridão da noite.

Vamos?, perguntou Isla, acenando com a mão.

Hillary assentiu para os amigos e se virou novamente para o professor.

— Foi um prazer conhecê-lo — disse ela, fazendo outra reverência.

— O prazer foi meu, senhorita...?

— Hillary Baker — respondeu com um sorriso constrangido no rosto.

O sorriso dele morreu. O homem ficou sério, como se estivesse vendo uma coisa que o deixara perplexo. Choque. Era isso. Ele estava completamente em choque. Seu olhar estava vidrado, presos aos olhos de Hill como se ele pudesse ver além deles. Isso a deixou desconfortável.

— Está tudo bem? — perguntou Hill.

Johannes desviou o olhar e voltou a contemplar o jardim, porém seu rosto ainda revelava certa perplexidade. Seu maxilar se contraía ferozmente, e seus olhos se abriam e fechavam, como se pudesse deixar de ver o que o fez ficar estupefato.

— Desculpe, Srta. Baker, mas...

Antes que ele terminasse a frase, Myles gritou seu nome do jardim, para que ela descesse logo. Hill se assustou, mas imediatamente começou a andar em direção à escadaria, deixando o Senhor do Gelo para trás.

— Desculpe, preciso ir.

Ela partiu, contudo sua mente permaneceu ali. Tal encontro não deixaria sua mente, pois o olhar estranho que o homem lhe dera estava, por alguma razão, marcado em sua mente.

Nos meses que se seguiriam, ela não conseguiria afastar a sensação de que os olhos de Johannes Murray eram os mesmos que vira em seus melhores sonhos.

8

Primeiros vislumbres

Hillary corria desesperada atrás de algo que lhe parecia importante, mas não conseguia vislumbrar. Quando olhou em volta, viu magos lutando, lançando rajadas de fogo e de luz contra pessoas que não conseguia identificar. Havia mortos e sangue por toda parte de Pitskarsia. Os batimentos de seu coração eram tão fortes que quase os sentia na garganta.

Nada daquilo fazia sentido. Ela não fazia ideia do que estava acontecendo.

Em seu rosto, lágrimas escorriam. Quando olhou para suas mãos, seu corpo inteiro estremeceu ao ver sangue, uma grande quantidade de sangue, que manchavam seu corpo e suas mãos. Suas veias queimavam como fogo, o medo tomou conta dela como se estivesse a martelando, e ela não conseguia dominá-lo.

Não conseguia fazer nada, somente olhar para suas mãos ensanguentadas.

— Hillary! Hillary! Acorde! — gritou Isla, sacudindo o corpo da amiga.

Despertando após um grande susto, a menina se sentou na cama suando e com o corpo queimando de febre. O olhar em seu rosto, procurando se concentrar, era desesperador para a amiga, que a assistia com assombro e preocupação. Sentiu sua respiração falhar e isso a fez chorar de medo. Isla a abraçou, fazendo um círculo contínuo em suas costas, tentando consolá-la.

Seu corpo inteiro tremia como se ainda estivesse no sonho.

— Calma, foi só um pesadelo. Tente respirar — disse Isla, doce.

Seu coração foi voltando ao normal aos poucos, e, para seu deleite, a respiração também. Perguntas gritavam em sua mente.

Que sonho foi esse?, questionava-se. *O que está acontecendo?*

Com tudo voltando ao normal, Hill olhou ao redor do quarto e sentiu alívio por estar ali. *Aquilo não foi real*, tentou se convencer.

Isla se afastou, olhou para seu rosto e perguntou, calma:

— Você está bem?

Com medo de sua voz falhar, Hill apenas balançou a cabeça em afirmação.

— Acho que você não conseguirá dormir novamente, né? — perguntou Isla, preocupada.

— Acho que não — respondeu Hillary, com a voz rouca.

— Tudo bem. Ficarei acordada com você.

— Não precisa... Ficarei bem. Você tem de descansar. Teremos aulas importantes ao amanhecer.

— Eu vou ficar com você. Se for para chegar na aula com olheiras profundas, estaremos juntas nessa! — disse Isla, com sorriso nos lábios.

Hill agradeceu pela amiga que tinha.

Com o tempo, nem mesmo suas amizades a confortavam.

O inverno chegou em Karsia e com ele a dor de cabeça que atormentava Hill. Nem sua magia conseguia livrá-la da dor, pois parecia que ela não era no corpo, e sim na alma. O caminho à sala de aula parecia mais longo e tortuoso. As árvores que cercavam Pitskarsia estavam cobertas por geadas, e Hill se lamentou por não estar admirando como deveria aquela vista suntuosa.

A construção de pedra de Pitskarsia estava coberta por flocos de neve, deixando a paisagem com uma beleza exuberante. O tempo frio fez os alunos e professores usarem suas túnicas com mais frequência. Não era algo obrigatório, no entanto, pois apenas as túnicas dos professores, da coordenadora e do diretor, que eram negras, simbolizavam autoridade.

Hill não gostava da cor da túnica dos alunos. Diversas vezes teve de trocar, pois mandava fazer túnicas de cores diferentes que, com o tempo, aprendeu que eram proibidas.

A aula que se seguia era a de História da Magia com o professor Johannes Murray, o primeiro professor que era um arquimago. Todos amavam suas aulas, mesmo estando havia pouco tempo lecionando. Ele era inteligente, e sua aparência deixava as garotas loucas. Queriam chamar a atenção dele a qualquer custo, e não só por ser lindo, mas porque ele não era um simples professor – era o Senhor do Gelo, escolhido pelo elemento água. Seu poder era grandioso, mas ele era modesto. Em todas as suas aulas, usava túnicas longas e uma luva na mão direita para esconder sua tatuagem, não porque não gostava de ser o Senhor do Gelo, mas porque nenhum aluno se concentrava com aquela majestosa tatuagem à vista.

O jovem homem era alto, tinha o cabelo liso tão negro quanto corvos, seus olhos eram tão azuis quanto o céu na época de primavera e seu copo era forte e musculoso, apesar de a túnica esconder boa parte, o que deixava as garotas curiosas.

O que mais impressionava, no entanto, era o fato de que Johannes era o mais novo entre os Senhores dos Elementos, e o único do gelo, pois a água nunca elegera para si algo diferente de um Senhor da Água, o elemento no estado líquido, logo, um Senhor do Gelo era novidade. O professor tinha vinte e oito anos, e seus olhos emanavam uma sabedoria descomunal. Ele era, apesar de ser um arquimago, um dos melhores professores de Pitskarsia, pois não lecionava por dinheiro, mas, sim, por prazer.

Ele amava a profissão.

Com todos os alunos em seus lugares, Johannes começou a ditar a matéria e a explicar algo que, na concepção de Hill, estava associado a algum conflito histórico entre magos. Sua cabeça girava, impedindo-a de se concentrar na aula, embora adorasse a disciplina aplicada.

Sua dor de cabeça estava insuportável.

Hill encarava seu caderno, tentando se concentrar nas pequenas letras que nele estavam, mas nada surtia efeito. As palavras dançavam no papel, e quanto mais ela tentava se concentrar, mais a dor aumentava. Por fim, desistiu de tentar e focalizou seu olhar na janela, ficando a contemplar a neve que do céu caía.

Tão majestosa.

Tão serena.

Seu coração queria respostas que ela não conseguia responder. Sua alma estava em agonia, como se algo ruim estivesse se aproximando e tentando lhe avisar para fugir.

Mas nada fazia sentido.

Como mágica, o vidro da janela ao seu lado começou a congelar e a formar cristais de gelo. Ela sorriu para eles, pois sentia que a acompanhavam e estavam ali para acalmar sua dor. Deslizou a mão pelo lindo cristal e sentiu o beijo frio dele na ponta de seus dedos. De alguma forma, aquilo a acalmava, a fazia se lembrar de um passado que não estava muito distante.

Hillary voltou para seu dormitório e se forçou a deitar para dormir, mas sua mente estava ligada. Mil perguntas vagavam por sua mente, impedindo-a de pegar no sono. Seu corpo estava cansado, como se houvesse travado uma batalha a noite toda, por isso ficou deitada, contemplando a neve cair do lado de fora da janela na esperança do sono e renovar suas forças.

Então a noite chegou.

Tudo estava de volta. O desespero, a aflição e o medo a cercavam e não a deixavam descansar. Ao olhar para baixo, viu montanhas de corpos que não reconhecia. Sua mente queria correr e se libertar daquele mal, mas havia algo que a prendia e a puxava para a luta.

Foi então que algo a acertou direto no peito, um objeto que a fez cair rapidamente no chão.

Era uma adaga.

A arma possuía quatro pedras brilhantes. As pedras eram de cores diferentes: azul, laranja, marrom e transparente, formando uma ligação perfeita entre elas.

Seu sangue se espalhava, manchando a túnica. Debatia-se, feroz, pois o que a acertara não era apenas uma simples adaga, era algo mágico, que a fazia sentir seus ossos e órgãos se contorcendo.

A dor era insuportável.

O desespero foi maior ainda quando pessoas vieram acudi-la, e ela pôde identificar os cabelos ruivos da amiga.

Seu peito ardia como se estivesse queimando, e ela chorava esperando a morte. Foi quando algo a impulsionou a olhar para o lado que ela viu alguém rindo. Esse alguém era familiar, mas não sabia distinguir seu rosto. Sentiu uma raiva crescente em seu corpo, o que a fez comprimir todos os ossos, pois a pessoa que havia enfincado a adaga em seu peito era alguém que conhecia. Alguém que estava presente no seu dia a dia.

O ódio se tornara tão forte por não conseguir identificar seu rosto que...

– Hillary! Hillary! Por favor, acorde! – clamava Isla.

– Hillary! – gritou Myles, colocando as mãos nos braços de Hill e a balançando para poder despertá-la, mas algo o fez parar, pois, ao tocá-la, sentiu o calor imenso que ela estava emanando. – Ela está queimando, Isla!

Hill se debatia na cama, seu corpo suava de febre, suas pálpebras se remexiam de um lado para o outro em desespero. Quando finalmente acordou com um pulo, Myles e Isla a encararam preocupados e a seguraram quando seu corpo impulsionou uma queda.

– O que está acontecendo? – perguntou a jovem, colocando as mãos no peito como que para se certificar que aquilo não fora real.

Estava com a respiração descontrolada e lágrimas não deixavam de escorrer pelo seu rosto.

– Mais um pesadelo. Chamei Myles para me ajudar, pois você não acordava – respondeu Isla, com os olhos fincados na amiga.

– Você está queimando de febre, Hill. Vou chamar uma enfermeira – disse Myles, colocando a mão em sua testa.

– Não, por favor. Daqui a pouco passa. Não precisa incomodá-los por um pesadelo.

– O que te atormenta tanto nesses sonhos? – perguntou Isla, com os olhos cheios de preocupação.

Hill olhou ao redor do quarto com os olhos lacrimejando e disse, apertando forte seu peito:

– Alguém estava tentando... me matar. Uma adaga atravessou meu peito e me fez sentir tanta dor. Tanta dor. Era como se... Como se eu estivesse queimando por dentro.

– Você está segura agora, Hill – garantiu Isla, abraçando forte a amiga.

– Parecia tão real. Eu podia sentir meu peito quase se abrir pela dor. A adaga tinha quatro pedras estranhas, e isso pareceu me perturbar tanto no sonho. Eu estava no meio de uma guerra, Isla. – Soltando a amiga, Hill acrescentou baixinho: – Não quero sentir essa sensação de novo.

– Acho melhor você não ir à aula quando amanhecer – opinou Myles.

– Não posso deixar de ir. Ontem, depois da aula de História da Magia, não assisti nenhuma outra. Não posso faltar mais.

– Vai ficar tudo bem. Foi só um sonho, não vai se tornar realidade – assegurou Isla, voltando a abraçá-la.

Naquela manhã, a cabeça de Hill não doía tanto como no dia anterior, mas seu peito ainda estava dolorido pelo sonho. Aquela adaga não lhe saía da cabeça. Tudo parecia tão real que agora ela temia se deitar.

No caminho para aula, Hill olhava bem para a universidade e a comparava com seu sonho, perguntando-se: "Foi aqui mesmo que tudo aconteceu?".

Sentia medo por pensar que aquilo poderia um dia acontecer e se obrigava a pensar em outra coisa, mas tudo que tentava pensar a levava de volta para o horror brutal de seu pesadelo. E, quando olhava para o lado, para sua querida amiga, a reconhecia em seu sonho pelos seus belos cabelos ruivos, que traziam um contraste perfeito em meio a tanta neve e voltava a temer.

A aula que se iniciava era com o professor Dixon, que os acompanhara desde o primeiro ano, nas matérias de Introdução à Magia, Magia I, II, III e agora Magia IIII.

O Sr. Dixon anunciou que a aula seria na arena e que os alunos praticariam golpes de magia. Treinariam sua concentração e seus escudos para incentivar o conhecimento do elemento de cada um, afinal, estando eles já próximos à conclusão do ensino na universidade, poderia ser sua última chance de ativar seus dons.

Aquilo era tudo que Hillary não queria, pois como se concentraria para usar sua força sendo que sua própria mente não a obedecia?

A arena era espaçosa e coberta. As paredes possuíam fortificações para não serem abaladas e caírem diante dos alunos.

O professor mandou que fizessem duplas. Dessa vez, Myles foi mais rápido e puxou Isla para perto de si, deixando Hill com um garoto malicioso chamado Heiron. Ele tinha cabelos castanhos cacheados, era alto e magro.

Naquela aula, o foco não era o uso dos cajados, mas um experimento de sua força para que, quando chegasse a hora de materializá-los, todos estivessem familiarizados com seu poder. Hillary, no entanto, preferia treinar com lâminas, pois era como se dançasse em harmonia com elas. Seus dedos bailavam com as armas em sua mão, e ela se lembrava da sensação de tocar seu piano.

Com os alunos posicionados de frente um para o outro, o professor ordenou que se concentrassem para que, quando a energia do adversário chegasse, sua proteção estivesse prontamente disposta para mais ataques. Por isso, a luta exigia muita concentração.

Hill olhava seu adversário, tentando achar seus pontos fracos, e ele também parecia concentrado e determinado. Quando o professor mandou que invocassem e atirassem golpes de luz sem força, Heiron atirou primeiro uma rajada de luz carregada de vento muito forte. A jovem conseguiu se proteger, mesmo atordoada.

O adversário a olhava com um sorriso malicioso que a deixou com raiva.

Foi quando o professor mandou que atirassem golpes de força misturados com luz que ela pôde sentir a força de uma energia incomum que brotava dentro de si.

Heiron a atingiu primeiro com uma saraivada de luzes misturadas com tornados, fazendo-a cair com força no chão da arena.

Hillary se enfureceu.

Ela concentrou sua energia em suas mãos e produziu um globo de luz que tinha muita força, pois brilhava como o sol, e o lançou em direção a Heiron. Um estrondo e um tremor abalaram a arena seguidos por um clarão que cegou os que o olhassem.

Era como se uma diminuta supernova tivesse explodido ali.

Hillary recuou, colocou as mãos em seus olhos para que a luz não a cegasse e caiu no chão. Um pavor crescente atingiu seu peito. *Será que Heiron está vivo? Será que feri mais pessoas neste lugar?*, pensou.

Pensou também em Myles e em Isla e desejou nunca ter colocado força demais.

Ela não sabia que era capaz de fazer o que fizera. Naqueles anos em Pitskarsia, nunca fora uma aluna impressionante no uso da magia, embora inteligente e habilidosa nas matérias de combate. Ficou admirada com o tanto de energia que poderia ter e sentiu medo de algum dia ferir alguém.

Quando o clarão se apagou, Hill pôde ver que o professor Dixon e alguns alunos correram em volta de Heiron. Seu coração, batendo forte, a fez ofegar, e sentiu um aperto tão grande por pensar que o matara.

Sou uma assassina!, pensou.

A voz em sua mente a condenava.

Hill pode ver os ligeiros passos de Isla vindo em sua direção. Ela se perguntava se Hill estava bem, porém a moça estava em transe e não conseguia pensar ou agir. Todos os alunos se viraram para ela, e ela viu que Heiron estava respirando. O alívio foi momentâneo, pois o professor a olhava com espanto, já que, além de machucar um aluno, ela provavelmente, mesmo que por alguns instantes, havia cegado outros.

— Por favor, me perdoem. — Foi a única coisa que Hill conseguia pronunciar.

— Calma, Hill. Heiron ficará bem — disse Isla, tentando consolar a amiga e a levantando do chão.

— A aula acabou, alunos. Voltem para seus aposentos — ordenou o professor, seus olhos sobre Hill.

Depois, virou-se, levando Heiron para a enfermaria.

— Estou encrencada! — disse, olhando o professor sair da arena.

— Vamos sair daqui — replicou Isla, puxando os braços dos amigos.

Foram ao refeitório para jantar, porém Hillary não se sentia bem. Alguns a olhavam com espanto e outros com suspeitas, ou até mesmo com medo. Isla e Myles conversavam sobre algum assunto no qual Hill não conseguia se concentrar, pois o evento da aula anterior a atormentava.

— Tenho pesquisado especializações da magia para magos arquitetos. Ainda vou projetar minha casa e fazer castelos tão grandes quanto este! Irei entrar para a História como um dos maiores idealizadores dos monumentos mágicos, vocês vão ver! — exclamava Myles, tentando conversar normalmente.

— Acho que estou indo muito bem na matéria de cura. Os professores dizem que, se continuar assim, conseguirei me tornar uma médica. Poder ajudar as pessoas e curá-las é o meu maior desejo, vocês sabem. Usarei minha magia para o bem — dizia Isla.

Ela, sim, era uma garota graciosa, que pensava mais nas pessoas ao redor do que em si. Seus olhos emanavam carisma e determinação.

Pensar naquilo entristeceu Hill por ter machucado alguém.

— Você devia ser guerreira, Hill — comentou Myles, olhando-a.

— Não mesmo. Não quero ferir mais ninguém em minha vida! Não conseguirei viver com esse fardo — retrucou Hill, tentando se esquecer da cena da aula. — Pensei em... em ser professora.

— Você seria uma ótima professora — concordou Isla, encarando Myles com reprovação pela fala anterior.

— Não sabia que era tão forte, Hill. Todos sabemos que você é boa com as lâminas, mas acho que você está perto de atingir a essência da sua magia — disse Myles, ignorando o pedido de Isla para mudar de assunto.

— Nem eu sabia disso. Não acho que atingi o cerne da minha magia, nem consegui identificar o meu elemento, mas... — ela se interrompeu. Erguendo a cabeça, encarou-os. — Vocês têm alguma ideia de qual é o de vocês?

— Não, mas estou ansioso para descobrir. Dizem que é uma experiência incrível, como se você sempre fizesse parte daquilo.

— Acho melhor irmos para o quarto — disse Isla, levantando-se depressa. — Você precisa dormir, Hill, já que há várias noites não dorme direito.

— Espero conseguir dormir sem ter aqueles malditos sonhos.

Mas ela não conseguiu.

9

A adaga

As mesmas cenas e aflições perturbavam as noites de Hill sem parar. O mesmo sonho se seguia. Isla, como sempre desesperada para ajudar Hill a acordar, levantou-se assim que a ouviu começar a murmurar e choramingar, debatendo-se na cama. No entanto, em vez de só chamar Myles, ela também chamou uma enfermeira, já que, como na noite anterior, Hill queimava de febre e parecia agoniada e com dor.

Ao acordar num pulo, Hill vislumbrou vários olhos a observando com atenção, mas imediatamente seu corpo desfaleceu de fraqueza nos braços da amiga. Ela foi levada para a enfermaria às pressas para controlar a febre e ali ficou o resto da noite.

Quando seus olhos começaram a se abrir, horas depois, viu seus amigos, as enfermeiras e, para seu pavor, a coordenadora Ravena. Todos se aliviaram quando ela abriu os olhos e deu sinal de que estava bem.

O lugar era todo claro com várias camas dispostas para os que delas precisassem. Hill assimilou que em uma delas se encontrava Heiron, o garoto ao qual ela atacara.

— Deixem-me conversar com a Srta. Baker a sós — ordenou a Sra. Ravena.

Isla beijou a testa da amiga e saiu, hesitante, junto com os demais. Hillary ficou sozinha com a Sra. Ravena.

A coordenadora era uma mulher de idade de olhar severo. Todos em sua presença temiam fazer qualquer coisa que lhe desagradasse, embora ela não fosse conhecida por se irritar sem razão. Felizmente, para Hill, a Sra. Ravena só lhe chamou a atenção duas vezes por tentar sair sem autorização e por causa da túnica de cor diferente, depois disso Hill nunca mais pensara em despertar a irritação da coordenadora. Era desconfortável estar sob o escrutínio da mulher.

— Soube pelos seus amigos que esses pesadelos estão acontecendo há várias noites seguidas. Isso está correto?

— Sim, senhora.

— O que a perturba tanto nesses sonhos a ponto de a senhorita queimar em febre? — perguntou a coordenadora, parecendo preocupada.

— Acho que o medo me faz ficar com febre — sugeriu, confusa.

— Conte-me o sonho — mandou.

Aquilo deixou Hill apreensiva. Mesmo assim, contou do sonho sem mencionar a adaga. A coordenadora agiu com naturalidade diante da revelação e assegurou que era somente um sonho, mas a jovem não sabia se acreditava. Sentia que algo aconteceria, algo que abalaria as estruturas de Karsia. Era como se o sonho fosse um aviso.

O aviso de algo ruim.

E o mal estava próximo.

Hillary foi acompanhada pela coordenadora pelo corredor até a aula seguinte, que era com o Sr. Murray. Quando adentrou a sala, todos a fitavam, curiosos. Eles não sabiam dos sonhos, mas a história da última aula de Magia IIII percorria os corredores de Pitskarsia.

Hillary olhou para cada um de volta e seguiu para seu assento em silêncio.

Johannes a olhava com um brilho de interesse. Hill devolveu o olhar, mas não por muito tempo, pois ficou constrangida.

Assim que a coordenadora se retirou da sala, o clima da turma ficou mais ameno.

Hill não parava de pensar no porquê dos sonhos a atormentarem tanto e a deixarem tão doente. Os olhares que o professor lançava a ela no decorrer da aula também lhe causavam arrepios.

Johannes era um mistério para ela. Naqueles muitos meses desde seu primeiro encontro, a jovem se sentia irrequieta toda vez que se aproximavam. Adorava a aula do Senhor do Gelo, mas se sentia hesitante sempre que o flagrava a observando atentamente.

O arquimago explicava a formação dos quatro elementos que regiam o mundo, esses que sempre tiveram ligados à magia e eram intrínsecos ao cerne de todo o poder. Terra, ar, fogo e água, o quarteto dos elementos naturais, formavam uma grande fonte de poder que nenhum ser seria capaz de conter. O conceito já era conhecido pelos alunos dos anos de estudo anterior, mas a retomada do conteúdo não era ignorada, afinal, muitos dos presentes ainda não haviam sido escolhidos por um dos elementos e esperavam que o conhecimento os levasse a encontrar o âmago de sua magia.

– Vocês são incentivados a estudar para se tornarem grandes magos no futuro. Em cada reino e país, existe uma escola e universidade para magos, todos eles são governados por um mago emissário do governo – acrescentou Johannes. – As instituições são controladas pelos chefes de governo e de estado, porém, quando há alguém que não queira treinar, seus poderes são bloqueados e essa pessoa passa a viver como um cidadão comum. Em casos mais extremos, se a pessoa insistir na prática sem treino, pode sofrer punições mais... severas.

Para o desconforto ainda maior de Hillary, no decorrer da explicação, o homem encarou a moça, como se esperasse alguma reação diante de tal tema. Ele andava de um lado para o outro, inquieto e impaciente. Seus passos apressados e olhares diretos expressavam emoções ambíguas, desde curiosidade até pena.

Ela não entendia o que estava acontecendo.

Fim da aula.

Para o alívio de Hill, Johannes não trocou uma palavra com ela.

A jovem saiu correndo pelo corredor e só parou quando adentrou o refeitório. Isla e Myles a seguiram, cheios de dúvidas. Sentando-se para acalmar o fôlego, perguntaram-lhe coisas do cotidiano como: "Você está bem?".

Para surpresa de Hill, eles foram direto ao assunto que os incomodava.

– Contou à Sra. Ravena sobre o sonho? – perguntou Myles.

– Contei. O que é estranho é que ela não expressou espanto algum, mesmo sendo um pesadelo tão horrível. Melhor dizendo, não expressou reação nenhuma.

– Não é uma surpresa. Ela é bem fria – replicou Isla.

– Nós temos de investigar para saber o que esses sonhos significam – opinou Myles, franzindo o cenho. – Não é possível que um mago tenha sonhos assim por nada, ainda mais o mesmo sonho por noites seguidas – conjecturou, tentando encontrar respostas que nem Hill conseguia.

– Isso é verdade. Se tem algo por trás desses sonhos, nós precisamos saber – concordou Isla.

— Estou cansada disso — disparou Hill, com angústia. — Não durmo bem há dias!

— Não sei se você reparou, mas o professor Johannes não parava de te olhar — acrescentou Isla, em um sussurro. — Tenho certeza de que ele sabe de alguma coisa.

Hillary e seus amigos pensaram a respeito e foram à biblioteca para pesquisar algo que estivesse relacionado com alguma guerra em Pitskarsia, mas nada que chamou a atenção deles.

Algumas horas depois, os três soltaram os livros em sintonia. Eles se entreolharam, como se estivesse estampado em seus olhos que não achariam nada ali. E, no fundo, sabiam que havia um lugar em que toda aquela magia estranha poderia estar contida, embora nenhum deles quisesse sugerir ir até lá.

Terminaram tarde a pesquisa, e a única coisa que acharam de relevante foi a possível guerra entre os magos de Karsia contra magos clandestinos que praticavam magia sem autorização legal do rei. Como certamente não era o caso, voltaram para seus dormitórios com nada além de dúvidas.

A caminho da sala de reunião, graças a uma convocação repentina, Johannes Murray se perguntava se aquilo tinha uma relação direta com Hillary Baker. Ao adentrar na sala, verificou que ali se encontravam alguns dos professores da moça.

Ele adentrou em silêncio o cômodo, que era um dos mais confortáveis da universidade. Pegou uma taça de vinho, o melhor vinho de Karsia, e se sentou em um canto distante.

Para espanto de Johannes, todos esperavam o diretor Hunter. Quando este adentrou o ambiente, os presentes fizeram uma pequena reverência e se sentaram, calmamente esperando que o assunto fosse manifestado.

O arquimago do gelo, porém, tinha de conter um franzir do cenho.

A coordenadora Ravena logo se sentou ao lado do diretor para expor seus relatos. Disse sobre os sonhos de Hillary e o quanto isso perturbava a moça, deixando-a doente e a fazendo desmaiar. Os professores ficaram chocados, receosos de que os acontecimentos do passado poderiam voltar a acontecer.

— E o que devemos pensar? São os mesmos sonhos? — perguntou a professora de música, Sasha Moore.

— Receio que sim — respondeu a coordenadora.

— Achei que esses profetas estavam extintos.

— Precisamos investigar mais — disse Johannes, tenso e irrequieto. Olhou para o professor de alquimia, Graham Jones, e sentiu que o amigo pensava o mesmo que ele. — Assim como o elemento escolhe seu dono, a profecia também o escolhe. Não devemos pensar que eles estariam extintos para sempre.

— Mas se for verdade, como procederemos? — retrucou a coordenadora.

— Vou mandá-la para um dormitório particular e analisarei a situação — disse o diretor. — Esses sonhos a estão deixando desorientada, e seus poderes estão ficando sem controle. Acredito que seja por causa da adrenalina e das noites mal dormidas. Tentarei... tirar esses sonhos dela.

Todos o encaravam em silêncio.

Johannes e Graham ficaram inquietos e trocaram mais um olhar entre si.

— Como, diretor? — indagou a coordenadora.

— Ela feriu gravemente um aluno em minha aula — adiantou-se o Sr. Dixon. — Nunca vi tamanho poder em uma jovem que não tenha conhecido o cerne de sua magia. Se ela se rebelar, poderá machucar muitas pessoas.

— Como está o aluno? — perguntou o diretor.

— Estável. Receberá alta hoje.

— Será que ela sabe o que está acontecendo com ela? — perguntou outro professor.

— Creio que não! Ela anda dispersa e não parece dormir bem. Seu desempenho acadêmico tem caído — respondeu Johannes, quase que inconsciente. — Além do mais, não há nada sobre magos profetas nos livros que ela tem acesso.

— Uma profeta que não conhece seus poderes pode causar vários estragos — disse o diretor.

— Então ela realmente é uma profeta? — indagou a professora Moore.

Todos olharam para Johannes, fazendo-o titubear por um milissegundo. Ele se sentiu na obrigação de dar a confirmação que, para sua perturbação, colocaria um alvo nas costas de Hillary Baker.

— Sim. Ela é uma profeta.

10

A prisão dentro de si

Sentados na cama de uma das meninas, Myles, Isla e Hillary estavam preocupados com o que o sonho significava e como isso afetaria suas vidas. Hill queria ter uma noite de sono tranquila, mas o medo de reviver o pesadelo se tornara maior do que o sono. Seu temor era ver seu reino envolvido em uma guerra sangrenta que causaria a morte de seus amigos e, como o sonho revelara, a sua morte também.

Uma sangrenta e dolorosa morte.

— Continuaremos nossa pesquisa na biblioteca amanhã — disse Myles, confiante.

— Não tenho tantas esperanças de que acharemos algo lá — respondeu Hill, sendo sincera.

— Não seja pessimista, vamos encontrar algo — disse Isla.

— A única coisa que achamos foi sobre conflitos entre magos. Será que isso está interligado com meu sonho? — perguntou Hillary, irônica.

— Saberemos se pesquisarmos mais.

— Vocês sabem onde devemos procurar, mas não querem.

Seus olhos estavam cheios de irritação. Ela estava cansada. Seu corpo implorava por descanso.

Myles e Isla se entreolharam se lembrando da última vez em que estiveram naquele lugar amaldiçoado, o santuário que pertencia a algum mago sombrio que andava pelos corredores de Pitskarsia.

— Nós prometemos, Hill — disse Isla, vacilante.

— Sim, prometemos, e eu tenho de ficar aqui, sentindo tudo em silêncio, porque não voltamos lá! — esbravejou. — Se fossem vocês, eu não hesitaria em fazer o que fosse preciso.

Seu rompante calou os amigos.

— Hill... — murmurou Isla.

Hill ignorou sua amiga e se deitou na cama, concentrando seu olhar no teto.

— São sempre os mesmos sonhos? — perguntou Myles, preocupado.

Ela respirou fundo.

— Quase sempre, é como se fossem interligados uns aos outros. Tem sonhos que são diferentes, mas sempre da mesma guerra. Eu... vi você, Isla. Você tentava estancar o sangue que jorrava de mim.

Isla sentiu tanto medo que seus olhos se encheram de lágrimas, soluçando de susto quando alguém bateu na porta. Eles se entreolharam com receio. Isla abriu a porta e deu com a coordenadora a encarando. Ravena entrou no quarto depois que Isla a convidou.

— Srta. Baker, acompanhe-me.

Os amigos pareciam confusos, mas não poderiam recusar.

Hillary se levantou com as pernas trêmulas e seguiu a coordenadora por um corredor na qual não sabia onde iria levá-la. Uma porta, longe de tudo que era movimentado em Pitskarsia, aparecia em seu campo de visão. Seu temor crescia a cada passo para o fundo do corredor, distante de tudo e todos.

A porta se abriu e lá estava o diretor, o Senhor do Fogo, sentado em uma poltrona, inexpressivo.

O que farão comigo?, era a pergunta que martelava em sua mente. Nunca tinha conversado com o diretor antes, por isso o nervosismo arrepiou seu corpo.

Ele era um homem de idade, que transbordava sabedoria e inteligência.

— Entre, entre, minha cara! — convidou-a.

Ele usava de um tom leve para confortar Hillary. Ela se sentou ao seu lado e ele fez perguntas corteses, querendo saber se estava bem, se gostava das aulas da universidade, se sentia falta da escola e se fora visitar o pai nas últimas férias. Todas as perguntas foram respondidas de forma curta e direta, e Hillary se perguntava o que ele realmente queria.

— Srta. Hillary, fui informado de seus infortúnios durante o sono, estes que lhe incomodam a ponto de sentir dor e febre. Poderia me contar os detalhes?

Diante de tanta hospitalidade, Hillary não pôde esconder os sentimentos que lhe atormentavam. Cada receio e insegurança foram revelados com lágrimas nos olhos, apesar de uma pequena dose de vacilação. Ele parecia sentir tudo que lhe fora contado, recebendo suas palavras com interesse.

— Srta. Baker, temo ter de te falar isso, pois não é de meu desejo fazer mal algum à senhorita, mas... Este relato já aconteceu em um passado distante e tememos que volte à tona. Seus sonhos são de muita relevância para mim, mas, para não fazer alarde, teremos de tomar medidas drásticas. — Ela ergueu a sobrancelha, e ele acrescentou: — Faremos o possível para que esses sonhos parem de atormentar a senhorita, e garanto que desenvolveremos um método eficaz para ajudá-la. Para fazermos isso, precisamos estar em constante pesquisa com seu corpo e poderes. Você não terá tempo ou disposição para as aulas regulares, e não correremos o risco de que fira mais ninguém. Por isso, verificaremos a quantidade de energia que reside dentro da senhorita e, infelizmente, devemos bloquear seus poderes para nos assegurarmos de total segurança. Será por um curto período, claro. A senhorita compreende?

Hillary emudeceu, assim como a Sra. Ravena, que não sabia daquela parte do plano. Ela encarou a tatuagem no braço dele como se fosse a coisa mais incrível que já vira na vida.

A única coisa que queria era sair daquele quarto.

Sair e não voltar mais.

— Bloquear meus poderes? — balbuciou, com voz esganiçada. Hillary se levantou, finalmente. — Por que precisam disso? Eu os ajudarei na pesquisa. Não precisam fazer essa coisa tão... horrível!

— Precisamos. Você ainda não tem controle sobre seus poderes, e só terá quando acessar o cerne de sua magia. Esses sonhos vão atrapalhar esse andamento. — E, como que para convencê-la, acrescentou: — É fato que alguns alunos demoram mais tempo que outros para dominar seus poderes e descobrirem seu elemento, mas a senhorita pode ter essa dificuldade simplesmente porque o descontrole inibe sua relação com seu elemento.

— Mas o que são esses sonhos para vocês precisarem bloquear meus poderes? — perguntou ela, contrariada.

— Quando terminarmos todas as pesquisas e ajudarmos a senhorita a se livrar das visões, contaremos tudo que deve saber.

— Não — falou. — Lamento, mas jamais aceitaria isso. Sou uma maga! Posso não ter descoberto meu elemento ainda, mas não posso renunciar a minha magia.

A coordenadora olhou para Hill, surpresa com a ferocidade de suas palavras diante do arquimago, mas a entendia, afinal, tal castigo era somente dado às pessoas que praticavam crimes imperdoáveis.

O diretor lhe lançou um olhar recriminador que ela entendeu como uma forma de mantê-la quieta e em silêncio. Ravena não entendia o porquê daquilo, mas, ao olhar para o diretor, entendeu que ela seria uma das pessoas que o ajudariam a acabar com os sonhos de Hillary. Apesar de não querer participar de tamanha atrocidade contra a moça, ela não poderia recusar. Hunter era a autoridade dos magos em Pitskarsia, emissário da corte, e, acima de tudo, era o Senhor do Fogo.

— Infelizmente, teremos de fazer isso, independentemente de seu desejo. Asseguro-lhe que, ao final do procedimento, seus poderes e sua vida voltarão ao normal — disse ele, tentando acalmar Hill, mas seus olhos não tinham o mesmo calor de antes.

Hillary negou com a cabeça, recuando um passo. Antes que pudesse fugir, porém, Hunter colocou sua mão na testa dela. Ela se sentiu fraquejar e desmaiar.

O procedimento durou três dias, e era somente feito pelo diretor, pois só a ele era concedido o conhecimento de bloquear poderes, como o emissário dos magos na Corte de Karsia. Enquanto inibia ao máximo os poderes de Hill para que em nenhuma ocasião ela pudesse usufruir de sua magia, a coordenadora cuidava de fortalecer seu corpo, sempre temerosa diante da atitude drástica do arquimago.

Assim Hillary ficou durante três dias.

Deitada. Gelada. Sem poderes.

Assim que o procedimento terminou, eles a deixaram descansar. O local onde estava, especialmente separado para ela, era isolado de tudo e somente o silêncio a fazia companhia. Era um cômodo agradável, confortável e iluminado. Possuía cama, guarda-roupa, poltrona e uma mesa com três cadeiras.

E, no entanto, era uma prisão.

– O que faremos, senhor? – perguntou Ravena, incomodada.

– Agora acharemos uma forma de bloquear as visões.

A resposta foi tão séria que causou arrepios na coordenadora.

– E se não conseguirmos? E se as visões estiverem certas? Ela é uma profeta, afinal!

– Não cometeremos o mesmo erro do passado. – Ele se virou para encará-la com fogo nos olhos. Ela nunca o tinha visto com tanta raiva antes. – Converse com os amigos dela sem alarde. Garanta que ela está segura e que resolveremos o problema dos sonhos.

– Sim, senhor.

Ele se retirou a caminho de sua sala, e a maga foi deixada com suas reflexões e a apreensão vinda com o pensamento de que aquilo era só o começo de algo muito maior.

11

Ódio, rancor e fúria

Isla e Myles caminhavam em direção à aula de Alquimia, porém seus pensamentos estavam na amiga que não dera nenhuma notícia de seu paradeiro. Eles não sabiam onde ela estava ou se estava bem.

Três malditos dias sem notícias.

Seus pensamentos estavam tão distantes que não perceberam que alguém se aproximava. Foram abordados pela coordenadora e guiados para fora do prédio, e ali se sentaram em um dos bancos que estavam dispostos na frente de Pitskarsia.

— Creio que estejam preocupados com a amiga de vocês, mas asseguro-lhes que ela está bem — disse a Sra. Ravena, iniciando o assunto que tanto ansiavam.

— Podemos vê-la? — perguntou Isla, ansiosa.

— Terei de verificar essa possibilidade com o diretor. A amiga de vocês está em um quarto confortável. Nosso único objetivo é ajudá-la a se livrar dos sonhos e do desconforto que os acompanham. Enquanto isso, ela ficará isolada.

— E as aulas?

— Ela estudará, mas não voltará às aulas regulares por alguns dias.

— Os sonhos são um problema? — perguntou Myles.

— Por enquanto, sim, contudo em breve não serão.

— Por que são um problema? Ela não tem culpa de tê-los — replicou Isla, exaltando-se.

— Seus sonhos são um problema para sua própria saúde. Não deixaremos que continue tirando notas ruins por causa de noites mal dormidas. Ela não conseguirá dominar seus poderes se não parar com esses sonhos.

Estamos fazendo de tudo para ajudá-la. Espero que colaborem conosco e nos deixem trabalhar sem interrupções — disse, e não era um pedido. — Agora voltem para as aulas, sem mais perguntas.

Isla a encarou, contrariada. Não gostava daquilo, mas obedeceu a ordem. Caminhou para a aula de Alquimia rapidamente. Ainda assim, seu instinto lhe dizia que algo estava errado, e ela devia agir, ajudar Hill. Havia dez anos que eram companhias constantes uma para a outra, eram como irmãs, e não ficaria tranquila até se certificar de que tudo estava bem.

Isla não prestou atenção à aula. Estava concentrada em Hillary, porque não acreditava fielmente no discurso da Sra. Ravena. Sua mente girava. Queria, mais que tudo, verificar se as palavras da coordenadora estavam certas quanto à saúde de Hillary. Se ela estava bem, por que tinha de ficar isolada? Isla não se conformava. Hillary era sua família e faria de tudo para protegê-la.

Por que não posso vê-la?, era a pergunta que martelava em sua mente.

Ao olhar para Myles, viu um reflexo de seus pensamentos. Ele a encarou de volta e, com uma confirmação com a cabeça, ela pôde ver que ele a entendera.

Temos de verificar com nossos próprios olhos se ela está bem, disse Myles em ligação mental com Isla.

Isla assentiu.

Como faremos isso?, indagou.

Arranjaremos um jeito, respondeu ele, confiante.

Myles voltou-se a aula. Isla sentiu que não estava sozinha, por isso agradeceu com um pequeno sorriso no rosto por tê-lo ao seu lado.

Hillary acordou em pânico ao notar estar em um quarto que não era seu. Com roupas que não eram suas. Seu coração estava acelerado. Não se lembrava do que havia acontecido.

Sentou-se na cama, e as lembranças começaram a fluir como um turbilhão, fazendo sua cabeça doer. Sua respiração estava falha pela aflição.

Meus poderes, lembrou-se.

Olhou para as mãos trêmulas, sentindo falta da energia que antes pulsava ali. Lágrimas de desespero, de ódio e de fúria ardente começaram a rolar em suas bochechas. Ela estava sozinha e sem magia.

Era uma prisioneira e estava sendo tratada como o pior dos criminosos.

— Meus poderes — sussurrou, olhando as mãos vazias como se estivessem mortas. — Eles tiraram de mim!

Levantou-se da cama e sentiu suas pernas falharem. Seu corpo caiu contra o chão. Não estava acostumada a não sentir sua magia correndo pelas veias. Ela fazia parte de quem ela era desde os onze anos! Sentiu um vazio enorme inundar seu peito. Estava impotente, fraca, insegura e com medo.

Lembrou-se do diretor colocando os dedos em sua testa e como seu corpo desfaleceu. Seu temor foi crescendo a cada memória. O ódio se transformou em terror. Queria desaparecer, fugir para que ninguém a encontrasse.

Fugir daquela prisão.

Não posso nem me defender. O que farão comigo?, questionava-se.

Lembrou-se da morte da mãe e como tinha sido terrível perdê-la. Sentiu como se tivesse perdido novamente uma parte importante de sua alma e caiu em um torturante desespero. Abraçou seus joelhos e se entregou àquela dor.

Quando alguém abriu a porta, soluçou de susto. Seu coração, em vez de bater mais forte, quase parou. Ela não levantou a cabeça, pois tudo que queria fazer era matar o maldito diretor, mas sabia que nada que fizesse o machucaria. Ele era o Senhor do Fogo, o mais poderoso mago do fogo, e com certeza a feriria mais se ela o atacasse.

A pessoa se aproximou dela e se agachou depois de fechar a porta.

— Hillary... O que fizeram com você?

Aquela voz a fez estremecer. Não era o diretor.

Hillary levantou sua cabeça, e seus olhos se encontraram com os de Johannes. A raiva cresceu em seu peito, e ela não se importou em jogar tudo nele.

— Como assim, "o que fizeram comigo"? Achei que todos vocês soubessem — respondeu ela com irritação, limpando as lágrimas que cobriam seu rosto.

— Não faço parte dessa trama. Por favor, me diga. O que fizeram com você? — perguntou ele, impaciente, mas preocupado. — Está pálida e fria.

— Eles bloquearam meus poderes — respondeu ela, mais irritada ainda, embora um tremor em sua voz revelasse seu pesar. — Satisfeito?

Ele se levantou e começou a andar de um lado para outro do quarto. Como se planejasse algo. Seus olhos estavam cheios de fúria como os de Hill. De repente, parou e a encarou.

— Preciso saber tudo sobre seus pesadelos.

— Não vou mais contar a ninguém sobre isso! Se quiser saber de alguma coisa, pergunte a quem me tirou os poderes — cuspiu com acidez

— Não... Preciso ver com meus próprios olhos — disse ele, aproximando-se.

— O quê? Não! Você não pode — ela comentou, levantando-se rapidamente e se afastando para perto do guarda-roupa.

— Desculpe, mas é necessário, e vou fazer isso com ou sem sua permissão — retrucou ele com a voz severa. — Vai me agradecer por isso um dia.

Aquele olhar causou um arrepio em Hill, mas ela não se deixou abater.

— Vocês são todos sem honra por fazerem as coisas sem o consentimento do outro — disparou ela. — Só porque são arquimagos, não quer dizer que têm o direito de fazer isso!

— Lamento — sussurrou, para confusão dela. — Espero um dia poder lhe explicar tudo.

— Já ouvi isso uma vez e não acredito. Vocês me tiraram um dos meus bens mais preciosos! Como podem? Não sou uma criminosa para merecer tal pena — disse ela, chorando.

— Hillary, perdoe — ele pediu, aproximando-se.

— Não! — gritou, afastando-se mais até que suas costas se encontraram com a parede.

— Vou fazer você entender tudo, prometo, mas antes preciso que confie em mim. Não sou seu inimigo.

Johannes colocou uma mão na têmpora dela e com a outra a envolveu pela cintura. Hillary começou a se debater, porém a força dele era tanta que nada o impediu de ver com os próprios olhos a agonia constante que lhe afligia. Notou seu desespero por correr de alguém que não conseguia enxergar. Viu suas mãos cobertas de sangue e sentiu seu coração batendo rápido. Observou a adaga que lhe perfurava o coração, trazendo-lhe uma dor imensurável. Por fim, assistiu Pitskarsia coberta por corpos, e o sangue banhando o jardim.

Hilary sentiu a mente sendo invadida, e não conseguia parar, pois ele era como um vírus envelopado que a havia invadido sem permissão. Ela parou de se debater, permitindo-se cair sobre o corpo dele, e o deixou ver o que quisesse, pois não adiantava gastar suas forças contra ele.

O homem a soltou de repente e se afastou, cambaleando, atordoado.

— A adaga! — disse, sua voz quase inaudível, olhando para o chão com a respiração irregular.

— Sim, agora me diz, o que essa adaga significa? O que tudo isso significa? — questionou com raiva.

— A adaga! — repetiu, impressionado, ainda olhando para o chão.

— O que ela tem, caramba? — perguntou ela, frustrada.

Ele se dirigiu à porta, e ela o impediu de sair, colocando-se entre ele e a porta, uma mão sobre o peito dele para impedi-lo de avançar. Johannes a fitou com espanto.

— Vou lhe contar na hora certa, e não vai demorar. Só não é o momento ainda — disse a ela. — Tem de confiar em mim, Hillary. E preciso que me prometa que não vai falar ou sugerir que vim aqui. Prometa!

— Ou o quê?

— Ou você pode nunca recuperar seus poderes.

A resposta lhe causou arrepios. Havia a possibilidade de ela nunca mais recuperar seus poderes? Ele ia fazer alguma coisa com ela para que seus poderes não voltassem?

Hillary o encarou com raiva, confirmou com a cabeça e saiu de frente da porta. O homem partiu, deixando-a sozinha.

Hillary pensou nos amigos e no pai que havia muito tempo não via. Passou-lhe pela mente que podia nunca mais voltar a vê-lo. Seu coração se apertou e tudo que ela desejou era estar nos braços do pai que nunca a abraçava.

A sala do diretor era clara e refrescante. Nela se encontrava a coordenadora, uma médica maga chamada Ema e o próprio diretor. Eles discutiam o caso de Hillary.

– Como procederemos, senhor? – perguntou a Sra. Ravena.

– Dra. Ema, alguma ideia de como parar os sonhos dela? – perguntou o diretor, olhando-a.

– Podemos tentar pegar os sonhos da memória dela e achar um meio de impedi-la de sonhar novamente, mas isso pode mudar toda sua vida. Ela não será a mesma. Tiraremos uma parte de seu cérebro, de sua personalidade, que pode impedi-la de sonhar com qualquer outra coisa. Ela sentirá muita dor nesse processo – respondeu a mulher. – Mas tudo isso é uma suposição, pois nunca foi feito antes. Por isso, devemos tomar cuidado, pois isso poderá matá-la.

– Nós entendemos os riscos e os aceitamos – respondeu o diretor, fazendo Ravena ofegar em horror.

– Será como fazer uma cirurgia. Mudaremos a parte do cérebro que comanda o sono. Mas acredito que essa não seja a melhor forma de agir. Ela é só uma garota, senhor. Se a treinarmos devidamente, um dia não vai mais ser perturbada pelos sonhos – disse Ema, pensando na paciente.

– Não podemos fazer isso com ela – concordou a coordenadora, preocupada.

– Temos de ajudá-la a se livrar disso! Ela é uma profeta com os mesmos sonhos de uma pessoa do passado. Temos experiência de que eles não são reais e ainda podem prejudicar todo o reino – disparou o diretor.

A Dra. Ema olhou para baixo em reflexão, como se pudesse reverter a situação.

Um toque na porta cessou o assunto. O diretor fez a porta se abrir com magia e Johannes apareceu. Ele pediu desculpas por estar interrompendo a reunião e disse que poderia voltar mais tarde, porém Hunter o convidou a entrar, encerrando a reunião.

As mulheres se retiraram. Hunter continuou sentado em sua cadeira atrás de uma grande mesa com o olhar impetuoso. Não gostava de Johannes. Talvez seu elemento, fogo, o fizesse ter antipatia natural contra o Senhor do Gelo.

— Vim tratar de um pedido pessoal, diretor — disse Johannes.

— Fale, Sr. Murray.

— Há muito tempo venho querendo fazer umas pesquisas sobre o território de Karsia, mas nunca tenho tempo. Quero pesquisar magias antigas e monumentos históricos que só conheço nos livros. Meu desejo é poder escrever meus próprios livros e, por isso, preciso conhecer mais. Gostaria de pedir ao senhor que me concedesse uma licença para poder fazer tais pesquisas. — Ele pausou. — Sei que só estou dando aulas há pouco tempo, mas gostaria de obter permissão para ficar fora por alguns meses.

O diretor o fitou. O Senhor do Gelo era um jovem fascinado pela História da Magia, e Hunter estava tão sem paciência que não queria discutir nada. Se acatasse logo o pedido, poderia voltar sua atenção para a garota problemática que tirava sua paciência e o fazia temer o futuro.

— O senhor tem sua licença. Colocarei outro professor em seu lugar. Quanto tempo precisa?

— Seis meses, provavelmente.

— Certo. Dê-me três dias para organizar sua saída e inteirar o novo professor dos horários e alunos.

— Obrigado — murmurou Johannes, dando as costas e saindo da sala.

Hunter, virando-se para o outro lado, não percebeu o sorriso de satisfação que brotara nos lábios do arquimago do gelo.

12

O plano

Mais um dia se passara, e Isla e Myles não puderam fazer nada. Nenhuma resposta concreta sobre sua amiga fora respondida. A preocupação e a saudade cresciam.

A caminho da biblioteca, conversavam sobre como ver Hillary, mas não conseguiam pensar em nenhum bom plano. Tentaram a conversa mental, mas Hillary não respondia, o que significava que ou estava desacordada, ou morta. A segunda opção os aterrorizava. Contudo, desistir não estava em seu vocabulário. Procurariam a amiga mesmo que tivessem de perseguir a coordenadora.

Myles estava mergulhado em uma planta de Pitskarsia, roubada da sala dos professores, procurando alguma sala escondida em que Hillary poderia estar. Porém a planta era muito grande, o que tornava tudo um desafio maior, mesmo que Myles adorasse observá-las.

Depois de uma tarde inteira fitando o mesmo papel, Myles olhou para Isla e mostrou as possíveis salas na qual Hillary poderia estar. Eram muitas, mas já era um começo, apesar de que sabiam que o castelo tinha passagens secretas, o que dificultava o processo.

De repente, foram surpreendidos pela presença do professor Johannes.

— Com licença, não quero atrapalhar o estudo de vocês, mas podemos conversar? — perguntou Johannes, sério, fazendo-os se entreolhar.

— Claro, professor — respondeu Isla com curiosidade no olhar.

— Por favor, acompanhem-me. Essa conversa é particular.

Estranho.

— Com licença, professor. O senhor poderia somente nos dizer do que se trata e por que ninguém pode ouvir? — perguntou Myles.

— É sobre a Srta. Baker.

Isla e Myles arregalaram os olhos, levantaram-se e o seguiram sem mais perguntas.

O aposento de Johannes era organizado e espaçoso, como uma pequena casa. A sala era bem iluminada e cheia de livros. O lugar era bonito, mas frio, combinando com o dono.

Isla e Myles se sentaram no sofá da sala e se viraram para Johannes.

— Ela está bem, professor? — perguntou Isla, ansiosa, assim que ele fechou a porta.

— Está... aflita, mas bem. Querem beber algo?

— Não, obrigada — responderam em uníssono.

Johannes se sentou na poltrona diante do sofá e suspirou.

— Acredito que estão preocupados com a Srta. Baker. Estou aqui para responder suas perguntas e... pedir-lhes ajuda.

— Onde ela está? Por que não conseguimos conversar mentalmente com ela? Por que não podemos vê-la? — disparou Isla, angustiada.

— Uma pergunta de cada vez! Ela se encontra em uma sala privada perto da coordenação. Vocês não podem vê-la porque ela está presa. E vocês não podem conversar mentalmente com ela por... — Ele deu uma pausa. — Porque os poderes dela foram bloqueados.

Myles e Isla ficaram petrificados com a notícia.

— Desgraçados! — cuspiu Myles, levantando-se. — Por que fizeram isso?

— Os sonhos não são só sonhos, mas fragmentos do futuro. As pessoas que têm esse dom são chamadas de profetas, e eles são considerados perigosos. Por isso a amiga de vocês é tão temida.

— Então você está dizendo que haverá uma guerra, com base nos sonhos de Hill? — arriscou Isla.

— Não sei ao certo, e esse é o problema. Há muito tempo, uma pessoa teve sonhos iguais aos dela, e eles não se realizaram, mas pode ser que não estivessem na época certa — respondeu Johannes

— Então os sonhos de Hillary podem ser de um futuro distante? — perguntou Myles.

— Sim, ou de um futuro próximo. Ninguém sabe. Por isso precisamos investigar.

— Mas por que precisaram bloquear os poderes dela, sendo que esses sonhos são um alerta? Não faz sentido fazer isso se estamos recebendo a vantagem de saber de uma guerra prestes a acontecer — opinou Isla.

— A maioria dos magos não acreditam na veracidade das visões de um profeta, porque muitos deles já se enganaram — falou Johannes, esfregando o rosto. — Essas visões da Srta. Baker, em específico, foram profetizadas há três séculos, mas não se concretizaram. Eu acredito que são reais, do contrário não teriam voltado à tona três séculos depois.

— O senhor acredita? — perguntou Myles.

— Fielmente — afirmou.

— Eu também acredito. Eles poderiam não estar na época certa antes, mas é bem provável que estejam agora. — Isla fez uma pausa antes de continuar: — Hillary me viu no sonho dela, então vou participar da guerra.

— Eu sei — respondeu Johannes, lamentando.

— Como o senhor sabe? — inquiriu Myles, e Johannes fez uma careta.

— Para confirmar se era o mesmo sonho que eu temia ser, tive de ler a mente dela. Sei que isso não é correto, mas... tive de fazer.

Isla se remexeu, desconfortável.

— Farão algum mal a ela? — perguntou.

— O diretor quer tentar cessar os sonhos, mas isso é impossível. Ela sofreria muito e poderia até morrer.

— Você está de qual lado, professor? — perguntou Myles, encarando-o sério.

— Achei que fariam essa pergunta. — Johannes suspirou, sua mente vagando por um momento. — Quero ajudar Hillary.

— Por quê? — insistiu Myles.

— Porque acredito nela e não quero vê-la morrer.

— Certo, e como a ajudaremos? — indagou Isla.

— Não é óbvio? — retrucou Johannes, entrecerrando os olhos. — Precisamos tirá-la de Pitskarsia.

— Vamos sequestrá-la? — espantou-se Isla.

— Para onde ela vai? — perguntou Myles.

— Eu pedi uma licença para sair de Pitskarsia sem gerar suspeitas. Pretendo levá-la comigo. — Johannes fez uma pequena pausa. — Temos de descobrir se essa guerra está mesmo se aproximando de Karsia, e só com provas reais os magos irão acreditar e agir. Tenho de provar que os sonhos são reais e salvá-la.

— Qual é o plano para sequestrá-la? — perguntou Myles.

Johannes o encarou, sorriu com o canto da boca e começou a explicar.

13

Uma aventura

Três dias se passaram desde a visita de Johannes, e Hillary não parava de pensar nele e no porquê de tê-la visitado em segredo. Ela pensou na atitude dele diante dela. Ele estava nervoso, furioso e um tanto quanto hesitante, e isso Hillary nunca tinha visto, pois ele sempre parecera confiante.

Vira a fúria nos olhos do homem ao saber que seus dons haviam sido silenciados e viu certo temor após ele ler sua mente. Hillary conseguia enxergar isso nele. Johannes sempre parecera ser uma pessoa fria, mas naquele momento seus olhos estavam aflitos.

Seus pensamentos foram interrompidos quando o diretor adentrou a sala. Isso a estava deixando esgotada. Não tinha forças para andar, perdera o apetite e as esperanças. Havia dias ele tentava reprimir seus sonhos, mas não tivera êxito, o que deixava Hillary frustrada, cansada e tão enjoada que vomitava cada alimento que consumia.

Seu corpo não tinha forças para se sustentar em pé, seus olhos estavam vermelhos por não dormir e sua cabeça doía. De tarde, Hillary era obrigada a estudar e, mesmo que não conseguisse, forçava-se por medo do diretor.

— Como está hoje, Srta. Baker? — perguntou ele, inexpressivo.

— Como sempre — respondeu, sem conseguir encará-lo.

Ele se virou para pegar uma bebida e entregar a ela.

— Levante-se e beba — ordenou.

— O que é isso? — perguntou, sentando-se na cama.

— Anestésico. Isso vai nos ajudar a progredir mais rápido.

Toda vez que ele começava a vasculhar sua mente à procura de eliminar aquilo que a fazia sonhar, Hillary desfalecia pela agonia. Seu corpo convulsionava, suava e no final, quando o diretor desistia do dia, sentia uma absurda dor no corpo inteiro. Ela não sabia se isso iria dar certo ou não, mas seu único desejo era sair dali, portanto colaborava para que aquilo acabasse o mais rápido possível.

Aquela manhã fora do mesmo jeito. Mesmo com o anestésico, sentia-se sendo torturada sempre que o homem tentava tirar dela algo que estava encravado em sua alma.

Como sempre, após algumas horas, Hillary desmaiou.

O diretor, irritado pela ausência de progresso, a deixou lá. A Sra. Ravena entrou minutos depois e colocou os livros em cima da mesa para que Hillary estudasse quando acordasse e deixou também uma torta e vinho para que ela fizesse o desjejum.

Hillary ficou desacordada por várias horas, o que lhe proporcionou uma energia a mais que três noites sem dormir lhe tiraram. Ao acordar, viu-se sozinha. Era noite. Olhou para a torta e vinho sobre a mesinha, cambaleou para a frente e começou a comer, mesmo sem apetite.

Enquanto comia, flagrou-se chorando por lembrar das risadas e palhaçadas que dera com seus amigos. Percebeu que esses momentos eram valiosos demais e pensou que, se tivesse mais uma chance, nunca mais os soltaria.

Negando com a cabeça, ordenou a si mesmo que fosse forte. Abraçou-se e imaginou o pai lhe envolvendo em seus braços, coisa que ele não fazia desde a morte da mãe.

Suspirando, Hillary se aproximou da janela, perguntando-se se teria sua magia de volta. Olhou para suas mãos e sentiu sua impotência. Não podia fazer nada para mudar seu destino.

Sua desgraça era culpa de seus pesadelos.

De repente, alguém abriu a porta e fez seu sangue gelar. Ela se virou e viu uma túnica preta se arrastar pelo chão, misturando-se com a escuridão do quarto.

Para seu alívio, não era o diretor.

Hillary olhou mais de perto e avistou o professor Johannes. Ele parecia tenso, lançando um olhar ansioso para a porta encostada.

— Boa noite, Srta. Baker. Espero que esteja melhor.

— Estou cansada — disse ela, incomodada, sem se importar em soar rude ao acrescentar: — Não tem nada mais para ler em minha mente, se é o que veio fazer aqui.

— Já vi o que precisava — disse ele, fazendo-a erguer uma sobrancelha.

— E o que o senhor queria? Confirmar minha palavra?

— Não. Já lhe disse, acredito em sua palavra. Eu só precisava ver com meus próprios olhos.

— Então o que veio fazer aqui? — indagou rispidamente.

— Vim te tirar daqui.

— O quê? Por quê? — Espantou-se.

— Hillary, quero te ajudar — falou. — Sei que eles estão tentando tirar suas visões. Você está ficando cada vez mais fraca, não está?

— Sim — admitiu, hesitante.

— Imaginei. Isso pode te matar, sabia?

— Pode me matar? — sussurrou, sem fôlego.

— Sim. Esses sonhos fazem parte de quem você é. Tirá-los de você é como tirar partes da sua alma. Esses sonhos são fragmentos do futuro. Por isso você fica doente toda vez que essas visões invadem suas noites. — Ele ousou dar dois passos em direção a ela. — Há muito tempo, a pessoa que tinham esses sonhos foi assassinada, mas parece que o dom não se foi. A senhorita é uma profeta.

Hillary ficou calada, tentando processar tudo o que havia escutado.

Será que estão tentando me matar?, pensou.

Johannes deu mais um passo em sua direção.

— Sei que está assustada, mas pode confiar em mim. Não sou seu inimigo. — Ele lançou mais um olhar para a porta. — Nós preparamos tudo para sua fuga.

— Nós quem? — perguntou ela.

— Isla e Myles — respondeu, sorrindo.

Os olhos de Hill se encheram de lágrimas. Johannes emudeceu por um momento, e a moça percebeu que ele estava chamando Isla mentalmente quando ela adentrou o aposento. Hillary correu para abraçá-la, e Isla fez o mesmo.

Como sentira falta daquele simples abraço!

— Não temos muito tempo — disse Isla, estendendo a pilha de roupas que carregava. — Vista isso!

Isla entregou outro conjunto de roupa a Johannes, e Hillary se perguntou o porquê.

As roupas eram uma calça jeans clara e uma blusa preta para ambos, a diferença era que a calça de Johannes era escura.

Hillary se trocou no banheiro, e Johannes fez o mesmo em seguida. Ele deu sua túnica à Isla depois de sair.

Hill percebeu como ele ficava diferente, mais jovem e bonito, com roupas normais. Seu corpo era mesmo como as meninas de sua turma imaginavam. Um perfeito conjunto de músculos, mas o mais impactante foi ver a tatuagem completa, os espirais negros que envolviam seu braço até a ponta de seus dedos, e em sua mão estava a insígnia do gelo. O cristal de gelo.

Ele ergueu uma sobrancelha para ela, flagrando-a. Hillary desviou o olhar, ruborizada.

— Vocês poderiam me explicar o plano agora? — perguntou Hillary, olhando de Johannes para Isla.

— Nós vamos sair daqui. Pedi uma licença e acreditam que saí hoje de manhã, então não vão desconfiar que teve minha ajuda para sair. Vamos investigar seus sonhos. Você deve estar muito confusa no momento, mas garanto-lhe que explicarei tudo no caminho. Não temos muito tempo agora — respondeu, apressado.

— Vai ficar tudo bem — disse Isla, sorrindo para Hillary.

— Vamos, está na hora — apressou-as.

Myles apareceu na porta, sorrindo, deu uma piscadela para Hill e afirmou para Johannes que o caminho estava vazio. Isla correu para deixar a janela aberta. Sem entender muito bem, Hillary somente os seguiu.

Quando todos estavam do lado de fora da porta, entreolharam-se. Johannes os encarou e assentiu. Os dois direcionaram as mãos à porta e começaram a lançar encantamentos, e logo o arquimago se juntou a eles, trancando a entrada do quarto com magia poderosa e apagando a evidência de que estiveram ali.

Myles caminhou pelo corredor para se certificar de que ninguém estava no pátio próximo. Quando acenou com a cabeça, todos foram em sua direção. Atravessaram o pátio fazendo o mínimo de barulho possível.

Hillary tentava acompanhar os passos deles, mas estava fraca demais. Depois de ter percorrido todo o pátio, suas pernas falharam quando chegaram à escadaria. Hillary tropeçou, mas Johannes a amparou, passando-a para os braços de Myles. O arquimago observava tudo na frente, sinalizando aos outros os momentos certos de avançarem.

Quando chegaram ao último andar, Hillary percebeu que a maior dificuldade seria atravessar o Grande Salão, pois possuía guardas. Novamente, os três magos se entreolharam antes de se virar para Hill.

Myles deu um beijo na bochecha dela.

— Agora tenho de te deixar, Hill. Tome cuidado — disse, soltando sua cintura e deixando Johannes tomar seu lugar. — Cuide dela!

— Eu vou — respondeu Johannes.

— O que vai fazer? — perguntou Hill, preocupada.

— Uma aventura, Hill. Uma aventura — respondeu Myles, animado.

Ele saiu correndo pelo Grande Salão como se estivesse fugindo de alguém. Como previsto, o guarda o avistou e correu para o alcançar. Assim que sumiram de vista, o trio avançou, os braços fortes de Johannes a sustentando. Quando abriram as portas, o vento frio e forte bateu contra o corpo dos três, mas não os fez parar de correr.

O caminho pelo jardim estava escuro e molhado, o que dificultava a locomoção, mas Johannes estava tão obstinado a ajudar Hill — o que a deixava intrigada — que ela não precisou fazer muito esforço.

Pararam na estrada que os levaria a cidade. Lá estava estacionado o carro de Johannes. Eles pararam de frente a ele e Isla se aproximou de Hill, abraçando-a forte.

— Cuide-se e não morra. Descubra tudo o que for possível para salvar Pitskarsia. Amo você — afirmou Isla, com os olhos cheios de lágrimas.

— Não vou morrer e vou voltar. Obrigada por tudo, Isla. Também amo você — alegou Hillary, abraçando-a mais forte.

Aquela não era só sua amiga, era sua irmã.

Myles e Isla eram sua família.

— Cuide dela — disse Isla, soltando Hillary e encarando Johannes.

— Prometo que cuidarei — garantiu. — Agora olhe para mim e decore bem meu rosto, pois ficaremos a uma grande distância e precisaremos ter a perfeita imagem dos nossos rostos em mente para podermos conversar. Não nos ligue! Os celulares podem ser bloqueados ou hackeados.

Isla e Johannes se encararam por um tempo para que pudessem invocar os rostos um do outro caso precisassem conversar durante a jornada. Por fim, Johannes abriu a porta e ajudou Hill a adentrar o carro.

— Está tudo bem? — perguntou ele. Hillary afirmou com a cabeça. — Não precisa se preocupar, seus amigos ficarão bem. Nós precisamos fazer isso pelo bem de Karsia.

A garota olhou para trás para ver o rosto da amiga que tanto amava.

Hillary não confiava em Johannes, mas confiava nos amigos. Se eles estavam colaborando com o plano, então também colaboraria, mesmo que sentisse certa inquietude perto de Johannes. Ela não sabia as intenções dele, por isso, antes de começar a investigar os sonhos, Hillary queria investigar o próprio Senhor do Gelo.

Ele sempre foi muito reservado, pensava ela, mas era confiante e determinado. O fato de ser um Senhor não lhe causava medo, mas um sentimento de inquietação. Só queria ter certeza das intenções dele. Afinal, por que se colocaria em risco daquele modo para salvá-la? O que estava escondendo dela?

Eu vou descobrir, decidiu.

14

Perseguição e fuga

Dirigiram a noite inteira sem dizer uma só palavra. Às vezes, Johannes olhava para Hillary para se certificar de que ela estava bem, fazendo-a se contorcer no assento. Queria falar com ele, mas sentia que não era a hora certa, pois ele tinha voltado ao seu habitual jeito introspectivo.

Na aurora, eles estavam atravessando uma pequena cidadezinha aconchegante. As ruas eram feitas de pedra, e as casinhas eram simples e coloridas.

Johannes estacionou o carro em frente a uma pequena lanchonete da cidadezinha.

Quando os pés de Hill tocaram o chão, ela tropeçou, mas ele chegou a tempo de não a deixar cair. A jovem agradeceu, sem jeito.

Hillary olhou ao redor e pensou em como estavam longe de Báshi. Respirou fundo o ar frio e agradeceu por estar longe de Pitskarsia, pois não teria mais de fazer os experimentos que a deixavam fraca.

Lembrou-se do diretor e sentiu raiva subir pela garganta. Ele era a pessoa que poderia estar tentando matá-la. *Mas será que ele sabe que isso pode me matar?*, pensou. Não queria acreditar que uma pessoa estava tentando realmente assassiná-la, principalmente porque não entendia o motivo.

Nada fazia sentido.

Mas ela descobriria.

A cidade estava bem movimentada. Todas as pessoas riam como se ali não houvesse desavenças, pareciam realmente felizes, apesar de tudo que o mundo enfrentava. Aproveitavam o dia, mais um dia de vida.

Esse era o privilégio.

Desviou seus pensamentos para outra coisa, e sentiu o cheiro de pão fresco e café, o que fez sua barriga roncar.

— Está com fome? — perguntou Johannes, contendo um sorriso.

— Muita fome — confessou.

Johannes a ajudou na caminhada em direção à lanchonete que emanava o cheiro gostoso de pão quentinho e café fresco. O lugar era pequeno, mas aconchegante. Ele era todo revestido de madeira, tinha grandes janelas com cortinas brancas.

Johannes escolheu uma mesa perto da janela dos fundos, no canto mais discreto, e ali se sentaram.

O café da manhã estava saboroso, e a fez se sentir satisfeita, coisa que havia muito tempo não sentia. Depois de terminar o delicioso desjejum de pão e café, Hillary encarou os olhos azuis de Johannes.

— Pode me contar tudo agora?

Johannes a observou e suspirou.

— Seus sonhos são fragmentos do futuro, Hillary — disse, fazendo-a corar pelo uso do nome. Ainda estranhava quando ele a chamava daquela forma tão íntima. — Se é um futuro próximo ou não, não sabemos. Por isso estamos aqui, para descobrir sobre esse sonho e essa adaga.

— Maldita adaga! — reclamou Hillary, franzindo as sobrancelhas.

— Ela pode simbolizar muita coisa, principalmente por causa das pedras que carrega — completou ele.

— Você acha que se encontrarmos essa adaga, saberemos quem está planejando o ataque à Pitskarsia?

— Não exatamente, mas temos de começar por algum lugar — falou.

Johannes chamou novamente a garçonete e pediu pães e roscas doces para a viajem.

— Por que está fazendo isso, Sr. Murray? — perguntou ela, por fim.

— Por favor, me chame de Johannes — retrucou, remexendo-se. — Dadas as circunstâncias...

— Bem, Johannes, acredito que tem mais coisas que você esconde de mim.

Ele a encarou como se tivesse algo para contar, mas que não queria. Seus olhos estavam tristes, mas determinados.

— Hillary, eu... — Johannes se interrompeu, mas logo continuou: — Eu tenho os mesmos sonhos.

A boca de Hillary se entreabriu em um ofego mudo. Ele olhou para além da janela.

— Meus sonhos começaram quando eu tinha sua idade. Era aluno de Pitskarsia. Fiquei tão perturbado quanto você, mas não fiquei doente, pois nos meus sonhos ninguém tentava me assassinar. — Outra pausa se seguiu. — Somente meu colega de quarto sabia sobre os pesadelos, e ele nunca contou a ninguém, mas eu estava ficando maluco.

Virou-se para ela.

— Essas visões me atormentavam toda noite, assim como as suas. Comecei a pesquisar sobre alguns fragmentos do meu sonho, mas percebi que eles não estavam completos. Faltava algo que não conseguia descobrir. Por isso me formei em História da Magia. — Ele encarou Hill com as sobrancelhas erguidas. — Eu sonhei com seu nome, uma vez. Foi por essa razão que fiquei tão surpreso quando nos conhecemos. Quando descobri que você estava sofrendo com sonhos estranhos, os meus, que antes vinham com pouca frequência, começaram a me atormentar novamente. Então entendi que havia encontrado a continuação do meu sonho. Não contei a ninguém, pois já conhecia as histórias dos profetas. Fiquei com medo que ferissem você. Hillary, você pode ser a chave para que possamos nos defender dessa guerra.

Hillary olhou para a janela, tentando digerir a fala de Johannes. Mesmo diante da explicação, nada fazia sentido. Sua vida mudara num piscar de olhos, e ela estava tentando se acostumar com a nova rotina de perseguição e fuga.

— Sei que é difícil. Tentei silenciar os sonhos em mim, como Hunter fez com você, mas não tive sucesso, somente foi doloroso. Depois de um tempo, os sonhos não veem com tanta frequência e você acaba se acostumando com eles.

— Então somos magos profetas — afirmou Hillary, ainda petrificada.

— Sim, nós somos.

— Que conflito é esse entre magos e profetas? Por que eles estavam tão obstinados a arrancar de mim meus sonhos?

— Você entenderá tudo quando formos à Grande Biblioteca.

— Em Pitagária? — perguntou Hillary, surpresa, pois nunca tinha saído de Báshi.

— Sim, lá podemos encontrar muitas coisas sobre magia antiga, artefatos e esse conflito entre magos e profetas.

— Certo. — Ela hesitou em fazer a pergunta seguinte, mas sua curiosidade foi maior. — Como é o seu sonho?

Ele respirou fundo e a encarou.

— Estou lutando contra alguém que conheço, mas não consigo identificar quem é. Sangue e corpos espalhados por Pitskarsia. Meu coração bate rápido quando vejo sangue em meu corpo. — Ele fez uma pausa como se doesse pensar naquilo, mas continuou: — Repentinamente, caio de joelhos no chão. Alguém aparece ao meu lado, mas a única coisa que consigo ver dessa pessoa é um anel que contém um pingente vermelho. Então o sonho acaba.

O homem a encarou, esperando alguma reação da parte dela, mas a única coisa que conseguiu ver em seus olhos foi espanto e terror.

— Existem outros como nós? — indagou ela.

— Não que eu saiba.

— Você acha que, se convencermos os magos de que a guerra se aproxima, nós poderemos livrar muitas pessoas da morte?

— Esse é o plano — respondeu, levantando o canto esquerdo dos lábios. — Precisamos descansar um pouco para podermos continuar. Temos uma longa viajem pela frente. É melhor pousarmos durante o dia e viajarmos à noite, pois, se os magos vierem atrás de você, será mais fácil nos escondermos no escuro.

Para que Isla pudesse entrar novamente em Pitskarsia, Myles teve de ficar entretendo o guarda, o que o fez levar um belo sermão da coordenadora por estar andando de madrugada no Grande Salão. Por sorte, ninguém desconfiou de nada.

No caminho para a aula de História da Magia, Isla e Myles não estavam nada ansiosos para conhecer o novo professor, e aterrorizados caso alguém descobrisse o plano apressado. Isla e Myles tentaram agir como os outros alunos na aula monótona, mas a ânsia de saber como a amiga estava era maior.

A preocupação que tinham com Hillary já fora parcialmente solucionada, mas surgia outra: o diretor descobrir a fuga. Eles decidiram que, no horário do almoço, fortaleceriam mais a porta a fim de impedir a entrada de alguém no quarto. Quando deu o horário, escapuliram para o sétimo andar, onde se encontrava o cômodo. O corredor estava vazio, como sempre, e a coordenadora devia estar dando bronca em alguém.

Ao se aproximarem da porta, perceberam que ninguém estivera ali. O alívio foi grande ao perceber isso.

Isla e Myles estenderam as mãos em direção à porta e começaram a lançar a magia de resistência, impossibilitando a abertura dela. Fecharam os olhos para se concentrarem mais, porém um barulho de passos os fez parar. Só era possível ser a Sra. Ravena, o que fez Isla tremer.

De repente, a mulher apareceu no seu campo de visão. Myles a puxou para a primeira porta que alcançaram, fechando-a depressa, e agarrando Isla em um abraço de pânico.

— Essa foi por pouco — respondeu ela, abraçando-o de volta.

A sala onde estavam parecia um lugar em que aconteciam várias reuniões, pois possuía uma grande mesa no centro e várias cadeiras em volta.

— Você acha que a coordenadora está indo ver a Hill? — perguntou Isla.

— Pode ser, ou ela só está indo à sala dela.

O coração de Isla já estava voltando ao normal, porém, em um curto período, a coordenadora entrou no corredor e foi até o final. Isla e Myles seguravam a respiração para que pudessem ouvir tudo com maior precisão.

Ouviram a mulher tentar girar a maçaneta três vezes, mas nada aconteceu. Ela tentou usar um encantamento, mas a porta permaneceu fechada. Foi apenas quando a Sr. Ravena saiu às pressas corredor a fora que perceberam que ela pediria ajuda.

Isla sentiu o coração sair pela boca, e Myles a fitou.

— Precisamos contar ao professor.

Isla o encarou e deu-lhe as mãos. Eles invocaram o professor Johannes em suas mentes.

— Professor, descobriram a porta. A Sra. Ravena não conseguiu abri-la, mas saiu correndo para, suponho, chamar o diretor — disse Myles.

— Nós sabíamos que isso aconteceria, então se acalmem e sigam o plano. Como a janela está aberta, eles pensarão que ela tentou fugir por lá. Procurarão primeiro em toda Pitskarsia. Procurarão por vocês e farão perguntas, e vocês devem agir normalmente, como se não a tivessem visto desde o dia em que a tiraram de vocês. – Johannes fez uma pausa. – Precisam fortalecer o escudo mental de vocês para que, em nenhuma hipótese, possam ler suas mentes.

– Certo, professor – respondeu Myles.

– Hillary está bem, Sr. Murray? – perguntou Isla, preocupada.

– Ela está bem – garantiu.

Após terminarem a conversa mental com o professor, Isla e Myles abriram lentamente a porta e saíram correndo escadaria abaixo, a fim de se encontrarem com os alunos da próxima aula.

Mesmo com medo de que fossem interrogados, estavam satisfeitos por salvarem a amiga.

Hillary não corria mais risco de morte. Eles enfrentariam qualquer consequência se a amiga ficasse bem.

15

A estação favorita

A Sra. Ravena caminhava apressada pelo corredor. Quando não conseguiu abrir a porta do quarto de Hillary, pensou no que havia acontecido, se algum mal fora feito com a pobre garota sem que soubesse. Para ela, Hillary, assim como qualquer aluno de Pitskarsia, era apenas uma criança, mesmo que estivesse prestes a completar vinte e um anos. A coordenadora se preocupava com a saúde da moça e vê-la sofrer a deixava perturbada mesmo que não demonstrasse.

A Sra. Ravena era fria e inacessível por fora, mas não gostava da ideia de ferir ninguém, e suas convicções eram contra os experimentos que causavam mal a Hillary Baker. Ainda assim, como estava sujeita a uma autoridade maior, não podia fazer nada, a não ser obedecer. Mesmo que algum mal acontecesse, ela só estava seguindo ordens, mesmo sem concordar com elas.

A mulher parou diante da sala do diretor. Deu-se um momento para acalmar o coração acelerado pela corrida, arrumar os fios de cabelo e, por fim, bateu na porta.

O diretor estava sentado atrás de sua mesa, como sempre, lendo cartas e resolvendo questões escolares, além de pensar no experimento de Hillary.

— Entre, Sra. Ravena. Estava à sua espera — disse ele.

— Senhor, presumo ter notícias alarmantes. — O olhar do diretor ficou sério à medida que a coordenadora falava. — A porta do quarto da Srta. Baker está trancada com uma magia muito forte. Não pude abri-la.

O homem ergueu rapidamente o olhar.

O que aquela garota aprontou?, pensou ele.

— Vamos verificar, Sra. Ravena — disse, levantando-se rápido, deixando a túnica negra deslizar pelo chão.

Os dois saíram às pressas da sala e partiram ao encontro de Hillary. Quando chegaram ao sétimo andar, olharam em volta e não viram ninguém.

A porta no final do corredor estava cercada por magia de resistência, o que dificultava a entrada.

— Os alunos não seriam capazes de tanta magia assim — falou o diretor, tentando entender a situação.

— A Srta. Baker é muito forte. O senhor acha que tem alguma possibilidade de ela desbloquear os poderes sozinha? — perguntou a coordenadora, atônita.

— Isso nunca aconteceu em toda a história dos magos, então não é possível — retrucou Hunter.

O arquimago direcionou suas mãos à porta e impulsionou sua energia para quebrar a resistência. Depois de um tempo, a passagem se abriu com uma pequena explosão.

Mesmo com a fumaça, o par adentrou a sala.

Hillary Baker não estava presente.

A cama estava bagunçada, os livros colocados em cima da mesa como foram deixados no dia anterior. A coordenadora correu até a janela aberta e olhou para baixo, em direção ao jardim.

— É possível que ela tenha fugido pela janela. As pedras dão a ela uma vantagem para escalar — disse a Sra. Ravena.

O diretor se aproximou e olhou para as pedras nas paredes, sentindo a fúria queimar em seu interior. Ela havia fugido antes que pudesse tirar suas visões!

— É possível. Mas quem trancaria a porta? Alguém a ajudou e temos de saber quem.

— O que faremos, senhor? — perguntou a mulher.

— Vamos investigar em toda a Pitskarsia primeiro. Ela não deve ter ido longe. Estava muito cansada e sem forças. Fale com os amigos dela e se certifique de que eles não a ajudaram a fugir. E, principalmente, não podemos fazer alarde, pois os alunos e os professores que davam aula a ela não podem saber do que está acontecendo.

— Sim, diretor. — A Sra. Ravena fez uma pausa. — E se não a encontrarmos em Pitskarsia?

O diretor a encarou e disse:

— Faremos uma reunião e chamaremos os melhores magos para procurá-la por Báshi. Se ainda assim não a encontrarmos, a caçaremos por toda Karsia.

A resposta fez a Sra. Ravena ficar perplexa, pois não acreditava que Hillary poderia ir tão longe. Ainda assim, desejou que a jovem estivesse muito distante para que se livrasse da mão do Senhor do Fogo. Não sabia que mal ele fizera àquela moça, mas, se ela havia fugido para escapar, certamente era um grande tormento.

Ela está sem poderes e desamparada, pensou ela, e sentiu compaixão por Hillary.

A Sra. Ravena se arrependeu. Desejava que a garota estivesse longe e bem, para que não precisasse passar novamente pelos experimentos.

Depois de descansarem, Hillary e Johannes partiram em direção à Pitagária. Para se esconderem melhor, partiram assim que o sol se pôs. Seriam três dias de viagem até a cidade ao sul de Karsia.

Johannes não dizia uma palavra, enquanto Hillary desejava respostas, mas seu constrangimento a fizera ficar calada. Ele parecia diferente aos olhos de Hill. Ela nunca o tinha visto usar outra roupa a não ser a túnica negra, e pensar que ele a salvou por não querer vê-la morta mostrava que ele sentia compaixão.

O Senhor do Gelo não era uma pessoa ruim.

Hillary se arrependeu por tê-lo tratado com arrogância no passado, mas não tinha como prever que ele a salvaria de uma possível morte horrível. Ela até o perdoara pela invasão de privacidade depois do que ele confessara.

Permaneceram em silêncio por um longo tempo.

O corpo de Hillary já estava cansado e dolorido. Para sua satisfação, o sol começara a aparecer no horizonte, e Johannes diminuíra a velocidade do carro. Eles estavam dirigindo por uma floresta coberta por árvores, e Hillary agradeceu por estar livre para poder ver os primeiros sinais da primavera, sua estação favorita.

O céu estava azul-clarinho, o verde cobria todo o terreno, as flores coloriam a paisagem e havia luzes brilhantes provenientes do sol que nunca conseguiriam ser retratadas em uma pintura, pois a beleza estava além da visão.

Assim que Johannes estacionou o carro perto de uma árvore, eles desceram e se aproximaram de um rio cristalino. Hillary foi até o rio, tirou as botas e se deliciou com a água que tocava seus pés. Olhou ao redor, contemplando a beleza da natureza, e sorriu.

Johannes se aproximou dela e ficou ao seu lado.

— Este lugar é lindo.

— É perfeito — concordou.

Ele sorriu, balançando a cabeça, e se agachou perto de uma pedra para pegar alguns dos pães que comprara na lanchonete.

— Está com fome?

Ela aceitou o alimento, sentou-se à beira do rio, e continuou admirando a vista, a natureza acordando.

O ar ali era fresco e limpo. Por um minuto, conseguiu sentir paz e se esquecer da confusão em que estava.

Depois de um tempo, Johannes quebrou o silêncio.

— Neste momento, já devem saber que você não está mais no quarto.

— Acha que farão mal aos meus amigos? — perguntou ela, preocupada.

— Há pessoas boas naquele lugar. Acredito que não tocarão neles. Diferente de você, eles podem se defender — disse. — Eles a procurarão primeiro por Pitskarsia, por isso não podemos perder tempo em chegar ao nosso destino.

— Espero que esteja certo — falou, baixando a cabeça.

Ele a encarou, mas no momento em que seus olhos se encontraram com os dela, Johannes voltou a olhar a paisagem, respirando fundo. Hillary não deixou de olhá-lo, pois tinha uma pergunta, e não importava o medo que sentisse, ela precisava fazer.

— Você confia no diretor Hunter, professor?

Ele respirou fundo antes de responder.

— Não posso afirmar nada, por isso não poderei responder sua pergunta.

Hillary tomou essa resposta como um não, pois, se ele confiasse no diretor, não a teria tirado de lá.

Hillary pensava na personalidade de Johannes. Ele era cuidadoso e gentil, e logo ficava frio e pensativo. Como ele mudou de humor com a última pergunta, a fez sentir vergonha de tê-la perguntado, pois sabia que Johannes era fiel aos magos e que estava fazendo tudo isso, talvez até arriscando a carreira em Pitskarsia, para salvar o reino. Assim, desconfiar do emissário dos magos certamente era conflitante.

Hillary queria desfazer a pergunta, mas se conformou que não poderia mudar o passado. Por isso, pensou em conversar sobre outra coisa.

– Eu nunca fui à praia – disparou ela. – Espero poder ver em Pitagária.

– A praia é uma das maiores belezas naturais – disse ele, sorrindo pela perspicácia da garota em mudar de assunto para melhorar seu humor. – Por que nunca foi à praia? Se me permite perguntar, é claro.

– Minha mãe morreu quando eu tinha onze anos, e ela não era muito de viajar. Depois, meu pai se fechou comigo. Ele passava a maior parte do tempo trabalhando, então...

O sorriso abandonou o rosto dele.

– Meus pêsames, Hillary.

– Obrigada – disse ela, dando um breve sorriso ao olhar para os olhos de Johannes, que agora pareciam mais com o céu da primavera.

16

Acusações

Isla e Myles estavam sentados no jardim, apreciando o início da estação. As árvores estavam cheias de folhas, a grama estava verde e flores coloriam o lugar, fazendo tudo dançar em perfeita harmonia.

— Que dia lindo — disse Isla, olhando para Myles.

— Lindo como você — observou, sorrindo.

Isla o encarou, balançou a cabeça e sorriu, tímida. Myles sempre arranjava um jeito de elogiá-la, o que a fazia enrubescer. Era óbvio, nos dez anos que estiveram em Pitskarsia, que nutria sentimentos por ela, e ela por ele, mas, pela timidez de Isla, não assumiam abertamente o que sentiam. Eles sempre foram grandes amigos, e isso os ajudou a conhecer um ao outro e saber que aquilo que sentiam era forte.

Quando pararam de se olhar, perceberam que a coordenadora se aproximava com uma rapidez impressionante. Isla e Myles ficaram nervosos, mas não deixaram transparecer.

— Bom dia, Sr. Hayes e Srta. Collins — disse a coordenadora.

— Bom dia, Sra. Ravena — disse Myles, casual.

— Como está Hillary? Está tudo bem? — perguntou Isla, tentando mostrar ingenuidade.

A pergunta deixou a Sra. Ravena desconsertada, mas continuou como se não a tivesse ouvido.

— O diretor gostaria de conversar com vocês. Preciso que me acompanhem — disse a coordenadora.

— Desculpe, senhora, mas temos prova agora — disse Myles, ficando nervoso.

— Claro... Então me encontrem na escadaria principal assim que terminarem a prova.

— Estaremos lá — respondeu Isla, dando um breve sorriso.

A coordenadora saiu com a mesma pressa com que chegara. Isla e Myles ficaram nervosos, o que atrapalhou seu raciocínio. O medo crescente do que o diretor falaria os perturbava, mas tinham de manter a calma para o bem de Hillary.

Ao terminarem a prova, Isla e Myles foram em direção à escadaria principal.

— Temos de manter a calma, não sabemos de nada. Se falarem que Hill não está mais em Pitskarsia, pareceremos preocupados. Nada que fizerem com a gente poderá nos fazer falar. Nós treinamos nossa capacidade de resistência mental, e o professor Murray nos ajudou, então estamos seguros — resmungou Isla. — Vamos ficar calmos!

— Eu estou tranquilo — disse Myles, em tom de gracejo.

Isla o encarou e riu, mas sabia que estava preocupado e que sua resposta fora um jeito de tranquilizá-la. Ao chegarem à escadaria, avistaram a Sra. Ravena, o que fez Isla ficar tensa novamente, embora tenha tentado não demonstrar.

A Sra. Ravena apenas acenou com a cabeça e indicou que deviam segui-la.

Isla, de súbito, entrelaçou seus dedos nos de Myles, e ele a segurou com força para conter o tremor que o medo causava em Isla. Isso a ajudou, pois a certeza de que estariam juntos tornava as coisas menos aterrorizantes.

Ao chegarem à sala do diretor, o viram sentado atrás de sua mesa com as mãos cruzadas sobre ela. Ele os encarou com um sorriso acolhedor no rosto quando os alunos e a coordenadora surgiram. O diretor mandou que todos se sentassem.

— Desculpem-me por tirá-los de suas atividades diárias. Foi necessário.

— Claro, mas o que aconteceu? — questionou Myles.

Hunter os analisou.

— Então os senhores não sabem o que aconteceu com a Srta. Baker?

— Como assim? Ela não está bem? — perguntou Isla, franzindo a testa.

A apreensão tornava sua resposta mais crível.

O diretor se levantou e se apoiou na mesa para ficar mais perto dos alunos, o que causou mais medo em Isla.

— Vou ser direto e espero que os senhores colaborem. A Srta. Baker não está em seu quarto, e acredito que vocês sabem.

Isla e Myles se mostraram sem palavras.

— Como assim? Não sabemos de nada! Onde ela está? — perguntou Myles, arregalando os olhos.

— Se ela fugiu, as primeiras pessoas que procuraria seriam vocês. Por isso, peço que revelem onde está, pois ela pode ficar muito doente sem o tratamento ideal — falou, sério.

— Vocês não nos deixaram vê-la e agora acham que podemos ter ajudado ela a fugir sendo que nós nem sabemos onde a colocaram! — retrucou Isla, deixando todo seu nervosismo aparecer em forma de acusação. — O que nos garante que não estavam fazendo mal a ela, e que as consequências chegaram a um ponto em que estão nos fazendo acreditar que ela fugiu para tirar a culpa de um possível acidente do ombro de vocês?

Todos na sala ficaram espantados, principalmente a Sra. Ravena, que se surpreendeu pelo que a jovem pensava deles. A mulher sentiu vergonha de si mesma por pensarem que ela seria capaz de cometer tamanha atrocidade.

O diretor ficou surpreso com a ferocidade das palavras, mas não acreditou. Aquela mocinha atrevida com certeza faria de tudo para proteger a amiga.

— Nós não fizemos tal coisa, e garanto a vocês que quando a encontrarmos vocês poderão visitá-la — respondeu o diretor, tentando conter a raiva. — Estão dispensados.

Eles se levantaram e partiram. A coordenadora fechou a porta e tornou a encarar o diretor.

— Acredito que eles não sabem de nada — opinou ela.

— Eu não acredito. Eles estão encobertando a garota!

— O senhor ouviu o que eles pensam de nós? Eles acham que somos assassinos — disse a Sra. Ravena, com estupefação.

— Eu ouvi bem, e tenho certeza de que falaram tal coisa para ajudar a Srta. Baker.

Ele se virou para a mulher, vendo no olhar dela a hesitação e a dúvida.

– Tudo que nós fizemos foi para o bem dela. Acredite nisso, Sra. Ravena. A Srta. Baker não tem motivos para querer fugir – disse, embora gritasse de irritação por dentro. – Os guardas estão agindo?

– Começarão a procurar hoje, senhor – respondeu.

Depois de alguns minutos em silêncio, a Sra. Ravena, constrangida e nervosa, despediu-se e saiu da sala, deixando o diretor Hunter com seus pensamentos, suposições...

E acusações.

17

Arte viva

Depois de mais dois dias de carro, Hillary e Johannes chegaram à Pitagária pela noite. Deixaram o carro dele no estacionamento de um hotel e alugaram um pequeno apartamento com dois quartos e uma pequena sala. Hillary se deliciou com uma ótima noite de sono que tanto precisava. Isso a fez renovar todas as suas forças, e seu corpo não doía mais.

Quando ela acordou, Johannes não estava presente. Ele havia deixado na mesa da sala roupas novas para que ela pudesse se trocar, uma calça jeans escura, uma blusa preta e uma jaqueta de couro preto. Ela sorriu quando verificou que ele acertara o tamanho.

A jovem se banhou. Ao sair do banheiro, viu Johannes na mesa com o café da manhã. Ele sorriu para ela, medindo-a com discrição. Ele também havia mudado de roupa, estava usando calças pretas, blusa branca, jaqueta de couro preta e uma luva preta na mão direita para esconder a tatuagem.

Pelo que Hill percebeu, ele gostava de jaquetas de couro. Parecia um personagem de cinema galanteador que usava jaquetas de couro e óculos escuros. Realmente, Johannes estava parecendo aquele famoso personagem. Era tão lindo quanto os atores.

Corada pelo pensamento, deixou-se cair no assento diante dele.

— Você acertou o tamanho — disse Hillary.

— Tive uma ajudinha da sua amiga — falou ele, dando uma piscadinha.

Ainda enrubescida, concentrou-se em pegar um pãozinho para comer.

— Seus olhos ainda estão vermelhos — disse ele, encarando-a.

— Acho que meu corpo ainda está um pouco cansado das noites mal dormidas. Além disso, me sinto mais fraca por estar sem magia — disse ela, ficando séria.

– Posso resolver isso, se me permitir.

Hillary o encarou e assentiu. Ele se levantou e se agachou na frente dela. Colocou suas mãos em volta do rosto de Hill e a fitou, o que a fez morder o lábio, constrangida. Logo, Johannes lançou magia para curar seus olhos vermelhos. Hillary os fechou para se concentrar na energia dele e, quando os abriu, encarou os olhos azuis que a observavam de perto.

– Problema resolvido – disse ele, tirando as mãos do rosto dela e desviando o olhar.

– Obrigada.

– Hoje teremos um grande dia. Vamos conhecer a Grande Biblioteca!

Hillary sorriu, pegou a jaqueta e o acompanhou no caminho ao prédio.

Pitagária era a menor cidade do sul do reino de Karsia, com apenas quarenta mil habitantes. Era uma cidade histórica, com vários museus e monumentos. Porém a principal construção histórica da cidade era a Grande Biblioteca, que possuía mais de seis séculos. Hillary contemplou a fachada da construção; ficou maravilhada com a grandiosidade dela.

– Perfeita, né? – perguntou Johannes, rindo.

– Perfeita não seria a palavra exata. Eu chamaria de... exuberante. – Sua excitação era evidente.

Johannes riu e assentiu, tocando o braço dela para fazê-la andar com ele.

– Essa biblioteca foi construída antes de Pitskarsia. Veja como é simétrica. As colunas, a cúpula, as abóbodas e os arcos são matematicamente perfeitos. Possui 153 metros de comprimento e 90 metros de largura. Ela guarda mais de 100 milhões de itens, incluindo livros, mapas, manuscritos, fotografias e partituras.

– O senhor é muito inteligente – comentou, ainda encarando a biblioteca.

– Só gosto muito de arte. Vamos, vai gostar muito mais por dentro.

Myles amaria este lugar, pensou.

Johannes guiou Hillary escadaria acima, e ela não parava de olhar ao redor para decorar cada detalhe da mais perfeita arquitetura. Ao entrarem, olhou direto para o chão que era feito de mármore bege e possuía uma linda pintura imensa da rosa dos ventos. O lugar era decorado e fora construído com claraboias e vitrais que percorriam seus vinte e três metros de altura. O local era todo revestido no mármore e havia estátuas dos maiores pensadores do mundo. As luzes amarelas deixavam o ambiente aconchegante e sofisticado.

— Cada vitral possui uma pintura dos principais filósofos que o mundo já teve como: Sócrates, Platão, Aristóteles. — Johannes mirou os vitrais. — Sigmund Freud, Immanuel Kant, Karl Marx, Friedrich Nietzsche e muitos outros. Os magos pensadores ficam em outra área. Mas não temos só filósofos, encontramos aqui astros da literatura como: Jane Austen e William Shakespeare.

— "Ser ou não ser, eis a questão. Qual é a mais digna ação da alma: sofrer os dardos penetrantes da sorte injusta ou opor-se a esta corrente de calamidades e dar-lhes fim com atrevida resistência? Morrer... dormir... nada mais... morrer é dormir, sonhar talvez..." — recitou Hill. Ela olhou para Johannes, que a encarava com admiração, e, com um sorriso tímido, ela completou: — Hamlet.

Johannes guiou Hillary para o Salão Principal, onde os livros ficavam. O local possuía vários vitrais semicirculares, colunas gigantes de mármore, estátuas de bronze e livros. Hillary abriu a boca, encantada, desejando poder ler todos eles.

Hillary sentiu a energia boa do lugar entrar profundamente em seu ser. Sua imaginação fluía com seus passos. Cada detalhe a fazia se emocionar e desejar estar em um mundo melhor para desfrutar daquilo.

A arte e a cultura daquele lugar a fizeram lembrar da harmonia e da beleza que era tocar piano. Cada tecla emanava uma nota; juntas formavam um acorde e cada som transbordava sentimentos diferentes. Tristeza e alegria, dor e sofrimento, todos juntos se misturavam com a melodia. A Grande Biblioteca lhe proporcionou viver todos esses sentimentos que se uniram em um só: a beleza da esperança de dias melhores.

Esse era seu verdadeiro sonho.

O sonho de seu coração.

— A sala onde estão os livros que nos interessam é proibida até mesmo para magos de alta patente e arquimagos, por decreto do rei, mas... Gostaria de me acompanhar? — disse Johannes.

— Como entramos, se é proibida? — perguntou ela.

Ela ergueu uma sobrancelha para ele.

— Com magia, é claro — respondeu, sorrindo com o canto da boca.

Johannes guiou Hillary por um corredor largo. Pararam em frente a uma porta no meio dele. Ele tocou a maçaneta, cantarolou um feitiço por alguns segundos, e, por fim, a porta se abriu. Eles adentraram, e Johannes a trancou de volta com mais magia do que quando a abrira. A jovem percebeu o quanto ele era forte para quebrar um encantamento feito pelos magos da corte. Claro, ele era o arquimago do gelo.

— Como sabia que essa era a sala certa? — perguntou Hillary.

— Meu pai costumava me trazer aqui antes de morrer. Ele me ensinou o truque que usam para trancar as portas com magia e me mostrou as salas que possuem os livros mais interessantes — respondeu, sorrindo, maroto. — Venha.

O lugar possuía quatro pequenas salas de vidro que continham os livros dentro. Johannes abriu a segunda e um ar gélido inundou todo o local. Eles adentraram a pequena sala gelada. No centro dela, entre os muitos livros organizados em ordem alfabética, uma mesa estava disposta com quatro cadeiras.

— Tão frio — disse Hillary, abraçando-se.

— Esses livros são volumes únicos, e muito antigos. Embora não se possa armazenar livros ou documentos em áreas onde houver níveis extremos de temperatura e umidade, ou grande variação, estes exemplares, em especial, precisam do frio para mantê-los intactos — disse ele, procurando um título. — Estamos procurando registros de um escrito chamado *O massacre dos profetas*.

O nome do livro fez Hillary se arrepiar.

Então os profetas não existem mais porque foram massacrados?, questionava-se.

Johannes pegou o livro que continha pouco mais de duzentas páginas. Para alívio de Hill, fora escrito no idioma de Karsia, o que facilitava o entendimento.

Johannes se sentou diante da moça e começou a folhear a obra com cuidado.

— O escritor deste livro se chama Franz Martinez e foi um dos maiores historiadores que já existiram no mundo mágico. Ele viveu na época em que a história deste livro se passava, três séculos atrás. Martinez foi o único a escrever sobre esse massacre, e por isso foi perseguido. Alguns ainda sabem sobre seus escritos, mas a maioria deles foram esquecidos. Outras edições foram feitas, porém todas foram queimadas pelos magos. Por isso, este exemplar é de absoluta importância. — Johannes fez uma pausa. — Vou ler as partes mais importantes para a senhorita.

E leu:

— "Elizabeth, a maga profeta que previra a grande guerra, foi assassinada por trazer discórdia entre os magos. Os sonhos dela revelavam uma guerra entre magos e que muitos iriam ser torturados e queimados vivos. A guerra se passaria em Pitskarsia, a Escola e Universidade de Magia construída na cidade de Báshi, centro de Karsia. Elizabeth previra que havia um mensageiro dentro da corte, e que ele era um dos principais organizadores da guerra".

Entreolharam-se por um momento.

— "Discórdia e desconfiança reinaram em Pitskarsia. Durante vinte anos, os magos esperaram a guerra que atormentava as noites de Elizabeth. Os sonhos a deixaram insana e com distúrbios mentais. Sua palavra não mais valia naquele lugar, mas outros profetas começaram a apoiá-la, afirmando que os sonhos eram reais e que existia um, dentre todos os magos, que planejava um ataque". — Ele suspirou ao erguer a cabeça. — Diz, em seguida, que o rei não suportava mais aquilo e acreditava que os sonhos eram mentira, então mandou matar os profetas. Desde então, o dom da profecia é considerado um crime.

Hillary estava perplexa. Agora acreditava, sem nenhuma dúvida, que estavam tentando matá-la. *Então a pessoa que estou perseguindo em meus sonhos é esse o qual planeja o ataque?*, perguntava-se. Hill se sentiu ofegante, como se tivesse corrido.

— Por isso, Hillary, que não posso dizer que confio no diretor. Na verdade, confio em poucas pessoas de Pitskarsia. — Ele fez uma pausa. — Os sonhos de Elizabeth são os mesmos que os nossos.

— Estamos tendo os mesmos sonhos que uma mulher que viveu há três séculos — repetiu.

— Sim. Agora olhe bem para isso.

Johannes lhe indicou a última página do livro no canto da folha. Uma frase, com letras bem pequenas e quase ilegíveis, dispunha-se no final da página. Hillary olhou bem para tentar entender, porém, além de tentar enxergar letras tão pequenas, outro impasse apareceu.

— Está em outra língua — afirmou ela.

— Sim. Passei vários dias tentando traduzir isso. Está no idioma de Zeligaia.

— O que está escrito? — perguntou ela, olhando-o.

— "Os elementos contidos em quatro pedras mataram Elizabeth e com ela foram enterrados" — traduziu Johannes.

Hillary ergueu as sobrancelhas para ele. Um turbilhão de perguntas começou a atormentar sua mente. Johannes a encarou e entendeu o que ela estava pensando.

— Sim. Somente quando li sua mente e vi as quatro pedras na adaga foi que relacionei com este escrito. Por isso afirmo, seus sonhos são de extrema importância.

— A adaga pertencia aos magos. Mataram Elizabeth com ela — entendeu Hill.

— Sim. Agora temos de descobrir onde é a tumba dela — afirmou Johannes. — O único problema é que nenhum desses livros fala onde é essa tumba. Seja onde for, o antigo rei escondeu bem.

Johannes e Hillary ficaram calados, pensando onde poderiam encontrar informações do paradeiro da tumba de Elizabeth. Ela pegou o livro da mão de Johannes, começou a folhear e disse:

— Bom, se Franz Martinez sabia que a adaga foi enterrada com Elizabeth, ele provavelmente sabia a localização da tumba. Será que existe algum lugar secreto em que ele escondia informações assim? — perguntou Hillary.

Johannes ficou um tempo pensativo.

— Onde ele escrevia esses livros que possuíam assuntos proibidos pelo rei? — perguntou ela, ansiosa. — Tem de ser um lugar escondido, e talvez esses livros ainda estejam lá. Talvez ele tenha escrito sobre essa tumba — completou com os olhos cheios de esperança.

— A casa de Martinez é um museu. Já fui lá centenas de vezes e não encontrei nenhuma biblioteca — afirmou Johannes, olhando para Hill.

— Não acha estranho que um escritor não tenha uma biblioteca? — perguntou Hillary.

— Acha que pode haver uma biblioteca escondida na casa?

— Por que não? Faz sentido!

Johannes se levantou, pegou o livro, o colocou no lugar e virou para ela, sorrindo.

— Ainda bem que Franz Martinez morava em Pitagária.

Hillary sorriu.

Depressa, partiram em direção ao museu da casa de Franz Martinez.

A esperança renascera.

18

Tempestades em dias ensolarados

Os guardas estavam investigando a escola inteira, mas sem deixar que alguém suspeitasse que o motivo da procura era o desaparecimento de Hillary. Ravena observava cada passo de Isla e Myles, por ordem do diretor, e isso a deixava desconsertada. Os dois, ao seu ver, pareciam agir como os outros alunos. Aulas, refeitório, aulas e dormitório. Essa era a rotina deles. Nada de anormal.

A Sra. Ravena percebeu que sua presença os deixava tensos, e por isso se afastava, pois se lembrava da fala de Isla, a qual atormentava seu dia e a fazia se arrepender de noite. *Na situação deles, como não desconfiariam de algo tão terrível como a morte da amiga?*, ponderava. *Mas será que não sabem onde Hillary foi?*, pensava, mas logo descartava a ideia.

A Sra. Ravena os olhava com compaixão. Se soubesse no que acarretaria ter prendido Hillary, nunca teria o feito. A mulher se sentia culpada. Mesmo não tendo tocado nela durante as experiências, sentia-se coparticipante de seu tormento, pois concordara com tudo. *Se o diretor tentar fazer mal a Isla e ao Myles, vou me intrometer e os ajudar. Mesmo que o diretor só tente ler suas mentes*, decidiu ela.

Além de se preocupar com esse caso, a Sra. Ravena tinha de silenciar as fofocas que estavam sendo espalhadas. Todos comentavam o desaparecimento de Hill, mesmo não sabendo que os guardas a procuravam.

Depois do evento de troca de força entre Hillary e Heiron, todos estavam comentando o tamanho dos poderes de Hill. Heiron espalhava que ela havia desaparecido para não o encarar, o que gerava muitos burburinhos até sobre os amigos da moça.

Todos achavam que ela estava com medo, pois seus poderes não eram mais os mesmos, ou que estava tendo aulas extras de magia por ser tão forte, o que deixava o professor Dixon à beira de uma expulsão, afinal, dar aulas particulares para alunos considerados mais inteligentes ou importantes que outros, sem o consentimento do diretor, era julgado como priorizar a educação de um em detrimento de outro.

A coordenadora não aguentava mais as perguntas constantes dos alunos sobre o paradeiro de Hillary. Sempre respondia que ela estava bem ou que estava passando uns dias com a família, mas os alunos não se conformavam.

E Heiron queria dar o troco publicamente em Hillary, por isso as fofocas estavam rondando Pitskarsia.

A aula de anatomia sempre fora a favorita de Isla. Ela considerava a medicina a forma mais nobre de se usar magia. Ajudar a curar as pessoas sempre fora sua paixão, e esse sonho a inundava cada vez que via as populações mais pobres e carentes que necessitavam de cuidados médicos. Seu desejo era ajudar.

Sua maior inspiração era a maga Atena, que trabalhava como ministra da saúde de Karsia. Ela não era só uma melhor maga médica, mas a Senhora da Terra. Seu poder era exorbitante. O que deixava todas as mulheres orgulhosas era que Atena fora a primeira mulher da História a se tornar uma dos quatro arquimagos. A tatuagem em seu braço era idêntica as dos outros senhores, porém em sua mão havia uma flor de longas raízes que se juntavam aos espirais e arabescos negros. A mais perfeita tatuagem, na visão de Isla.

Ao saírem da aula de anatomia, Isla e Myles foram ao refeitório para almoçarem. Os corredores de Pitskarsia estavam diferentes sem a presença de Hillary. Isla sentia uma falta imensa da amiga, de vê-la correndo pelos corredores com livros de História e exemplares do Portal Oásis em mãos, mas esse sentimento logo se findava quando se lembrava da conversa com o professor Murray, sobre o sofrimento de Hill. Por isso, Isla tentava se alegrar pela amiga estar longe e segura. Esperava que tudo voltasse ao normal. Nem mesmo as aulas de música eram as mesmas sem Hillary ao piano.

A preocupação agora era ficar em silêncio e não deixar que ninguém lesse sua mente. Isla e Myles sentiam medo sempre que a coordenadora os observava.

Pegaram o almoço e se sentaram olhando em volta. A Sra. Ravena, na maioria das vezes, estava perto.

Isla olhou de relance para fora do refeitório, viu o lindo dia que estava do lado de fora e se lembrou de Hill, pois essa era sua estação favorita. Os dias eram quentes e tudo ficava mais colorido, mais belo.

Na mesa, os amigos de sempre estavam. Callum, Aisha e Liana, mas ninguém tocava no assunto sobre Hillary, pois olhavam para Myles e Isla e percebiam que não queriam falar no assunto.

— Sempre na primavera, Hill e eu almoçávamos no gramado — sussurrou Isla, sorrindo. — Sinto falta dela.

Myles a encarou e prontamente se levantou.

— Vamos lá — disse ele, pegando o almoço.

Isla sorriu e o seguiu. Sentaram-se debaixo da sombra de uma árvore. A jovem olhou para cima e sentiu a brisa em seu rosto. Aprendera com Hill a aproveitar cada sensação que a natureza dava.

Isla sorriu, lembrando-se do rosto da amiga quando olhava para a grama do chão, para as flores e para o lindo céu azul.

— Em que está pensando? — perguntou Myles.

— Em Hill e em como ela amava este lugar para ler — respondeu Isla.

— Ela está segura, Isla. Não se preocupe — disse Myles.

— Eu sei — disse Isla, voltando o olhar para Myles. — Agora só tento me concentrar em aprimorar meus poderes de resistência.

— Isso mesmo. Estou fazendo o mesmo.

Isla suspirou.

— A aula de Anatomia foi boa, né? — completou ela, tentando mudar de assunto.

— Não tenho o mesmo gosto por anatomia que você, mas diria que é melhor que a aula do novo professor de História da Magia — disse ele, gargalhando.

— Péssima comparação — replicou, encarando-o com uma careta e um meio sorriso. — Estou planejando minha grade de aulas para o bimestre que vem. Vou começar por medicina.

— Então quer dizer que a futura mãe dos meus filhos realmente vai ser médica? — perguntou, sorrindo, jocoso.

— Agora você foi longe demais, mocinho — respondeu, tímida.

Toda vez que ele falava sobre eles ficarem juntos, Isla corava e desviava o olhar.

Isla olhou em volta e percebeu alguns alunos os olhando de longe. Franziu a testa.

— Por que estão nos olhando assim? — Ela fez uma pausa e virou para encarar Myles, pois tinha mais uma pergunta que a deixava conturbada. — Eles sabem algo sobre Hill?

— Eles não sabem, não se preocupe.

— Então por que, em todos os lugares que vamos, alguns alunos nos encaram? Até os das turmas mais avançadas — perguntou ela, curiosa.

— Há poucos dias, Heiron saiu da enfermaria. Não sei se lembra, mas Hill o venceu na arena.

— O que isso tem a ver?

— Heiron quer uma revanche e está apostando tudo que irá ganhar.

— Minha nossa! — disse ela, rindo. — Ele acha pode vencê-la?

Os dois gargalharam.

— Hillary é muito forte, e acho que nem ela sabe o tamanho de seu poder. Mas ela não pode mais usá-lo, agora que o diretor bloqueou a magia dela.

Os dois ficaram pensativos.

— Imagine como deve ser ruim perder os poderes assim. Não consigo imaginar o que ela está passando — comentou Myles.

— Ninguém consegue. Conversei com o professor Murray assim que acordei. Hill está bem, e eles estão investigando alguns pontos específicos dos sonhos. Ele disse para tomarmos cuidado e sempre ficarmos no meio de muitas pessoas — disse Isla.

Os dois ficaram em silêncio por alguns minutos, saboreando o almoço.

— Heiron realmente diz que Hill sumiu porque tem medo de encará-lo, né? — falou Myles, dando gargalhadas.

— Pobre Heiron! — disse ela, rindo. — Gostaria de ver essa revanche.

— Eu adoraria ver Heiron perdendo novamente. Ele acha que todos são inferiores a ele, por isso, quando alguém o vence, ele quer dar o troco.

— Se ele soubesse da verdade, não agiria assim — disse Isla.

— Você acha que todos são bons, Isla, mas não são. Senão Hill estaria conosco e não precisaríamos estar com medo — disse ele, deitando-se no gramado.

— Só não consigo acreditar que as pessoas podem guardar tanto ódio dentro de si.

— Pois acredite. As pessoas não são boas. Elas sempre pensam em si e não no outro. Sempre querem mais e deixam o outro sem nada. Por isso devemos ser diferentes e valorizar o que realmente importa. Tipo os amigos.

— Nós somos diferentes — afirmou ela, sorrindo para Myles.

— Nós somos — confirmou, tocando na mão dela.

Ela se deitou ao lado dele e assim ficaram pelos minutos seguintes.

19

As cinco pedras

Ao chegarem em frente à casa de Franz Martinez, Hillary se deparou novamente com uma bela construção. O prédio possuía três andares. As janelas eram grandes e ornamentadas com plantas que caíam do teto até se enroscarem no chão. A pintura de fora era um amarelo queimado bem conservado. Duas grandes escadas levavam para dentro, uma à direita e outra à esquerda da grande porta. Uma fonte com anjos enfeitava a frente da bela mansão.

Hillary ficou encantada com a majestosa construção e pensou no quanto o historiador era rico. Em volta da casa, um lindo jardim de variadas cores se estendia. Quando se aproximaram, visualizaram uma jovem que estava recebendo os visitantes e anotando algo que parecia ser os nomes de cada um. Hillary sentiu um frio na barriga, virou-se para Johannes e disse:

— Eles estão anotando os nomes.

— Temos de dar nomes falsos — disse ele, analisando a casa.

Hillary ficou tensa.

Johannes guiou Hillary escadaria acima, e, quando pararam em frente a porta na qual a instrutora estava, esta descrevia o turismo pela casa e como eles seriam acompanhados por um bom tutor.

— Nomes, por favor? — perguntou a doce jovem.

— Sr. e Srta. Moore — respondeu Hillary, rapidamente, agarrando o braço de Johannes, acalorada.

Ela ficou desajeitada, mas Johannes não pareceu se importar, limitando-se a dar um sorriso antes de seu olhar ficar distante. A mulher, que esperava os dois darem as identidades, repentinamente os fez seguir em frente sem precisar de identificação. Johannes a enfeitiçara.

– Sejam bem-vindos, Sr. e Sra. Moore. Chamarei o tutor de vocês.

– Não, por favor. Já visitei esta casa várias vezes. Somente minha esposa não. Eu gostaria de eu mesmo apresentar cada detalhe da residência – disse Johannes, piscando para a mulher.

– Claro, Sr. Moore – respondeu, dando um risinho sob o olhar dele. – Sejam bem-vindos ao museu Franz Martinez.

Johannes assentiu com a cabeça e adentrou a casa depois de Hill. O primeiro cômodo era a sala de visitas. Possuía dois sofás, três poltronas e uma mesa no centro, todos perto da lareira. O lugar era rústico e aconchegante.

Johannes se aproximou de Hill e disse, com a voz quase inaudível:

– Onde um escritor esconderia uma biblioteca proibida?

– Um lugar que somente ele frequentava ou que poucas pessoas visitavam – respondeu ela, olhando em volta.

– O quarto dele – disse Johannes.

Hillary assentiu.

A casa estava com alguns visitantes, por isso teriam de ser sorrateiros. O quarto ficava no último andar, por isso tiveram de subir a grande escadaria que ficava no centro da sala principal.

Johannes e Hillary estavam tentando agir como turistas, enquanto se aproximavam do quarto. Quando chegaram ao último andar, uma família estava dentro do quarto, por isso eles tiveram de esperar em outros cômodos do terceiro andar. Assim que a família desceu a escadaria e o espaço ficou vazio, Johannes e Hillary adentraram o aposento, e ele trancou a porta com magia.

O quarto era comum: uma cama de casal de madeira, um guarda-roupa, uma cômoda pequena com alguns objetos pessoais ao lado da cama e uma lareira. Hillary olhou em volta e imaginou onde uma pessoa inteligente esconderia uma passagem secreta. Começou a apalpar as paredes enquanto Johannes olhava o guarda-roupa.

Nada nas paredes fora encontrado, muito menos no guarda-roupa. Hill estava começando a se sentir tola por procurar no lugar mais obvio. Por isso, partiu a procurar pelo chão de madeira, e Johannes fez o mesmo. Eles não diziam uma só palavra, pois estavam concentrados em achar a passagem.

A biblioteca secreta.

Hillary se aproximou da lareira, pôs-se de joelhos e a encarou.

Só pode ser ali, pensou ela.

Hillary colocou a mão dentro da lareira que havia muito tempo não cumpria seu objetivo de esquentar o ambiente. Em um momento, a mão de Hill foi forçada a parar por causa da parede. Hill olhou bem e percebeu que o real compartimento estava mais distante de onde sua mão parara. Hillary apalpou a superfície invisível e deu um sorriso.

– Johannes, acho que encontrei – disse ela, apontando para a lareira.

Ele se aproximou e tocou a parede invisível.

– Está coberta por magia – ele informou, sentindo a força da barreira. – Só dá para sentir se tocar diretamente. Por isso ninguém descobriu.

Hillary sentiu um arrepio correr em seu corpo quando Johannes se inclinou atrás dela, quase a tocando.

– Vou abrir uma brecha na barreira. Fique de olho na porta, por favor.

Hillary aquiesceu e se aproximou da porta, esperando não ouvir nenhum ruído do lado de fora. Johannes começou a lançar magia de força, mas a barreira era forte demais, o que necessitou que ele depositasse muita energia.

A moça estava com medo por causa do barulho que a magia, contra a barreira, estava fazendo. Ela se sentiu irritada por não poder ajudá-lo a destrui-la mais rápido, mas nada podia fazer, a não ser vigiar a porta.

Quando enfim Johannes destruiu a barreira, foi jogado com força contra a parede de trás quando o quarto ficou coberto por uma fumaça sufocante, conservada durante muito tempo dentro daquela passagem secreta. Hillary se aproximou dele em meio a poeira.

– Você está bem? – perguntou ela, tossindo.

– Estou – grunhiu, levantando-se. – Arranhões à parte – disse ele irônico.

Johannes levantou sua mão, e, com meio pensamento, a fumaça se dissipou deixando que a poeira virasse uma segunda camada em todo o cômodo.

Os dois tornaram a encarar a lareira. Eles pararam em frente ao portal e respiraram fundo.

– Vou primeiro. Se estiver tudo bem lá embaixo, sinalizo para você descer – ele alegou, gentil.

Antes que Hill pudesse assentir, ele havia descido. A moça ficou esperando por vários minutos. Quando já estava desistindo de esperar o comando dele, uma luz com o formato redondo apareceu, e ela viu que aquele era o sinal.

Hillary seguiu a luz, adentrando a lareira. Quando conseguiu ficar de pé do outro lado da passagem, olhou em volta na escuridão e viu uma escadaria coberta de poeira, como se ninguém entrasse ali havia séculos. O caminho estava cheio de teias de aranha.

A chama de Johannes começou a descer as escadas e Hillary a acompanhou.

Depois, o ponto luminoso parou em uma porta no fim da escadaria, que se abriu ao toque de Hill na maçaneta. A passagem se expandiu em uma sala empoeirada com várias prateleiras de madeira, livros espalhados por todo o cômodo, folhas de papel pelo chão, tinta seca derramada e uma mesa no centro.

Estava tudo uma bagunça.

— Você estava certa! Este lugar existe — disse Johannes.

— Ele não era muito organizado — ironizou Hill, olhando em volta.

Johannes deu uma risada rouca.

— Ele estava escrevendo livros proibidos e por isso estava sendo cassado. Não o julgo pela bagunça — disse Johannes, observando ao redor.

— Então mãos à obra. Vamos procurar.

Hillary começou a olhar em volta, pensando por onde iria começar, enquanto Johannes encantava a lareira e o quarto para encobrir sua presença.

Tempo depois, Hillary procurava algo interessante nas folhas do chão e uma lhe chamou a atenção. Um desenho de um homem nu, deitado com uma marca da insígnia do fogo no peito. Hillary pegou a folha e olhou bem o desenho, percebendo que havia algo escrito do lado contrário da folha. Hillary a virou e se viu lendo um feitiço. Ele falava sobre como torturar e matar uma pessoa queimando suas veias, fazendo a circulação parar e o sangue virar lava pura. A pessoa morreria queimada por dentro, fazendo cada órgão parar e ser carbonizado.

O papel ensinava cada detalhe de como movimentar a mão para que o feitiço fosse feito.

Hillary largou o papel, deixando-o cair no chão. Sentiu o medo percorrer suas veias e imaginou como seria morrer daquele jeito. Ela desejou nunca ter lido aquele feitiço. Hillary olhou para Johannes, estava concentrado em algum outro encantamento.

— O que encontrou de interessante? — perguntou.

— Este lugar está cheio de feitiços desconhecidos. — Aproximou-se dela para lhe mostrar a folha que estava em suas mãos. — Este fala sobre como ler a magia de alguém. Isso ajudaria muito na investigação dos guerreiros, pois, se uma pessoa morre com magia, um guerreiro que sabe sobre esse feitiço iria ler a magia e ver quem o matou. — Ele fez uma pausa. — Isso é incrível!

O que li não foi tão incrível assim, pensou ela.

Hill parou para o olhar e sentiu um frio na barriga. Recuou, desconcertada.

— Encontrei — disse ele, minutos depois. — É o mesmo livro que lemos na Grande Biblioteca. Isso quer dizer que ele escreveu mais de um.

Johannes folheou o livro e foi para a última página. Em vez de conter a frase sobre as quatro pedras, continha outra.

— "Nas montanhas mais altas de Pitagária, dentro de um local abafado e escuro, na boca do dragão, Elizabeth foi enterrada" — leu.

— Onde é a boca do dragão? — perguntou Hill, sem entender.

— É uma caverna! — respondeu, dando um sorriso de lado.

— A tumba dela é em uma caverna? — Hillary ficou instigada.

— É um lugar bem escondido — disse ele.

— É... — Fez uma pausa, olhou em volta e continuou: — Vamos dar mais uma olhada para ver se podemos ter mais informações.

— Agora entendo por que ele estava sendo perseguido. Ele não só escrevia sobre histórias proibidas, mas também feitiços que poderiam mudar tudo. Feitiços perigosos.

Hillary concordou, estremecendo.

Ela tornou a procurar pelos livros que estavam sobre a mesa. Havia muitos nomes estranhos de feitiços que ela preferiu não ler. Por fim, o livro mais escondido lhe chamou a atenção. Era preto com o símbolo de quatro pedras no formato de um hexágono, suas cores eram marrom, laranja, azul e outra um pouco transparente. Todas estavam em volta de uma quinta pedra no formato de um octógono, que possuía a cor vermelha como sangue.

O coração de Hillary errou uma batida. Ela não acreditava no que estava vendo ou no que estava acontecendo.

Aquele livro era a resposta. Aquele maldito livro a fizera perder noites tentando entender o que estava escrito nele.

Seu corpo se arrepiou. Era como se ela estivesse voltando para o passado.

O nome completo do livro era *O conto das cinco pedras*. Hillary começou a folheá-lo, ansiosa por respostas. Seu conteúdo era aterrorizante, mas, diferente da cópia que estava no santuário que fora queimado, aquele estava intacto.

— Johannes, olhe isso! É sobre as pedras — disparou ela, ainda perplexa.

Johannes se aproximou.

— *O conto das cinco pedras*?

— É sobre a adaga.

Ela se virou e seus olhares se encontraram. Johannes percebeu que ela estava tensa.

— O que foi? — perguntou ele.

— Este livro...

A jovem voltou seu olhar para o livro e ficou pensando se deveria contar a ele sobre o santuário.

— Hillary — chamou-a. — Pode confiar em mim.

Encarou-o e percebeu que confiava mesmo. Ele a libertara das amarras do diretor e salvara sua vida.

Não era seu inimigo.

Acenando, narrou tudo o que sabia sobre o santuário e o que descobrira nos anos anteriores. Johannes a encarava com o olhar firme e concentrado, imaginando cada detalhe que lhe fora exposto.

A confiança crescia entre eles. Os dois passaram horas conversando sobre o assunto. Hillary olhou para o livro, suas mãos trêmulas e ansiosas para saber a verdade que continha ali. Johannes assentiu para que ela começasse a ler.

E ela o fez:

— "Os dias eram sombrios e longos. A terra era infértil. As mulheres não tinham forças para amamentar seus filhos. A morte vagava por entre as casas procurando ceifar aqueles que estavam do lado de fora. A fome e a peste reinavam sobre aquele lugar. Foi quando a história dos dois irmãos começou."

"Aos dois foi imputada a tarefa de trazer paz à terra, pois eles eram os guerreiros mais fortes e poderosos que existiam. A noite chegou no primeiro dia em que os dois irmãos saíram à procura de alguma forma para melhorar a vida de seu povo.

"O mais novo foi agraciado, ou amaldiçoado, com o dom mais severo que qualquer um podia ter: o dom da visão. Suas noites deixaram de ser insignificantes e passaram a ser a esperança de um povo selvagem. Os sonhos dele profetizavam dias em que a terra seria fértil, as mulheres teriam leite para amamentar seus filhos e a peste não existiria mais. Todos o adoravam. O irmão mais novo se tornara um deus. Seu poder era grande, e ele previa um futuro bom. As pessoas o olhavam como a santidade que poderia tirar o povo da desgraça. Porém a inveja e ódio crescera entre os dois irmãos.

"O mais velho tinha de ter o maior privilégio por ser o primogênito, mas não conseguira superar a glória do irmão. Como eles eram os mais poderosos guerreiros da terra, o irmão mais velho, possuído de raiva e inveja, planejou matar o mais novo para que a glória voltasse para si. Os irmãos, que antes eram guerreiros com o propósito de conseguir a paz ao povo, só trouxeram mais contenda. As tentativas do guerreiro mais velho de matar o outro foram inválidas, pois ele era muito forte, e o poder de profetizar o deixara mais poderoso. Por isso, decidiu fazer algo que envolvesse uma magia diferente para matá-lo.

"Terra, ar, fogo e água foram juntados em quatro pedras, cada uma com suas respectivas cores, marrom, transparente, laranja e azul, a fim de que todo o poder que o mundo pudesse oferecer estivesse condensado nas quatro, que foram colocadas em uma adaga, um simples objeto que se tornara a arma mais poderosa do mundo. Ela tinha o poder de matar a pessoa atingida de imediato, fazendo o indivíduo sentir os órgãos sendo oprimidos por todos os elementos.

"Com a adaga, o irmão mais velho já se sentia vitorioso. O profeta, sabendo que estava sendo ameaçado de morte pelo próprio irmão, desejou fazer algo que lhe proporcionasse o poder de ser imortal, e para fazer isso precisava do poder da alquimia. Seus dias de pesquisas e fracassos foram longos, mas enfim obteve resultado. Para se conseguir algo tão poderoso, como dar a uma pessoa a imortalidade, existia um preço muito grande: a morte da pessoa amada.

"Morte em troca da vida eterna.

"O irmão mais novo, assim como o mais velho, colocou o poder e a glória em primeiro lugar na vida. Apesar disso, havia uma pessoa que ele amava. Sua mulher, sua doce e querida mulher.

"A sede por poder o levou a cometer o pior erro de sua vida. O coração de sua mulher foi entregue em troca da imortalidade. Um anel com uma pedra da cor do sangue de sua mulher foi feito. Mesmo que sentisse amor por ela, o desejo de mostrar a todos que era o mais poderoso e invencível prevaleceu. Ele, então, sentou-se em seu trono à espera do ataque do irmão mais velho.

"Com a chegada do confronto entre eles, o ódio ardeu em suas veias. O desejo de vingança era muito forte, a ponto de causar a total destruição daquela cidade que já sofria muito. Os dois estavam prontos, frente a frente, o irmão mais velho com a adaga em suas mãos e o mais novo com o anel de sangue em seus dedos. Foi com um simples golpe que o irmão mais velho enfincou a adaga no estômago do mais novo. O profeta, que tinha esperanças de viver para contar a história de um anel que possuía o poder de conceder a imortalidade daquele que o usava, morreu rapidamente com o golpe. O irmão mais velho possuiu todo o poder e glória que o mais novo tinha, e ainda mais, pois tinha em mãos a adaga que poderia matar qualquer um com um simples golpe. O anel de sangue foi considerado falso por todos aqueles que presenciaram a terrível morte do profeta.

"O irmão mais velho sacrificou o mais novo para satisfazer sua idolatria pela glória e poder, e, no entanto, a única coisa que sobrou em si foi desgraça e vazio."

Hillary e Johannes ficaram em silêncio por alguns minutos, tentando digerir tudo o que fora lido. Ela folheou o livro mais uma vez e foi na última página para se certificar, caso o historiador tivesse escrito algo que lhes fosse proveitoso.

Ela viu uma frase minúscula no canto da última folha, escrita com a língua de Karsia:

– "A pedra de sangue foi enterrada junto dos quatro elementos" – leu.

– A adaga e o anel de sangue estão juntos. Foram enterrados com Elizabeth – disse Johannes, encarando Hill.

– Temos de pegá-los – afirmou, determinada.

Johannes assentiu e não parou de encará-la, o que a fez se arrepiar.

– Acho melhor subirmos. Já deve ter anoitecido – disse Johannes, indo em direção a porta.

Hillary não pensou duas vezes. Pegou o livro e o colocou dentro de sua jaqueta. Johannes não se importou.

Quando saíram pela lareira, era noite.

Johannes fez outro feitiço para que ninguém descobrisse a passagem secreta. Para o alívio dos dois, ninguém notou o quarto fechado, pois o último andar era o menos frequentado.

Saíram da casa sem dizer uma só palavra, tentando assimilar a fome por poder que dominara dois irmãos que deviam se amar e cuidar do mundo.

20

Honra e fidelidade

Da janela de sua sala, Hunter observava os alunos, mas seus pensamentos não estavam ali. *Onde essa garota está?*, perguntava-se. Saber que estava fracassando na busca por Hillary Baker o deixava inquieto. Nunca imaginara que alguém tão frágil, e sem magia, ainda por cima, pudesse escapar dele.

Sua irritação aumentava à medida que pensava em quem a ajudara. Os amigos não diriam nada, obviamente, então teria de forçá-los. Não importava o que eles pensariam, o que falariam para os demais, precisava saber onde a garota estava.

Hunter despertou de seus devaneios ao ouvir alguém batendo na porta. Abriu-a e assistiu os três guerreiros entrarem. Eram formados na arte da guerra e trabalhavam com a polícia de Báshi.

O diretor acenou para eles.

— Chamei os senhores aqui para solucionar uma investigação. — O diretor se sentou. — Uma estudante está desaparecida. Preciso que a encontrem. Já procuramos por Pitskarsia inteira e nada. Quero uma equipe em cada cidade de Karsia.

— Ela fugiu? — perguntou um dos guerreiros.

— Não sabemos ainda o que a motivou a sair ou quem a tirou daqui. Por isso preciso de vocês — disse, medindo as palavras. — Ela estava sofrendo, e quero ajudá-la.

O diretor se levantou e esticou a mão para o guerreiro mais próximo a ele. Eles tocaram a mão um do outro e fecharam os olhos. O diretor projetou, mentalmente, uma imagem de Hillary saudável e forte. O guerreiro assentiu e o diretor soltou-lhe a mão.

— Quando a encontrarem, tragam-na direto a mim, e não contem a ninguém — falou.

Os guerreiros se entreolharam, mas não fizeram perguntas. Fariam seu trabalho e não falhariam. Encontrariam a jovem, e Hunter tiraria dela as visões.

Quando os guerreiros saíram, a Sra. Ravena adentrou a sala.

— Mandou me chamar, diretor?

— Sim. Quero que chame a Srta. Collins — ordenou, sério.

O pedido do diretor fez Ravena se endireitar, desconfortável, pois ele nunca chamara somente Isla. Hesitou por um segundo antes de se pronunciar:

— Senhor, não quer que eu chame o Sr. Hayes também?

— Não, quero conversar com cada um individualmente — retrucou, encarando-a.

Seu olhar queimava de irritação pela pergunta dela.

Suspirando, a Sra. Ravena acenou. Levaria a moça até o diretor, mas não permitiria que ele a fizesse sofrer como Hillary, mesmo que precisasse intervir. A mulher não entendia a determinação do diretor em acabar com os sonhos de Hillary, nem a razão de seu constante mau humor, quando sempre fora bem-humorado. Ainda assim, ela concordou com a cabeça.

— Sim, meu senhor.

Ao fim da aula de música, Isla pensava o quanto a aula ficava vazia sem Hill ao piano. Ela tentava se distrair no caminho, cantarolando uma melodia qualquer.

Depois de deixar seus livros em seu quarto, desceu as escadarias, pensando em Myles, que a esperava no jardim para almoçarem juntos. Ela sorriu ao pensar nele. O carinho e o afeto que sentia só aumentavam com o tempo, mas sua timidez a vencia. Só de pensar em Myles, seu coração começava a bater forte. Ele era um chato, às vezes, mas ela adorava estar ao seu lado.

— Srta. Collins — chamou uma voz a uns dez passos atrás dela.

Isla não se virou, pois a reconheceu. Agiu como se não a tivesse escutado e acelerou os passos, porém a coordenadora correu e conseguiu alcançá-la. A respiração de Isla travou, mas tentou agir como se estivesse tudo bem.

— Desculpe, Sra. Ravena. Não a ouvi.

— Senhorita, o diretor solicitou sua presença em sua sala. Por favor, me acompanhe — disse, virando-se para ir à sala do diretor.

— Mas e Myles? — perguntou Isla, vacilante.

— O diretor solicitou somente sua presença — respondeu, seguindo em frente. — Não se preocupe, tudo ficará bem.

Isla não pôde fazer nada a não ser segui-la, sentindo as palmas das mãos suadas.

Elas subiram a escadaria principal e pararam em frente a sala. A porta abriu com o toque das mãos da coordenadora. Isla respirou fundo antes de entrar.

O diretor estava parado diante da janela.

Será que o momento chegou? Ele vai tentar ler minha mente?, perguntou-se Isla, contendo a raiva e o terror.

— Obrigado por ter vindo com tanta rapidez, Srta. Collins — falou Hunter. Sentou-se e indicou a cadeira diante dele. — Quero conversar algo com a senhorita de extrema importância. — Ele se virou para a coordenadora. — Sra. Ravena, muito obrigado por tê-la trazido. Pode nos dar licença.

A mulher não esperava ter de ir embora. Ela ficou sem saber o que fazer. Olhou para Isla e sentiu o receio crescente subir pelo pescoço. Isla a olhou e balançou a cabeça, como se pedisse que ela não a abandonasse.

— Sra. Ravena, por favor, nos deixe.

A mulher assentiu e saiu da sala, perguntando-se se conseguiria ouvir a conversa do lado de fora, pois o cômodo era construído para ser quase à prova de som.

Isla engoliu em seco. O que aquele homem faria com ela? O diretor se manteve sentado, fitando-a. Isla se forçou a encará-lo de volta, mesmo que seu desejo fosse sair correndo. A porta estaria trancada, com certeza, por isso excluiu essa alternativa. Isla então se preparou magicamente para se proteger de qualquer coisa que o diretor pudesse fazer com ela.

Fortaleceu seu escudo mental, sua muralha, sem parar.

— Não encontramos a Srta. Baker em Pitskarsia. Começamos hoje a procurar por Karsia — comentou, esperando alguma reação. Isla permaneceu em silêncio. — Farei o que for para encontrá-la, Srta. Collins, mesmo que não me ajudem. Vocês não entendem a profundidade do perigo que ela corre por ter esses sonhos. Eu só quero ajudá-la!

A jovem continuou muda. Hunter se recostou, erguendo uma sobrancelha.

— Vou mandar meus guerreiros procurá-la pela mente do Sr. Baker — disse ele, sorrindo, deixando a frase no ar como uma ameaça. — Você pode me ajudar ou sofrer as consequências.

Desistindo da pose de ingenuidade e tremendo, Isla balançou a cabeça negativamente, mas não deixou de encará-lo.

— Lerei sua mente até localizar seu último encontro com Hillary Baker — ele ameaçou, explicando o porquê de tê-la chamado.

— Isso está fora de cogitação, senhor! — recusou, assustada e irritada. — Se era só isso, vou sair, porque não consinto a leitura mental.

— A senhorita não entendeu. Farei a leitura, com ou sem sua aprovação.

— O senhor não tem o direito — ofendeu-se, horrorizada. — Não pode ler minha mente sem minha permissão! Isso é errado e desonroso!

Isla se levantou e foi em direção à porta. Ela tocou a maçaneta e percebeu que estava presa com o diretor. Hunter se levantou e foi na direção de Isla, agarrando-a.

— Ah, me solte! — gritou, debatendo-se.

Ele estava concentrado. Isla fez o mesmo para não o deixar penetrar em seus pensamentos, feliz pelo professor Murray ter fortalecido sua muralha mental. Seu escudo mental era forte, mas não conseguiria suportar os poderes de um Senhor do Fogo sem a ajuda do arquimago do gelo.

— Pare de lutar — ordenou ele, enraivecido.

— Não! Nunca vou parar de lutar contra alguém que quer machucar meus amigos! — berrou, contorcendo-se.

O diretor procurava por várias formas de penetrar na mente de Isla, mas não tinha êxito. Isla estava preparada para tal ocasião e usara de toda sua força para esconder suas lembranças.

A garota estava contra a porta, quando, de repente, sentiu algo atrás de si. A porta abriu bruscamente, fazendo Isla cair no chão e o diretor se afastar. A Sra. Ravena irrompeu na sala, pois os berros de Isla escaparam para o corredor.

— O que está acontecendo? — horrorizada, questionou. Esticou a mão para Isla, vendo a moça segurar a cabeça como se sentisse dor. — O senhor... estava tentando ler a mente dela sem permissão?

Isla se afastou, ficando em pé.

— Pitskarsia não merece um diretor como você. O senhor não tem honra! Vou lutar contra o senhor com todas as minhas forças. O que fez comigo e com Hillary é uma injustiça. O senhor feriu nossos direitos! Saiba que isso não ficará assim!

Isla deixou a sala correndo, sem olhar para trás.

Hunter grunhiu de raiva, socando a mesa.

— Diretor, o senhor não pode... — começou a Sra. Ravena.

— Saia — ordenou ele, em um grito raivoso.

Ela, enojada, saiu, balançando a cabeça. Queria procurar Isla, mas se deteve, pois sabia que a garota precisava ficar sozinha e se acalmar.

Ravena não se importava se tinha perdido a confiança do diretor, pois o que ela mais queria era parar seus atos ilícitos contra os alunos. Adorava aquela instituição e fora fiel ao diretor toda sua vida, mas era incapaz de aceitar a atitude dele. Ainda assim, temia sua posição como Senhor do Fogo e emissário da corte. Se o acusasse, poderia ser ela a pagar, e, se estivesse longe, não poderia proteger seus alunos. Assim, não contou a ninguém sobre os acontecimentos.

21

Aviso do futuro

Depois da investigação no museu Franz Martinez, Johannes comprou um mapa antigo de Pitagária para que pudessem localizar, com precisão, a caverna. Então, o casal partiu para uma lanchonete próxima do hotel onde dormiam. Eles se sentaram em uma mesa longe das outras para que pudessem conversar sobre o que havia acontecido.

– Estamos quase lá – disse Hill, tentando começar o assunto.

– Hoje fizemos várias descobertas, graças a você – disse Johannes, sorrindo em agradecimento.

Os dois ficaram um tempo em silêncio pensando nas descobertas.

– Por que "boca de dragão"? – indagou de repente.

– A caverna tem esse formato. A imaginação das pessoas foi bem fértil – respondeu Johannes. – Para onde nós vamos é um lugar de difícil acesso. Existem várias cavernas em Pitagária, mas só uma com esse formato. Há muitas superstições que dizem que essas cavernas são mal-assombradas, mas são só histórias para fazerem crianças não andarem por lá. Ainda assim, com o passar do tempo a superstição fez com que as cavernas da região fossem consideradas quase que proibidas.

– Entendo. Mas... quão difícil é o acesso?

– O caminho é acidentado e longo, mas conseguiremos. Sairemos assim que amanhecer – respondeu ele.

Hillary assentiu.

O jantar chegou. A comida estava deliciosa, mas Hillary mal sentiu o gosto, nervosa com os olhares que Johannes constantemente lançava para ela, o que era frequente. Quando ela o olhava, ele desviava. Hillary se sentia bem e protegida por estar ao lado dele, porém não conseguia se livrar da timidez que a atingia ao estar sob sua atenção.

Após a refeição, quando os pratos foram retirados, Johannes colocou o mapa sobre a mesa e começou a esboçá-lo.

— Aqui ficam as cavernas — disse, apontando para um lugar longe da cidade, no meio de uma floresta.

— É bem distante — disse ela.

— Algumas horas de viajem. — Ele a encarou. — Vamos conseguir.

Quando Johannes terminou a fala, Hillary notou que ficou distante, olhando para o nada, concentrado em algo que estava em sua mente.

— Está tudo bem? — perguntou Hill.

— Isla está tentando falar comigo.

Hillary ficou preocupada e imaginou várias possiblidades. Será que o diretor os ferira? Será que lera a mente dos amigos de Hill?

Cinco minutos depois, a jovem estava impaciente, encarando o arquimago abertamente pela primeira vez. De súbito, o olhar dele focou nela, o que a fez se arrepiar.

— O diretor a machucou? — apressou-o, agarrando a mão dele e soltando-a logo que percebeu.

— Não. Mas tentou ler a mente dela. — Hillary franziu os lábios. — Ele não obteve êxito na leitura, mas disse a ela que começou a procurar por Karsia. Teremos de ter mais cuidado agora.

A respiração dela acelerou quando outra preocupação invadiu seus pensamentos:

— E meu pai? Eles podem feri-lo.

— Não vão feri-lo, pois ele não sabe de nada.

— Mas o diretor pode usá-lo como isca para eu voltar.

— Ele não fará isso. Mas tentarão ler a mente dele, com certeza. Cuidarei para que alguém o proteja. Hunter vai confirmar que seu pai não sabe de nada. — Johannes fez uma pausa. — Ele vai ficar preocupado, por isso acho melhor dizermos a ele que você está bem, mas depois.

Hillary assentiu, mas a preocupação reinava em seus sentimentos.

O casal se levantou. Quando estavam saindo, um homem esbarrou em Johannes bruscamente, tentando entrar; Johannes o encarou e pediu desculpas. O homem nem sequer o olhou, parecendo irritado, então Johannes colocou a mão nas costas de Hill, apressando-a a sair para não chamar mais atenção.

Depois de se banharem, Hillary foi para o seu quarto. Ela olhou pela janela e vislumbrou a pequena cidade dormindo. As ruas estavam vazias e silenciosas.

Deitou-se em sua cama e ficou olhando para o teto imaginando o pai. Ela tentara se confortar com o que Johannes dissera sobre protegê-lo, mas ainda assim sentia medo. Queria vê-lo, abraçá-lo. Faria de tudo para voltar a Báshi para protegê-lo. Sentia também muita falta de Isla e Myles. Imaginava como a amiga tinha sofrido nas mãos do diretor e se culpou por isso.

Ah, me perdoe, Isla, pensou, triste. *Isso vai passar*, prometeu a si mesma, como se falasse com a amiga.

O dia seguinte seria importante para a pesquisa, e a jovem faria de tudo para saber mais sobre seu inimigo, para enfrentá-lo, salvar seu pai e seus amigos e, se a guerra estivesse mesmo perto, seu reino.

Hillary voltou sua imaginação para Johannes e se sentiu relaxar um pouco. Pensar que ele estava dormindo em outro cômodo perto do seu lhe dava o sentimento de proteção.

Em minutos, estava dormindo.

Metade da noite se passara quando Hillary começou a ter o maldito sonho. Debatia-se na cama, suas pálpebras se mexiam de um lado para o outro, seu corpo suava e queimava de febre. Gemidos altos, intercalados com berros de dor, saíram de seus lábios. Gritou e gritou como se pudesse se libertar daquele terror.

Johannes irrompeu no quarto de Hill, fez um globo de luz e se aproximou dela.

— Hillary — chamou, tentando acordá-la.

Vendo que o chamado não surtira efeito, pois ela continuava a chorar, Johannes se sentou na cama, colocou as mãos nos ombros dela e a sacudiu.

— Hillary, acorde.

A garota emudeceu, mas não despertou. Foi então que Johannes colocou a mão na testa de Hill para medir sua febre. Estava queimando.

— Merda! — xingou, tirando a mão, vendo-a se retorcer como se tentasse fugir de uma batalha invisível. — Hillary!

Acordou no susto.

Sua respiração estava descontrolada, e sua mente, confusa. Johannes colocou a mão na testa de Hill novamente e fechou os olhos, ouvindo a respiração dela ainda desregulada. Depois de alguns minutos, a febre suavizou. A moça expirou. Estava nervosa e envergonhada por ele ter vislumbrado seu momento de fraqueza, mas ele era o único que entendia sua dor e angústia.

Estava suando feito um porco.

Johannes a encarou até que ela se acalmou. Uma de suas mãos ainda estava no ombro dela. Ele começou a acariciá-la até que sua respiração normalizou.

— Está tudo bem. Você está segura — afirmou com um sorriso carinhoso.

Johannes se levantou e saiu do quarto. Hillary se sentou na cama, culpando-se por ter acordado ele, mas no fundo agradeceu, pois o cuidado dele a ajudara. Logo, o homem voltou segurando um copo de água. Sentou-se na borda da cama e a observou beber.

— Melhor? — perguntou.

Uma dor absurda começou a crescer em sua barriga, um enjoo terrível inundou seu corpo. Não conseguiu responder, pois saiu correndo até o banheiro. Abriu a tampa da privada e começou a vomitar toda a comida que consumira. Johannes a seguiu e segurou seu cabelo, fazendo círculos calmantes em suas costas.

Depois que a dor forte passou, a vontade de vomitar se foi. Ela deu descarga e se sentou no chão do banheiro, limpando o rosto com uma toalha úmida, sentindo-se fraca. Johannes a acompanhou e se sentou em sua frente com o olhar preocupado.

— Obrigada. — Foi a única coisa que conseguiu dizer.

Ruborizada, só então percebeu que estava com uma simples blusa fina e um short curto. Johannes vestia uma calça de dormir cinza e uma camisa preta e seu cabelo estava levemente bagunçado, deixando-o ainda mais lindo.

Ele a encarou e sorriu por perceber que estava melhor.

— Desculpe por te acordar — sussurrou ela.

— Eu já estava acordado. Também estava sonhando.

— Você se controla bem — disse ela, sorrindo em meio ao seu estado caótico.

— Anos de prática — comentou, sorrindo e deixando de encará-la.

— Esse sonho foi mais perturbador. Eu realmente senti a adaga em meu peito. — Ela suspirou. — Tenho medo do sonho se realizar. Já sabemos o final. Eu... vou morrer nessa guerra.

Ele soltou um som irritado.

— Você não vai! Estamos aqui para impedir que esses sonhos se realizem! — exclamou, franzindo o cenho. — Os sonhos podem ser avisos de um futuro, mas podemos tomar providências para que eles não se tornem realidade.

Hillary se surpreendeu com a ferocidade daquelas palavras, porém a confiança dele a deixava mais calma.

— Acho melhor voltar a dormir — orientou, levantando-se.

— Não vou conseguir, Johannes.

— Então pelo menos descanse o corpo, daqui a pouco sairemos. Teremos um dia longo — disse ele, oferecendo a mão, e Hill se deixou ser levantada.

Johannes a guiou até a cama e deixou o quarto.

22

Revanche

Depois do terrível encontro com o diretor, Isla foi direto para o quarto e não se encontrou com mais ninguém. Tarde da noite, depois de ter falado com Johannes sobre o ocorrido, estava deitada em sua cama, pensando em como tinham chegado a tudo aquilo. Levantou-se e caminhou pelo quarto, insone e inquieta.

Na mesinha, havia um retrato dela com Hillary ao seu lado direito e Myles ao seu lado esquerdo. Isla se lembrou do clima feliz no dia da foto, o dia do baile em que ela dançara com Myles e Hillary com Danyel. Queria voltar ao mesmo momento em que estavam juntos para aquela foto.

Uma lágrima começou a escorrer em seu rosto sardento.

Pegou o retrato e se deitou com ele. Olhando para a imagem, perguntou-se se teriam momentos como aquele novamente. Sentia falta do conforto e da simplicidade que era sua vida. Isla olhou para a cama vazia ao lado e imaginou o que a amiga estava pensando ou o que ela estava sentindo. Isla sabia que ela estava bem fisicamente, mas como estava por dentro? Desejava estar com Hill, abraçá-la e confortá-la.

Lembrou-se, então, do pai da amiga. *Irei protegê-lo, Hill*, jurou Isla, ainda com o retrato em mãos, fechando os olhos.

Na manhã seguinte, Isla se forçou a se levantar e ir à aula de Magia IIII. A aula era na arena, pois o professor Dixon havia dito que os alunos iriam praticar seus escudos e impulsionar sua magia. Isla, como sempre, não gostava da aula. Myles a adorava, mas naquela manhã estava preocupado com Isla, pois ela estava calada e pensativa e não a via desde o dia anterior. Todas as vezes que Myles chegava perto, ela dizia poucas palavras, e o silêncio tomava conta do ambiente.

Isla não tinha êxito em produzir algo útil com sua magia, pois não conseguia se concentrar. Myles a olhava curioso, imaginando por onde havia andado no dia anterior, pois eles marcaram de se encontrar, mas ela não aparecera. Ela nunca descumpria sua palavra, por isso Myles começou a se inquietar.

Após o fim da aula, Isla pegou seus livros e saiu da arena em direção ao Grande Gramado. Myles correu para a alcançá-la.

– Isla, o que foi? – perguntou, colocando-se ao seu lado direito.

– Preciso te contar uma... coisa – sussurrou, puxando-o para um canto afastado do jardim.

– Eu sabia que tinha algo te perturbando! O que aconteceu com você ontem à tarde? – questionou, ansioso.

– O diretor tentou ler minha mente, Myles. Mas... não deixei. Lutei para nos proteger – balbuciou, os olhos cheios d'água. – Ele tentou me forçar e...

– Ele fez isso com você? Canalha! – cuspiu Myles com raiva.

– Isso não importa mais.

– Claro que importa. Ele não pode fazer isso!

– Myles, escute! Ele já começou a procurá-la por Karsia, disse que vai ao encontro do pai de Hill. E se... se ele o machucar? O pai dela não tem como se defender!

– Nós daremos um jeito de protegê-lo – disse Myles, abraçando-a. – Vai ficar tudo bem.

Myles estava possuído de raiva pelo diretor. Ele a pegara sozinha como se Isla fosse fraca ou mais vulnerável. Myles a soltou e os dois partiram em direção ao refeitório.

– Isla e Myles – chamou uma voz atrás deles.

Isla se virou e contemplou Heiron e cinco dos seus amigos. Todos os encaravam.

– Cadê a amiguinha de vocês? – perguntou, sorrindo.

– Vamos, Myles. Deixe quieto – disse Isla, puxando o braço de Myles.

– Ei, vocês vão me ignorar assim como Hillary faz?! – disparou Heiron, e os amigos em volta dele gargalharam.

Myles e Isla aceleraram os passos para se livrarem da gangue que os perseguia. Quando Heiron lançou um feitiço na costa de Isla, fazendo-a cair abruptamente no gramado, Myles perdeu a paciência.

O rapaz se lançou para trás com um feitiço de ataque, jogando Heiron longe, tamanha era sua fúria. De início, todos se espantaram com a atitude de Myles, mas depois sentiram satisfação por terem o feito lutar. Heiron se levantou atordoado e com os olhos brilhando de raiva. Myles se preparou.

— Parem! — gritou Isla. — Parem com isso!

Feitiços e contrafeitiços foram lançados entre eles, ambos descontando suas frustrações um no outro. Encantamentos de força, luz e atordoamento foram feitos. Heiron estava ficando fraco, quando seus amigos começaram a ajudar. Três deles pressionavam com magia o escudo de Myles para que este desfalecesse.

— Myles! — berrou Isla.

Sendo ignorada, decidiu que o único jeito de ajudar Myles era partindo para a luta, embora odiasse violência.

Mesmo não sendo tão boa em encantamentos de batalha, focou em distrair e atordoar os amigos de Heiron, enquanto Myles duelava com ele. Os demais alunos, notando a luta, fizeram um círculo em volta deles, rindo e fazendo apostas.

Quando Isla e Myles começaram a ficar fracos, Heiron gargalhou.

— É só isso que conseguem fazer? — perguntou, embora se esforçasse para conter os dois magos, mesmo com ajuda de seus amigos. — Então só Hillary é forte entre vocês? Parem de escondê-la! Ela terá o que merece.

— Se vocês lutarem, terei o prazer de vê-la te vencer de novo — afirmou Myles.

Heiron grunhiu e voltou a pressioná-los com sua magia. Se o escudo falhasse, Myles poderia ficar gravemente ferido. Então Isla forçou sua mente a pensar em algo que pudesse deter Heiron, algo que o deixaria desnorteado.

Hillary, pensou ela.

De imediato, lembrou-se de uma das aulas com o professor Graham Jones de alquimia, quando o Sr. Jones ensinou aos alunos como mudar ou acrescentar algo à paisagem.

Isla pensou com toda força na imagem de Hillary. Vendo que conseguira invocar a imagem da amiga, Isla a projetou e a fez sair do meio da multidão com um brado de guerra. Usou sua magia para fazer Hillary ficar ao lado de Myles, mirar a mão para cima e começar a lançar fogo ao céu. O fogo não queimava, pois não era real, mas a visão que todos tiveram dele fora assustadora.

Heiron parou, aterrorizado. Isla fez Hillary dar um passo à frente e encarar com ódio os seus adversários. Heiron, apavorado, recuou, pois já estava fraco e não iria conseguir vencer Hillary. Myles a olhou de soslaio e riu, sabendo o que ela estava fazendo.

Os alunos em volta ficaram surpresos com a aparição surpresa de Hillary. De repente, o professor Dixon apareceu no meio da briga. Isla perdeu a concentração e Hilary desapareceu. Todos ficaram chocados, principalmente Heiron.

Mais uma vez fora vencido.

O professor, aos berros, sentenciou a todos os participantes da briga que estavam suspensos das aulas de Magia IIII, que era a preferida de vários alunos, até o fim do semestre, e que um de cada vez ajudaria a bibliotecária na organização dos livros. Todos os alunos voltaram a andar como se nada tivesse acontecido. Heiron e seus amigos saíram em direção ao refeitório, e Isla e Myles começaram a pegar os livros caídos no chão.

— Você me impressionou — disse Myles, rindo.

— Posso não ser boa em lutar, mas sei fazer outras coisas que envolvem outras matérias — retrucou, sorrindo.

— A Hillary de mentira ficou perfeita. Até eu fiquei com medo dela — disse Myles.

Isla caiu na gargalhada.

— Obrigada — agradeceu, envergonhada. — Espero que isso não se repita.

— Eu também.

— Mas acho que deveria ter usado uma lâmina em vez do fogo — ela assumiu, sorrindo.

— A Hillary com uma lâmina é de arrepiar, mas a Hillary com fogo... essa, sim, é de matar.

Os dois saíram rindo da situação, que, apesar de tudo, aliviara seus pensamentos.

23

A esperança de dias melhores

A noite fora conturbada para Hillary. Os sonhos a perturbavam, mas a lembrança do toque de Johannes em sua testa a confortava.

O sol começara a nascer, e Hillary se levantou para olhar o dia que se formava do lado de fora. Saiu do quarto e avistou pães, café, ovos bem preparados e bacon na mesinha, o que fez sua barriga roncar. Ela sorriu e procurou por Johannes, mas ele não estava. Sentou-se e comeu. Assim que acabou, ele adentrou o cômodo.

— Bom dia. Pronta?

Hillary se levantou prontamente, pegou sua jaqueta de couro preto e o seguiu.

A cidade estava vazia, pois o dia estava apenas começando. Hillary e Johannes entraram no carro dele, ansiosos. Iam à procura de algo que poderia mudar seus futuros. Hill abriu a janela e sentiu o ar gélido adentrar o carro e, com uma respiração profunda, concentrou-se em sua jornada.

As ruas de Pitagária eram lindas e cada prédio ou casa contavam uma história. Era excitante e, ao mesmo tempo, conflituoso estar ali. Mas seu desejo era que, se sobrevivesse à guerra, compraria uma casa em Pitagária e viveria com aquele povo feliz.

Um povo das artes, como ela.

Metade da manhã se passara, e eles se encontravam fora da cidade. Estavam atravessando uma colina montanhosa. A temperatura começou a subir com o decorrer do tempo. Hillary sentiu sua estação favorita inundar seus pulmões e seus olhos. As árvores estavam cheias de folhas verdes e frutos de variadas cores, que eram iluminadas pelos raios solares que faziam tudo ficar prazeroso. Nada poderia retratar tão perfeitamente aquela vista. Nem o maior pintor do mundo conseguiria, pois a beleza da paisagem não estava em vê-la, mas, sim, senti-la.

Hillary e Johannes fizeram uma pausa no topo de uma montanha e ali avistaram um rio que seguia por entre as montanhas, rio que alimentava a cidade de Pitagária e que, por sua vez, era alimentado por uma gigantesca cachoeira que alimentava o rio.

A vista era encantadora.

Hill sorriu diante da dádiva de estar ali e de estar viva. Johannes a observava com atenção. Quando percebeu, não pôde se impedir de olhar de volta. Seus olhares se encontraram, e logo ambos sorriam um para o outro.

Hill suspirou, sentindo um arrepio na nuca por perceber que ele também se inquietou. O sorriso havia dito muita coisa, no entanto. Dizia que estavam juntos nessa e que ambos sentiam o que aquela linda paisagem mostrava.

A esperança de dias melhores.

Um sonho dos seus corações.

Os dois continuaram a viagem. Johannes ligou o rádio e uma música calma e bela começou a tocar para pôr fim ao silêncio que se seguiu.

Hillary colocou sua mão para fora do carro e sentiu o calor da primavera penetrar sua pele. Seus pensamentos tomaram um rumo diferente dos anteriores, pois seu pai poderia estar correndo perigo, assim como seus amigos. Pensar que Isla teve de lutar contra o diretor tirava toda a beleza do lugar em que estavam e era substituída por medo e angústia. Hillary se culpava pelos sofrimentos dos amigos.

Lutaria por eles, assim como eles estavam lutando por ela.

Hillary se lembrou das manhãs gloriosas que passava ao lado de Isla. Risos e piadas nunca foram ausentes em seus dias comuns, principalmente quando se tratava de Myles, o que fazia Isla ficar corada. Lembrou-se da doce cantoria de Isla, acompanhada por sua melodia ao piano, e sentiu saudades dos dias mais simples, que nem sempre foram valorizados. Hillary pensara o quanto tinha sorte por ter amigos tão fiéis quanto os seus. Eles eram sua família, e ela faria de tudo para protegê-los de todo ataque e de toda luta. Esse era seu maior desejo.

Hillary desejou poder viver novos momentos felizes como aqueles que inundavam suas lembranças. A amizade sincera que tinha com Isla e

Myles a fez sorrir. Olhou para a paisagem e se lembrou dos piqueniques que faziam depois das aulas na primavera, de como ficavam admirando as flores e sentindo o sol esquentar suas peles até que suas bochechas ficassem coradas. Myles sempre chegava e começava a elogiar as bochechas de Isla até que elas ficassem ainda mais coradas, o que fazia Hillary gargalhar.

Diante de tais pensamentos, Hill se convenceu de que iria até a morte para ajudar os amigos. Batalharia pela segurança dos dois, pois acreditava que era por meio da luta que se conseguiria a paz. Seu sonho não era aquele que lhe atormentava a noite, mas o que a fazia sonhar de dia, que a fazia desejar dias melhores.

Dias de paz no mundo.

Hill se virou para Johannes. Ele estava sentado do seu lado com sua blusa branca e sua jaqueta de couro preta. A tatuagem estava amostra em sua mão, e ele não a escondia dela, pois sabia que ali eles não eram um arquimago e uma aluna, e sim dois iguais lutando por uma causa comum.

Pela paz, pela família e pelos sonhos que sonhavam acordados.

24

Encontro marcado

Às pressas, o diretor atravessava o Grande Salão, indo em direção ao seu carro preto, que o esperava no Grande Gramado. Seu semblante era sério e determinado. No automóvel, um guerreiro o esperava para a viajem. O cumprimento fora breve entre os dois, pois estavam tentando chamar o mínimo de atenção. Por isso fizeram o encontro em um horário em que todos estavam em suas aulas.

O diretor estava se afastando da coordenadora por ela atrapalhar em sua busca por Hillary Baker.

Não aceitaria que nada atrapalhasse.

Ele estava escondendo de todos o sumiço de Hillary. Depois da reunião na qual decidiram investigar os sonhos dela, o diretor decidira agir por conta própria. Assim, somente ele e a Sra. Ravena sabiam que Hillary havia fugido, porém agora até a coordenadora estava ficando de fora dos assuntos que envolviam a moça.

Eles foram levados para um dos lugares mais importantes de Karsia: a Suprema Corte de Karsia, onde os juízes trabalhavam com questões judiciais, embora com poderes limitados pela soberania do parlamento.

A sede da Suprema Corte era uma grande construção arquitetônica. Fora construída séculos antes, e sempre tivera o mesmo objetivo: ser o Supremo Tribunal de Karsia. O lugar era circundado por um gigantesco gramado, possuía uma estrada de pedra até a entrada principal. O edifício era como um pequeno palácio, com grandes colunas, flores de mármore no topo das colunas e uma cúpula que deixava o lugar maravilhoso.

O diretor desceu do carro acompanhado do guerreiro e foram em direção a entrada do edifício. Em uma mesa, várias recepcionistas recebiam os recém-chegados e resolviam seus problemas, direcionando-os para os advogados. A sala era ampla e possuía vários assentos.

O diretor logo foi atendido por uma recepcionista e lhe informara de que o juiz Baker estava a sua espera, pois já tinha marcado um encontro para tratar de negócios. A recepcionista logo avisou ao juiz sobre a presença do diretor de Pitskarsia, e este subiu a escadaria principal para ir à sala do Sr. Baker.

Antes de adentrarem o escritório, a secretária do juiz abordou o diretor e o guerreiro com perguntas comumente feitas antes de um encontro marcado. Por fim, o guerreiro ficou do lado de fora enquanto o diretor ia ao encontro do Sr. Baker.

A sala do juiz era espaçosa e bem iluminada. O lugar era moderno e possuía um ar de nobreza. O Sr. Baker era um homem de meia-idade, tinha o olhar frio e direto, e cabelos castanhos levemente grisalhos. Ele parecia não ter felicidade, pois o trabalho o consumia bastante.

O diretor Hunter deu um aceno curto e se sentou do lado oposto da mesa, onde o Sr. Baker se sentara.

— Agradeço por ter me recebido, Sr. Baker. É com imenso prazer que venho vê-lo.

— Eu que tenho a honra de recebê-lo em meu escritório, diretor Hunter — respondeu o pai de Hillary.

— Creio que o senhor esteja curioso por eu ter requisitado esta reunião com urgência. Peço desculpas se o apressei quando enviei minha carta ao seu gabinete.

— Estou curioso, certamente. Trata-se de Hillary? — perguntou ele, tentando iniciar logo o assunto principal.

— Sim.

— Algum problema? Suas notas não estão mais adequadas? — perguntou o pai de Hill.

— A Srta. Baker sempre tira notas ótimas. Ela está no patamar de melhores alunas de Pitskarsia. O problema é que ultimamente vem tendo certos... distúrbios mentais.

O Sr. Baker ficou sem entender o que o diretor estava dizendo, pois sua filha sempre fora a mais forte emocionalmente da família. Ela sempre arranjara um jeito de fugir dos problemas com certa esperteza. Quando sua mãe morrera, passara a maior parte do seu tempo visitando seus amigos.

Por isso, nunca o interrompera em seu trabalho ou em seu desenvolvimento profissional.

Eles nunca tiveram um relacionamento real entre pai e filha, e ele se culpava por isso, mas, vendo que ela já estava crescida e independente, pensou que não conseguiria mais o lugar no coração da filha que em sua infância foi retirado. Arrependia-se de tratá-la com frieza e amargor após a morte da mãe, porém, quando o tempo passara, a dor de um amor perdido ficara na lembrança e um relacionamento raso com a filha permanecera vivo.

— Hillary com distúrbios mentais? — perguntou o pai, confuso.

— Acredito que ela esteja com estresse pós-traumático, pois suas notas, que antes eram boas, caíram. As noites bem dormidas não são mais. Ela está distraída com coisas que não entendemos.

— Ela perdeu a mãe há dez anos atrás. O senhor acha que pode ser isso que vem causando o mal desempenho escolar dela? — perguntou o pai.

— Por isso estou aqui. Quero descobrir o que a vem tirando de seu estado normal. Gostaria que o senhor me deixasse ler suas memórias com Hillary para eu poder enxergar os detalhes de sua história passada e ligá-la ao presente, pois, com isso, poderei descobrir o motivo do transtorno e cuidar para que ela não o tenha mais. Em Pitskarsia, temos vários magos que trabalham no âmbito da saúde. Garanto ao senhor que ela será bem cuidada.

O Sr. Baker se tensionou com o pedido, pois nunca havia encontrado um mago tão de perto, ainda mais quando se tratava de um arquimago e emissário dos magos na corte, mesmo que tivesse uma maga que residia em sua casa nas férias.

Ele não conseguia acreditar que sua filha estava sofrendo por coisas que desconhecia. Isso só provava o quanto era um pai ausente e que não entendia os sentimentos da filha. Porém, para ajudá-la, ele teria de deixar o diretor vasculhar sua mente, apesar de achar que de nada valeria, pois seu contato com a filha se resumia em "Olá, tudo bem? Até mais."

— Tudo bem.

O diretor se levantou, aproximou-se do Sr. Baker e tocou-lhes as têmporas. O pai de Hillary ficou assustado no início, mas depois se confortou pensando que estava ajudando a filha. O diretor fechou os olhos e fez caretas diante das memórias do pobre homem. Quando o diretor terminou, deu um breve sorriso e ouviu o doutor perguntar:

— Consegui ajudá-lo, diretor?

— Com certeza. Não tomarei mais seu tempo. Agradeço a hospitalidade — respondeu, fazendo uma breve reverência.

O Sr. Baker apenas sorriu, tentando disfarçar sua preocupação. O diretor se apressou em sair e deixou no pai uma breve desconfiança. Hunter desceu as escadas com pressa, adentrando o carro com o guerreiro que o acompanhara. Ordenou que fosse levado de volta à Pitskarsia.

— Conseguiu encontrar a garota, senhor? — perguntou o guerreiro.

— Não! — respondeu ele, amargo. — Quero que vocês a procurem por toda parte deste continente, se for necessário. Encontrem-na e a tragam viva para mim!

25

Boca de dragão

Bem ali, dentro de uma ravina, onde um rio corria com força, encontrava-se a caverna da boca de dragão. A descida na ravina fora mais fácil do que ela havia previsto, pois várias pedras os ajudaram. O mais difícil seria adentrar na caverna assustadora. A entrada era um grande buraco escuro e redondo. As pedras ao redor e seu formato amedrontador eram como os dentes do dragão.

Johannes deixara o carro próximo à ravina. Respiraram fundo antes de entrarem. Ele fizera dois globos de luz, e estes acompanharam sua cabeça e a de Hill. Então, superando o medo, ela o seguiu adentrando a caverna. Não esperavam encontrar tão rápido a tumba, mas queriam o mais rápido possível sair dali.

O lugar era úmido e abafado. Grandes pedras erguiam as paredes e ocupavam o chão, tornando o andar tortuoso e de difícil locomoção. Depois de longos minutos andando caverna adentro, o chão começou a ficar plano, e o corredor, estreito. Hillary olhou para as paredes da caverna e percebeu alguns rabiscos, chegou perto e percebeu que formavam desenhos, como hieróglifos.

— Hillary, olhe isso — disse Johannes, encarando a parede oposta.

A garota se aproximou e avistou o desenho o qual Johannes estava direcionando o dedo. Seu coração começou a bater forte, espantado. Os desenhos, ela conhecia bem. Eram cópias dos sonhos de Elizabeth, que também eram seu e de Johannes. O corredor inteiro estava coberto por desenhos do tipo. Magos mortos, muito sangue, explosões de magia e em algumas pedras em específico se encontravam desenhos da adaga e do anel.

Uma adaga estava enfincada no peito de uma pessoa, um desenho que predestinava o futuro. Terror e medo começaram a lhe apavorar por lembranças que ela nunca viveu a atormentarem. Hillary não sabia se se alegrava ou se desesperava por estar aproximando-se da tumba.

Perto do desenho, tentou olhar bem a pessoa que estava com a adaga no peito e sentiu um arrepio na nuca, pois em seus sonhos a adaga perfurava seu peito; era por isso que acordava passando mal. Tudo estava retratado naquela pintura, mesmo que não estivesse visível a pessoa em si.

Johannes tocou-lhe o braço e fez sinal com a cabeça para que continuassem. Hill o seguiu, e andaram mais alguns longos minutos caverna adentro. Os desenhos nas paredes retratavam a junção dos sonhos de Hillary e de Johannes, e ela pensou no quanto Elizabeth deveria ter sofrido por ter os dois sonhos contidos em apenas um.

Johannes, que seguia à sua frente, de repente parou, sinalizando com a mão para que Hill também o fizesse. Ele deu mais um passo e estendeu a mão como que para tocar em uma parede, porém mirava o corredor vazio. De repente, sua mão estancou no ar como se tivesse tocado algo. Hillary se aproximou e o viu colocar as duas mãos no que parecia ser uma barreira mágica. Johannes fechou os olhos e se concentrou em quebrar a parede, mas, depois de alguns minutos, abriu os olhos, fez uma careta e disse:

— Nunca vi barreira tão forte. Precisaremos de muitos magos para quebrá-la.

— O problema é que não temos muitos magos — respondeu Hill.

O homem ficou parado de frente para a barreira. Hill se aproximou e se colocou ao lado dele e, assim como ele, colocou sua mão na barreira. Porém, para o espanto dos dois, a mão atravessou.

Espanto.

Hill ficou perplexa e Johannes também. A moça atravessou a outra mão e sentiu a magia forte que o lugar possuía. Ela se virou para encarar o companheiro e ele balançou a cabeça negativamente. Hillary entendeu seu olhar de preocupação: ele não queria deixá-la entrar. *Mas que escolha nós temos?*, pensou ela.

— Não sabemos o que pode ter lá dentro — disse ele, sério.

— Essa passagem, como você disse, é forte demais. Eu consigo sentir o poder que ela tem em minha pele. Precisaremos muito mais que muitos magos para a destruir.

Johannes ficou calado a encarando seriamente, com os olhos cheios de preocupação.

— Pelo que entendi, magos não passam, e eu... deixei de ser uma quando perdi meus poderes.

A respiração de Johannes ficou ofegante, e seu olhar, preocupado. Ele não respondeu nada, por isso Hill não falou mais nada. Não iria impedi-la, mesmo que estivesse com medo. Hillary desviou o olhar dos olhos de Johannes e adentrou mais.

— Tome cuidado, Hillary.

Hillary se virou para encará-lo e sentiu um arrepio na espinha pela intimidade que havia na voz dele. Johannes mirou a mão em direção a Hill e fez um escudo para protegê-la. Hill deu um breve sorriso em agradecimento, virou-se, respirou fundo e continuou o trajeto.

Depois de vinte passos longe de Johannes, Hill contemplou duas passagens distintas. Em uma havia água no chão, e os desenhos a adentravam. Hill se virou para contemplar Johannes. Ela viu apenas uma luz que iluminava sua cabeça, e seu rosto emanava concentração. Assim que adentrou na passagem, sentiu o escudo protetor não a proteger mais, fazendo-a sentir medo e inquietação. Porém a determinação de encontrar aquilo que poderia ser um passo adiante para ajudar seus amigos, seu pai e Johannes era maior que o medo.

Maior que tudo.

O corredor que se estendia era acompanhado pela água do chão. Ela chegou em uma parte arredondada da caverna, na qual possuíam muitas estalactites e estalagmites que tornavam o lugar assustador e obscuro. O chão era coberto por grandes pedras, fazendo a água correr por entre elas.

Hill caminhou cuidadosamente pelas pedras, controlando a respiração e calculando bem seus movimentos. Teve de desviar de muitas estalagmites e de algumas colunas feitas por elas. Hill percebeu que essas estalactites eram afiadas e pareciam ser muito antigas, por causa de sua aparência pedregosa.

A água que corria por entre as pedras deixava o caminho mais difícil de se prosseguir. Hillary olhou em volta e procurou a tumba. Ela percebeu, graças ao globo de luz que Johannes fizera, que havia uma pedra no canto esquerdo da caverna com o formato de um banco retangular com uma grande pedra fina por cima. Estava cercada por estalagmites, o que dificultou o acesso à provável tumba escondida no final da caverna. Hillary se concentrou em chegar até lá, desviando de tudo que a impedia de encontrar seu destino.

Uma música tensa cantava em seus ouvidos.

Quando chegou ao topo da pedra que cobria a tumba, percebeu um símbolo que a intrigou. Era o mesmo que estava desenhado na capa do livro *O conto das cinco pedras*. Quatro pedras no formato de um hexágono em volta de uma no formato de um octógono. Abrir aquela tumba e encontrar a adaga e o anel iria mudar seu destino trágico. Esse era seu pensamento.

Mudar o destino.

— Encontrou alguma coisa? — gritou Johannes.

— Encontrei a tumba. Agora vou abri-la e pegar os objetos!

Usou toda sua força humana para tirar a pedra pesada de cima da tumba. Quando finalmente conseguiu mover alguns centímetros, sentiu um alívio, pois a pedra se tornou mais fácil de locomover depois que tirada de seu estado inicial, onde havia ficado três séculos.

Hillary parou quando terminou de remover a pedra, olhou o interior e, para sua surpresa, só encontrou os ossos mais fortes do corpo. As roupas deviam ter desaparecido no primeiro século da morte. Hill se concentrou em achar a adaga e o anel. Ficara minutos analisando, quando uma voz em sua mente disse "Não!". Isso a deixou inquieta e perturbada.

Não! Não! Não!

Hillary estava imóvel em seus pensamentos. Foi quando decidiu se mover que algo estrondoso atingiu suas costas. Um estrondo colossal. Foi jogada contra a parede da caverna. Seu braço direito teve o primeiro contado com a pedra e sua cabeça bateu na mesma rocha.

A dor do braço era incomensurável, e Hill não conseguia se concentrar no que estava acontecendo porque sua cabeça estava girando. Um rasgo pequeno, mas profundo se formou em sua testa. Hill colocou a mão na testa, tentando conter a tontura, mas tudo que conseguiu sentir foi seu sangue escorrer pelo rosto. Hill ficou sem entender, pois sua mente não conseguia se concentrar em um pensamento específico. Ela doía tanto que seus olhos não a obedeciam.

Tudo girava enquanto ela gemia de dor.

— Hillary! — gritou Johannes com uma voz que mostrava seu espanto.

Foi aí que Hill voltou a si e percebeu que a própria caverna a havia atacado. Sua respiração ficou acelerada e seu coração palpitava forte.

— Saia, Hillary! — gritou ele outra vez, desesperado.

Hillary se levantou e se concentrou em pisar no lugar certo. Tentou correr o mais rápido possível, mas outra fonte de magia a acertou no estômago.

Hillary batera as costas contra a parede e, ao cair no chão, vomitou tudo que havia comido durante o dia, vômito esse que veio seguido por sangue. A dor era insuportável.

Muito sangue.

Johannes ficou desesperado do outro lado da barreira. Ele não podia ajudá-la e isso o angustiava profundamente. Ele começou a jogar magia de força para tentar quebrar a barreira, mas nada adiantava. Ele lançava gelo cortante. Tentou destruir a barreira de todas as formas. Ficou cada vez mais inquieto porque tudo que conseguia ver eram fleches de luz e o estrondo da magia que atacavam Hill. O som e a luz eram como fogos de artifício. Johannes começou a ficar furioso com a barreira. Colocou as mãos nela desejando conseguir atravessá-la.

— Hillary, por favor, resista — pediu, rouco, começando a lançar novamente rajadas de gelo que poderiam queimar qualquer coisa que se colocasse em sua frente.

Tudo na esperança de destruí-la.

A jovem ouviu aquele pedido e desejou de todo o coração não morrer naquele lugar. Seu estômago doía como se tivesse sido esmurrada por vários homens. Ela colocou a mão esquerda em uma pedra ao seu lado para se apoiar e se levantar, mas, antes de conseguir fazer isso, outro som estrondoso ecoou da caverna. A magia, contudo, não a acertou, e sim as estalactites que estavam no topo da caverna.

A caverna inteira tremeu.

Hill gritou desesperada, gritou com todas as suas forças, pois as estalactites estavam caindo. De imediato, tentou se esconder delas, mas, quando percebeu que muitas estavam no chão, sentiu uma dor que não conseguiu descrever em seus sentimentos.

Uma dor que consumia seu corpo.

Uma estalactite com uma ponta afiada havia penetrado sua coxa. Hill gritou e gemeu. O sangue jorrava em sua perna, e suas lágrimas, em seu rosto. O corpo inteiro tremia. Colocou a mão naquilo que se tornou uma faca perfurando carne, mas não conseguiu removê-la, pois a dor era tamanha que desejou arrancar a perna.

Ela morreria ali.

Não tinha mais forças.

Johannes, ao ouvir o estrondo das estalactites caindo e de Hillary gritando, sentiu o coração sair de seu corpo. Estava impotente. Não sabia o que fazer. Seu coração doía ao ouvir o choro de Hill. Lágrimas começaram a rolar em seu rosto, e o medo se tornou infindável em seu peito. Sua magia ali se tornara nada.

Ser o Senhor do Gelo era irrelevante.

— Hill, só conseguirei te proteger se te ver. Eu prometo, Hill, que farei um escudo em você. Por favor, não desista — suplicou.

Johannes sentiu como era ser impotente e percebeu o amargor de Hillary por ter perdido seus poderes.

A garota ficou calada ao ouvir Johannes. Sua respiração estava ofegante. Seu corpo todo doía. O sangue jorrava em sua perna. Hill pensou nos amigos, no pai e em Johannes, e isso lhe deu forças, pois o desejo de vê-los novamente era maior que a dor.

Esperava que continuasse sendo.

Hill colocou sua mão trêmula naquilo que a havia perfurado e a puxou com todas as forças que lhe restavam.

Ela gritou.

Tal grito foi como se uma faca perfurasse o coração de Johannes. Hill gemia, e o sangue jorrava de sua perna.

Ela juntou suas últimas forças para se levantar, mas, antes de se erguer, Hillary se perguntou o porquê de a caverna não a estar atacando nesse momento. Ela pegou o pedaço de pedra afiada que estava enfincado em sua perna e o jogou para o outro lado da caverna. De imediato, a caverna lançou magia no local em que a pedra afiada caíra. Isso respondeu suas perguntas. A caverna atacava aquilo que estava em movimento, aquilo que saía do lugar.

Como sair daqui?, pensou ela.

Havia ativado algum tipo de feitiço ao abrir aquela maldita tumba.

Hill pegou três pedras que estavam no chão, olhou para a passagem que a faria ver Johannes e então tentou se levantar. Apesar da dor imensa, usou o braço esquerdo e a perna que não estava ferida para se erguer sem sair do lugar.

Essa não era a hora de morrer.

Não tenha medo, pensava ela.

Hillary atirou a pedra do outro lado da parede e começou a se mover. De costas, jogou a outra assim que a caverna terminou de atacar a primeira.

Assim fez com a terceira. Quando estava próxima da entrada do corredor que a ligava a Johannes, a caverna a atacou, empurrando-a para frente. Hill caiu na água rasa que corria entre as pedras e ali ficou parada, sentindo como se sua alma a tivesse abandonado. Sentiu seu corpo desfalecendo e o seu sangue a deixando.

Desfalecendo.

Johannes a viu cair no chão e fez um escudo para protegê-la. A esperança começou a crescer em seu peito.

— Estou aqui, Hillary. Venha. Falta pouco — disse ele com a voz rouca.

A jovem tentou se apoiar no braço esquerdo, mas caiu novamente. Seu choro inundou a caverna, fazendo Johannes se desesperar.

— Por favor, Hill. Falta alguns passos. Não desista. Lute mais um pouco — disse ele, compartilhando da mesma dor.

Sua voz estava trêmula e desesperada.

Hill o ouviu e sentiu como se ele não fosse mais aquela pessoa que lhe dava aula. Estava se tornando mais que isso. Confiava nele e sabia que a ajudaria. Hill se ergueu vagorosamente usando suas últimas forças e as pedras das paredes para se levantar. Olhou para Johannes e o viu concentrado no escudo que estava fazendo para protegê-la.

Assim que ela deu seu primeiro passo, a caverna lançou sua magia contra o escudo, mas nada feriu Hill. Ela caminhava, no entanto não tirava os olhos de Johannes, pois era ele que lhe estava dando as forças para erguer seus pés e dar mais um passo. Ele era sua força. Assim como ela, Johannes concentrava seu olhar em Hill.

Ela deu mais um passo e cada um foi acompanhado por uma saraivada de velozes rajadas de magia, tentando atingir Hill, mas Johannes estava tão concentrado em protegê-la que absolutamente nada tocara Hill.

Nada!

Faltando cinco passos para que a garota atravessasse a barreira, acelerou o passo e se jogou nos braços de Johannes. Seu corpo estava ferido, mas sabia que com Johannes ao seu lado ficaria bem. Ele a pegou e a ergueu do chão com seus braços fortes. Hill estava agarrada ao pescoço de Johannes enquanto a colocava no chão, longe da barreira, para ajudá-la.

Hill se sentou, gemendo de dor.

— Estou perdendo muito sangue.

Johannes acompanhou o olhar de Hill, que mirou em sua perna. Ele colocou a mão por cima do ferimento e fechou os olhos, tentando se concentrar em curá-la, mas, para fazer isso, ele teve de primeiro controlar sua respiração.

Alguns minutos depois os tecidos que estavam separados se juntaram, as veias foram restauradas e a pele formou uma cicatriz. Johannes verificou o ferimento. Era o melhor que podia fazer, mas, ao olhar para Hill, que se aliviou diante da dor, seu coração se encheu de alívio.

— Obrigada, Johannes — agradeceu, respirando fundo, mas ainda sentindo o impacto da dor.

Johannes estendeu sua mão e tocou com delicadeza a testa de Hill, a qual tinha um ferimento profundo. O toque dele fez Hill se sentir protegida, e por isso sorriu para ele. Ainda havia preocupação e angústia ali, no entanto. Quando ele terminou de curar a testa de Hill, sua mão deslizou sobre o rosto dela, acariciando-a.

Protegida.

— Consegui conter o sangramento e fechar a ferida, mas ela ainda ficará dolorida por alguns dias. Tem algum outro lugar do corpo que está ferido? — perguntou ele, sério.

Hillary apontou para o braço, então ele o segurou e o curou. Curar ferimentos internos era mais fácil que curar ferimentos expostos. Enquanto Johannes sarava o braço, viajava mentalmente pelo corpo dela, tentando verificar outro lugar que estava doendo, foi quando notou que sua barriga também fora atacada. Sem esperar, curou-a também.

Johannes se sentou ao seu lado, tentando recuperar o fôlego que havia perdido. Curar requeria mais magia que uma batalha travada por horas. Por isso seu corpo estava cansado, e precisaria de horas para voltar ao normal.

Hillary entendeu o que ele estava sentindo. Por isso o deixou descansar. A respiração dos dois estava desregulada. Eles fecharam os olhos e ali ficaram horas lado a lado, ouvindo somente a respiração de cada um. Johannes de pouco em poucos minutos a olhava para verificar os ferimentos. Quando não estava fazendo isso, monitorava sua respiração.

Depois de horas nesse processo, Hill parecia estar melhor, assim como Johannes. Ele se levantou, cruzou os braços e a encarou.

— Como se sente?

Percebeu que ela estava pálida por perder sangue e sentiu a culpa crescer dentro de si.

– Não sinto mais tanta dor. Obrigada... por tudo – respondeu ela, dando um breve sorriso sincero.

O homem a encarou nos olhos por alguns segundos e se virou para a barreira.

– Desculpe, Hillary. Eu não consegui protegê-la.

– Não foi sua culpa – alegou, tentando acalmar o coração de Johannes.

– Você poderia estar morta!

– Mas não estou. Acabou, Johannes. Estou viva. – Encarou-a, abriu a boca para falar algo, mas a fechou e baixou o olhar. – Eu decidi entrar. Não foi culpa sua – disse ela, séria e com a voz rouca.

O homem não acrescentou mais nada, pois sabia que de nada adiantaria. Hill olhou barreira adentro e então se lembrou da tumba. Os ataques da caverna a fizera esquecer do propósito de estar ali.

– Não tem nada lá, Johannes – disse ela. Lágrimas começaram a rolar em seu rosto. – Nada de adaga ou de anel. Não tem nada. Voltamos à estaca zero.

Johannes ficara pensativo e decepcionado, mas estava mais aliviado por Hillary estar segura. Lembrou-se da promessa de protegê-la, e por isso estava decidido a nunca mais correr esse tipo de perigo.

Olhou em volta tentando pensar em algo no qual os dois poderiam seguir em frente na pesquisa. Aproximou-se da barreira e colocou a mão sobre ela, sentindo a quantidade de magia que ela possuía. Era incalculável.

– Acho que tive uma ideia – disse ele, virando-se para olhar Hill.

Johannes se aproximou e se agachou ao seu lado.

– No museu, li uma magia que pode nos ajudar. Não tenho certeza se conseguirei fazê-la, mas tenho de tentar.

– Que magia é essa? – perguntou ela.

– Posso ler a magia da barreira. Posso saber quem pegou a adaga e o anel.

Johannes se levantou determinado a seguir o feitiço que encontrara no museu. Feitiço esse que poderia lhe mostrar os eventos que aconteceram naquela caverna. Colocou a mão na barreira, fechou os olhos e começou a invocar os acontecimentos em sua mente como o papel de Franz Martinez dizia.

Começou a movimentar os dedos de forma diferente na barreira, formando uma perfeita simetria em desencostar os dedos e recolocá-los no lugar, um de cada vez. Johannes estava concentrado. Sua cabeça se mexia de um lado para o outro como se estivesse presenciando algo em sua mente. Depois de alguns minutos, tirou suas mãos da barreira, suspirou fundo e sentiu o gozo de seu sucesso.

— Conseguiu? — perguntou Hill, curiosa e inquieta.

Virou-se para encará-la. Estava surpreso e conturbado com a descoberta.

— Sim. Sei quem pegou o anel.

— Quem o pegou?

— Lembra de um homem que me esbarrou quando saímos do restaurante ontem?

— Sim.

— Ele é um ladrão de primeira. — Ironizou ele. — Mas acho que só roubou o anel. Não consegui ver se a adaga estava com ele.

— Já temos alguma coisa. Ele ainda pode estar na cidade.

— Sim — respondeu ele. — Acho melhor sairmos daqui.

Johannes se agachou ao lado dela, ajudando-a a se levantar. O braço de Hill estava apoiado no ombro de Johannes e o braço dele estava envolta da cintura dela. Ele a guiou caverna afora.

O alívio de respirar o ar puro foi grande para os dois. O desejo de Hill era nunca mais voltar naquele lugar. Do lado de fora o ar era suave, a água guardava o mais belo reflexo do sol e o céu azul brilhava. Aquela paisagem era o mais belo contraste com os sentimentos de Hill. Angústia, medo e aflição se contradiziam com o vislumbre.

Ao ver a água, Hill se agachou para lavar as mãos e o rosto cheios de sangue. Depois de feito, contemplou a mancha de sangue que ficara na água tão bela. Johannes fez o mesmo, mas a mancha vermelha foi levada pela correnteza. Hill percebeu que, em meio a tanta tristeza, a correnteza um dia poderia tirar isso dela e deixar apenas a mais bela floresta da primavera. Hill olhou para Johannes e percebeu que ele estava sendo sua correnteza. E agradecera por isso.

— Como vamos roubar o ladrão? — perguntou ela, irônica.

— Eu vou ao restaurante me certificar se os atendentes o conhecem. Vamos tentar descobrir se ainda está na cidade.

E então partiram para a próxima missão.

26

Mentiras

O jardim estava vazio, exceto por Isla e Myles que o atravessavam para ir a próxima aula. A aventura com Heiron causara muitos boatos. Mais uma vez, Heiron foi derrotado, e por isso queria vingança. Sua reputação não estava mais a mesma. Todos diziam que tinha medo de Hillary, e Isla confirmava isso quando vinham perguntar. Todos caçoavam de Heiron por ele ter caído no truque de Isla. Ela gostaria de ter ganhado, mas temia ter de enfrentá-lo de novo. Por isso, ficava o mais longe possível dele.

Isla e Myles se esconderam detrás de uma árvore quando viram o carro do diretor chegar e, como um vulto, sair com outro mago dentro dele. Mago esse que os dois não reconheceram.

— O que acha que ele estava fazendo? — perguntou Isla.

— Pela sua pressa, aposto que envolve o plano de encontrar Hill.

— O diretor nunca sai do castelo. Por que sairia agora? — perguntou ela. — Merda! Será que ele foi ver o pai de Hill? — acrescentou, preocupada.

— Bem provável — respondeu ele, encarando as marcas que o carro deixava no chão.

— Nós temos de o proteger — afirmou, determinada.

— Como? Aquele mago deve ficar de olho no Sr. Baker daqui em diante.

— Ele pode machucá-lo — afirmou ela, encarando-o.

— Devemos falar com Johannes. Ele saberá como agir. Ele sempre sabe.

Isla se lembrou do infeliz momento em que ficara trancada na mesma sala com o diretor tentando ler sua mente. Aquilo a fazia sentir ódio. E, pensar que Hillary havia sofrido o mesmo, e até pior, causava-lhe uma raiva que fazia seu estômago embrulhar.

— Não a deixarei sozinha — disse Myles, sabendo o que ela pensava. — O diretor não vai mais tocá-la. Não enquanto eu estiver com você. Eu prometo.

Isla o encarou e deu um sincero sorriso em agradecimento. Os dois ficaram se olhando e admirando um ao outro. Quando perceberam, a aula já havia começado e os dois estavam atrasados.

Depois da visita ao Sr. Baker, o diretor ficara pensativo, mas não surpreendido, pois sabia que Hillary seria uma tola se fosse visitar o pai. Se queria se esconder, não poderia ser vista por qualquer pessoa que não o mago. Mesmo assim, o diretor mandara que vigiassem o pai dela.

Os guerreiros já haviam começado suas buscas. Três guerreiros foram separados para cada cidade de Karsia, e assim esperava encontrá-la o mais rápido possível para que tudo voltasse ao normal. Ele ficava imaginando onde ela poderia estar. Uma garota desamparada, sem dinheiro e sem ajuda. *Ou ela tem ajuda*, pensou ele. *Mas quem a está ajudando? Myles e Isla estão em Pitskarsia, então tem de ser alguém da cidade.*

Estava atravessando o Grande Salão, indo em direção a escadaria principal, quando fora interrompido pelo professor Graham Jones, mestre da Alquimia.

— Boa tarde, diretor Hunter — disse, dando uma pequena reverência.

— Boa tarde, professor Jones. Como posso te ajudar?

— Gostaria de saber como a Srta. Baker está? — perguntou o professor.

O diretor ficou desconcertado, mas não queria que a notícia se espalhasse.

— Ela está bem — respondeu, dando um breve sorriso.

— A pesquisa está obtendo sucesso?

— Creio que ainda vamos tê-la de manter no quarto por mais tempo, pois, como o senhor sabe, é difícil tirar tais sonhos de uma pessoa.

— Claro. Ela está recebendo meus livros?

— Com certeza. Eu mesmo estou me certificando do seu aprendizado — respondeu o diretor.

— Obrigado pelo seu tempo, diretor — disse o Sr. Jones, despedindo-se.

O diretor ficou olhando o professor ir embora, imaginado se havia desconfiado de algo. Ninguém sabia do bloqueio de poderes de Hill. Quando se virou para continuar seu trajeto escada acima, percebeu que a Sra. Ravena estava lhe observando. Ele parou impaciente e a esperou chegar perto. A coordenadora viu que o diretor a esperava e se aproximou, mesmo que com certo receio, pois o ouvira conversar com o professor Jones.

— Boa tarde, diretor Hunter.

— Boa tarde, Sra. Ravena. Como posso lhe ajudar? — questionou, subindo as escadas.

— Os outros não devem saber que Hillary Baker não está em Pitskarsia? — Foi direto ao assunto principal.

O diretor ficou espantado com a ferocidade da pergunta.

— Sra. Ravena, imagine que infortúnio seria se todos soubessem. Asseguro-lhe de que estou cuidando do caso. A senhora não precisa se preocupar.

A coordenadora sentiu o ar sínico do diretor e decidiu não fazer mais perguntas sobre isso, pois sabia que ele continuaria dizendo que não poderiam contar a ninguém. Ela não entendia o medo que estava começando a ter dele, mas sabia que não poderia ignorar esse sentimento. Por isso, tentou mudar de assunto.

— O senhor soube da luta entre Isla, Myles e Heiron?

— Claro. Isla se mostrou uma ótima aluna realizando tal feitiço — afirmou ele, sorrindo.

— Ela é uma ótima aluna, apesar de não ser tão boa nas artes guerreiras, mas acredito que será uma ótima médica — disse a coordenadora.

— Com certeza. Ela consegue se concentrar bastante quando está sob pressão, e isso é ótimo para tal profissão.

Aquela fala causou arrepios na coordenadora, pois sabia que ele não estava só falando da briga do jardim, e sim do evento em sua sala, em que ela se mostrara mais uma vez ótima com poderes de concentração, não permitindo que o diretor lesse sua mente.

— Como está o andamento na procura por Hillary? — perguntou, tentando mudar de assunto.

— Estaria melhor se a senhora não tivesse me interrompido em minha sala quando tentei ler a mente da Srta. Collins — respondeu ele, cínico. — Eu não queria machucá-la. Só queria informações.

— Mas os meios que o senhor usou para consegui-los são ilícitos — respondeu ela, franzindo a testa.

— Eu não queria forçá-la. E é melhor acharmos Hillary bem, pois a cada dia que passa ela pode estar mais doente. Por isso tentei ler a mente de Isla, somente para agilizar o processo e não encontrar Hillary definhando em seus pesadelos — respondeu com fogo queimando nos olhos.

Aquilo deixou a coordenadora perplexa, por isso nada mais disse, pois não sabia se confiava nas palavras do diretor. Ele se tornara uma pessoa a qual ela tinha medo. Os dois ficaram se encarando. Depois de um tempo o diretor deixou o ódio dos olhos e o substituiu por indiferença, mostrando a todos que ela era menor que ele.

— Com licença, coordenadora Ravena, devo me retirar.

Ela fez uma breve reverência e saiu com os olhos cheios de pesar e ódio.

27

Proteção

A viagem de volta para o hotel fora frustrante, pois a única coisa que tinham para seguir era um ladrão profissional, e não sabiam como roubá-lo. Johannes apenas falara que Isla havia visto o diretor chegar de uma viagem à cidade, e que poderia ter ido ver o pai de Hillary. Isso a deixou preocupada e calada o resto do caminho.

Hillary chegara e foi direto tomar banho e tirar o resto de sangue que secara no corpo. A perna ainda estava dolorida, mas não era nada alarmante. Sua cabeça não mais a deixava tonta, seu braço não mais doía, porém seu estômago estava abatido, por isso não conseguiria comer.

A água quente limpou toda a impureza de seu corpo. Seus belos cabelos cor de corvo voltaram a ficar leves e suaves como antes, e sua pele voltou a ficar macia e limpa. Estava renovada, apesar de seu coração doer em pensar nos problemas e aflições.

Quando terminou, Johannes estava sentado na mesa no centro do cômodo com o mapa em uma das mãos e um copo com uma bebida vermelha na outra. Parecia ansioso para achar o ladrão, por isso procurava hotéis em volta do restaurante que o encontrou. Ele pesquisava para saber onde o ladrão poderia ir, mas sabia que nada encontraria tão tarde da noite, já que o comércio já estava fechado. Por isso, teria de deixar para o dia seguinte.

— Sente-se, senhorita. Deve estar com fome — disse ele, sinalizando a cadeira à sua frente.

A mesa estava coberta de pães, bolos de frutas e bebidas, mas ver aquilo só fez seu estômago embrulhar.

— Na verdade, não estou — respondeu ela. Hill voltou para seu quarto, mas, antes de fechar a porta, seus olhos se encontraram com os de

Johannes. Ele imediatamente se levantou e se colocou na frente dela. — Boa noite, Johannes.

— Você está sentindo dor? — perguntou, olhando por todo seu corpo a procura de ferimentos.

— Eu só preciso descansar.

Ele assentiu e ela fechou a porta.

Johannes não conseguiu se concentrar novamente no mapa, pois sua mente lhe dizia para procurar um meio de proteger o pai dela. Os olhos de Hillary esboçavam preocupação, pois, se acontecesse algo de ruim com o pai, sofreria muito.

Só havia uma pessoa em quem Johannes confiaria para proteger o pai de Hill. Esse amigo era o que havia presenciado as suas agonias nas noites em Pitskarsia. Ele fora seu colega de quarto e seu amigo mais próximo. Seu nome era Graham Jones, o professor e mestre de Alquimia. Johannes o invocou em sua mente e o chamou pelo nome.

Meu caro amigo, estava esperando notícias suas. Como estão as pesquisas?, disse Graham Jones.

Está tudo bem, Graham. Preciso de sua ajuda para um caso... delicado. Creio que terei de lhe contar tudo. Por isso peço-lhe que guarde tudo para si, falou Johannes.

Quando foi que fiz diferente disso contigo, meu amigo?, retrucou Graham.

A demora de uma solução estava atormentando Isla. Johannes dissera que arranjaria um jeito de proteger o Sr. Baker, porém nada acontecera ainda. Myles confiava que o professor traçaria um plano, como o fez quando planejou tirar Hillary da sala a qual estava trancafiada em Pitskarsia. Mas a demora os deixava preocupados, pois a cada dia que se passava mais o diretor poderia machucar o pai de Hill.

O turno matutino daquela manhã foi reservado para a aula de Alquimia com o professor Graham Jones. Isla e Myles não conseguiam se concentrar, porém, quando o professor começou a ditar a receita de uma poção interessante, suas mentes se concentraram na produção daquele feitiço. Todos estavam na sala de poções. O lugar estava escuro, somente algumas velas e o fogo dos caldeirões iluminava o ambiente.

— Hoje vocês aprenderão a teoria de como produzir uma das poções mais interessantes que existem — ditou o professor. — Abram seus livros na página nove e verão a receita. Precisarão de cinco flores de jasmim, água pura, uma gota do sangue de quem a prepara e da neurotoxina da serpente que possui o nome científico Hemachatus Haemachatus, mais conhecida como naja cuspideira. Ela vive em savanas úmidas e em florestas.

Sua aula sempre fora uma das mais interessantes da universidade, por isso todos o amavam. Tal receita deixou alguns alunos perplexos e outros curiosos o bastante para perguntarem os efeitos dessa poção.

— Com os ingredientes na medida correta, essa poção fará seu corpo se elevar a um nível superior. Ele não mais sentirá dor, não importa o quanto seja torturado. Você fará coisas grandiosas, pois seu corpo não sentirá nada. Essa poção é ótima em casos de guerra, pois não sentirá quando for atingido. Porém a parte principal é que ela deve ser feita na noite de lua cheia — disse o professor.

A aula correu normalmente. Todos os alunos estudando os ingredientes e as possibilidades de acertos e erros. A quantidade exata de tudo que fora exposto. Eles teriam uma aula na noite de lua cheia para projetar o feitiço, por isso estavam somente aprendendo a teoria.

No fim da aula, Isla e Myles pegaram seus livros e foram em direção a porta. Graham Jones estava se despedindo dos alunos, mas, quando os dois se aproximaram, Graham os olhou firmemente.

— Será que posso conversar com os senhores?

— Claro, professor. — O coração de Isla se apertou, mas ainda assim conseguiu responder.

O professor esperou que todos os alunos estivessem fora. Fechou a porta com um simples movimento com as mãos e encarou Isla e Myles.

— Acredito que estejam curiosos. Já adianto que não é nada sobre notas, trabalhos ou desempenho — informou o professor, sorrindo.

Ele foi em direção a mesa e se sentou em sua borda.

— Isso nos deixa ainda mais curiosos, professor Jones — disse Myles.

— Eu sei sobre Hillary — disse ele, deixando Myles e Isla perplexos. — Eu sou um amigo de Johannes Murray e sei que vocês três a ajudaram a fugir. Sei que Johannes e Hillary estão procurando respostas para seus sonhos e que o diretor está tentando achá-la e que fará tudo para isso.

Isla e Myles ficaram confusos e perturbados com o tanto que ele sabia sobre o assunto, por isso não conseguiram falar mais nada.

— Johannes me pediu para proteger o Sr. Baker, e eu farei. Podem confiar em mim. O segredo de vocês agora é meu.

— Ele poderia ter nos avisado que iria pedir sua ajuda — disse Myles.

— Poderia. Acredito que esteja bastante ocupado — completou Graham. — Bom, vamos ao que interessa. Eu fui visitar o Sr. Baker na corte. Ele parece estar bem. Não falei com ele, mas pude o observar do lado de fora. Não parece ter nenhum ferimento, mas creio que está preocupado. O problema, senhores, é que o diretor contratou um guerreiro para vigiá-lo.

— Merda! — disse Isla, quase inaudível.

O professor riu.

— Sim. Ficarei vigiando e não deixarei que alguém o toque, mas, se alguém tentar fazer isso, temos de planejar com cautela algo que estará a nosso favor, pois não poderão descobrir que estamos fazendo isso. Senão seremos expulsos pelo próprio diretor.

— Por que o senhor está ajudando? — perguntou Myles, olhando nos olhos do professor.

— Eu acredito nesses sonhos. Não conseguirei falar de minha lealdade, mas lhes mostrarei que sou leal a essa causa. Johannes é um grande amigo, mas não farei só por ele, farei por todas as pessoas que estão envolvidas com os sonhos.

Isla e Myles se entreolharam e decidiram confiar no professor Graham Jones.

Afinal, que escolha tinham?

28

Ferimentos internos

Um dia se passou, e a angústia não se fora. Seu coração doía, mas a dor era algo cravado em sua alma. Era madrugada e Hillary não conseguia dormir. O receio de ter aqueles sonhos a atormentavam de tal maneira que seu corpo não era mais o mesmo. Estava perdendo peso. Sempre fora saudável, tentava manter seu corpo sempre malhado por causa das aulas de luta com lâminas, mas... a saudade já não cabia no peito das benditas aulas que às vezes lhe faziam voltar para o dormitório toda dolorida.

Levantou-se da cama e foi para a janela. Sentiu o ar gélido entrar em seus pulmões, contudo ela queria mais: queria sentir aquilo em seu corpo inteiro; sair, pois estava se sentindo presa e inquieta. Por isso, pegou seu casaco e partiu para o terraço do prédio. Não sabia como chegar, mas não desistiu de tentar.

Pitagária era bela. A cidade inteira estava dormindo. Nenhum comércio aberto. Tudo em silêncio. Somente o vento que balançava os cabelos negros de Hill reproduzia som. Era como uma melodia harmoniosa. Lá de cima, pôde ver a extensão do mar que a permitia sentir a brisa salgada em suas narinas. Dava para observar a cúpula da Grande Biblioteca e toda a extensão da cidade histórica. Pitagária era antiga, mas também tinha traços modernos. Era a arte pura.

Hill sorriu diante da visão da cidade adormecida. O desejo de um dia poder morar ali cresceu dentro do seu coração. Olhou para os céus e viu que as estrelas brilhavam como nunca tinha visto antes, como se elas estivessem ali para ela e por ela. Os sonhos de uma vida sem guerra cresciam em seu peito. Ela queria a paz daquela cidade. Desejou isso e deixou que as estrelas ouvissem sua súplica.

No terraço, havia algumas cadeiras, e ela se sentou em uma delas e ali ficou a contemplar a noite e sua insônia.

— Linda noite — disse uma voz atrás de si.

Hillary se sustou, mas se acalmou quando viu Johannes com seu habitual sorriso.

— Quer me matar? — disparou, esganiçada.

Johannes soltou uma gargalhada rouca, o que fez Hill rir também. Sentou-se na cadeira ao seu lado e observou a mesma paisagem que Hill admirava.

— Insônia? — perguntou ele.

— Acho que é mais medo dos sonhos.

Os dois ficaram em silêncio por alguns minutos.

— Hillary... lembra que te falei sobre um amigo sabia dos meus sonhos?

— Sim.

— Confio nele. Ele é o seu professor, Graham Jones. Pedi a ele que cuidasse do seu pai e por isso tive de contar sobre o caso, mas não se preocupe, ele não contará a ninguém. Ele vai visitá-lo todos os dias e o ajudará se estiver correndo perigo. Não te contei antes por que ainda não tinha notícias de seu pai. Ele está bem — completou.

Hillary deu seu mais sincero sorriso. Seus olhos se encheram de lágrimas, mas não as deixou escorrer.

Johannes viu sua emoção e devolveu o sincero sorriso que chegou aos olhos.

— Obrigada por tudo, Jo.

Os dois ficaram se olhando por um tempo, antes de Hillary voltar seu olhar para as estrelas.

— Eu amei esta cidade. Por aqui tudo é calmo e lindo — disse ela.

— Olhe que você não a conheceu inteira ainda — provocou, soltando uma risada.

Hillary fitou suas mãos, então sentiu a fragilidade de seu corpo sem seus poderes. O semblante mudou.

— Como foi para você?

— O que? — perguntou ele, sem entender.

— Como foi para você descobrir seu elemento? — Seus olhos se encontraram, e Johannes percebeu que ela estava triste por talvez nunca mais recuperar seus poderes. — Como foi para você descobrir que era o Senhor do Gelo?

A última pergunta saiu com uma entonação diferente. No final da frase, ela sorriu, pois estava realmente curiosa para saber. Não por causa de seu passado, mas porque queria conhecê-lo.

— Essa é uma história longa — advertiu ele, rindo.

— Ainda bem que estou com insônia — brincou ela.

Hill se encostou na cadeira pronta para ouvir a história.

— Bom. Assim que terminei os estudos na Universidade de Pitskarsia, fui o único de minha classe que não descobriu meu elemento. Isso me deixara frustrado, e eu não consegui seguir minha carreira desde então. Ninguém empregaria um mago que não sabe seu elemento. Desde então comecei a fazer exercícios cada vez mais duros para impulsionar meu elemento, mas nada surtira efeito. Comecei a achar que nenhum elemento me queria, para ser sincero — disse ele, rindo. — Comecei a fazer aulas de luta para impulsionar meu corpo nesse processo, mas...

— Ah, está explicado — interrompeu Hillary, sorrindo e encarando o corpo malhado de Johannes.

Depois de vê-lo gargalhar, arrependeu-se do que disse.

— Nada deu certo — tornou a dizer, recuperando-se dos risos. — Eu comecei a estudar História da Magia nessa época, por causa dos sonhos, e acabei me apaixonando. Depois de tantas noites mal dormidas, amaldiçoei os sonhos, pois achava que por causa deles não tinha descoberto meu elemento. Graham e eu tentamos parar com os sonhos, mas, como você mesmo sabe, é impossível. Comecei a procurar por pessoas semelhantes a mim, e foi aí que descobri a história de Elizabeth. Meu pai me ajudou nesse processo, mas não conhecia minha real intenção. Ele era um amante da História, por isso sabia os segredos para se infiltrar na Grande Biblioteca. — Johannes abaixou o olhar como que o que ele fosse dizer lhe doesse o coração. — Alguns meses depois do início de minhas pesquisas, ele sofreu um grave acidente. Morreu depois de alguns minutos, mas não consegui chegar a tempo para ajudá-lo.

Hillary sentiu o peso das palavras dele. Queria poder consolá-lo.

Ele continuou:

– Minha mãe estava ficando muito doente. Por isso, desisti de toda a pesquisa, de tudo que envolvia os elementos e vim para casa para ajudá-la como não pude fazer com meu pai. Nós morávamos aqui, em Pitagária. Esta foi a cidade em que nasci e cresci.

Seus olhos se encheram de lágrimas ao olhar para a cidade.

– Depois da morte de meu pai, ela nunca mais foi a mesma. Seus olhos mudaram, sua beleza se esvaiu, seu corpo ficou magro, e eu não consegui ajudá-la. Eu ficava ali, dia e noite com ela, tentando fazê-la comer, mas ela não estava mais presente. Era como se tivesse morrido junto com meu pai... Eu comecei a trabalhar com a mente dela, tentei entrar em seus pensamentos. Sei que isso é violação de privacidade, mas eu estava desesperado. Já havia meses que meu pai morrera, e ela estava indo para o mesmo caminho. Eu não consegui curar sua dor. Nenhuma magia minha conseguiu. Nada.

Ele pausou por alguns minutos.

– Ela estava morrendo aos poucos. Fiz várias poções de cura e para saciar a fome dela, mas tudo que engolia era colocado para fora ao anoitecer. Levei-a ao hospital, mas parecia que nada curava o que sentia. Porque a dor dela era na alma. Certo dia, fui ao mercado fazer compras, mas, quando voltei, estava morta. De uma hora para a outra. Ela enfartou enquanto eu estava longe. Não sei esboçar em palavras o que senti... naquele momento. Dor e angústia talvez.

Uma lágrima começou a correr pelo rosto de Hillary. Ela se aproximou de Johannes e segurou firme sua mão, tentando consolá-lo. Os dois se encararam e sentiram a dor da perda juntos.

– Era inverno naquela época. Depois do funeral, fui à praia. Nunca tinha visto tanta neve. Estava tudo coberto pelo gelo. Fiquei ali sentindo a brisa salgada e gelada que o mar trazia. Eu tirei minhas botas e deixei as ondas inundarem meus pés. Aquilo devia estar terrivelmente gelado, mas eu não senti nada. Não senti frio. Era como se meu corpo fosse mais uma gota daquele vasto mar gelado. E então senti uma dor tremenda no braço direito – disse ele, levantando o braço tatuado. – E lá estava. A tatuagem de arquimago do gelo. A água escolheu a mim, e até hoje não entendo o porquê. Voltei meu olhar para o mar e entendi que precisava da dor para descobrir meu elemento. Quero dizer, não só o elemento, mas o arquimago do gelo. Naquele momento, fiquei possuído de raiva. Preferia meus pais de volta a isso, mas... não podia mudar o passado.

Hillary se levantou ciente de que ele estava monitorando todos os seus passos. Ela se aproximou e o abraçou forte. Johannes ficara imóvel por um tempo, mas depois a enlaçou em seus braços e a abraçou, sentindo o calor de seu corpo e a carícia de suas mãos.

— Eu sinto muito — disse ela com a voz rouca.

A garota voltou a se sentar, mas seus olhos não deixaram os olhos de Johannes. Ele limpou as lágrimas que escorreram de seus olhos diante do ato de carinho de Hill, recuperou-se e continuou:

— Eu vendi a casa de meus pais um mês depois e hoje me arrependo amargamente do que fiz. Talvez um dia a compre de novo. Talvez um dia...

— Depois que toda essa questão de guerra passar. Você pode voltar à sua cidade e recomeçar — disse ela, sorrindo carinhosa.

Ele retribuiu e assentiu. Os dois encararam o silêncio por alguns minutos, e Hillary resolveu quebrá-lo.

— Sabe, às vezes acho que meu elemento é o gelo.

— Então vai ser minha companheira? — brincou ele.

— Talvez. Nos meus primeiros sonhos eu acordava perturbada e então do nada apareciam cristais de gelo em volta de mim. Não sei, mas... aquilo me confortava. Me fazia parar de lembrar dos pesadelos.

O sorriso de Johannes foi o mais sincero que Hillary viu. Ele realmente parecia estar feliz com o que acabara de ouvir.

Os dois ficaram ali vendo a cidade acordar e o dia nascer.

29

Mãos leves e rápidas

A aurora do dia chegou e com ela o trabalho árduo e duro.

Por vários dias, Johannes e Hillary investigaram toda a cidade à procura daquele que roubara o anel. Eles foram ao bar em que o encontraram pela primeira vez, fizeram perguntas às garçonetes e descobriram que o ladrão era um homem rico, de grandes posses, influência invejável e querido pela classe superior.

Johannes se perguntava se todos sabiam que ele ganhava dinheiro roubando.

Depois de o encontrar, passaram dias e dias monitorando seus passos para uma abordagem perfeita. O ladrão era um homem que vivia rodeado por seguranças, o que atrapalhava o processo, mas não se o roubo fosse bem planejado. Aos sábados, o ladrão ia ao cassino da cidade. O mais rico e luxuoso lugar, onde grandes apostas corriam fervorosamente.

Hillary produziu um plano que poderia funcionar bem, mesmo que Johannes não o aprovasse. Mas eles não tinham escolha. Ou era partir para a agressão ou chegar com carisma. Com plano traçado e feito, esperaram chegar o então sábado.

Dias e noites mal dormidos por causa das perseguições deixaram suas cabeças zonzas e cansadas. Eles estavam ansiosos pelo roubo, ainda mais Hill, que faria a maior parte do negócio.

Hillary voltou a comer bem. Seus sonhos não a faziam mais vomitar ou queimar em febre. Enfim, ela conseguiu controlar a dor. A investigação contínua aproximara Johannes e Hillary. Eles se tornaram amigos e perceberam que trabalhavam bem juntos. Ali não eram Senhor do Gelo e aluna. Eram parceiros.

Quatro dias antes de o sábado chegar, estavam os dois, em uma tarde ensolarada, dentro da sala do apartamento repassando o plano mais uma vez.

Cansada de falar sobre isso, Hillary se sentou no sofá, pegou o livro *O conto das cinco pedras* e foi lê-lo pela terceira vez. Cada palavra era uma dor no peito. Tanta morte, tanta dor, tudo por inveja. Hillary não sabia se as propriedades da adaga ou do anel eram reais, mas sabia que esses objetos não poderiam estar em mãos erradas. Sua curiosidade ficou aguçada. A pergunta que não saía de sua cabeça era: de quem era aquele santuário?

Johannes se aproximou e se sentou ao lado dela. Estava confiante, apesar de não gostar muito. Estava com a aparência tranquila e leve. Não parecia preocupado e ansioso por dentro.

— Sabe... tem um boato em Pitskarsia de que você acaba com qualquer um em uma briga com lâminas — disse ele, sorrindo sarcástico.

— Acabar não seria a palavra exata, mas eu deixava todos morrendo de medo — brincou ela, desviando seu olhar do livro para mirá-lo, que a encarava com curiosidade.

— Você terá de provar para mim.

O sorriso dele foi atrevido.

— Isso é um desafio?

Ela jogou o livro na mesinha à frente, aproximou-se mais de Johannes e o encarou com um sorriso de ameaça nos lábios.

— Venha comigo.

Johannes, rápido como um raio, se levantou, Hillary o seguiu e foram parar no estacionamento do hotel. Ele abriu o porta-bagagens, e lá estava o que impressionou Hillary da cabeça aos pés. Ela se aproximou de boca aberta para o que continha ali dentro.

Lâminas de todos os tamanhos. Adagas, espadas e facas. Hillary segurou um boldrié nas mãos, virou-se para Johannes e perguntou:

— Onde você roubou isso?

Johannes caiu na gargalhada. Hillary ainda estava boquiaberta.

— Assim você acaba com minha credibilidade — brincou ele. Hillary o encarou e balançou a cabeça negativamente para o comentário. — É tudo do meu depósito de armas de Pitskarsia. Lembra que te falei que treinava também?

— Agora, sim, é um desafio — disse ela com a espada nas mãos. — Bom, Johannes, desafio aceito.

Ela o encarou, levantou uma sobrancelha e sorriu com o canto da boca.

— E onde é que posso acabar com você, Senhor do Gelo? — perguntou ela, mirando a espada no peito de Johannes.

Johannes se aproximou e deixou que a arma tocasse seu peito. Ele inclinou o rosto com um sorriso travesso, colocou as mãos nos bolsos da jaqueta e disse:

— Essa eu quero ver.

Eles ficaram se encarando por um tempo, até que Hillary removeu a espada do peito dele e começou a amarrar o boldrié nas cochas e outro nos quadris. Johannes começou a fazer o mesmo. Depois de estarem equipados, Johannes entrou no carro e Hillary fez o mesmo. Os dois ansiosos pela luta.

Uma distração perfeita.

— E onde, exatamente, nós vamos? — perguntou Hillary.

— Tem uma arena abandonada não muito longe daqui. Quando era pequeno, meu pai me levava para vê-lo treinar, mas o dono do local faliu e desde então o lugar não funciona mais.

— E você costuma invadi-lo para treinar? — perguntou Hillary, sorrindo.

— Só em ocasiões como esta.

Os dois começaram a rir e a balançarem as cabeças.

A arena era como um amplo ginásio. O lugar tinha a aparência de abandono. Várias tábuas de madeira foram colocadas nas janelas para impedir que pessoas entrassem. As portas duplas estavam trancadas, mas nada que fosse trabalhoso para Johannes. Ele apenas tocou na maçaneta e as portas se abriram.

As ruas estavam vazias, por isso não precisaram se esconder para entrar. O lugar era enorme. O chão e as paredes eram próprios para receber pancadas pesadas. Poucos filetes de luz entravam, o que deixava o lugar pouco iluminado. Havia algumas rachaduras nas paredes, mas nada alarmante. Os sons de seus passos ecoavam no ambiente.

— Preparada? — perguntou Johannes, vendo Hillary admirar o lugar.

Hillary se virou para encará-lo. Os dois já estavam no meio da arena, a cinco passos um do outro. Johannes deu seu habitual sorriso com o canto da boca, e Hill repetiu o gesto.

Hillary tirou a espada das costas e a posicionou. Em seguida, colocou-se em posição de luta.

— Nada de poderes, Senhor do Gelo.

Ele se colocou em posição de luta com a espada nas mãos.

— Não sou trapaceiro, querida — advertiu.

Em seguida, ele avançou fazendo colidir uma espada na outra. O atrito causado pelas duas soou como um trovão. Os dois estavam com olhares fixos um no outro. Seus corações palpitavam, mas não de medo, e sim excitação pela luta.

A luta seguiu em diante com avanços, proteções e giros, mas tudo seguido por risos de cada um quando um deles fazia um movimento em falso. Hillary estava tendo dificuldades em manusear como antes, mas não perdera o ritmo.

Não iria perder.

Não iria se render.

Aquilo era divertido.

As respirações começaram a ficar desreguladas, mas a ânsia pela luta só crescia cada vez mais. Johannes passava a espada de uma mão para a outra, mas não importava aonde a lâmina fosse, Hillary a acompanhava, pois sabia que ela era mais perigosa do que as mãos. A luta era como uma dança para Hill. Era como ouvir uma melodia agitada e fazer seu corpo seguir o ritmo, assim como seus dedos faziam ao tocar seu piano.

Hillary perdeu o ritmo em apenas um movimento, que a faz tropeçar, mas logo se ergueu. Johannes já estava a sua espreita, esperando por qualquer movimento ruim de sua adversária para encurralá-la. Aproveitando esse pequeno erro, Johannes a prensou na parede. Suas espadas ficaram na horizontal, colidindo uma com a outra. Eles podiam sentir a respiração um do outro em seus rostos por estarem tão perto.

— Você não tem mais poderes. Não confie nas percepções que tinha antes de perdê-lo — advertiu ele.

Hillary o empurrou, direcionando-o para o centro da arena. Ela fez um giro com a espada erguida, mas Johannes, percebendo o ataque, agachou-se e fez um movimento com os pés que fez Hillary cair bruscamente no chão. Ele se levantou e direcionou sua espada ao chão, onde Hillary estava, mas sem feri-la.

Prevendo o golpe, a moça girou no chão, levantou-se e voltou a atacar. Mais giros e avanços, colisões e pequenas explosões de espadas. Suor já escorria pelos seus rostos, mas nada os fazia parar. Johannes resolveu avançar com um pouco mais de força. Percebendo isso, Hillary resolveu fazer o mesmo, mas seu corpo não estava tão preparado fisicamente.

Johannes estava tentando a encurralar de novo, e, prevendo a investida, ela se deixou levar, fazendo com que ele não percebesse seu plano.

Perto da parede, Johannes fez seu giro com a espada. Hillary se abaixou e se colocou do outro lado, encurralando-o contra a parede. Percebendo o golpe, ele fez um movimento tão rápido e preciso que a fez perder o controle da espada e a deixar cair no chão. Ela se aproximou, agachou-se e com um chute certeiro em seu braço fez a espada de Johannes cair no chão. A moça se ergueu, e seus corpos já estavam colidindo um com o outro.

Sem Johannes perceber, a garota pegou uma adaga que estava no boldrié do seu oponente e a direcionou diretamente ao pescoço de Johannes.

Os dois ficaram se encarando. Olho com olho. Sentindo a respiração um do outro.

— Rápida — disse ele.

Hillary sorriu.

— Mãos leves e rápidas.

Com a adaga fez um pequeno e raso corte na lateral do pescoço dele. Os olhos de Johannes não deixaram os dela. Eles eram a perfeita contradição um do outro. Os olhos dela eram como a noite estrelada, os dele, como o céu da primavera.

O homem sorriu e se aproximou mais, encostando seu nariz ao dela. Seus corações batiam rápido, não só por causa da luta, mas também por causa da aproximação. O olhar de Hill viajou entre os olhos dele e aqueles belos lábios.

— Venci — sussurrou ela, sorrindo, afastando-se e o deixando ofegante contra a parede.

30

Pés sobre a areia

Os dias passaram como num piscar de olhos. Johannes e Hillary foram todas as tardes na arena para treinarem um pouco mais. Ficavam até tarde e saíam beirando a madrugada. Os sentidos humanos de Hillary ficaram mais aguçados, apesar da dor que os quatro dias provocaram em seu corpo.

Agora estavam na véspera do plano. Enfim iriam colocá-lo em ação. Hillary não havia ficado nervosa, mas, agora que estava tão perto, sentiu um aperto no peito.

Para se distrair, resolveu fazer uma coisa que deveria ter feito havia muito tempo, desde que chegara à Pitagária. Mesmo com a escuridão reinando do lado de fora, ela queria ir. Pegou seu casaco, calçou as botas e partiu. Ela deu um breve aceno confirmando para onde ia a Johannes. Seu destino: a praia. Andou por dois quarteirões, e ali estava ela. A mais bela obra da natureza: o mar.

Ver o mar foi uma das coisas mais impactantes da vida de Hillary. Apesar de ser noite, o mar não perdia sua imensidão, sua infinidade e sua exuberante beleza.

Antes de pisar na areia, Hill tirou as botas para poder sentir tudo o que aquele lugar poderia lhe proporcionar. A lua cheia clareava o lugar, apesar de algumas luzes do comércio da cidade ajudarem. As estrelas pareciam brilhar para ela.

Perfeição era a palavra certa para aquele lugar.

Hill caminhou na areia, sentindo os pés afundarem naquela imensidão branca, e seu cabelo voou com a brisa salgada que o mar trazia. Quando seus pés tocaram a água, sentiu o frio subir pelas pernas. Ela sorriu para aquela bela vista. O mar estava nervoso, as ondas, fortes e violentas. Hill mergulhou seu dedo indicador na água e o colocou na boca para poder sentir o que todos diziam...

— É salgada mesmo — sussurrou.

Afastou-se da borda do mar e se sentou na areia, abraçando seus joelhos. Hillary sempre achara que conheceria o mar com seus pais, mas em vez disso, o conhecera sozinha.

Seu pai de nada sabia sobre o caso, e pensar que o diretor já fora visitá-lo a deixava apavorada. Eles estavam separados por uma causa maior, porém o medo de perder aquele que ela nunca tivera a oportunidade de conhecer de verdade a frustrava. Hillary se arrependeu das noites em que saíra sem sequer dar um abraço em seu pai ou mesmo se despedir. Perdera muitas oportunidades de lhe dizer um simples "eu te amo", e agora o que mais desejava era poder lhe dizer isso.

Ela sabia que ele não fora um pai presente, mas era seu pai, e Hill sabia que ele não era frio e distante antes de perder a mãe. O problema foi que sofrera sozinho, e Hill também.

Olhou para o céu e pediu com todo o coração pela proteção do pai e dos amigos. Ela sabia que eles estavam sofrendo por sua causa, e isso a atormentava. Por essa razão, queria desvendar logo esse caso para poder impedir o diretor de machucar seus amigos e seu pai. Eles eram sua única família. Não aguentava pensar que estavam correndo perigo nas mãos daquele que provavelmente a queria morta. Esse embate estava sendo travado em seu coração.

Em sua alma.

Hillary queria consertar tudo e poder voltar à sua vida normal, mas sabia que tudo tinha mudado, e a única coisa que aprendera com tudo de ruim que esses dias estavam lhe causando foi olhar para trás e poder ver que perdera muito tempo fazendo coisas que a impediram de amar as pessoas que agora lhe faziam falta. Por isso lágrimas começaram a rolar em seu rosto, e ela pedia em seu coração como se seu pai a pudesse ouvir...

Perdão!, rogava.

Hillary tinha medo da realização de seus sonhos, pois sabia que muitos morreriam. Pessoas que ela se importava morreriam. Seus professores e colegas. Muitos!

Continuava lutando por essa causa e não voltaria para se entregar ao diretor. Diante de tantos pensamentos tristes e confusos, lembrou-se que o dia seguinte seria seu aniversário. Assustou-se, pois nunca havia se esquecido de uma data tão importante. Estava tudo acontecendo tão rápido que perdera a noção dos dias. No dia em que executaria seu plano, completaria vinte e um anos.

Quando seus olhos se voltaram em direção a lua, ouviu passos atrás de si. De repente, Johannes apareceu ao seu lado, como sempre fazia aparecendo de surpresa.

— Posso me sentar com você?

Hillary assentiu, abaixou a cabeça, limpou as lágrimas do seu rosto e voltou a olhar o mar à sua frente. Ela colocou sua mão na areia e a apertou, sentindo cada minúsculo grão tocar sua pele macia, notando como era ser uma simples pessoa de novo. Era uma sensação que havia muito tempo não sentia, pois seus poderes tinham vindo quando era apenas uma criança.

— Esse lugar é lindo — afirmou ela, tentando quebrar o silêncio.

— Espera até vê-lo durante o dia. É perfeito.

Hill sorriu brevemente, concordando.

— Sabe, amanhã é meu aniversário, e só agora me lembrei disso — disse ela, sorrindo, um pouco triste. — Depois que me tornei maga, quase não passei meus aniversários com meu pai. Sinto... falta dele. Nunca tive um relacionamento afetuoso com ele, ou pelo menos não me lembro.

Johannes ouviu tudo com compaixão. Ele colocou sua mão sobre a de Hill, entrelaçando seus dedos com os dela, que estava sobre a areia. Hill virou seu rosto em direção ao dele e o admirou enquanto seu olhar estava concentrado no mar raivoso. Ela entendia o sentido daquele toque e queria que ele tivesse durado mais. Ele sentia muito pela situação. Ela sorriu diante do afeto e disse:

— Eu tive medo de você quando leu minha mente. Aliás... tem um tempo que quero lhe pedir desculpas. — Seus olhares se encontram. — Me desculpe por ter dito que você não tinha honra. Eu estava enganada e frustrada. Descontei minha raiva em você.

— Naquele momento, não tive honra mesmo. Não poderia ter feito o que fiz sem sua permissão, e por isso eu é que devo pedir desculpas. Infelizmente, foi preciso fazer o que fiz — disse ele.

— Eu sei. Hoje compreendo.

Os dois voltaram a encarar o mar e ficaram ali em silêncio por vários minutos, contemplando aquela vasta água escura, junto com a bela lua que os iluminava e transformava aquela noite única.

— Então não tem mais medo de mim? — ironizou ele.

— Eu acabei com você nas lutas.

Johannes começou a gargalhar.

— Tudo bem, eu aceito. Você venceu!

Agora foi a vez de Hillary gargalhar. Ele havia perdido e admitira. Ele era fascinante.

O homem se colocou de pé e se virou para encarar Hill.

— Dança comigo, senhorita? — perguntou, estendendo-lhe a mão.

Hillary ficou confusa.

— Dançar?

— Sim.

Ainda sentada, sentiu o arrepio subir pelas costas. Perguntou-se com que música dançariam, mas ele interrompeu seus pensamentos dizendo e sorrindo:

— Vamos. Segure minha mão.

Hillary aceitou.

Ela ficou de pé na frente dele, sentido o coração saindo pela boca. Confiante, ele guiou a mão dela até seu ombro e, com a outra, envolveu sua cintura, puxando-a para perto. Ficaram a meio passo de distância um do outro. Então ele começou a guiá-la em uma dança lenta. Hillary se sentia confortável em seus braços, mas não queria encará-lo por medo de seus olhos denunciarem seus sentimentos.

O toque de Johannes era leve e trazia a sensação de proteção. Em seus braços, Hillary sentiu aquela paixão bater em seu coração. A mão dele era macia e se encaixava na dela, seus ombros eram largos e fortes e seu cabelo era tão negro quanto o dela.

— Pronta para ter uma aula? — perguntou ele.

— Aula? Você me surpreende bastante — comentou, tomando coragem para encarar seus olhos azuis.

— Sabe, Hillary, a vida é como a dança. A cada passo que nós damos, vamos nos aperfeiçoando mais. Veja, nossos passos já estão ligados. Cada passo que você dá, eu acompanho, e, a cada passo que eu dou, você me acompanha. Assim é a vida. A dança nos mostra o companheirismo, a amizade, a compaixão e todos os sentimentos que as pessoas sentem de bom uma pela outra. E, quando uma pessoa tropeça — disse ele, a fazendo tropeçar e quase cair, mas seus braços fortes a seguraram, e ela ficou inclinada de costas para o chão com a ponta de seu cabelo encostando na areia —, a outra sempre vai estar lá para a segurar e a fazer voltar para a coreografia — completou, sorrindo e a trazendo de volta para a dança. — Sabe, Hill, você não está lutando sozinha. Esta guerra é de todos nós. Não carregue esse fardo sozinha. Isla e Myles estão dançando com você, seu pai está dançando com você. — Ele fez uma pausa e continuou confiantemente: — Eu também estou dançando com você.

Hillary estava emocionada com as palavras. Elas trouxeram conforto aos seus pensamentos. Hill encostou carinhosamente sua bochecha no ombro de Johannes, trazendo-o para mais perto a ponto de sentir os batimentos de seu coração. Assim, embarcaram em uma dança lenta ao som das ondas do mar.

Hillary sentiu que ele estava ficando nervoso com a aproximação dela.

Ela notou que a paixão era recíproca, e sentiu sua alma sorrir e seu coração acelerar como o dele. Aquele abraço confortou suas almas. Seus corpos quentes colidindo um com outro, mostrando o quanto se desejavam.

— Acho melhor você ir descansar. Teve um dia cheio e terá outro amanhã — disse ele, afastando-se e desviando o olhar dela.

Hillary o encarou e sentiu seu rosto corar de vergonha, por isso fez como ele dissera. Virou-se, pegou suas botas e começou a caminhar de volta para o hotel deixando Johannes na praia.

Será que interpretei errado?, perguntou-se.

Hillary parou de andar e pensou em tudo que tinha acontecido. Não poderia ter interpretado errado, pois o afeto e o carinho eram mútuos. Quando se virou, viu Johannes a encarar. Ele estava com as mãos nos bolsos, e seus olhos brilhavam.

Hill deu um passo em sua direção, e ele ficou com o olhar confuso. Hill deu outro e mais outro a ponto de estar bem perto de Johannes. Hill subiu para ficar na ponta dos pés. Sentiu a respiração dele em seu nariz. Os olhos dos dois se encontraram, e Hill percebeu que ele realmente sentia o mesmo. Estava tudo ali em seus olhos.

Seus lábios se encontraram.

O coração de Johannes estava acelerado assim com o de Hill. De início, ficou surpreso e paralisado, mas depois voltou a si e a envolveu em seus braços como se não fosse largá-la mais.

Johannes parou para admirá-la. Seus olhos começaram a viajar pelo seu rosto, fitando cada traço, cada mínimo detalhe, cada sarda. Ela era linda. Ele sorriu e se entregou àquela paixão que nutria em sua alma. Começou a tocar seus belos cabelos negros e depois seu rosto, até o olhar de Johannes se encontrar com o dela.

— Eu amo seus olhos, Hillary — disse ele, sincero. — Consigo ver o universo inteiro neles.

— E eu vejo nos seus — sussurrou, admirando os olhos azuis de Johannes.

Ela envolveu seu pescoço com seus braços, trazendo-o para mais perto.

O homem deslizou seus dedos nas bochechas de Hill, acariciou seus lábios gentilmente e levantou seu queixo com o polegar. Encostou seus lábios contra os dela sentido a maciez de sua pele, o doce de seus lábios e a envolveu em um beijo longo e intenso.

Um beijo de amor sob as estrelas.

31

Amor e ódio

Em uma noite de lua cheia todos os alunos do professor e mestre da Alquimia, Graham Jones, foram levados à sala de poções para preparar o líquido que fora estudado: o famoso líquido que inibe a dor em todos os sentidos.

Isla e Myles estavam ansiosos para o preparo da poção. Os ingredientes estavam postos nas mesas. Cinco flores de jasmim, água pura, uma adaga pequena para que os alunos fizessem uma pequena incisão em suas mãos e inserissem uma gota do sangue no líquido, e o último e mais importante ingrediente, a peçonha de uma naja.

Os livros estavam postos sobre a mesa para que ninguém vacilasse no preparo. Graham passava de mesa em mesa para instruir aqueles que mais precisavam de ajuda.

No final, os alunos estavam exaustos. Passaram a noite inteira na sala de poções, e, quando a lua cheia foi embora, inundando o céu com a luz, todas as poções deveriam estar prontas.

Graham analisou cada uma individualmente, mas poucos alunos alcançaram o objetivo final. Isla era um deles. Graham parabenizou a todos que conseguiram usar os ingredientes na medida exata e se prontificou a ajudar os outros em eventuais tentativas. Como presente, os alunos que cumpriram com o objetivo puderam ficar com o líquido para usarem como bem preferissem. Orgulho estampava o rosto do professor, e o sorriso de Isla era verdadeiro e satisfeito consigo mesma.

A noite mais esperada chegara.

Roubar o ladrão era seu lema. Hill alugara suas vestimentas para tal ocasião. Depois de arranjar os trajes, Hill voltara para o apartamento, deixara a roupa de Johannes na cama dele e adentrara seu próprio quarto para se arrumar.

Ela escolhera um longo vestido vermelho-sangue que marcava suas curvas. As alças caíam sobre seus braços, realçando seus belos ombros e sua pele suave e dourada. Nas pernas, o vestido dançava com seu caminhar.

Hillary prendera a metade de seu cabelo, deixando outras mechas com ondulações nas pontas caírem sobre suas costas. Sombreara seus olhos com brilho prateado e colorira os lábios com o mais belo batom vermelho.

O coração de Hillary batia forte, mas estava confiante. Sua alma se alegrava ao se lembrar do carinho e cavalheirismo de Johannes. O toque dele em seu rosto ainda fazia sua pele se arrepiar mesmo estando longe. Estava apaixonada e tinha certeza de que era correspondida. Entre eles reinava o amor, a parceria e os mesmo sonhos. Não só os que compartilhavam com a profecia, mas, sim, aqueles que sonhavam acordados. Pela paz e o fim da guerra.

Johannes adentrou o apartamento a procurando.

— Hillary — chamou.

— Johannes, deixei uma coisa para você na sua cama — disse ela, ainda dentro do quarto.

Johannes viu o traje social e sorriu por ela ter acertado o tamanho.

— Vista-se — ordenou, sorrindo.

— Sim, senhora — obedeceu, analisando o belo terno preto que ela alugara.

Depois de finalizar, Johannes foi para a porta do quarto de Hillary e ali a esperou.

— Está pronta? — perguntou ele.

— Claro. Só não queria sair antes de você — provocou.

Hillary abriu a porta e vislumbrou o olhar maravilhado de Johannes ao vê-la. Ele estava muito charmoso e elegante. O terno negro acentuando o corpo malhado. Hill achava que nunca o veria sem a túnica preta, mas, ao ver de terno, seu coração disparou por contemplar tamanha beleza. Ele era, sem sobras de dúvidas, o homem mais lindo que conhecera. A garota viajou por todo o seu corpo e depois voltou seu olhar para os olhos cor de safira dele.

— O terno lhe caiu bem.

Estava sendo modesta.

— Acertou no tamanho — disse ele, olhando para si e sorrindo.

— E eu não tive ajuda — brincou ela.

O homem voltou seu olhar encantador para Hill. Admiração e paixão reinavam ali.

— Você está linda, Hillary Baker.

— Obrigada — respondeu Hill, tímida.

— Você *é* linda — completou com um olhar carinhoso e um sorriso marcante.

Ele se aproximou e beijou sua têmpora, depois encostou sua testa na dela, sentido a respiração profunda. Com os olhos fechados, Johannes sussurrou:

— Preciso que fique com uma coisa.

Afastou-se, pegou uma pequena adaga que estava em cima da mesa e entregou a ela.

— Eu já estou bem equipada — informou, tocando sua coxa, onde colocara o boldrié com uma adaga.

— Essa é por precaução.

Vendo o olhar preocupado de Johannes, assentiu. Ele se agachou e colocou a adaga no calçado esquerdo de Hill.

— Vamos? — perguntou ela.

Johannes se levantou, sorriu e disse sarcástico:

— Bom, eu te falei para estar pronta às dezenove horas, não que o cassino abriria essa hora.

Hillary o encarou e fez uma careta que o fez gargalhar.

— Que horas o cassino abre? — perguntou ela.

— Por volta das vinte e duas horas — contou. — Gostaria de me acompanhar a um lugar encantador?

Seu sorriso estava alegre e doce. Ele estendeu o braço para que ela segurasse.

— E onde seria?

— Eu lhe diria, mas estragaria a surpresa — brincou.

Hillary o acompanhou apartamento a fora. Do lado de fora, o carro já os esperava. Hillary entrou primeiro, e os dois viajaram até o centro da cidade. Estava curiosa, mas não perguntara sobre o lugar aonde estavam indo. Aproveitou esse tempo para admirar a bela cidade artística, na qual música e arte ganhavam vida.

Quando o carro parou, Johannes desceu e estendeu a mão para que Hill a tocasse. O lugar onde estavam era uma grande construção luxuosa de tijolos grandes e avermelhados. A entrada possuía pilastras enormes e uma grande escadaria. Hillary apreciou bastante a construção, mas, quando seus olhos pousaram na inscrição feita na pedra no topo do edifício, seu coração bateu forte. Era um teatro. Muitas pessoas muito bem-arrumadas também entravam para compartilhar juntas o belo espetáculo. Johannes a guiou para dentro com um olhar confiante, e Hillary se deixou ser guiada.

Johannes a levou a um imenso salão. Ele possuía várias fileiras de cadeiras acolchoadas vermelhas que estavam inclinadas para o palco em posição oblíqua. Os instrumentos musicais do palco estavam postos em um semicírculo. Os de corda ficavam na frente, os de madeira ficavam no centro, atrás das cordas, os de metais logo atrás dos de madeira e os de percussão ao lado dos de metais.

Porém o que mais lhe chamou a atenção foi o grande piano preto de cauda, que estava à direta do maestro. Seu coração se encheu de regozijo ao perceber que o pianista seria o solista.

Hillary parou diante da bela sala e sentiu o ambiente adentrar sua alma. Grandes colunas revestidas por esculturas de anjos erguiam o teto que possuía uma pintura dos céus com vastas nuvens e estrelas. A arte e a cultura estavam vivas naquele lugar. Ela encarou Johannes com lágrimas nos olhos.

— Feliz aniversário, minha querida — disse ele, sorrindo.

O sorriso de Hillary era sincero e mostrava sua gratidão.

Johannes e Hillary se sentaram nas cadeiras que estavam no meio do ambiente. Quando todos se sentaram, as luzes amareladas se apagaram, deixando somente as do palco acesas. Os músicos se posicionaram, e todos bateram palmas quando o maestro se colocou em seu lugar. O ambiente era aconchegante e aprazível aos olhos.

Era perfeito.

Os instrumentos de sopro, seguidos pelos de corda, iniciaram uma canção que logo Hillary identificou. Era o concerto para piano número um de Tchaikovsky. Depois, o solista começou a esboçar seu talento. Os acordes eram precisos e esboçavam seu temperamento forte. Hillary estava maravilhada. Os dedos do pianista dançavam nas teclas sem errar um só passo. Os instrumentos de corda e de sopro começaram a acompanhar em perfeita simetria. O contrabaixo e o violoncelo entraram para trazer peso à música, deixando-a completa.

Havia pausas nas quais somente o piano solava. Os músicos dançavam com seus instrumentos. Eles eram um só, como se estivessem destinados um ao outro. A harmonia tocou o coração de todos que estavam ali, pois a música não só trazia amor e compaixão, mas havia momentos em que despertava ansiedade e desespero; ao final, esboçou a melodia da esperança. O peso da canção tocara a alma de Hillary. Era como se sua vida inteira passasse por seus olhos com o simples tocar daquela música. Tantas emoções e dores misturadas.

A música seria representada por amor e ódio.

Juntos.

Johannes, sentindo o mesmo, tocou a mão de Hill e entrelaçou seus dedos aos dela, acariciando-os.

— Como sabia? — sussurrou ela com os olhos brilhando.

— Eu a vi uma vez saindo da aula de música. Supus que fosse apaixonada, então a trouxe.

— Acertou — disse, sorrindo, enquanto seu olhar vagava pelo teatro ao redor.

A música era sua vida.

Ao fim do espetáculo, o salão foi preenchido pelo som dos aplausos de pessoas emocionadas. Lágrimas rolavam do rosto de Hill, e ela não se importou em limpá-las, pois estava ocupada demais admirando o concerto.

Hillary e Johannes acompanharam a multidão na saída. Ele apertou a mão de Hillary, e ela percebeu que estava tenso, como se tivesse visto um monstro. Johannes olhou em frente, seus olhos se arregalaram e, como um vulto, puxou Hillary, colocando-a atrás de uma das pilastras. Ficou à sua frente, como se pudesse protegê-la e esconder seu corpo com o dele.

– O que foi?

– Tem um mago no estacionamento – respondeu ele, espiando o mago. – É um guerreiro.

O peito de Hill saltitou.

– Eles conseguiram chegar aqui muito rápido – disse ela, com raiva e espanto.

– Sim. Mas, se tivermos sorte hoje, não ficaremos aqui por muito tempo.

O mago entrou no salão, o que deu a Hillary e a Johannes a oportunidade de saírem correndo em direção ao carro, que os levaria direto ao cassino, onde realmente começaria a aventura.

32

Um jogo perigoso

O cassino ficava no centro da cidade, onde as ruas eram movimentadas e atraentes. O prédio, todo revestido de pedras pintadas de azul-marinho, possuía grandes janelas com bordas douradas e uma grande porta de madeira escura. Hillary respirou fundo, deixou Johannes para trás e entrou sem levantar suspeitas aos guardas que estavam na porta.

A grande passagem a conduziu a um ambiente moderno que, notavelmente, só servia à classe superior. O chão era de mármore creme com pequenos detalhes rabiscados de marrom, as paredes foram pintadas de branco para proporcionar ao ambiente claridade e sofisticação. Havia várias mesas postas, deixando corredores para as pessoas entrarem, as quais casais se paqueravam e bebiam. Lustres adornados iluminavam o ambiente, deixando o romantismo bem equipado para os casais.

Hillary caminhou até o balcão de bebidas, feito de mármore preto. Os garçons usavam trajes pretos elegantes com gravatas cor de vermelho, combinando com o ambiente do bar, pois havia chamas saindo das paredes atrás do balcão. Hillary sabia que não eram verdadeiras, mas o motivo de estarem ali trazia ao meio um ar de mistério, o que combinava com as bebidas caprichadas. Em outro ambiente, próximo ao bar, estavam as mesas dos jogos, onde se reuniam vários homens e mulheres elegantes, mostrando a todos suas fortunas.

Havia uma música gostosa no ar.

Hillary semicerrou os olhos, atrás de seu alvo, aquele que esbarrara em Johannes na saída do restaurante, e o avistou. Era um homem alto e bonito, na faixa dos trinta anos. Tinha cabelos loiros penteados para trás, olhos verde-claros, barba feita recentemente, não era forte, mas o terno preto o deixara com o corpo esculturado.

Hill o encarou, sentou-se na cadeira do balcão e esperou até que ele a notasse. Olhou em volta à procura de Johannes e o viu sentado na ponta do balcão, longe dela, mas em um ponto em que dava para visualizar cada movimento seu.

Hillary encarou o ladrão mais uma vez e percebeu que seus olhos se encontraram. Ela deu um breve sorriso sedutor, desviou o olhar e voltou a encarar o garçom. Pediu uma taça de Martini e esperou. Hill estava se preparando mentalmente para o que estava prestes a fazer, mas, quando mal começou, viu o loiro bonito se sentar ao seu lado.

– O que uma mulher tão bela como a senhorita está fazendo sentada neste bar sozinha? – perguntou, com um sorriso confiante e sedutor.

Hill o encarou de soslaio.

– Ora, esperando minha bebida – respondeu, percebendo pelo seu sotaque que ele não era de Karsia.

O garçom a serviu com o coquetel e foi atender o loiro, este pediu Whisky.

– Ótimo gosto para bebidas, senhorita. Posso saber como se chama? – Quis saber, bebendo seu Whisky sem desviar o olhar dela.

– Sophia, e o senhor é?

Sophia sempre fora um nome que lhe agradara, por isso, sem pensar muito, escolheu-o.

– Ronyele. É um prazer conhecê-la, senhorita Sophia – afirmou, pegando a mão de Hill e a beijando sem tirar os olhos do rosto dela. Hill fez cara de tímida, o que o conquistou. – Garçom, mais Martini para esta linda mulher – completou ele, acenando.

Hillary ficava alternando o rosto de interessada a tímida, o que o deixava cada vez mais curioso. Seus olhos transmitiam o ar de suspense, e seus lábios vermelhos o convidavam a explorá-los. Hill começou observá-lo enquanto ele pedia sua próxima bebida. Era charmoso e rico, o que a deixava enojada, pois sabia que era um ladrão. Ela ficou admirada por não estar machucado, pois a caverna lhe causara ferimentos graves que, se não fosse por Johannes, não estaria viva. Ronyele estava totalmente bem, sem nenhum arranhão aparente. Hill baixou o olhar e mirou em suas mãos, que estavam em cima do balcão, e lá estava, o mais esperado objeto, o motivo de sua busca, o anel.

Ele era um tolo por usá-lo em público.

Era de ouro puro com o pingente cor de sangue que cintilava sua magia, e não era qualquer magia, era magia maligna. Um homem matara e tirara o coração da própria esposa para poder fazer um anel como aquele. Ele fizera um ritual de magia das trevas e colocou o sangue do amor de sua vida naquele pingente para usufruir do poder da imortalidade, mas não dera certo, o que a deixava com dúvidas sobre seu real objetivo. Hillary sentiu um arrepio subir em suas costas, mas não deixou transparecer para não acabar com seu disfarce.

— Então, senhorita Sophia, o que você faz? — perguntou, oferecendo-lhe a bebida que o garçom trouxera. Hill a pegou, mas antes que respondesse, ele a interrompeu: — Não, espere, deixe-me adivinhar. — Ele a encarou nos olhos, pegou suas mãos e começou a acariciá-las. — Você tem mãos macias e bem cuidadas. Dedos flexíveis e unhas cuidadosamente cortadas, isso diz que a senhorita é uma...

— Sou pianista — interrompeu Hillary.

Ela puxou as mãos e tornou a beber seu Martini.

— Está aí mais um motivo para eu gostar da senhorita. Este é um hobby que aprecio muito.

— Estou aqui a trabalho. Esse fim de semana está tendo grandes apresentações no teatro no centro de Pitagária, amanhã tocarei lá. — Encarou-o sorrindo. — Seria um prazer te ver lá.

— O prazer será meu.

Levantou seu copo e brindou com o de Hill, dando um sorriso sedutor que ela em seguida respondeu.

— E você, Ronyele, o que faz? Vejo que não é daqui.

— Trabalho com negócios. É ultrassecreto — brincou, tentando deixar no ar um mistério a ser resolvido. — Mas como sabe que não sou de Karsia?

— Seu sotaque lhe entrega.

— Droga! Há anos que venho tentando melhorar isso, mas vejo que preciso treinar mais.

— Gosto do seu sotaque. O deixa... *charmoso* — disse ela, tentando se aproximar mais de Ronyele, pois sabia que aquilo era um jogo que ela não podia perder.

Ele sorriu em agradecimento e bebeu seu último gole de Whisky. Hillary pensou em fazer mais perguntas sobre o reino em que ele havia nascido, mas achou melhor descobrir quando já estivessem mais íntimos, pois ela ainda estava tentando conquistá-lo.

Outro homem de terno veio até Ronyele, chamando-o para uma partida, e acenando para Hill, cortês.

— A senhorita joga pôquer? — perguntou Ronyele, com o olhar desafiador.

— Não estaria aqui se não soubesse — respondeu ela, aproximando-se dele com um sorriso malicioso, mostrando que aceitara o desafio.

Isso claramente o deixou excitado.

Ele a guiou para a mesa de pôquer. Havia três homens esperando os próximos participantes do jogo. Hill analisou cada um de seus adversários. Tinham cabelos penteados para trás e um olhar que causaria medo em qualquer adversário, mas, para sorte de Hill, aprendera muito bem como se jogava, porém ainda sim estava com certo receio, pois não tinha o costume de jogar com homens experientes.

— Não fique nervosa, senhorita — disse ele, encostando os lábios em sua orelha.

Ela o encarou achando graça.

— Nunca fico.

Hillary e Ronyele se sentaram em lugares que, para jogadores de pôquer, eram considerados bons, longe do dealer. A partida começou com olhares profundos e concentrados, cada um tentando captar o menor erro de seus adversários. Hillary ficou tranquila nas primeiras jogadas, pagando e aumentando. Suas cartas eram um ás de paus e outro de ouros, que seriam ótimas cartas, mas o jogo dependia também das cartas que seriam colocadas na mesa.

A tenção subiu à medida que o jogo avançava, o flop trouxe um rei de copas, um dois de paus e dez de ouro. O jogo ficou intenso e excitante aos olhos de Ronyele, que não parava de encarar Hillary; ela sempre tentando provocá-lo com o brilho sedutor de seus olhos e lábios. Ele a admirava e a desejava por ser uma mulher independente, que desafiava homens em jogos e os deixava loucos com sua beleza.

Ele estava ficando na palma de sua mão.

Ronyele queria provocar Hillary para saber até onde iria com suas cartas, por isso blefou várias vezes tentando deixá-la tensa, mas o efeito fora o contrário, pois ela parecia confiante e determinada a vencê-lo. O turn trouxe um rei de espadas e o river um ás de espadas. Muitos jogadores desistiram, pois Ronyele intimidou a todos, menos a sua adversária predileta, a quem ele tanto demonstrava que queria para si. Depois de muitas apostas, os jogadores saíram, deixando apenas Hillary e Ronyele na mesa, efeito esse chamado de showdown.

Hillary demonstrava confiança, mas não tinha certeza se ganharia, pois ele estava ainda mais determinado, mas alguma coisa lhe dizia que o homem estava blefando, por isso seguiu seus instintos. Como as apostas não tinham limite, todas as suas fichas estavam agora no centro da mesa, e chegou o tão esperado momento do vencedor.

Ronyele encarou Hill com seus olhos confiantes e travessos, Hillary fez o mesmo, intensa. Os dois se provocavam, e isso o deixava louco. Ele virou as cartas e mostrou seu ás de paus e seu valete de espadas. Hillary tranquilizou seu espírito de imediato, pois ele fizera um par de ás e outro par de reis, mas, mesmo assim, não venceria de suas cartas. Ela deu um sorriso provocante, mostrou seus dois ás e disse:

– Full House.

Hillary abriu os braços e trouxe para si as fichas da mesa sem tirar os olhos de Ronyele. Ele soltou um sorriso com um misto sentimentos: perda e felicidade. Havia perdido no jogo, mas ganhara a garota. Ou ao menos pensava que sim.

Levantou-se e foi ao encontro dela. Hillary fez o mesmo.

– Estou admirado, senhorita Sophia – disse ele com o copo de Whisky na mão.

Hillary se aproximou sorrateiramente dele, encostou os lábios em sua orelha, pegou o copo de sua mão e disse:

– Por que não me leva a um lugar mais... reservado? – Afastou-se, colocou o copo na mesa e completou, sedutora: – Devemos comemorar minha vitória, não é?

O olhar dele seguiu até os lábios vermelhos dela, desejando-os com o olhar predatório. Ronyele, sem pensar duas vezes, guiou Hillary para fora do cassino com a intenção de levá-la ao tão esperado lugar.

Hillary foi levada para fora do cassino e se deparou com o veículo de Ronyele à sua espera. Era uma Mercedes Maybach no tom black piano, deixando-a boquiaberta. Educado, abriu a porta para que ela pudesse entrar e depois se colocou no volante.

O carro, por dentro, era moderno, com bancos e tapetes de couro creme muito confortáveis, um aparelho de som magnífico, teto solar panorâmico e no porta copo havia uma garrafa de champanhe.

Hillary olhou de relance para a entrada do cassino na esperança de ver Johannes, mas não o viu. Respirou fundo e se entregou mais uma vez ao disfarce.

Aquela seria a parte mais difícil do plano.

A Maybach foi estacionada na parte da cidade em que só tinha prédios altos e com a arquitetura contemporânea. Revestido de vidro, o hotel para o qual ela foi guiada era imponente. A entrada ampla e sofisticada, com o chão feito de mármore creme, possuía sofás de couro preto e, atrás de um balcão de granito preto estelar, ficava duas recepcionistas. Elas acenaram para Ronyele, e ele guiou Hill para o elevador, que só parou no sétimo andar.

Um longo corredor se estendia diante deles e somente três portas foram avistadas. No meio do corredor, dois homens fortes com uma aparência nada convidativa, que possuíam no mínimo dois metros de altura, estavam parados como se fossem guardas. Só depois de passarem por eles foi que Hillary percebeu que os dois brutamontes eram seguranças de Ronyele. Hill foi guiada em direção a última porta do corredor, que seria seu apartamento. O tão esperado lugar reservado.

A casa era contemporânea e tecnológica. O primeiro cômodo era uma sala que possuía o chão de mármore preto, as paredes eram de um branco gelo, o teto tinha uma bela sanca de gesso e possuíam em suas laterais várias pequenas luminárias amarelas que deixavam o ambiente aconchegante e sofisticado. No centro, havia dois sofás de couro, um de frente para outro, e uma mesinha de vidro no centro. A parede que os protegia do vento era de vidro, o que lhes proporcionava a visão das ruas, prédios e toda a cidade.

Aquela maravilhosa cidade.

Porém o que mais impressionara Hillary foi o belo piano de cauda preto que ficava no canto esquerdo da sala. Ronyele conduziu a moça para o centro, e ela caminhou mais adiante, tentando ganhar tempo, e visualizou as ruas abaixo na esperança de poder ver Johannes, mas nada do que esperava aconteceu.

Hillary sentiu que Ronyele estava se aproximando. Ele deslizou suas mãos nos braços dela e começou a roçar os lábios quentes pelo ponto de encontro entre seu pescoço e seu ombro. Hillary ficou sem ar de tanto nervosismo, ela não sabia como sair de tal enrascada.

Tudo piorou quando deslizou suas mãos em volta do quadril dela e a virou bruscamente, prensando-a contra o vidro. Seu olhar era predatório e faminto, os movimentos, certeiros e provocantes.

Os lábios se encontraram, e ele sussurrou:

— Você estava me deixando louco.

O olhar de Ronyele parecia de um caçador em busca por sua presa.

Beijou-a como se isso fosse seu maior desejo. Hillary ficou sem saber o que fazer, seu coração batia rápido, e ele a beijava com tanta vivacidade que a fez perder o fôlego. Não podia parar, não até Johannes chegar e ela parar com o disfarce. O homem começou a beijar seu pescoço e a descer suas mãos. Hillary ficou desesperada e disse a primeira coisa que veio na mente:

— Por que não bebemos antes?

Ele parou e encarou sua presa com um sorriso perverso.

— Claro, madame. A bebida faz tudo ficar mais interessante — falou, afastando-se, indo em direção ao corredor do lado oposto ao piano, que terminava na cozinha. — Vinho?

— Claro — respondeu, mas, antes que ele se virasse, perguntou, apontando para o piano: — Me permite?

— A casa é sua — afirmou com um charme irresistível para todas as mulheres, menos para Hillary, que o desprezava.

Droga! Onde Johannes está?

Enquanto isso, Johannes, que saíra às pressas do cassino, conseguiu avistar Hill no sétimo andar. Entrou no prédio e usou um feitiço que deixou as recepcionistas atordoadas a ponto de deixarem seus postos e saírem correndo para fora do hotel. Johannes subiu ao sétimo andar. Estava confiante de que o plano estava indo bem, até que se deparou com dois seguranças do ladrão. Esperava encontrar câmeras, mas não dois homens. Achava que eles não subiam no prédio.

Johannes os analisou. Possuíam revólveres presos na cintura e estavam vestidos com elegância. Johannes se aproximou, mas um deles o impediu e disse:

— Ninguém passa por aqui, parceiro.

— Tenho assuntos a tratar com uma pessoa que está atrás desta porta — disse Johannes.

— Volte para o lugar de onde veio e nos deixe em paz — disse o brutamontes.

— Infelizmente, não posso. Minha garota está lá dentro.

Os dois guardas caíram na gargalhada.

— Acho que ela não é mais sua garota — provocou um deles, gargalhando.

— Basta. Agora irei até aquela porta e tirarei minha garota de lá de dentro — disse Johannes, tentando mais uma vez passar.

Ele sabia que os guardas não iriam deixá-lo atravessar, pois foram contratados para que resolvessem tal situação, mas ele só queria ver se havia câmeras do outro lado.

Não havia nenhuma, ou seja, não precisaria usar magia. O andar, percebeu ele, era exclusivo para o ladrão.

— Saia, senão nós arrebentaremos sua cara — ameaçou o guarda.

Droga! Teria de lutar.

— Se os senhores não me deixarem passar, terei de tomar medidas drásticas. — Johannes encarou os adversários, que não se intimidaram, e deu um sorriso sarcástico. — Vamos brincar, rapazes. Prometo pegar leve com vocês.

Ele decidiu que, para que a luta ficasse justa, não poderia usar seus poderes, não revelando assim que era um mago.

Um dos guardas, já possuído de raiva pela audácia de Johannes, deu passos rápidos em sua direção. Com o punho fechado, tentou deferir-lhe um soco no rosto, mas Johannes era rápido e conseguia prever os impulsos lentos de pessoas normais. Desviou e deu uma cotovelada forte nas cortas do guarda que tentou atingi-lo, fazendo cair no chão.

O segundo guarda também tentou socar o rosto de Johannes, mas este fez um escudo com os braços e depois desferiu dois socos na barriga do guarda. Enquanto um gemia, o que estava no chão se levantou, agarrou Johannes pelo pescoço tentando estrangulá-lo. O guarda era muito forte, mas Johannes disse a si mesmo que não usaria poderes, por isso teria de usar sua força braçal. Quase perdendo o ar, jogou-se bruscamente de costas na parede, atingindo em cheio o guarda, afundando-o na parede e deixando-o desnorteado.

O segundo, vendo a cena, resolveu ajudar o amigo. Desferiu um soco em cheio nas costas de Johannes. Ele se virou e caiu por cima do guarda, desferindo socos, mas sabia que precisava desmaiá-los para poder seguir em frente. Não queria matá-los, pois não era um assassino, mas, se precisasse fazer isso por Hill, não pensaria duas vezes. Pensou nela e em todo o tempo em que já estava sozinha com o ladrão dentro do apartamento.

Johannes voltou para si, mas foi um pouco tarde. O guarda que ele estava dando socos tirou da cintura uma pistola e mirou na barriga de Johannes. Percebendo a emboscada, com força e agilidade, empurrou o braço do guarda para seu lado direito, mas não o impediu de atirar. A bala quase atingiu as costelas de Johannes, mas passou para o outro lado, atingido o outro guarda, que estava atrás deles, na barriga.

— Está precisando treinar, parceiro! — disse Johannes, usando o tratamento que o guarda o havia dado.

O último soco Johannes desferiu com força, fazendo-o desmaiar na hora. Levantou-se, olhou para a mão que estava ferida e a curou sem gastar muita energia. Percebeu que havia três portas no corredor. Abriu a primeira e reparou que era um depósito de ferramentas de limpeza. Johannes fez os dois guardas levitarem e os trancou na pequena sala.

Avançou pelo corredor em direção ao apartamento em que Hillary estava. Parou diante da porta, ajeitou o paletó, a gravata e a luva da mão direita, depois lançou magia para destrancar a porta que fora feita de um material pesado que não deixava que barulhos do lado de fora adentrassem o lugar. O que o ajudou bastante.

E o jogo começou.

33

A pedra de sangue

Johannes abriu a porta com muito cuidado para que não fizesse nenhum barulho. A sala estava escura, mas ele pôde ver Hillary sentada ao piano, pronta para tocar uma música. O ladrão não estava lá, por isso resolveu esperar e admirar Hill tocando. Ela colocou seus dedos sobre as teclas, respirou fundo e começou a tocar. A música que emanou de seus dedos tocou no mais profundo de Johannes, a linda melodia de Yiruma, e seu nome era "River flows in you".

Ela começou tocando suave, mas seus dedos começaram a dançar pelas teclas como se tivessem vida própria, em um ritmo mais elevado. Johannes a admirou de todas as formas, um sentimento de amor e carinho inundou seu ser. A música transbordava amor, tribulação e superação.

Diante de tudo que estavam vivendo, era como se um filme estivesse passando pela sua mente, e ele percebeu que não conseguiria fazer nada sem que Hillary estivesse do seu lado. Ele nunca se sentira assim, cada tecla era como se estivesse lhe falando que eles tinham uma chance, que poderiam vencer, que a esperança existia e que ela deveria ser a última a morrer. Johannes olhou para o rosto concentrado de Hill e percebeu que ela também estava absorta em pensamentos iguais aos dele.

Esperança de dias melhores.

Um mundo melhor.

Johannes admirou a mulher que Hillary era: forte, determinada e estava disposta a tudo para salvar a quem amava. Naquele momento, ele olhou para o seu passado e se perguntou como passou tantos anos sem sentir aquele amor. Era sua amiga e parceira. Ele passou uma vida correndo atrás de respostas que o impediram de viver, mas, ao olhar para os olhos de Hill, que ele tanto admirava, percebeu que lutaria por ela.

Lutaria até o fim pela viva ao lado dela.

O sentimento mais belo e puro cresceu dentro de si. Viu que não importava as dificuldades ou aflições, pois o amor que sentiam um pelo outro era maior que qualquer dificuldade. Johannes se concentrou nesse sentimento e percebeu que por causa dele se tornara mais forte. Queria regar esse amor por toda a sua vida, pois era com ela que ele a queria viver.

Seus pensamentos foram interrompidos quando o ladrão entrou na sala segurando uma garrafa de vinho e duas taças. Johannes o analisou com seu olhar afiado antes de se aproximar. Ronyele colocou as taças sobre a mesinha no centro da sala e, enquanto servia o vinho, Hillary se levantou, olhou para a porta e avistou Johannes. Os dois se olharam e ela deu um breve sorriso de satisfação ao vê-lo.

— A senhorita só me surpreende. Quero muito conhecê-la melhor — disse Ronyele, oferecendo-lhe a taça com vinho.

Hill, no entanto, não se aproximou, ficando do outro lado do sofá.

Johannes seguiu na direção de Hill, deixando Ronyele perplexo. Ele pousou a taça sobre a mesa e mirou um olhar severo para Johannes. Depois, afastando-se, foi em direção a uma pequena escrivaninha que ficava próxima ao corredor que ligava a cozinha.

— Quem é você? — perguntou o ladrão.

— Não importa quem sou. O que importa é o que quero — respondeu Johannes.

Seu olhar mudara: estava severo e concentrado. Era como se estivesse prestes a entrar em uma luta. Ronyele abriu uma gaveta, tirou uma pistola Glock calibre 380 e a mirou no peito de Johannes.

— O que você quer? — perguntou Ronyele, possuído de raiva.

— Não quero te machucar...

— Não percebeu quem aqui tem uma arma, idiota? — gritou o ladrão. Ronyele olhou para Hillary e percebeu que ela estava tranquila com a presença do invasor na sala, então tudo começou a fazer sentido, pois estava envolvida no caso, e se sentiu manipulado. — Ah, claro, como pude ser tão burro? Acredito que esse nem seja seu verdadeiro nome, não é, *Sophia*?

— Não — ela admitiu.

Ronyele agora estava possuído de ódio por ter sido estúpido a ponto de não notar que Hillary o enganara e conseguira o que queria. Seu orgulho estava ferido. Ele mirou a ponta da arma no coração dela e atirou.

O estrondo foi alto. Hillary sentiu sua sede de querer matá-la, e Johannes sabia que ele iria atirar, só não sabia em quem. Como fizera na caverna, quando livrou Hillary dos ataques, fez um escudo que protegeu tanto ele quanto Hill. Quando a bala tocou o escudo, despedaçou-se, transformando-se em poeira.

— Que porra é essa? — gritou o ladrão, encarando Hill.

O olhar de Johannes brilhava de raiva. Ele lançou em Ronyele um feitiço que o empurrou, fazendo-o colidir com força contra a parede que separava a sala da cozinha. De imediato, desmaiou.

Hillary sentiu seu coração saindo pela boca, pois, mesmo tendo a experiência de quase morrer, sentir que a morte estava perto era um sentimento que se renovava a cada situação. Hillary encarou o corpo de Ronyele espatifado no chão, como se fosse um boneco, e percebeu o quanto os humanos eram impotentes perto de magos, ainda mais de um senhor do elemento.

— Você está bem? — Quis saber, tocando o ombro dela.

Hillary deu um breve sorriso e assentiu.

Seu coração fazia estrondos a cada batimento.

Johannes se aproximou do ladrão, colocou-se de cócoras e tirou-lhe o anel do dedo. O anel não tinha uma pedra tão grande como imaginava, mas o que realmente importava era o que ele significava. Pensar que estava segurando algo feito com magia das trevas lhe causava arrepios.

A pedra de sangue.

Ele colocou o anel em seu dedo e se levantou. Hillary se pôs a procurar por uma cadeira, para que eles pudessem prender Ronyele nela. Achou-a na cozinha e a trouxe para Johannes. Ele levitou o corpo inconsciente e o fez se sentar naquela cadeira preta.

Johannes colocou sua mão nas têmporas de Ronyele, não para curá-lo, mas para acordá-lo.

— Só poderei ler a mente dele se estiver acordado — afirmou Johannes.

Afastaram-se e ficaram olhando o ladrão despertar de seu sono profundo. Ele abriu os olhos e começou a se debater quando avistou Johannes e Hillary diante dele, mas algo lhe prendia na cadeira, e ele não podia se mexer.

— Mas que merda é essa?

Johannes se aproximou de Ronyele, deixando-o tenso.

— Não gosto de fazer isso antes que a vítima saiba. Eu vou ler sua mente. Não adianta se debater, porque não vai adiantar. Isso só vai lhe causar mais dor.

Hillary se lembrou de quando ele lera sua mente.

— Vocês são magos! Vocês são uns desgraçados mesmo. Uma hora querem que façamos seu trabalho sujo e na outra vêm nos roubar! — gritou Ronyele, olhando para o anel que agora jazia no dedo de Johannes. — O que essa merda tem de tão importante para estar em um lugar de tão difícil acesso?

— Quem o contratou? — perguntou Hillary.

— Certamente não foi alguém como você, vadia — retorquiu, cuspindo no chão, perto de Hillary.

Johannes, tomado pela raiva pelo insulto direcionado a Hill, tocou as têmporas de Ronyele e começou a vasculhar cada centímetro de sua mente, mas algo estava diferente, como se ele estivesse protegido. Em sua mente, uma grande muralha fora feita por magos, para que ninguém pudesse ver seus pensamentos. Johannes tocou a muralha e teve de usar seus poderes, pois somente um senhor elementar poderia quebrar uma muralha assim. Uma muralha feita por outro mago em uma pessoa comum.

Ergueu seu cajado na mente dele liberando seu poder e a muralha se despedaçou. Ronyele não fora treinado para mantê-la erguida, pois somente um mago poderia fazê-lo. Johannes vagou pela mente do ladrão como se fosse um vírus que se espalha por todo o corpo. Ele pôde sentir cada angústia, pesadelo, medo ou rancor, arrancando tudo dele.

Tudo!

Ronyele se debatia, gemia e gritava, mas nada poderia fazer para impedir que Johannes parasse. Hillary analisava tudo e sabia que aquela sensação não era a das melhores, pois a pessoa ficava totalmente exposta e sentia como se estivesse sendo possuída.

Johannes não parecia estar confortável lendo a mente de Ronyele. A leitura mental era muito rápida, pois quando se entrava na mente de outro era como se as informações fossem passadas ao invasor como um *flashback* detalhado, porém rápido. Quando Johannes largou o ladrão, cambaleou para trás com o rosto coberto de terror. Estava com a mesma expressão de quando descobrira sobre a adaga nos sonhos de Hillary.

Choque!

— Está próximo! — afirmou Johannes, encarando o ladrão com ferocidade, fazendo o terror na sala aumentar.

A casa ficou fria de repente.

— Vocês não podem fazer nada. Karsia será nossa, e vocês não conseguirão nos impedir — disse Ronyele com sarcasmo.

— Do que ele está falando? — perguntou Hillary coberta de medo.

— Vocês serão consumidos e só sobrará cinzas. Magos desgraçados — afirmou o ladrão, sorrindo feito um louco.

De imediato, Johannes mirou sua mão esquerda na direção do corpo de Ronyele e delas começaram a sair fumaças de gelo. Os braços e pernas do ladrão foram presos por cordas feitas de puro gelo, que não seriam facilmente partidas. O ambiente ficou completamente frio.

— Desgraçados! — gritou Ronyele.

Johannes encostou seus dedos na testa do ladrão, e ele adormeceu. Depois, aproximou-se de Hillary. Ela o encarava atônita com um ponto de interrogação nos olhos.

— O que você descobriu? — perguntou ela, impaciente.

Johannes a encarou.

— É o diretor. Ele o contratou para roubar o anel.

— Por quê?

— O diretor Hunter não nasceu em Karsia, ele só se nacionalizou aqui depois que se casou. Ele nasceu em Zeligaia.

Tudo estava em desordem em sua mente, mas, com a última frase, algo começou a fazer sentido. Algo que não só influenciaria sua vida, mas, sim, a vida de todos à sua volta.

— Ele se infiltrou na corte para roubar e manipular informações! — afirmou Hillary, perplexa.

— Ao que tudo indica, sim.

— Zeligaia vai quebrar o acordo de não agressão, né?

Seus olhos estavam cheios de ódio.

Johannes assentiu.

— Quanto tempo temos? — perguntou ela, voltando seu olhar para o corpo inerte do ladrão.

— Pouco.

Johannes a encarou. Hillary ficou encarando o ladrão, pensando em como deveriam agir, o que deveriam fazer. Johannes também estava concentrado tentando pensar em algo que pudesse ajudá-los.

— Precisamos provar que o diretor está trabalhando para o inimigo — disse ele.

Hillary começou a andar de um lado para outro, pensando em como iriam fazer tal coisa. Longos minutos se passaram antes que uma luz viesse em sua mente. Uma luz que, apesar de ser difícil de acender, era sua única chance. A esperança de um tolo, mas era sua única alternativa.

— Você tem um celular? — perguntou ela, ainda encarando Ronyele.

Johannes tirou do bolso um celular pequeno e antigo. Magos não precisavam usar celulares, pois poderiam conversar mentalmente, mas Johannes mantinha esse para emergências. Ele deu a Hillary. Ela começou a discar um número.

— Para quem vai ligar?

— Meu pai é um juiz da corte suprema. Ele pode fazer um mandado de prisão e investigar Ronyele para conseguir informações do diretor. — Hillary voltou seu olhar para o ladrão e completou: — Ele é nossa única prova.

— Ele vai aceitar?

— Ele tem de aceitar — respondeu ela. — Essa investigação é de uma pessoa que tem acesso amplo ao rei e ao primeiro-ministro. Preciso que ele confie em mim. Ao menos... uma vez.

O celular começou a chamar, e Hillary voltou seu olhar nervoso e ansioso para Johannes. Ela não sabia qual seria a reação do pai, mas não poderia deixar que seus terrores antigos atrapalhassem no futuro de seu reino.

— Alô — disse o pai com a voz tranquila.

Esse número era reservado às pessoas mais próximas, por isso não era utilizado na área de trabalho.

O coração de Hillary acelerou.

— Pai — disse ela com a voz suave.

— Hillary — chamou, surpreso. — Como você está? O que aconteceu com você? O diretor...

— Eu preciso de sua ajuda — interrompeu, fechando os olhos.

— Você está ferida? Alguém a feriu?

Ele parecia estar nervoso, pois, desde o dia em que o diretor fora visitá-lo, ele não tivera mais nenhuma notícia da filha. O aperto no coração de Hill foi grande, e ela se perguntava se essas perguntas eram sinceras, se ele realmente gostaria de saber as respostas. Ela desejava que sim.

— Eu estou bem. Pai... não sei como te explicar isso agora, ainda mais por ligação, mas preciso que o senhor confie em mim.

— O diretor veio aqui e falou que você está com distúrbios mentais...

— É tudo mentira. Não acredite em nenhuma palavra dele — disparou.

— O quê? O que está acontecendo, Hillary?

Seu nervosismo era aparente.

— O diretor trabalha para o Júlio Cohen, presidente de Zeligaia. Ele se infiltrou na corte para saber de tudo o que acontece em nosso reino em primeira mão.

— O quê? Isso é uma acusação séria, Hillary.

— Nós temos como provar. Precisamos da sua ajuda...

— *Nós* quem?

Hillary encarou Johannes, e ele acenou com a cabeça para que continuasse.

— Por favor, confie em mim ao menos essa vez — suplicou ela.

— Eu... continue.

Ela nunca vira o pai travar em uma fala. Ele lhe deu esse voto de confiança. Hillary sorriu.

— Preciso que o senhor mande o serviço secreto para prender um homem que lhe dará as provas sobre o diretor. Sei que é estranho pedir isso, mas não estou mentindo. Eu estou com ele aqui neste exato momento em Pitagária, mas não se preocupe, estou acompanhada. — Ela sorriu para Johannes. — Preciso que faça isso hoje. Não podemos perder nenhum segundo. O pacto de não-agressão entre Zeligaia e Karsia será quebrado. Não podemos perder um segundo. A guerra se aproxima.

A ligação ficou silenciosa. Hillary estava nervosa e preocupada assim como Johannes. O Sr. Baker estava tentando entender a situação.

— Eu preciso de provas, Hillary — disse ele, depois de alguns minutos.

— Essa pessoa é a prova.

A respiração de seu pai ficou irregular. Ele queria dar esse voto de confiança, mas o que estava pedindo envolvia seu trabalho.

— Você está em Pitagária, por quê? — perguntou ele, tentando entender.

— Eu prometo que irei te contar cada detalhe, mas antes preciso que o senhor faça isso por mim. Pelo nosso reino.

A ligação ficou silenciosa por longos minutos que mais pareciam horas.

— Espero que esteja certa — disse ele. Hillary sorriu para Johannes. — Mande-me o endereço e, quando o serviço secreto estiver chegando aí, retorno a ligação para vocês saírem. Vocês não podem estar presentes, se não terão de ser investigados, e eu terei de dizer que foi a palavra de minha filha que me fez agir assim. Vou dar um jeito, mas por enquanto fiquem onde estão, seja lá com quem você está.

Hillary lhe passou o endereço completo e disse com regozijo:

— Obrigada, pai. De verdade, obrigada. Esperarei sua ligação.

Hillary sorriu e desligou. Johannes a encarou à espera. Ela somente assentiu e se sentou no sofá.

— Ele vai retornar quando tivermos de sair.

Johannes se sentou ao lado ela. Ele a puxou para perto, passando seu braço envolta de sua cintura. Hillary se aconchegou e deitou sua cabeça em seu peito. Do lado de fora, uma tempestade açoitava a cidade.

— Você é magnífica — elogiou, sorrindo. — E toca maravilhosamente bem.

— Mãos leves e rápidas — brincou ela, lembrando de quando disse essa mesma frase quando estavam na arena lutando.

Ele se inclinou e beijou o topo de sua cabeça.

Hillary pegou sua mão direita e com delicadeza tirou a luva. Começou a traçar uma linha imaginária pelos belos espirais negros que cobriam seus dedos até chegar no símbolo de seu elemento. O cristal de gelo. Aquele magnífico cristal que parecia que nunca a deixara e nunca a deixaria. Como se estivesse sempre ao lado.

— Vou dizer a seus amigos e ao Graham o que está por vir. Não teremos muito tempo a partir de agora. Vamos reunir nossas forças para impedir o ataque — afirmou ele.

Hillary assentiu.

— Iremos sair da cidade assim que seu pai ligar.

— Você acha que o mago guerreiro nos viu? — perguntou ela.

— Acredito que não. Eu *espero* que não.

Johannes começou a acariciar o braço de Hill com seus dedos leves e quentes.

— Então você joga pôquer — disse ele, sorrindo.

Hillary sorriu.

— Jogo desde criança. Aprendi com uns amigos que fiz no bairro leste de Báshi — disse ela. — Nós jogávamos a noite inteira e emendávamos no dia. Nossas apostas não eram em dinheiro, claro. Éramos crianças. Os jogadores que perdiam tinham de pagar prendas ridículas.

Johannes gargalhou.

— Pelo que vi hoje, você é ótima. Conseguiu fazer aquele dali quase se ajoelhar aos seus pés — alegou, apontando para Ronyele.

— Tive de pagar muitas prendas para me tornar boa.

Os dois riram.

Então ficaram em silêncio por um tempo, contemplando o plano que acabara de dar certo. Tudo estava correndo bem, mas havia algo que estava em seus caminhos. Algo que o destino lhes predestinara. E nada parecia se desviar disso.

— Eles estão se realizando — sussurrou ela.

Johannes colocou as mãos nas laterais do rosto dela a erguendo e a encarou direto nos olhos.

— Não deixarei esses sonhos a matarem — afirmou ele, com convicção, fazendo os olhos dela brilharem, depois a beijou.

34

Início do pesadelo

Horas se passaram até a ligação chegar. O Sr. Baker ligara e mandara os dois saírem para que o serviço secreto pudesse pegar Ronyele e o levar para a investigação. Ele era a única fonte de conhecimento dos crimes cometidos pelo diretor de Pitskarsia.

Assim que a ligação viera, os dois saíram apressados. A madrugada veio e com ela uma tempestade. As ruas estavam vazias, tudo estava adormecido. Os dois pararam na entrada do hotel, contemplando a chuva forte que inundava as pistas. Johannes tirou seu paletó e cobriu os braços nus de Hillary.

– Onde você estacionou o carro? – perguntou ela.

– Dois quarteirões daqui. Desculpe. A chuva me pegou de surpresa – respondeu, passando seu braço pelos ombros de Hill.

Os dois caminharam pelas ruas alagadas da cidade de Pitagária indo em direção ao carro que ainda estava longe. Hillary, por um momento, olhou para trás e viu duas figuras de túnicas negras caminharem em suas direções. Seu coração acelerou, tornando seus passos mais apressados. Hillary apertou a mão de Johannes e sussurrou:

– Tem dois magos encapuzados atrás de nós.

Johannes segurou a mão de Hillary com mais força e começou a andar mais rápido, depois a correr.

Seguiram pelas ruas encharcadas, com os magos os seguindo na mesma velocidade. Todos estavam na parte da cidade em que se encontrava a maior parte dos prédios. As ruas tinham uma largura minúscula e não havia calçadas. Havia poucas luzes, e os prédios formavam um imenso corredor pela frente. Eram altos e sem espaço entre eles, o que limitava a fuga, pois só podiam correr para frente. Os prédios eram pobres, feitos de pedra e antigos. Havia algumas portas de madeira, mas todas estavam fechadas.

O vestido não facilitava a fuga, mas o desespero fez Hillary correr como nunca tinha corrido antes, apesar de Johannes a estar ajudando. Um dos magos materializou seu cajado feito de bronze em sua mão, o mirou na direção dos dois fugitivos à sua frente. Fez uma rajada de vento forte para que Hillary e Johannes fossem carregados para trás.

Johannes materializou seu cajado, deixando Hillary impressionada. Era feito de gelo puro, e no seu topo uma mão de gelo crescia segurando um belo cristal que saía fumaça por causa do frio. Ele mirou o cajado à frente e fez uma imensa parede de gelo para que o vento não atravessasse. Em seguida, colocou-se de costas para a parede e abraçou Hillary, protegendo-a do frio e das rajadas de vento cortante que a deixou de lábios roxos.

Rápido demais.

Estava tudo acontecendo rápido demais.

Quando o vento devastador cessou, voltaram a correr. Os magos guerreiros estavam a cinquenta metros atrás deles, porém pareciam correr muito rápido, pois o vento ajudava ao mago do elemento do ar a correr com mais facilidade, porém a chuva o impedia de alcançá-los. O que os fazia ganhar tempo para sair da maldita enrascada.

O outro mago materializou seu cajado feito de madeira, pois seu elemento era a terra, e o mirou com ferocidade em direção aos fugitivos. Do chão, começou a crescer plantas com grossas raízes, uma delas agarrou a perna direita de Hillary, fazendo-a cair bruscamente no chão, cortando suas mãos. Logo após, outra raiz se enrolou na sua perna esquerda a prendendo no chão e a apertando com força.

— Johannes! — gritou ela, desesperada.

Ele mirou seu cajado e cortou as raízes com uma rajada de gelo cortante, sem a machucar. Mesmo assim, outras cresciam, sedentas por capturar qualquer coisa que passasse perto delas. Johannes mirou seu cajado no chão e fez sair dele uma grande quantidade de gelo cortante, porém, além disso, ele congelou o chão, impossibilitando que outras crescessem e tornando o chão escorregadio. Emendando no feitiço, o homem levantou seu cajado e fez nascer um grande paredão de gelo de uma ponta a outra dos prédios, impossibilitando qualquer um de passar, pelo menos por um tempo. Era o que eles precisavam:

Tempo.

Johannes correu em direção a uma das portas de madeira e a abriu com magia. Pegou o braço de Hillary e a colocou dentro do prédio.

— Eu vou desviar eles. Se proteja e me encontre na Grande Biblioteca — disse ele, ofegante.

— Como vai fazer?

Ele criou a imagem de Hillary ao seu lado da forma como ela de fato se encontrava. Toda desgrenhada. Lembrou-se da aula de Alquimia, em que o professor Graham Jones ensinou aos alunos a tática de criar ilusões na realidade, porém magos experientes conseguiam distinguir o que era real ou não.

— Eles não vão acreditar — afirmou ela.

— Eu sei, mas te dará tempo para sair daqui.

Ele a empurrou para dentro e fechou a porta, depois continuou a corrida com a Hillary falsa ao seu lado. Esse feitiço exigia muita concentração, mas Johannes estava preparado para o que viesse. Faria de tudo para protegê-la.

O mago do elemento da terra fez crescer enormes raízes que se enrolaram no paredão, quebrando-o, e o do ar fez sair de seu cajado uma onda de vento como se várias facas estivessem perfurando a muralha de gelo, fazendo-a se partir em vários pedaços pequenos, caindo no chão como poeira de gelo. Johannes, vendo que a muralha já estava no chão, começou a correr mais rápido, com a imagem de Hill ao seu lado.

Correndo.

Correndo.

Vendo que o chão estava alagado, usou isso a seu favor. Congelou a água para que os magos guerreiros deslizassem durante a correria. Johannes levantou seu cajado, virou-se para os magos com impetuosidade e com fúria nos olhos, recolheu os pingos de chuva que caíam de céu e os fez virar lâminas afiadas de gelo. Mirou o cajado na direção dos magos e as milhares de facas de gelo correram em direção aos guerreiros com muita ferocidade.

O mago do ar levantou uma cortina de fumaça e a fez girar como um furacão, dissolvendo todas as facas de gelo. Depois, a fez cair no chão novamente como pingos de água. Johannes os encarou, possuído de raiva, mas o que avistou nada lhe agradou, pois só lhe trouxe preocupação e desespero. O mago da terra desapareceu, deixando somente o do ar para combatê-lo.

A fúria se dissolveu, e o medo apareceu.

Hillary entrou correndo prédio adentro. O lugar estava empoeirado como se não fosse limpo havia dias. Um longo corredor se estendia, com longas escadarias que subiam em espirais, tudo parecia ser feito de madeira, o que fazia muito barulho quando seus sapatos se encontravam com o chão.

Hillary não subiu as escadas, tentando encontrar a porta do outro lado do prédio para sair na rua oposta à que Johannes estava. Ela passou por vários cômodos vazios, salas de funcionários da limpeza, longos corredores e escadarias que a levaria aos apartamentos.

Depois de passar por vários outros cômodos, ouviu passos atrás de si que vinham dos cômodos anteriores. Seu coração gelou, fazendo-a andar mais rápido. Quando estava abrindo uma outra porta para encontrar o próximo cômodo, a porta que a fez entrar nele se abriu e de lá entrou o mago da terra com seu cajado de madeira e olhar predatório.

Hillary disparou a correr. Vendo que não sabia mais onde se esconder, começou a subir as escadas o mais rápido que conseguia, deixando o blazer de Johannes cair sobre o chão. O mago guerreiro a acompanhou na corrida com um maldito sorriso no rosto.

Mesmo estando muito abaixo dela, fez um dos degraus que estavam acima dela se mover, e, quando seus pés tocaram o degrau, ela caiu nas escadas, abrindo um corte profundo em sua testa. Mesmo diante de tal situação, segurou-se no corrimão, levantou-se aflita e voltou a correr escadaria acima, mesmo com a tontura que a queda lhe proporcionara. O mago guerreiro não parecia estar preocupado com a correria, pois sabia que iria pegá-la.

Hillary se encontrou em um longo corredor com várias portas de madeira. Testou a primeira, a segunda e a terceira, mas estavam todas trancadas. Quando testou a quarta, ela se abriu. A moça adentrou a sala escura, que estava sendo iluminada somente por um pequeno abajur sobre uma mesinha ao lado do sofá.

Colocou-se atrás da estante, pegou a adaga do boldrié e esperou. Estava ofegante, de seu cabelo caía pingos de água, e sangue escorria de sua testa e bochecha até cair em seu vestido. Hillary começou a ouvir passos pelo corredor e tapou a boca com as mãos para que sua respiração não fosse ouvida. Seus treinos a ensinaram a lutar, mas não ensinaram a verdadeira adrenalina do combate. Por isso, estava com medo.

— Eu consigo sentir você, garotinha. Sinto a água de seu belo cabelo cair sobre esse piso de madeira. Você não tem como se esconder de mim — disse ele, rindo.

Hillary olhou em volta e percebeu que nela havia várias garrafas de bebidas sobre uma mesa que poderiam ajudá-la no combate.

Esperava que sim.

— Saia de seu esconderijo, garotinha.

Aproximou-se de Hillary, porém ela saiu em disparada, empurrando-o para trás com força e vivacidade. Ela disparou golpes frenéticos e precisos contra o mago com sua lâmina. Ele desviou de todos, mas um acertou seu braço, abrindo uma longa e profunda ferida.

O homem gemeu de dor, o que fez sua raiva aumentar. O mago se aproximou dela como um touro atrás de sua presa. Ergueu seu cajado e, com magia, jogou-a no chão. Sua adaga caiu e rolou para longe de si, deixando-a indefesa. Ela gemia de dor por causa da pancada. Seu braço recebeu todo seu peso com a queda, e sua cabeça estava girando.

Das portas laterais da sala, saíram duas crianças curiosas para saber o que estava acontecendo, mas, ao ver o mago de preto, seus olhos brilharam com o verdadeiro terror e muito medo. Da porta ao lado saiu um casal preocupado com seus filhos. Eles os agarraram e, por um breve momento, encaram Hill com olhos arregalados.

— Saiam! — gritou Hillary.

A tontura estava se esvaindo.

A garota saiu engatinhando em direção à mesa, e, quando se levantou, o mago a pegou e a prensou contra a parede segurando seu pescoço a asfixiando. Ele a estava sufocando pela raiva que estava sentindo por causa do grave ferimento em seu braço.

Ele a apertou.

Seus olhos eram o poço da fúria.

Um poço sem fim.

— Você vai me matar. — Foi a única coisa que conseguiu falar enquanto se debatia em seus braços.

Ele a soltou e ela caiu contra o chão. Tentando controlar a respiração, levantou-se e tentou pegar novamente a garrafa, pois sua adaga estava muito longe.

O mago se aproximou dela para agarrar seu braço e levá-la para fora. Hillary se virou a tempo e quebrou a garrafa na cabeça dele com força. O mago cambaleou para trás e prensou o grave corte em sua testa que sangrava. Ficou possuído de raiva, mas Hillary não esperou para ver qual seria sua próxima reação. Ela já estava correndo para tentar fugir.

Quando chegou à porta, o oponente a empurrou no chão, colocou-se sobre ela, prendendo seus braços com uma mão e com a outra lhe deu um forte soco no rosto, fazendo sua boca sangrar. Hill se virou com olhos de águia possuídos de raiva e cuspiu sangue nos olhos do mago.

— Isso não foi legal — ele falou, limpando-se, enquanto ela se debatia para sair.

Johannes ficou desesperado, e não sabia se iria atrás de Hill ou continuava com seu disfarce e matava o guerreiro. Os dois magos lutavam com força. Um fazendo rajadas de ar, que mais pareciam como lanças por causa da velocidade, e Johannes lançava uma saraivada de gelo cortante.

O mago do ar se aproximou de Johannes pelas correntezas do ar. Os dois ficaram se olhando por um tempo, até que uma porta ao lado do guerreiro se abriu e de lá saiu o mago da terra com Hillary em seus braços sangrando, mas consciente. Ele a segurava pelo pescoço, impossibilitando-a de sair. Quando Johannes a viu, desfez a imagem de Hill e tentou se aproximar, mas o mago o fez parar com um vento forte que o lançou para longe.

— Então é você que estava a ajudando a fugir esse tempo todo, professor? — perguntou o mago do ar com sarcasmo.

— Soltem-na ou juro que a morte de vocês será lenta e dolorosa — ameaçou Johannes em meio a raiva.

Ele não podia avançar, senão o mago da terra a machucaria ainda mais. Terror brilhava nos olhos dela enquanto o sangue borrava seu rosto.

— Acho que está rolando mais coisas aqui — disse o guerreiro do ar, sorrindo malicioso.

Ele mirou seu cajado em direção a Hill e tirou dela todo o ar de seus pulmões, fazendo-a se debater nos braços do guerreiro a procura de ar. Essa magia era muito difícil, mas poderia ser feita quando só se tinha uma vítima. Johannes, vendo-a sufocar, agiu lançando no guerreiro uma rajada de gelo, porém foi bloqueada pelo escudo do mago. Depois que já estava desfalecendo, o mago a deixou respirar e deu uma risada sarcástica. Hillary inspirava grandes quantidades de ar e expirava pela boca, espirrando sangue por entre os dentes.

— Como imaginei... parece que o professor se apaixonou pela aluna — completou ele com escárnio, fazendo o mago da terra cair na gargalhada.

— O que será que o diretor vai fazer quando descobrir que foi você que a ajudou a fugir? Quer dizer, neste momento ele já sabe. Todos nós esperávamos mais de você, Senhor do Gelo. Mesmo assim, você escolheu ser professor. Patético.

Johannes estava possuído de raiva, seus olhos se enchiam fúria e de suas mãos saíam fumaças de gelo. Ele percebeu que o mago do ar já havia comunicado mentalmente ao diretor que ele estava com Hill, mas isso não o perturbava, mas sim ver Hill com a boca sangrando e com um corte profundo na testa. Arrependeu-se amargamente de tê-la deixado sozinha.

— Sabe, o diretor nos encarregou de levá-la viva para Pitskarsia, mas ele não disse para fazermos o mesmo com quem a ajudou a fugir — disse o mago do ar.

O mago da terra se virou com Hillary nos braços e a jogou no chão molhado com tanta força que ela não conseguiu se mover. Estava fraca demais.

Eles pretendiam matar Johannes. Dois contra um.

Os magos se viraram e partiram para a luta contra o Senhor do Gelo.

Johannes, vendo o estado de Hill, disparou com todo seu fúria, e o mago do ar, vendo que enfurecera o Senhor do Gelo, pela primeira vez sentiu medo. Usou de sua melhor tática, mas que não o levava para muito longe, pois somente um Senhor do Ar poderia usar essa magia com precisão. Ele se transformou em vento, teleportando-se para os melhores lugares na ânsia de atacá-lo. Enquanto o mago da terra fazia nascer do chão raízes que agarravam seus pés para impedi-lo de lutar contra o outro guerreiro.

Johannes girava e lançava seu gelo cortante em todas as direções em que vislumbrava, mesmo que por pouco tempo, o vulto do mago do ar que lhe lançava fortes rajadas de vento que mais se pareciam com socos.

Não enxergava direito. A chuva e os ventos embaçavam sua vista, enquanto podia ouvir a risada esganiçada do mago que desaparecia e reaparecia com mais socos de magia.

As raízes que se enrolavam em suas pernas o impediram de se mover, por isso lançou o gelo cortante nelas, mas havia tantas que não conseguiu deter todas. Mais raízes nasciam por entre as rochas e o prendia. Enquanto o mago do ar investia ainda mais.

Estavam se divertindo.

Uma raiz agarrou seu braço, outra se enrolou em volta de sua barriga com força, e mais e mais raízes vinham. Ele queria expandir seu poder para atacar o mago do ar em qualquer lugar que estivesse, mas não podia. Hillary estava deitada, desfacelida em algum canto daquela rua alagada. Se fizesse isso, iria matá-la.

Mas o que iria fazer?

Como sairia daquela merda para salvar a vida de sua parceira?

Hillary conseguia ouvir o grito cortante dos ventos e sentir o chão tremer com a fúria das raízes se libertando. Com dor, ela conseguiu virar a cabeça para ver a luta e o que viu machucou tanto que ela queria gritar.

Seu parceiro lutava com desespero. As raízes já estavam por todo seu corpo, e mesmo assim não desistia de lutar. O cajado, quase pendendo de sua mão, lançava feitiços contra o mago do ar que desaparecia e reaparecia com poucos arranhões no corpo.

Hillary tentou se levantar, mas quando foi jogada contra o chão bateu com a cabeça, por isso estava tonta. Tentou mais uma vez, e a única coisa que conseguiu foi se sentar. Olhou de suas mãos para Johannes e sentiu tanto ódio por não ter mais seus poderes.

Se o diretor estivesse ali na sua frente naquele momento, o estriparia vivo.

Ao olhar para Johannes, viu, em meio aos ventos e a chuva, uma raiz se enrolar em seu pescoço e apertar. O cajado desapareceu. Conseguiu ouvir o gemido de dor de seu parceiro. As lágrimas caíram em seu rosto.

Droga! Droga!

Hillary então se lembrou da pequena adaga que estava em seu calçado. Aquela que Johannes lhe dera quando ela própria julgara desnecessário. Se levantou, mesmo que suas pernas estivessem fracas e que sua cabeça doesse. Johannes estava morrendo e ela não podia deixar isso se concretizar. Não podia nem sequer pensar nisso.

O que ninguém esperava era que ela estivesse acordada.

Hillary avançou. Com a adaga na mão, mirou as costas do mago da terra. E então enfincou a lâmina entre suas costelas, mais profundo até dilacerar o pulmão.

Ela sabia onde mirar. Sabia porque magos eram obrigados a estudar anatomia e porque era boa com lâminas.

Hillary era uma maga, mesmo que não tivesse poderes, era uma maga porque a verdadeira magia estava dentro do seu coração e o conhecimento dos antigos dentro de sua mente. Nada nem ninguém poderia lhe tirar isso. Era uma guerreira sem espada e uma maga sem cajado.

O mago da terra sufocou e despencou no chão. Hillary olhou para Johannes e viu as raízes desfalecerem e ele se levantar.

Com ódio e fúria.

Mirou seu cajado no mago do ar que havia parado por um milissegundo para encarar o cadáver aos pés de Hillary. Um tolo! Johannes aproveitou e investiu. O gelo girou em volta do pescoço do mago, e num piscar de olhos, Hill o ouviu estralar. O mago caiu no chão com a cabeça virada ao contrario.

Johannes correu até Hill e a abraçou.

— Hill, me perdoe, por favor, me perdoe! Eu não devia tê-la deixado sozinha — disse ele com a voz rouca enquanto Hill afundava mais e mais o rosto em seu peito.

— Achei que iria te perder.

O homem segurou o rosto de Hill entre suas mãos e a afastou de seu peito. Seu rosto inteiro sangrava. Os cabelos estavam encharcados pela chuva, e seus olhos, pelo amargor. O coração de Johannes se despedaçou. Ele curou suas feridas e voltou a abraçá-la debaixo da chuva.

— Está tudo bem agora. Estamos vivos — disse ele com lágrimas nos olhos.

Hillary havia provado como era matar. Havia sangue em suas mãos.

Aquilo era a guerra.

— Vamos embora — pediu ela.

Johannes assentiu. Passou seu braço pela cintura dela e a guiou em direção ao carro.

Tudo havia mudado. Eles estavam vivos, mas por quanto tempo?

A guerra havia começado.

35

Verdadeira face

No final da tarde do dia seguinte, Isla e Myles estavam correndo em direção à sala de poções. Corriam, desviando-se de todos os alunos que por ali vagavam, não se importando se iriam achar estranho ou inadequado, ou mesmo se a coordenadora brigasse. Eles tinham um destino e nada os impediria.

Desceram as escadarias e avistaram uma multidão de alunos saindo da sala de poções. Fim de aula. Espreitaram-se em meio aos alunos do quarto ano e adentraram à sala ofegantes.

Lá estava ele. O motivo da correria. Em pé, organizando os frascos de poções deixados na mesa, estava Graham Jones, o mestre da Alquimia. Depois que eles adentraram na sala, Myles fechou a porta atrás de si. Graham os encarou, aliviado, como se já soubesse da notícia. Aproximou-se e se colocou diante dos alunos.

— Está próximo — disse Graham, com pesar nos olhos.

— Está próximo — repetiu Myles, confirmando que já sabiam das notícias.

— O que faremos agora, professor? — interrompeu Isla, com preocupação.

— O governo irá impedir o ataque. Eu espero.

— Isso é o que esperamos — disse Myles.

— Os sonhos deles mostram que a guerra vai se estender até Pitskarsia. Rezemos para que não — confessou o professor.

— E quanto ao diretor? Ele é realmente quem imaginamos que era. Estava prestes a... *matar Hillary*, e agora nós sabemos o porquê — confessou Isla, com raiva nos olhos. — Ele queria impedir que Karsia fosse avisada sobre o ataque da Aliança-Fati e se juntasse à Aliança Iluminada. Por isso está fazendo de tudo para encontrá-la.

— Sim. Esse é o motivo para ele ter bloqueado os poderes dela também — confirmou o professor.

— Como agiremos contra uma pessoa que sabe tudo de nós? Sabe quem somos e como tomaremos as decisões. Ele conhece as nossas táticas. Ele nos treinou — falou Myles, tentando achar uma saída para a questão.

— Teremos de montar novas táticas.

— Como? — disparou Isla.

— Primeiro teremos de esperar que o diretor saia de Pitskarsia. Depois, faremos nosso plano. Porque com ele aqui não poderemos fazer nada.

— Espero que o Sr. Baker tenha cumprido com sua palavra — disse Myles.

— Eu também — afirmou Isla.

Do lado de fora, o som de muitos alunos correndo inundou a sala. Todos pareciam eufóricos. Graham encarou a porta com um ponto de interrogação nos olhos. Ele a abriu e vislumbrou muitos estudantes seguindo em direção ao Grande Salão. Todos com curiosidade nos olhos.

Aquilo nunca acontecia em Pitskarsia, ainda mais durante à noite. Myles saiu e puxou um garoto calouro pelo braço. O garoto ficou com os olhos cheios de medo, pois parecia que nunca havia falado com um veterano. Myles dava medo nos mais novos quando estava com raiva.

— Por que estão todos correndo assim? — perguntou Myles.

— Disseram que é uma briga — confessou o calouro.

— Uma briga não causaria esse alvoroço todo — replicou Graham.

O menino se encolheu, mas admitiu:

— Disseram que envolve o Senhor do Fogo.

Os três na sala ficaram perplexos. Entreolharam-se e o medo passou pelos olhos de Isla. Myles deu a partida, e os três correram em direção a possível briga. Andaram por corredores, desceram a escadaria e atravessaram o Grande Salão, mas a confusão estava acontecendo no gramado, em frente a Pitskarsia.

Os três, sempre juntos, espremeram-se na multidão de alunos e professores para chegarem ao cerne do acontecimento, onde tudo acontecia. Onde muitos alunos com olhos curiosos e espantados estavam.

De um lado, havia vários magos guerreiros que trabalhavam para o exército, e entre eles também policiais armados. Logo atrás, havia três carros blindados. Do outro lado estavam os professores tentando fazer com que os alunos adentrassem na universidade, mas não estavam conseguindo ter sucesso. A coordenadora Ravena estava à frente de todos, protegendo os alunos com seu escudo mágico. No meio de todo alvoroço, estava o diretor.

A impetuosidade e a raiva estavam em seu olhar, e seus movimentos mostravam a hipocrisia que ele carregava, pois não mais se esconderia na face de um diretor bom. Ele mostraria quem era de verdade: o mago que trabalhava para a Aliança-fati. Ele havia sido descoberto e não tinha mais nada a esconder.

Os guerreiros estavam com receio de se aproximarem do Senhor do Fogo, mas o que ele fizera lhes deu impulso para proteger o reino da besta que enganara a todos com seu carisma e persuasão. O diretor era o emissário dos magos em Karsia. Fazia parte da corte. Era amigo do rei e do primeiro-ministro. Agora mostrara sua verdadeira face.

O maldito manipulador.

Os guerreiros se aproximaram com ímpeto em seus movimentos. O diretor levantou seu cajado e os empurrou, fazendo-os cair vários metros longe de onde estavam. Com esse poder e magia, o diretor acertou também o escudo que Sra. Ravena estava projetando para a proteção dos alunos, causando um clarão catastrófico. Eles gritaram de terror e medo.

A raiva subiu pelos olhos da coordenadora. Ela não tinha mais medo, não tinha mais temor, mas o sentimento fora substituído por ódio e rancor, mesmo quando os alunos estavam com medo. Ela nunca mais os deixaria nas mãos daquele que se nomeara o diretor de Pitskarsia. Ela mudara, juntamente com sua fidelidade.

O diretor não estava mais com seu habitual cajado. Aquele forjado em chamas laranjas e vermelhas. Seu cajado agora era como um flagelo de fogo negro, como se o antigo estivesse o tempo todo escondido por debaixo de todo carisma e bondade. Aquele era o ex-diretor de Pitskarsia, o Senhor do Fogo Negro.

Seu olhar agora era rancoroso, seus movimentos eram calculados e seu cajado exibia o mais maligno da magia. Ele consumia o poder dos espíritos e o prendia em sua alma por mais poder e magia. Seus olhos agora possuíam o peso da morte.

— Hipócrita! — gritou Ravena. — Fique longe dos meus alunos!

O diretor a encarou com um sorriso monstruoso nos lábios.

— Uma vez no inferno, só o diabo poderá te ajudar — disse o diretor. Ele olhou em volta e, com impetuosidade, gritou: — Eu voltarei, e Karsia cairá.

O medo e o terror reinavam nos olhos dos alunos e dos guerreiros ali presentes. O diretor levantou seu cajado e, com força, o fez colidir com o chão. Seu corpo se transformou em chamas negras, e, com um piscar de olhos, ele não estava mais presente. Todos ficaram boquiabertos. Os mais novos começaram a chorar de medo enquanto os professores forçavam todos a entrarem. Os mais velhos estavam com a raiva e com terror fervilhando em seus passos.

Myles, Isla e Graham tinham quase certeza de que o diretor não seria pego com facilidade, e ainda mais com uma plateia. O diretor estava esperando o momento certo para mostrar seu poder e sua ira. Sua grandiosidade e magnitude. Isso só poderia ser revelado na guerra. Myles segurou firme a mão de Isla e, com surpresa e convicção nos olhos, disse:

— O santuário é dele.

Isla o encarou, boquiaberta.

— O santuário é dele — afirmou ela com a voz rouca.

— Que santuário? — perguntou Graham.

Myles e Isla se entreolharam e assentiram um para o outro em uma conversa silenciosa.

— Venha conosco — disse Myles ao professor.

O homem assentiu, então eles partiram em direção aquela sala subterrânea do castelo, que havia muito tempo não visitavam. A quantidade de alunos dificultava a locomoção, por isso eles tiveram que se espremer para conseguir atravessá-la. Isla estava entre os dois, mas, quando avistou uma figura masculina distante reconhecida, parou com o coração palpitando.

Ela não acreditava no que estava vendo.

— Aquele é o...

Graham, que estava atrás dela, parou e mirou seu olhar para onde Isla estava com o seu fixado. Ele ficou perplexo.

— O Sr. Baker — afirmou ele.

Os três, que antes estavam indo à sala secreta, agora estavam indo em direção ao pai de Hillary, que ficara o tempo todo escondido em um sobretudo longo e de capuz para não ser reconhecido. O que dera certo, até agora. Os três se aproximaram dele, mas, ao notar que fora visto, o senhor Baker começou a andar em outra direção, tentando despistar os três.

Myles começou a correr em sua direção. Ele se colocou na frente do pai de Hillary e o encarou com os olhos cheios de dúvida.

— O senhor não sabe o quanto foi perigoso estar aqui esta noite? — perguntou Myles.

— Você é amigo de Hillary? — perguntou o pai, reconhecendo as feições de Myles, que vira quando era apenas uma criança.

— Nós somos — disse Isla.

— Por favor, vocês podem me explicar o que está acontecendo? — suplicou ele, voltando seu olhar ao mestre da Alquimia.

— O senhor pode nos acompanhar? — perguntou Graham.

O pai de Hillary parecia tão desesperado por respostas que não se opôs ao pedido. Ele assentiu e Graham os levou para seus aposentos em Pitskarsia.

O pequeno apartamento possuía uma sala conjunta com a cozinha. Era bem aconchegante e cheia de frascos para poções e grimórios espalhados por todo o cômodo. Graham ofereceu o assento ao Senhor Baker em uma poltrona, enquanto Myles e Isla se sentaram no sofá à sua frente.

— Vinho, senhor Baker? — ofereceu Graham.

— Não, obrigado. Eu só... gostaria de algumas respostas — pediu com o olhar desesperado.

— Claro.

Graham se sentou ao lado de Myles.

— Meu nome é Isla, esse é o Myles e esse é o nosso professor Graham Jones. Somos amigos de Hill. — Apresentou-se.

— Vocês já devem saber que sou o pai dela.

— Nós sabemos — disse Graham. — E sabemos o que o senhor fez para nos ajudar.

— Então vocês sabem como Hillary descobriu sobre o diretor? Por favor, estou desesperado por respostas. Minha filha me liga de madrugada pedindo ajuda para um caso exclusivo da corte. Um caso de extrema importância. Por que ela?

— Iremos te explicar — disse Graham, tentando acalmá-lo.

Os três começaram a narrar todos os acontecimentos desde o início. Falaram dos sonhos, sobre ela ser uma profeta e que também não tinha mais seus poderes porque o diretor os havia bloqueado e a trancafiado no castelo. Discutiram sobre como fugiu e quem a estava ajudando. O pai dela ficou boquiaberto com todas as informações, e com raiva do diretor porque havia mentido para ele sobre Hill estar doente. Ele a havia ferido no seu mais íntimo, tirando seus poderes. Aquilo que a fizera superar a morte da mãe. Tristeza e pesar estavam nos olhos do Sr. Baker.

— Por favor, quando ela chegar falem a ela para ir me encontrar — pediu o pai.

— Nós iremos — confirmou Isla.

— Ela não pode ir a essa...

— Ela não vai — interrompeu Isla. — Ela não vai à guerra.

Todos a olharam e confirmaram, apesar de saber que seria difícil convencer Hill. O pai dela assentiu em agradecimento.

36

Preparativos intensos

Mesmo estando de madrugada, os três não desistiram de atravessar o Grande Salão para encontrarem o santuário. Depois que o pai de Hill saíra, os três partiram às pressas. Desceram a grande escadaria e foram ao corredor das pinturas antigas. Corredor este que não tinha saída e que não possuía porta alguma.

Myles caminhou até a última pintura, esta que representava o cavaleiro de fogo, o Senhor do Fogo. Ele a tirou da parede e com magia abriu a porta secreta. Graham ficou impressionado com a curiosidade de seus alunos. Os três desceram as escadas estreitas e frias que cheiravam a mofo. Graham analisou vários dos hieróglifos que estavam desenhados nas paredes, mesmo sem conseguir entendê-los. Aquilo continha magia poderosa para estar esse tempo todo debaixo de seus narizes e eles não perceberem.

Apenas uma pessoa notou...

Quando chegaram ao centro do recinto, algo havia mudado. Isla ficou petrificada enquanto Myles rondava a sala. Nada! Não havia livro algum. Só havia os símbolos no chão e o altar, mas tudo estava vazio.

— Este lugar possuía muitos livros de magia das trevas — afirmou Isla, depois de descer o último degrau e circundar a sala.

— O diretor deve ter tirado todos quando havia tempo — afirmou Myles.

— Mesmo não tendo livro algum, consigo sentir a energia negativa que este lugar tem — disse Graham, sem tirar os olhos dos símbolos no chão. — Como? Como vocês acharam este lugar?

Myles e Isla se entreolharam, mas ele quem respondeu:

— Hillary.

Graham os encarou com cautela. Seus olhos brilhavam pedindo uma explicação. Como ela havia descoberto? Por que ela?

— No início do ano, Hillary queria conhecer mais o castelo. Ela é fascinada por História, por isso queria conhecer cada canto histórico deste lugar, e nós a acompanhamos — disse Myles. — Quando estávamos em frente ao quadro do cavaleiro de fogo, ela sentiu. Era algo vindo do quadro, algo que eu ou Isla não sentimos, mas ela sim. Ela disse que era como se algo a tivesse chamando. Então descobriu a passagem e o santuário de magia das trevas. Não teríamos entrado se soubéssemos o que tinha aqui. Nem mesmo ela.

— Se não tivessem entrado, talvez nunca saberíamos que este lugar existe e que o diretor tinha um santuário de magia das trevas escondido em Pitskarsia — disse Graham.

— Quase fomos pegos uma vez — confessou Isla. Graham voltou seu olhar para ela. — Quando Hill começou a ter os sonhos estranhos, nós viemos aqui atrás de respostas.

— Ela disse que no sonho tinha alguém tentando matá-la. Um mago que praticava magia das trevas — disse Myles.

Graham ficou calado um tempo, tentando digerir todo o assunto.

— Então ela tem esses sonhos há um tempo — afirmou Graham, voltando seu olhar aos símbolos no chão.

— O primeiro veio quando tinha apenas onze anos — disse Isla.

A sala voltou a ficar silenciosa, mas a tensão não foi embora.

— Vocês descobriram algumas das propriedades da magia maligna. Isso será útil nesta guerra. — Graham quebrou silêncio.

— Ajudaremos como pudermos — afirmou Myles de prontidão.

— As coisas serão diferentes a partir de agora em Pitskarsia. — Graham se virou para encará-los. — Temos de nos preparar para esse conflito. Muitos alunos ainda não sabem seus elementos, por isso vamos impulsioná-los. Não podemos parar de treinar. Não podemos ficar esperando que o exército inimigo venha sem lutar. Há um tempo estou tentando produzir uma poção que ajuda o mago a ter mais energia, tanto para se curar quanto para a luta, mas não consigo fazer com que dure muito. A poção pode nos dar mais um pouco de força. Mesmo não sendo o suficiente, é o que temos. Vou começar a produzi-la em larga escala para todos os magos que forem lutar. Isla... preciso de você na sala de poções. Vou precisar de todos os magos que se interessam por poções. Myles... você ficará na parte do treinamento com os cajados, mesmo ainda não sabendo o seu. Sei que você é bom nas artes guerreiras.

– Ajudaremos como pudermos – repetiu Myles.

– Não podemos perder tempo. Hillary tem esses sonhos há muito tempo, mas infelizmente só agora prestamos atenção ao verdadeiro problema. Vamos fazer valer a pena esse tempo que Johannes e Hillary nos deram – disse Graham com determinação nos olhos.

Myles e Isla assentiram.

Assim começaram os preparativos para a guerra.

37

A junção dos elementos

O treinamento estava cada vez mais intenso. Agora que todos os magos acreditavam que a guerra estava próxima, partiram para o treinamento pesado. Todos os que não sabiam seus elementos tentavam impulsioná-los. Os que já sabiam, treinavam seus cajados. Isla e vários outros magos ficaram a noite inteira nas poções. Arrecadaram os ingredientes, juntaram vários caldeirões e partiram para a produção.

Quando a tarde chegara, Isla teve de deixar a sala de poções e ir se juntar aos alunos que não haviam descoberto seus elementos. Esses alunos estavam todos no gramado. Com um sinal da coordenadora, que estava nas escadas que levavam a entrada do Grande Salão, todos os alunos se sentaram no gramado com as pernas cruzadas e mão estendidas sobre seus joelhos. Abaixaram as cabeças e fecharam os olhos, concentrando-se apenas no que a coordenadora estava preste a dizer.

— Em suas mentes existe uma muralha, feita por cada um conforme vocês vão evoluindo. Encontrem essa muralha e com um toque uma porta se abrirá. Entrem no interior de vocês. Essa muralha os separa de seu próprio conhecimento. É com esse poder que vocês farão seus cajados. Toquem nesse poder. Deixem-se inundar de vocês mesmos. Sintam a energia que corre por suas veias. Deixe-a cobrir toda sua aura. Quando vocês a tocarem, o elemento lhes mostrará seus verdadeiros poderes. Suas propriedades, sua magia. Lhes mostrará o que ninguém pode ver, pois é pessoal para cada um. O elemento mostrará a sua magnitude e o sobrenatural que pertence a você. Ele revelará quem vocês são.

Muitos cajados apareceram nas mãos estendidas de seus donos. Cajados de todos os elementos. Heiron, o garoto que tinha medo de Hillary, estava com um cajado de madeira em mãos, ele era do elemento terra. Rave, a garota travessa, foi escolhida pelo elemento ar. Aisha, que achava Johannes um pedaço de mal caminho agora possuía um cajado da terra. Liana, a antiga amante de Denyel, foi escolhida pelo elemento água. Callum, o colega de Myles foi escolhido pelo elemento fogo.

— O elemento escolhe vocês, mas a partir dessa união, ele se torna vocês — continuou Ravena. — Vocês são um com ele. São um nó que não se separa. Jamais! São a junção da natureza e do universo.

Isla tentava se concentrar, encontrar a muralha e tocar em seu poder, mas não conseguia. Este parecia intocável. Ela permanecia com os olhos fechados quando uma explosão aconteceu no meio da multidão de alunos, tirando a concentração de todos.

Todos gritaram de susto. Um raio caíra do céu neblinado direto em um aluno, causando um estrondo na terra. Isla sentiu como se o coração fosse sair pela garganta. Enquanto todos se afastavam, Isla se aproximou para ver o que havia acontecido. A coordenadora saiu correndo de onde estava para ir ao encontro do aluno que sofrera o acidente. Ou o possível acidente.

Isla seguiu a coordenadora, mas, quando viu ela tapando a boca com as mãos e que lágrimas começaram a escorrer de seu rosto, Isla ficou desesperada. Não parecia que a coordenadora estava triste, mas, sim, admirada por alguma dádiva. Algo surpreendente.

Isla seguiu seu olhar, e o que avistou a deixou boquiaberta, pois foi muito mais do que imaginou. Algo realmente surpreendente. Ali estava Myles com o corpo todo energizado. Da ponta de seus dedos saíam pequenos raios. Ele parecia tão surpreso quanto os alunos que o rodeavam.

— O que é isso? — perguntou ele, com os olhos arregalados em direção a coordenadora.

Ravena tirou as mãos da boca e se aproximou de Myles.

— Diz a lenda — disse ela com um sorriso sincero no rosto —, que a cada cem anos os elementos água, fogo e ar se unem para formar um bravo e nobre guerreiro. Eles escolhem um em meio a tantos pela bondade e fidelidade de seu coração. Eles o presenteiam com o poder dos raios e trovões. É um presente dado a você. Você é o mago escolhido por três elementos para produzir a energia capaz de fazer raios.

Todos os alunos ficaram boquiabertos. Não sabiam como agir. Isla ficou completamente petrificada, mas seu coração estava cheio de orgulho e amor. Aquele era Myles, o mago dos raios, escolhido entre tantos por seu coração guerreiro e fiel, para fazer maravilhas com a quantidade de energia que seu corpo suportava.

Myles olhou para suas mãos, e seus olhos se encheram de lágrimas. Ele não se sentia digno e isso o fazia humilde de coração. Ele estendeu sua mão e nela foi projetado o mais magnífico dos cajados. O cajado do mago dos raios. Ele era de prata pura e em volta de todo seu corpo havia raios liberando energia.

Todos os professores agora se aproximavam e faziam um círculo em volta de um dos magos mais poderosos que existiam. Tão poderoso quando um senhor do elemento. Todos se maravilharam com aquele belo cajado, a forma materializada do poder de Myles.

— É uma honra termos um mago dos raios entre nós — disse a coordenadora com lágrimas nos olhos. — É uma honra.

Ela fez uma pequena reverência.

Myles ficou sem reação por ser o escolhido. Ele desviou seu olhar da coordenadora a procura daquela que ele amava. Quando a encontrou, seu coração se encheu de alegria. Isla estava com as mãos no peito e chorando de orgulho.

Os olhos se encontraram, e os dois sorriram. Isla tirou sua mão do peito e a mirou para os céus. Ela projetou uma certa quantidade de energia e a lançou para alto. Sua magia projetou fogos de artifício em comemoração à dádiva que os elementos lhe deram. Em comemoração ao presente dado ao seu amigo, ao seu amor.

Graham, percebendo a intenção, também lançou aos céus sua energia e formou mais fogos. Em seguida todos, sem exceção de nenhum mago, fizeram o mesmo. Eles eram de todas as mais variadas cores.

Todos se alegraram e se emocionaram. Gritavam e riam de alegria em comemoração ao mago dos raios que agora iria proteger Karsia. Eles tinham uma chance contra a magia das trevas, e isso era motivo para se alegrar.

Diante de tudo, os olhos de Myles não se desviaram de seu foco: o olhar de Isla. Era como se o mundo ao seu redor estivesse em um segundo plano, porque seu foco era Isla. Assim como o dela era Myles. Estavam conectados por algo muito maior. Algo que transcendiam suas almas tímidas. Unidos por algo que ultrapassava qualquer coisa existente no mundo ou nos elementos.

Unidos pelo amor.

38

Da luz de sua alma à escuridão

Depois de trabalharem a noite e o dia inteiro, os alunos foram dormir para recuperarem suas energias. Era madrugada e Isla se revirava em sua cama sem conseguir dormir, apesar do cansaço. Algo em seu dia não fora produtivo, e ela queria terminar sua missão. Não queria perder tempo.

Levantou-se da cama e colocou sua túnica cinza. Não era permitido aos alunos perambularem pela universidade de madrugada, mas ela queria fazer aquilo. E afinal, quantas vezes já não havia quebrado essa regra?

Queria descobrir o que mudaria seu futuro.

Saiu do quarto de fininho para não fazer barulho e andou até a grande escadaria do Grande Salão. Olhou em volta e percebeu que não havia guarda algum àquela noite, o que era estranho, mas aproveitou. Ela desceu as escadarias às pressas e sem olhar para trás, abriu os portões e sentiu o ar gélido da noite inundar seus pulmões. Foi ao gramado, respirou fundo e se sentou.

Isla cruzou as pernas sobre aquela grama molhada e fria, abriu suas mãos sobre os joelhos, abaixou sua cabeça e fechou os olhos. Concentrou-se para regular sua respiração e relaxar seus músculos. Depois de feito, focou em algo muito mais profundo, algo que só ela poderia ver. Aquilo que estava em sua alma: seu poder.

Isla encontrou a muralha em sua mente. Era majestosa e brilhante, e por causa dela o diretor não conseguira ler sua mente. Isla tocou na muralha e uma portaria se abriu. Havia plantas e flores por toda parte. Tudo era colorido. Isla era tímida e linda; forte e determinada; inteligente e carinhosa.

Sua mente lhe mostrava tudo o que ela era, mas havia algo no fundo que brilhava como o sol. Aquele brilho era o esplendor de seu ser. Aquilo que ninguém tocaria. Aquilo era ela.

Ah, como queria se conhecer!

Aproximou-se do globo de luz, fechou os olhos por causa da claridade e o tocou. Suas veias foram inundadas por uma energia sobrenatural. Seu coração palpitava rápido e sua alma gritava de felicidade. Seu corpo foi preenchido por seu poder, fazendo-a contrair todos os músculos e sentir cada pedaço de si. Naquele momento, conheceu-se por completo. E não sentiu medo.

Se amou.

Isla abriu os olhos e em suas mãos algo estava sendo materializado. Era o seu cajado. A materialização de sua força e magnitude. Lágrimas começaram a escorrer pelo seu rosto. Ela sorria para o seu próprio poder.

Uma bela planta se enrolava e crescia pelo cajado e em seu topo uma rosa amarela nascia. Isla acariciou aquela flor e chorou de emoção ao perceber qual elemento a havia escolhido. Aquela era a dádiva de sua vida. A comprovação de seu destino.

O elemento terra.

Isla era bela como a rosa que se enrolava em seu cajado.

Depois de vários minutos sentada admirando seu poder materializado, levantou-se e caminhou de volta para seu dormitório, satisfeita. Havia cumprido o que estava lhe causando insônia, mas algo nos corredores adjacentes lhe chamou atenção. O som de várias pessoas correndo a fez ir em sua direção. Um sussurro em sua mente a dizia para ir para a cama, mas uma curiosidade característica de Hill a inundou.

Isla subiu as escadas e caminhou até um corredor que lhe era familiar. O corredor que haviam prendido Hillary. Nele havia vários professores inquietos e discutindo algo que não dava para entender. Eles caminhavam até a sala na qual Isla e Myles haviam se escondido da coordenadora, certa vez.

Isla caminhou para mais perto e percebeu que os professores pareciam preocupados e sem sono. Seus rostos esbanjavam terror e fúria, e ela queria saber o porquê. Queria entender o que os estava perturbando, além de terem desmascarado o ex-diretor e a notícia sobre a guerra que se aproximava.

— Acordada a essa hora — disse uma voz atrás de si.

Isla se assustou e se virou. Ali estava o mestre da Alquimia, o professor Graham Jones. Isla respirou fundo e agradeceu por não ser uma pessoa que poderia lhe entregar. Isla o encarou e fez uma careta reprovando o susto que lhe dera.

– Depois do que vocês me mostraram, vou ter de me acostumar a parar de perguntar o que ficam fazendo perambulando por Pitskarsia de madrugada. Vai que vocês descobrem outra passagem secreta – disse ele, sorrindo.

– O que está acontecendo? Por que eles estão assim? – perguntou, mudando de assunto.

– Irei descobrir agora – respondeu ele. – Todos os professores foram solicitados.

Ela o encarou com súplica nos olhos para que lhe contasse tudo que descobrisse. Graham lhe encarou de volta e franziu a testa.

– Eu lhe contarei.

Isla assentiu e saiu de seu caminho. Graham fora o último a entrar e fechar a porta. Ela ficou com medo de ser algo envolvido com a guerra, por isso não conseguiria dormir até saber o que fizera os professores ficarem preocupados e inquietos.

Desceu as escadas e se sentou no último degrau à espera de Graham. A reunião durou duas horas, mas Isla continuou sentada nas escadas. Ela havia abraçado seus joelhos e cochilado em seus braços. O corpo estava todo dolorido quando começou a ouvir passos atrás de si. Levantou-se e se escondeu em outro corredor.

Os professores estavam com olheiras profundas. Sr. Dixon, professor de Magia IIII, estava com os olhos queimando de raiva. A professora de música, Sra. Sasha, com lágrimas nos olhos. Enquanto todo o resto esbanjava preocupação, Graham foi o último a descer as escadas.

Depois que todos os professores se dispersaram para seus aposentos, Graham parou ao fim das escadas e olhou em volta. Isla se aproximou, sorrateira, e seus olhos se encontraram.

– Achei que tinha desistido e esperaria por respostas ao amanhecer – disse ele com tristeza nos olhos.

– Estamos em guerra. Não podemos esperar. O que aconteceu?

Graham se pôs a caminhar e Isla se colocou ao seu lado.

– O pacto de não-agressão foi quebrado. O Portal Oásis está uma loucura, repetindo esse informativo sem parar – informou por fim. Isla ofegou. — Hiéspin, a cidade do Norte de Karsia, aquela que faz fronteira com o reino de Litúr, foi invadida. O governo mandou muitos magos guerreiros e muitos militares para proteger a fronteira, mas pelo visto não foi o suficiente. Hiéspin foi reduzida a zero com bombas muito potentes. Muitas... muitas famílias viviam ali, e agora não existem mais. Disseram que outros magos de Zeligaia praticam magia das trevas. Eles são muito poderosos. Júlio Cohen, o presidente de Zeligaia e Senhor do Ar, autorizou que seus magos usufruíssem da magia maligna para vencer a guerra. — A raiva reinava nos olhos de Graham enquanto falava e a guiava em direção ao dormitório das alunas. — Eles estão descendo para o centro de Karsia, querem invadir Báshi e tomar o poder. Eles têm dois senhores elementares...

— E nós também temos — interrompeu ela. — Temos Johannes, o Senhor do Gelo e Atena, a Senhora da Terra. Não podemos esquecer de Myles também.

— Sim...

— Temos as suas poções e um ao outro. — Os dois pararam no início do corredor do dormitório feminino. — Não vamos deixar Karsia perecer.

Graham a encarou com orgulho por ver a aluna que ele dera aula desde que era apenas uma adolescente virar uma mulher sábia.

— Não vamos — confirmou ele, dando um breve sorriso.

Graham fez uma pequena reverência com a cabeça, Isla repetiu o gesto.

Isla foi para seu quarto com o coração triste pelas pessoas que haviam sido assassinadas brutalmente em seu reino. Pessoas inocentes. A guerra começou para ela. Agora teria de deixar toda timidez e ser forte por Karsia, por sua família e pelas pessoas inocentes que morreram.

Por Hillary.

As aulas em Pitskarsia desde a fuga do diretor estavam sendo voltadas somente à luta e ao treinamento com o cajado e seus elementos. Quando o dia amanheceu Myles já estava treinando na arena com seu cajado de prata e raios. Muitos outros alunos estavam em ringues praticando seus poderes e seus escudos. Todos se esforçavam para treinar o melhor que podiam. Depois da revelação do diretor, uma energia começou a nascer nos corações de cada aluno. Aquilo era honra. Todos nasceram para ser guerreiros, e eles lutariam pelo que era certo. Lutariam e morreriam pelas pessoas que amavam. O amor e a honra era o que preenchia seus corações.

Aquilo era a mudança!

Myles auxiliava os alunos na luta, pois ele era um ótimo aluno nas artes guerreiras, enquanto Isla estava produzindo as poções que os daria mais energia quando a guerra chegasse. Todos trabalhavam para o melhor de Karsia, mesmo que o medo fosse algo real.

Os alunos mais novos da escola foram todos dispensados para suas casas e famílias, ficando apenas os da universidade, pois eram mais velhos e mais experientes com a magia. Foi dado aos alunos a opção de lutar ou não, muitos preferiram ir para suas casas, mas por honra a maioria ficara para lutar por Karsia e salvar as vidas que ali viviam.

Seu povo!

Myles treinava como nunca. Seu corpo evoluíra com a quantidade de energia que ganhara. Seus músculos ficaram fortes e seus movimentos mais precisos. Enquanto treinava com Callum, o professor Dixon, que estava auxiliando em outra luta, foi chamado por outros professores que estavam na arena para planejarem algo, pois estavam segurando o mapa de Karsia e de Pitskarsia.

Myles logo ficou curioso. Ele desceu do ringe e acompanhou o professor até chegarem a uma mesa posta no canto direito da arena. Ali estava o professor Graham, a coordenadora Ravena, o professor Dixon e dois magos guerreiros. Myles se aproximou e observou os professores discutirem posições de combate. Planejavam o campo de batalha.

Seu sangue gelou.

— Se eles avançarem para Báshi, teremos de impedi-los de chegar à corte aqui em Pitskarsia — disse um dos guerreiros.

Pitskarsia separava o norte do reino ao centro de Báshi, por isso que, para chegar a Báshi, teriam de passar por Pitskarsia primeiro. Myles logo se lembrou dos sonhos de Hill e sentiu a garganta ficar seca.

— Alguns magos da água, fogo e terra ficarão de frente do campo de batalha — continuou o outro guerreiro, apontando para o lugar específico do mapa de Pitskarsia em que aconteceria a batalha. — Outros magos do fogo ficarão no topo do castelo com flechas de chamas. Os do ar entrarão pelos flancos. Ficarão escondidos pelos ares e pela floresta até precisarmos deles.

Graham, notando que Myles espiava de longe, simbolizou com a cabeça para que se aproximasse para visualizar melhor. Myles deu um sorriso de agradecimento e se aproximou, ficando ao lado de Graham e tendo uma visão melhor de todo o mapa.

– Você é o mago dos raios? – perguntou um dos guerreiros que o encarava.

Myles assentiu.

– Você ficará à frente no campo de batalha, junto com esses outros elementos. – Apontou para os objetos que estavam sobre o mapa que simbolizavam os magos com as cores de seus respectivos elementos. Myles fora representado pela cor prata, o que lhe chamou atenção. Ele estava na frente de todo o exército. – Você e o Senhor do Gelo ficarão juntos. Aliás... onde ele está?

– Ele chegará logo – afirmou Graham.

– Certo. – Ele suspirou. – A infantaria ficará uma parte no campo e outra junto com os magos do ar para avançarem na hora certa ou quando precisarmos.

– Tenho uma ideia – disparou Myles. Todos o encararam, surpresos, mas Graham assentiu com a cabeça para que continuasse. – Podemos fazer túneis debaixo da terra. Os magos da terra e do fogo poderão fazer explosões no chão ou pior. O povo de Zeligaia só saberá o que está acontecendo quando já tivermos detonado tudo.

– Por onde começaremos esse túneis para que eles não saibam? – interceptou o guerreiro, cético.

Myles encarou Graham e sorriu.

– O santuário – disse Myles.

Graham, entendendo o plano, sorriu diante da inteligência de seu aluno.

– Que santuário? – perguntou a coordenadora Ravena.

Graham se aproximou do mapa e simbolizou para o castelo de Pitskarsia.

– No corredor de pinturas do lado leste do castelo há uma passagem secreta – explicou Graham. – Ela leva a uma sala subterrânea. Myles sugeriu que comecemos os túneis nessa sala. É perfeita, pois as paredes são de terra.

– Se colocarmos magos dentro desses túneis e fizermos aparecerem do chão no campo de batalha, poderemos ter mais chances de vencer – disse Myles.

Graham bateu nos ombros de Myles com um sorriso orgulhoso nos lábios.

– Isso pode dar certo – afirmou o guerreiro, encarando o mapa e reavaliando suas chances, agora que tinham mais estratégias.

– Começaremos as escavações já – disse o professor Dixon, que também sorriu para Myles. – Chamemos os magos da terra.

39

Força e amor

A sala de poções estava cheia de alunos concentrados em seus caldeirões. A sala estava pouco iluminada como sempre, com algumas velas e o fogo dos caldeirões para iluminá-la.

Isla se alongou e se pôs a trabalhar.

Tivera uma noite cheia. Não conseguira dormir por causa da notícia que Graham a havia dado. Tanto sangue fora derramado. Ela se perguntava se esses magos das trevas não tinham coração. Estava tudo acontecendo tão rápido. Hillary perdera os poderes, o diretor havia sido quase pego e agora estavam prestes a travar uma batalha difícil.

Ela sabia que muitos iriam morrer, mas não suportava pensar na ideia de seus amigos morrerem, ou qualquer um de Karsia. Seu coração estava desesperado. Tudo em Pitskarsia estava diferente. Não havia mais aulas, e sabia que elas não voltariam tão cedo.

Vencer a guerra dependia de cada coração guerreiro.

Isla queria poder ver Hillary antes de tudo. Ansiava para que ela chegasse logo. Isla não queria que Hill fosse para Pitskarsia, senão iria lutar, e isso Isla não queria. Hill não tinha mais poderes. Não poderia lutar. Isla teria de arranjar outro lugar para se encontrarem caso ela chegasse antes da guerra.

E assim faria.

Isla olhou para os ingredientes em sua mesa e se concentrou.

– Vejo que não teve uma noite muito boa – disse uma voz atrás de si.

Isla se virou e avistou Myles segurando uma pequena garrafa de café e um prato com pequenos bolinhos recheados de chocolate. Ele estava sorrindo, carinhoso, como sempre.

— Não — respondeu, sorrindo de volta como cumprimento.

Ele colocou a garrafa e o prato sobre a mesa.

— Obrigada — agradeceu ela.

— Deveria tentar dormir.

— Eu vou quando anoitecer.

Myles assentiu e percebeu que ela estava triste. Ele lhe pegou um bolinho e ofereceu a ela. Isla sorriu e comeu tudo, pois não havia feito seu desjejum pela manhã.

— Então, maga da terra...

— Ah, você já sabe — disse ela, desviando o olhar dele e sorrindo.

— No fundo eu sempre soube. Combina com você. Por isso é tão boa em poções.

— Eu sou boa porque me esforço — disse ela com convicção.

— Você é boa em tudo — afirmou ele, encarando-a com admiração.

— Não nas artes guerreiras.

— Mas você sabe enganar um mago direitinho com seus truques. Conseguiria vencê-lo de qualquer jeito.

Isla baixou seu olhar, e o medo correu pelo seu corpo por se lembrar que estava próximo e que ela lutaria. Myles, percebendo seu olhar, puxou-a para si e a abraçou. Isla retribuiu o abraço apertando a cintura dele.

— Nós venceremos, ruivinha.

Uma lágrima correu pelo rosto de Isla, enquanto ela apertava Myles contra si.

Myles beijou sua testa e Isla limpou suas lágrimas.

— Então... — disse Myles, tentando distraí-la. — Que pedra são essas?

— Essa é uma ametista e a outra é uma turmalina negra. São para a poção que vai gerar mais energia em nossos corpos.

— Eu me sinto elétrico demais — brincou ele.

Isla gargalhou.

— Preciso trabalhar e você está me distraindo. Você não deveria estar treinando? — perguntou ela, semicerrando os olhos.

— Estou indo agora mesmo. — Ele se pôs a andar para fora da sala. — Não deixe de comer.

— Eu vou comer — disse ela, sorrindo.

Isla voltou seu olhar para as pedras que ela deveria fazer virar pó para a poção. Havia água e cascas de limão também. Isla preparou tudo com afinco e determinação. Não poderia se deixar levar pela fraqueza. Não seria mais uma garota tímida. Ela queria ser forte e faria de tudo para ser.

Vários frascos dessa poção foram feitos. A poção tinha uma cor escura e brilhosa por causa das pedras coloridas que nela era colocada. Isla encarou um de seus frascos e disse:

— Espero que funcione.

Seus cabelos já estavam ficando úmidos por causa do calor da sala. Isla os prendeu em um coque firme, sentou-se em uma cadeira próxima à sua mesa de trabalho e bebeu mais um pouco do café que Myles trouxera. Várias horas haviam se passado, mas nada a impedia de parar de produzir. Quando suas pernas começavam a tremer, ela pensava nas crianças que morreram em Hiéspin. Lembrava da amiga e do quanto ela era forte por lutar mesmo não tendo mais seus poderes. Mesmo não sendo mais uma maga. Por isso, Isla não parava de produzir.

Um movimento na porta chamou sua atenção e então o professor Graham entrou na sala, pegou uma cadeira e se sentou ao lado de Isla.

— Você precisa descansar um pouco — afirmou ele.

— Eu vou. Depois que terminar mais alguns frascos — disse ela, mirando seu olhar aos vários frascos de poções.

— Você é muito boa, mas, para que seu trabalho fique perfeito, precisa descansar. Você está dando o melhor de si, mas até os mais fortes precisam de repouso — disse ele com a voz suave.

Ela assentiu e sorriu.

— Eu preciso lhe pedir uma coisa — ele comentou com o olhar sério.

— Qualquer coisa — alegou, colocando-se de prontidão.

Ele respirou fundo e a encarou.

— Zeligaia está cada hora avançando mais. O governo está mandando magos ao norte depois do ataque à Hiéspin para impedir isso e salvar as famílias que ali vivem. Eu... me voluntariei para ser um desses magos. — Isla o encarou perplexa. — Eu quero ajudar aquelas famílias.

— Mas...

— Minha guerra é em Karsia, não só em Pitskarsia. Preciso que supervisione as poções desta sala. Temos outros alquímicos aqui, então só precisa supervisionar esta sala.

Isla ficou calada, mas seus olhos falavam por si. Eles esbanjavam preocupação.

— Você é uma das melhores alunas que tive. Você e Hillary. Não tem outra pessoa melhor para fazer isso.

Isla assentiu, mesmo não querendo.

— Você tem minha palavra.

— Obrigada — agradeceu ele, sorrindo.

Ela se levantou, abriu o armário e pegou de lá de dentro um frasco da poção de energia e entregou a Graham. Ele sorriu em agradecimento. Isla colocou a mão no bolso esquerdo de sua túnica e tirou de lá outro frasco, um bem menor que o da poção da energia.

— Quero que fique com isso.

Ela lhe estendeu o frasco.

Graham a encarou e tirou o sorriso do rosto.

— Não posso — afirmou ele, balançando a cabeça.

Aquela era a poção que eliminava qualquer tipo de dor. Isla fora uma dos poucos alunos que conseguiu fazê-la com precisão na noite de lua cheia.

— Por favor — implorou ela. Isla pegou a mão de Graham e colocou o frasco em sua palma. — O senhor fez muito por nós. Agora me deixe fazer algo por você.

Graham a encarou com gratidão nos olhos e fechou sua mão envolta do frasco que lhe fora dado, um presente magnífico. Ele não conseguia esboçar em palavras seu agradecimento, pois havia ficado perplexo com o carinho e cuidado de Isla. Aquilo o fez sentir orgulho de sua profissão.

— Obrigado, de verdade. Você será uma ótima médica um dia — afirmou ele, sorrindo.

Isla sorriu de volta.

Graham se levantou e andou em direção à saída.

— Professor — chamou Isla. Graham se virou e a encarou. — Prometa que voltará e lutará por nós aqui.

— Prometo que farei de tudo — afirmou antes de se virar e sair.

40

Amor que transcende a alma

Desde que descobriram que o diretor era um infiltrado na Corte de Pitskarsia, vários acontecimentos ruins dispararam a acontecer.

Hiéspin havia sido bombardeada e várias pessoas haviam morrido. Famílias inteiras foram massacradas. O exército de Júlio Cohen avançava para o centro, destroçando tudo que tocava, não importando se tinha valor ou não. Estavam atrás de poder e nada os pararia. Eles pareciam máquinas governadas por um tirano, um homem que não se importava com o número de pessoas que morriam, desde que ele saísse vencedor.

O desgosto e a raiva subiam pela garganta de Hillary em forma de bile. Não importava no que pensava, tudo voltava a ele, mesmo quando seus pensamentos vagavam para a morte do mago da terra, o homem que matara. Tudo voltava ao maldito presidente de Zeligaia e ao antigo diretor. Ah, o Senhor do Fogo... Se fosse por Hunter, ela estaria morta. Hillary seria mais uma em meio a tantas pessoas mortas nessa maldita guerra.

Meses se passaram desde que havia fugido de Pitskarsia, mas parecia que se passara somente um dia. Tantas coisas mudaram desde então! Hillary não se sentia mais a mesma, e nunca mais seria a mesma. E agora estava voltando.

As dificuldades e tempestades mudam as pessoas, as fazem amadurecer e crescer, ver o mundo de uma forma diferente. A jovem maga percebia isso em si mesma. Hillary estava sendo moldada a cada passo que dava para mais perto da guerra. Ela crescera, ficara mais forte e mais determinada. Tudo que ela e as pessoas ao redor sofreram a fizeram evoluir. Ela não era mais uma adolescente. Era uma mulher formada, evoluída e amadurecida.

Ela era Hillary Baker e lutaria com suas próprias mãos, mesmo que sem poderes.

Johannes e ela haviam dirigido, parando apenas para comer, durante dois dias e meio antes de Hill tomar a direção do carro, mesmo com ele preocupado. Depois que Hill mostrou que sabia o que estava fazendo, ele se deu por vencido e se recostou para dormir.

Ela dirigiu durante a tarde inteira e uma parte da noite. Seu corpo doía por estar na mesma posição durante horas, seu estômago roncava de fome e ela precisava dormir. Após dias na estrada, estava cansada e sabia que Johannes também. Ele havia dirigido a maior parte da viajem. Seu corpo estava, provavelmente, mais dolorido do que o dela.

Mas o que mais Hillary desejava era um bom banho.

Tarde da noite, avistou uma pequena cidade de casas coloridas, aquela na qual pararam para comer quando estavam indo para Pitagária. Seu coração se encheu de alívio.

Ela entrou na cidade. A maior parte das lojas estavam fechadas, mas havia um hotel aberto. Era tudo o que precisava. Hillary estacionou o carro em frente ao hotel e olhou para Johannes, seu amigo e parceiro. Admirava-o de todas as formas. Mesmo despenteado e com a barba crescendo, ele continuava a ser o homem mais bonito que Hill conhecera.

Ela tocou seu rosto, acariciando suas bochechas.

— Jo — chamou.

Johannes abriu os olhos devagar e encarou o rosto de Hill, suspirando.

— Já é dia? — perguntou, sonolento.

— Precisamos dormir de verdade. Ainda falta metade de um dia para chegarmos a Báshi, mas podemos fazer isso após descansar. Vamos comer alguma coisa, tomar um banho e dormir. Amanhã voltaremos para a estrada.

Johannes assentiu e se espreguiçou.

Os dois alugaram a suíte mais barata. Era tudo o que precisavam. O quarto era pequeno, mas aconchegante. Possuía uma cama confortável e a lareira já estava com fogo para os aquecer.

Hillary se deitou e disse para Johannes ser o primeiro a tomar banho. Quando terminou, sua barba estava feita.

Acordou Hill e a deixou ir se banhar. Assim que a água tocou sua pele, ela despertou. Era tão relaxante que ela não queria sair debaixo da água quente. Enxugou-se e estava colocando sua roupa de dormir quando passou a mão sobre sua coxa, onde havia uma cicatriz – a marca de uma batalha que ficara marcada em sua pele desde o dia da caverna.

Hillary saiu do quarto e suas narinas foram inundadas por um cheiro delicioso. Johannes havia comprado comida, colocara sobre a cama e estava à espera dela.

– Fome? – perguntou, sorrindo.

– Pergunta boba – retrucou ela, rindo.

Na cama, havia pedaços de torta de frango, sopa quente, alguns doces e uma bebida de maracujá. Os dois se deliciaram com o jantar improvisado.

Comiam e conversavam, fingindo não haver nada no mundo além um do outro. Trocavam piadas e riam. Eram companheiros. Eram amigos.

Depois que terminaram, Johannes tirou os pratos vazios e se sentou na lateral da cama com o olhar sério. Sob a luz suave da lareira, Hillary se arrastou sobre a cama e se sentou ao lado dele. Johannes mexia no anel com a pedra de sangue em seu dedo.

Hill deitou sua cabeça no ombro de Johannes e acariciou sua mão.

– Começou – sussurrou ele.

– Lutaremos juntos pelo nosso futuro e dos nossos amigos. Esses sonhos podem ser proféticos, mas nós possuímos outros ainda maiores, sonhos onde encontramos paz. E faremos de tudo para que se realizem – disse ela.

– Juntos até o fim.

Johannes sorriu e acariciou a mão de Hill. Tirou o anel de seu dedo e colocou no de Hill, que expirou. Ele aproximou a mão dela de seu rosto e a beijou. Ficaram um tempo olhando para as estrelas que brilhavam no céu noturno, visto pela janela como se estivessem fazendo uma prece a elas.

O desejo do fim daqueles dias ruins.

Lançando um longo olhar para ele, Hillary, devagar, ajoelhou-se entre as pernas de Johannes, passou seus braços envolta de seu pescoço e aproximou sua testa da dele. Os dois fecharam os olhos. Johannes a envolveu em seus braços, sentindo seu corpo quente. As respirações se misturavam e dançavam juntas. Seus braços se apertavam como se não fossem mais soltar. O que sentiam era mais forte que qualquer futuro – era um amor que transcendia tudo.

Hillary aproximou seus lábios dos dele. Eles se tocaram em um beijo leve que os fez suspirar. Johannes arfou. Aquela era a joia rara que ele jamais poderia pagar.

Os dois se beijaram intensamente sob o céu estrelado, sentindo que seria aquele beijo que salvaria suas vidas, aquele amor que alimentaria suas almas da forma mais pura e bela.

As mãos de Johannes acariciavam suas costas em um carinho discreto, mas, de alguma forma, estava a reivindicando para si. O beijo se tornou mais profundo, desejoso. Hillary não sabia mais o que pensar, só o queria. Queria o amor dele, seus lábios quentes nos dela.

Queria a Johannes. Para sempre.

– Hill... – balbuciou ele.

– Shh – sussurrou contra seus lábios, pois sabia o que ele diria. – Você é meu e eu sou sua.

Hillary deslizou suas mãos pela blusa de Johannes e, com ajuda, a tirou, revelando os músculos de seu peitoral. Johannes a beijou, tenso. Ele a pegou no colo, e Hillary apertou mais forte os braços envolta de seu pescoço. Ele a deitou com carinho na cama sem parar de beijá-la e se colocou sobre seu corpo.

Johannes a encarou como se pedisse permissão.

Ela esticou o pescoço como forma de dizer "sim".

Era o que Hillary queria.

As mãos de Johannes deslizaram de sua cintura até seu quadril, enquanto depositava leves beijos em seu pescoço. Hill reprimiu um gemido vindo do fundo de sua garganta quando Johannes passou os dentes naquele ponto delicado entre seu pescoço e ombro e começou a lamber as leves marcas que deixava na pele dourada dela.

Inclinou-se até tocar os lábios dela com os seus próprios.

– Diga de novo – rogou ele contra seus lábios.

– Você é meu e eu sou sua.

A promessa de Hillary tirou dele todo o controle.

As estrelas foram as testemunhas.

Horas depois, Hillary dormia entrelaçada aos braços de Johannes. Algo muito maior fora despertado em seu peito naquela noite. Suas almas agora estavam interligadas e nada as separaria. Estar nos braços dele era como ser mais uma estrela que brilhava naquele imenso céu noturno.

Hillary sentiu Johannes beijando seus lábios.

— Acorde, meu amor.

Abriu os olhos e vislumbrou Johannes sorrindo. Sentou-se, espreguiçou-se e envolveu os lençóis em volta do corpo nu. Já era dia e sua cama fora coberta pelo café da manhã. Ela olhou para aquele manjar e sorriu.

— Você tem uma mania ruim de acordar cedo — reclamou de brincadeira. — Por favor, me avise se vai ser sempre assim para eu me acostumar.

Johannes gargalhou.

— Não precisa. Não é sempre assim. Prometo que isso só vai acontecer quando eu te trazer o café na cama — disse ele, beijando seus lábios travessos.

Ele se sentou ao seu lado, e os dois comeram os pães e bolinhos trocando olhares apaixonados e sorrisos.

— Isla me pediu para nos encontramos na casa de uma amiga sua que mora no leste de Báshi — disse ele. — Aposto que foi com ela que você aprendeu a jogar pôquer.

— Por quê? — perguntou Hillary, esticando a mão para o rádio ao lado da cama.

Uma melodia animada encheu o quarto.

— Ela não explicou — prosseguiu Johannes. — Só falou que já entrou em contato com sua amiga e que estará nos esperando lá essa noite.

Hillary achou estranho, mas não se importou muito com a preferência da amiga.

— Ok.

— Ansiosa para vê-los? — perguntou ele.

— Muito!

— Eles já sabem seus elementos.

Hillary sorriu, surpresa, diante da notícia. Estava feliz pelos amigos mesmo sabendo que nunca descobriria o seu próprio elemento.

— Sério? Ah, não me conte. Quero ouvir deles!

Johannes sorriu e fez um gesto com os dedos sobre a boca simbolizando que não falaria nada. Hillary gargalhou. A música foi interrompida por um som agudo. Hillary se assustou, mas logo o som se ajustou e a conhecida voz da jornalista do Portal Oásis na rádio começou a ditar as notícias.

Todas as rádios foram interrompidas por notícias urgentes:

— *Depois da invasão de Hiéspin, o exército de Zeligaia, juntamente com a Aliança-Fati, estão descendo para o centro do reino* — disse a jornalista. — *A coroa declarou guerra. O Centro de Comunicação do Exército de Karsia foi atingido por um míssil balístico de Zeligaia, instalado na fronteira de Litúr. O primeiro-ministro comunica a todos os civis que migrem para o sul do reino. Todos os cidadãos migrem para o sul! A Coroa de Karsia declara retirada obrigatória.*

Hillary ficou perplexa, assim como Johannes. Tudo estava acontecendo rápido demais. Seus corações aceleraram.

— Hunter sabia onde atacar — disse Johannes, possuído de raiva. — Ele estava na corte. Sabe nossos pontos fracos.

Hillary se levantou da cama e começou a colocar suas roupas, enfiando-se dentro de sua jaqueta de couro.

— Temos de ir logo — disse ela.

Johannes assentiu.

O povo da cidade estava desesperado, com medo. Alguns já se preparavam para abrigar algumas pessoas que iriam para lá, outros se arrumavam para migrarem mais para o sul.

Hillary e Johannes partiram para Báshi, o centro de Karsia.

A guerra dos seus sonhos começara.

41

Tempestades sem fim

A cidade estava destruída. Casas pela metade. Prédios destruídos pelas bombas. Corpos pelo chão. Tudo em escuridão e desespero. A cidade não tinha mais cor. Não tinha mais vida. Só sobrara os escombros de vidas passadas.

Muitas infantarias foram mandadas para o Norte para proteger o reino, mas não conseguiam impedi-los de descer. Eram muitos e sua magia era forte.

Graham e alguns magos guerreiros foram incumbidos de tirar as pessoas sobreviventes da cidade destruída e levá-las ao centro médico feito para ajudá-las e depois serem levadas para o Sul.

Graham e outros passaram várias horas ajudando as pessoas encontradas pelos escombros caídos dos prédios. Muitas crianças mortas. Ali só havia choro, desespero e solidão. Uma nuvem negra pairava acima de toda a cidade, intensificando a dor e o sofrimento. Graham nunca vira algo igual. Lágrimas intrusas desciam de seu rosto quando via um corpo de uma criança jogado nas ruas.

O exército de Zeligaia matava por prazer.

Graham e outros guerreiros escoltavam várias famílias para os caminhões que os levariam para o centro médico. Mesmo estando cansado, Graham não queria parar. Ele sabia que ainda havia pessoas precisando de ajuda; seu povo ainda precisava. Não importava o custo, ele não iria parar.

— Eu vou para o Oeste — avisou Graham a uma tropa de guerreiros.

Todos estavam com roupas adequadas com equipamentos de guerra, assim como Graham, que deixou a túnica negra para fazer parte do exército.

— Nós já fomos lá — avisou um outro guerreiro, capitão da tropa.

— Mesmo assim quero poder olhar mais. Sinto que há mais vidas por aí — disse Graham, olhando para trás como se pudesse ouvir a dor das pessoas.

— Eu vou com você — disse um guerreiro chamado Zayn.

Ele era jovem, mas era esperto e corajoso.

Graham sorriu e assentiu. O capitão, por um momento, ficou encarando os escombros e calculando suas chances de saírem antes que outra tropa inimiga chegasse. Apesar de quererem salvar mais vidas, precisavam sair e levar as pessoas que já estavam nos caminhões ao centro médico.

— Certo — disse o capitão. — Primeira tropa, investigue ao leste. Segunda, ao sul. Eu vou seguir com vocês três para o norte! — gritou ele, mirando seus próprios companheiros. Seu olhar se voltou para Graham e Zayn. — Vocês dois vão ao oeste. Vamos dar mais uma olhada e nos encontramos neste mesmo lugar ao anoitecer, depois vamos todos ao centro médico.

— Sim, senhor, capitão — disse Graham.

Separaram-se e seguiram à procura de mais vidas. Graham e Zayn faziam silêncio absoluto para que qualquer movimento ou mesmo uma respiração fosse ouvida. Eles não se conheciam, mas tinham o mesmo desejo de salvar vidas. Tinham o mesmo propósito.

Os dois andaram por horas. Entravam em casas abandonadas e subiam prédios que estavam em pedaços atrás de alguma pessoa. A noite se aproximava, e eles não haviam encontrado ninguém, quando um choro abafado de um bebê inundou o ambiente das ruas. Rapidamente, a criança parou, mas, mesmo assim, Graham a seguiu. Ele era um mago do ar, por isso tinha facilidade para perceber com mais nitidez qualquer som ao seu redor, pois qualquer barulho precisa de oxigênio para ser proferido.

Ele não perdeu tempo.

Correu ao encontro da criança.

Graham e Zayn seguiram o som e foram parar em uma casa que estava em pedaços. Os dois magos começaram a tirar alguns escombros dela e avistaram uma passagem subterrânea. Abriram a pequena porta no chão e avistaram uma escada coberta de sujeira. Graham foi o primeiro a entrar. O porão estava escuro, por isso ele fez uma bola de luz que o guiou enquanto ele andava no pequeno cômodo que cheirava a vômito.

Graham ouviu a respiração da criança e outra desregular, o que mostrava que estava com medo. Graham levantou suas mãos vazias e disse:

— Nós viemos ajudar. Somos de Karsia.

Um choro feminino inundou o lugar. Graham se aproximou da mulher. Estava no canto do porão, atrás de uma estante. Graham afastou a estante e vislumbrou uma mulher de meia-idade com cabelos loiros grisalhos segurando um bebê recém-nascido. Eles estavam cobertos de poeira e a mulher tinha um grave ferimento na testa que já estava infeccionando.

Graham se colocou de cócoras em frente a mulher.

— A senhora tem mais alguma ferida? — perguntou Graham, delicado.

A mulher cessou o choro e balançou a cabeça, negando.

O homem tirou de seu cinto uma garrafa de água e ofereceu a mulher. Sem jeito, pegou-a e bebeu desesperada. Ela estava com fome e sede, assim como o bebê.

— Nós vamos tirá-los daqui. Tem uma infantaria que montou um centro médico um pouco mais para o sul. Nós levaremos a senhora e seu bebê até lá e vocês serão alimentados e bem cuidados.

A mulher assentiu. Seu semblante mudou. Em seus olhos brilhavam a esperança.

Graham se levantou e ajudou a mulher a se levantar. O crepúsculo da tarde começou, e o vento estava gelado. Os três andaram rápido para chegarem logo ao caminhão que os levaria de volta às tropas, mas alguém apareceu. Alguém também ouvira o choro da criança.

Alguém que queria todos mortos.

Graham foi atingido brutalmente por um feitiço em suas costas, fazendo-o cair no chão. Olhou para trás e uma mulher com a túnica prateada se aproximava. Ele tinha de tomar uma decisão ou todos morreriam.

— Levem-nos! — gritou Graham para Zayn. Colocou-se de pé e continuou: — Levem-nos agora. Eu irei ganhar tempo para vocês. Corram.

Zayn ficou perturbado. Nunca tinha enfrentado alguém antes. Ele era jovem demais e queria acompanhar Graham porque era o mestre da alquimia.

— Corra! — gritou Graham mais uma vez.

Zayn pegou a criança em seu colo e segurou firme a mão da mãe que estava desesperada. Os três correram rápido. Graham, com um movimento com as mãos, fez o cheiro deles ser levado pelos ventos assim como seus rastros, para que não fossem achados. Graham mudou a rota dos ventos. Virou-se para a mulher que andava com graça felina. Ela tinha longos cabelos castanho-claros, pele clara e um belo rosto. Era baixa, mas seu olhar sanguinário tirava toda sua beleza.

Ela chegou perto de Graham e sorriu. O homem materializou seu cajado feito de um metal poderoso e inquebrável e lançou um feitiço que colidiu com o escudo que a mulher havia projetado em volta de si. Ela era muito poderosa, mas ele não desistiria. Não até ter certeza de que Zayn havia salvado aquelas duas vidas.

A mulher materializou seu cajado negro e apenas o levantou. Apenas com esse simples movimento, Graham não conseguiu mais se mover. Nenhum membro de corpo lhe respondia. Sua respiração ficou irregular.

— O que uma beleza dessa está fazendo aqui? — perguntou a mulher com um sorriso malicioso nos lábios. Graham tentava de tudo para sair, mas nada surtia efeito. Ela começou a rodeá-lo, analisando todo seu corpo com olhos sedentos. — Eu gostaria de brincar com você antes de matá-lo.

Ela aproximou seu rosto do dele com um sorriso malicioso.

— Vá para o inferno. — Foi a única coisa que conseguiu dizer.

A mulher sorriu mais ainda.

— Mas é um desperdício só o matar.

Graham se concentrou em seu poder e forçou seu escudo contra aquela força que o fazia ficar imóvel. O esforço foi tanto que, quando o feitiço se quebrou, Graham caiu direto no chão.

Levantou-se rápido como um raio e começou a lançar rajadas de poder contra o escudo da mulher. Ela pareceu excitada pela luta, por isso retribuiu os feitiços que lhe pareciam fáceis. Levantando seu cajado, jogou o corpo de Graham contra os escombros de um prédio em ruinas. Graham se feriu, mas não desistiu. Sentiu o gosto do sangue na boca e cuspiu. Ele não iria desistir até saber que a mulher e a criança já estariam longe.

Ele se ergueu e a mulher ficou maravilhada com a determinação dele. Ela mirou seu cajado e começou a projetar seu feitiço. Aquele que representava seu elemento: a água, mas antes o fez parar. Graham ficou imóvel mais uma vez. A mulher se aproximou dele. Os olhos de ambos estavam cheios de fúria e determinação.

— É um desperdício mesmo.

A mulher aproximou seus lábios dos de Graham e o beijou o fazendo se debater. Ela se afastou com um sorriso amplo esperando que seu feitiço se concretizasse. Logo, Graham começou a sufocar. Ele estava se afogando mesmo sem estar submerso em água. Seus pulmões estavam se enchendo de água. Aquele beijo fora fatal. A mulher sorriu com sede de sangue nos olhos. Graham parou de se debater e tentou se concentrar em quebrar o feitiço que o prendia. Sua energia estava acabando. Seu corpo precisava de ar. Ele precisava de oxigênio.

Graham conseguiu se desvencilhar do feitiço e empunhou o cajado, fazendo uma rajada de vento levantar a mulher e a jogar contra os escombros das casas. Isso lhe deu a oportunidade de voltar a respirar. Ele olhou para si e para os cortes profundos em sua pele que não doíam. Nada doía. Nem mesmo a falta de ar doía.

A mulher se levantou com fúria. Não estava mais com um sorriso malicioso nos lábios. Ela estava com sede de vingança. A mulher usou seu poder, com as mãos erguidas, e Graham começou a se afogar de novo. Ela fechou sua mão e mais água inundou os pulmões dele.

Graham caiu no chão, buscando no ar o cheiro da mulher e da criança, percebendo que estavam muito longe. Não seriam mais encontrados.

Ajoelhou-se e notou que seu corpo estava fraco. Seu cérebro precisava de oxigênio. Ele só conseguia pensar em uma coisa. Em uma pessoa específica. Fechou os olhos e invocou esse rosto em sua mente.

Isla, chamou-a mentalmente.

Isla estava no gramado quando ouviu a voz de seu professor. Os livros que estavam em sua mão caíram com o susto. Conseguia sentir o desespero na mente de Graham. Seu coração se apertou e seu sangue gelou.

Professor, disse ela, sentindo a respiração ficar irregular.

Desculpe, Isla. Não conseguirei cumprir minha promessa, falou e sua ligação mental pareceu enfraquecer mais.

Isla caiu de joelhos.

Lágrimas de desespero começaram a rolar em seu rosto.

Não!

Obrigada, Isla. Eu não sinto dor, não sinto nenhuma dor, declarou.

Por favor, não!, suplicou.

Ela conseguia sentir a falta de oxigênio de Graham. Seu corpo estava desfalecendo. Ele não tentou mais falar com ela, mas permitiu que ouvisse o que ouvia. Isla sentiu a aflição dele quando alguém se aproximou.

— Meu nome é Ysa — disse uma voz feminina. — Lembre-se deste nome, porque vou te encontrar no inferno.

A mente de Graham se apagou. Não havia mais ligação.

Isla entrou em desespero. Começou a soluçar.

Graham morreu pelo que acreditava.

Morreu sem sentir dor por causa da poção de Isla.

Morreu salvando vidas.

A viagem fora longa. As pistas do sentido sul de Karsia estavam todas engarrafadas. Todos estavam migrando para as cidades do sul. E as pistas com o sentido ao centro estavam completamente vazias. Hillary e Johannes eram os únicos indo a esse sentido. À medida que chegavam mais perto de Báshi a tensão subia.

Quando chegaram, a cidade estava vazia e era noite. Poucas pessoas ainda arrumavam seus pertences e os colocavam nos carros para a viagem. Não havia felicidade ali, somente medo e terror. A guerra que ninguém esperava explodiu em Karsia.

Hillary guiou Johannes até a casa de sua antiga colega chamada Lily. Ela era casada e tinha dois filhos. Hillary fora sua amiga somente na infância. Quando sua mãe morrera, ela fugia para se encontrar com Lily, mas, depois que entrara para Pitskarsia, elas se viram com pouca frequência. Lily tinha os cabelos curtos, castanho e cacheados. Era jovem e linda.

Quando Johannes chegou à pista de sua casa, o coração de Hill acelerou em um ritmo sem igual. A saudade era inexplicável. Ali estava sua família.

Isla e Myles estavam do lado de fora a espera dela. Lily estava na porta de casa. Lágrimas começaram a rolar pelo rosto de Hill. Aqueles rostos eram o motivo de sua força e determinação. Eles eram sua família. Hillary não deixou Johannes estacionar e saiu em disparada. Correu para abraçar a amiga e Isla fez o mesmo.

As duas se abraçaram forte em meio às lágrimas que desciam em seus rostos. Elas eram irmãs. O amor que sentiam uma pela outra era algo sobrenatural e intocável. Ficaram abraçadas sentindo o coração acelerado uma da outra. E tremiam de emoção.

Myles se aproximou e abraçou as duas.

A amizade verdadeira persevera até o fim. Aquela que cuida e zela.

Afastaram-se limpando as lágrimas do rosto. Hillary olhou para seus amigos e sorriu por eles estarem bem. Myles cumprimentou Johannes e Isla fez o mesmo. Vendo Lily, Hill se jogou em seus braços e ficou ali por um tempo, feliz por encontrar a colega que havia muito tempo não via. Depois, agradeceu por tê-los recebidos em um momento tão difícil.

— Vocês estão bem? — perguntou Hill, pegando as mãos de Myles e Isla e as apertando forte.

Os dois assentiram e sorriram.

— E vocês? — perguntou Myles, olhando para Hill e Johannes.

— Estamos bem — respondeu Hillary, sorrindo em agradecimento.

— Sentimos tanto a sua falta — disse Isla.

— Eu também senti.

— Achei que Graham viria com vocês — disse Johannes com as mãos nos bolsos.

Isla congelou. Myles ficou tenso. Isla não conseguia olhar para Johannes. Seus olhos se encheram de lágrimas, mas não eram de felicidade, e sim tristeza, angústia e terror.

— Professor, eu... — disse Myles, encarando-o com tristeza. — Eu sinto muito.

Hillary o encarou sem entender, mas seu coração começou a bater forte pela notícia que ela não queria ouvir.

— Ele... — continuou Myles, tentando ser forte. — Ele se voluntariou para ir ao norte para salvar as vidas que ainda viviam nas cidades e trazê-las para o sul, mas... uma maga do exército inimigo o encontrou. Eu sinto muito.

— Ele morreu salvando vidas. — Foi a única coisa que Isla conseguiu dizer em meio a tantas lágrimas.

Johannes ficou paralisado. Hillary ficou com a respiração irregular. Olhou para seu parceiro e sentiu a dor dele. A dor da perda de um amigo próximo. Aproximou-se, passou seus braços envolta de seu pescoço e o abraçou forte. Johannes afundou a cabeça nos ombros de sua parceira e a envolveu em seus braços.

A dor da perda era forte. Mais uma vida fora perdida nessa guerra e muitas mais seriam.

Isso era o que os aterrorizava.

— Eu sinto muito — sussurrou Hill no ouvido de Johannes.

Graham fora o amigo mais próximo de Johannes e agora ele não o tinha mais. Era como se tudo que amasse fosse tirado de si à força. Agora a guerra se aproximava e prometia tirar mais vidas amadas.

42

"Não quero perder você"

A casa de Lily era simples e pequena. Havia dois sofás na sala e uma pequena mesa de centro. As portas nas laterais mostravam dois quartos, uma cozinha e um banheiro. Myles havia colocado o mapa de Pitskarsia sobre a mesinha de centro e Johannes o escutava explicar como funcionaria o campo de batalha. Cada posição, cada ataque.

Hillary e Isla estavam sentadas no outro sofá, analisando as informações de Myles. Ele explicou os túneis que foram feitos debaixo do gramado e para que serviam.

— Genial. Agora aquele santuário irá servir para alguma coisa boa — disse Hill.

Myles assentiu e explicou as posições de cada um e que o Senhor do Gelo iria comandar as tropas de magos da água na frente do campo de batalha. Johannes apenas assentia sem fazer perguntas. Isla estava quieta e calada. Seu olhar estava longe como se estivesse pensando em algo que não queria falar.

Hillary se aproximou dela e Isla a encarou com interrogação nos olhos.

— Eu preciso te pedir uma coisa — confessou ela.

— Eu sei. Pode dizer — disse Hill.

— Quero que vá para o sul — disse Isla. Não acreditava no que Isla estava lhe pedindo. Hill se levantou e a encarou perplexa. Todos na sala agora encaravam as duas. — Eu pedi a Lily que fosse com você, por isso só ela está aqui. A família inteira já foi. Seu pai está lhe esperando na cidade colorida. Ele pediu para você encontrá-lo e seguirem juntos para Pitagária...

— Isla, não posso — interrompeu Hill.

Isla se levantou e ficou de frente para ela.

— Você precisa ir. Esta guerra é de verdade. Não vai ser como em um sonho — disparou Isla.

Os batimentos cardíacos de Hill começaram a ficar acelerados. A raiva subia em seu corpo, mas ela não queria descontar em Isla. Sabia as intenções de sua amiga, mas não podia aceitar. Essa guerra também era sua. Ela não conseguiria fugir e deixá-los para lutar.

— Eu não sou a mocinha de uma história que deve ser salva — disse Hill com a voz suave.

— Olhe para nós — bufou Isla. Uma lágrima começou a rolar pelo seu rosto. — Nós não somos heróis. Estamos em um conflito de verdade e pessoas morrerão. Hill... seus sonhos se realizaram até aqui. Você sabe qual vai ser o final.

Hillary balançou a cabeça, lembrando-se de seus pesadelos.

— Hill, por favor. Eu não quero perder você.

— Essa guerra é minha, assim como ela é sua — disparou Hill com raiva.

— Você não tem poderes! — gritou Isla, liberando toda sua angústia.

Todos a encararam, e ela começou a chorar. Isla estava fora de si. Estava angustiada e com medo. Essa frase machucou Hill. A fez lembrar dos horrores que passara. De tudo que sofrera por ter perdido sua magia.

— Eu sempre serei uma maga, tendo poderes ou não — disse Hill com frieza na voz.

Isla fechou os olhos e respirou fundo.

— Não quero perder você.

— Não preciso de poderes para lutar pelo meu reino. Por vocês.

— Você já lutou. Já lutou demais. Agora é nossa vez de lutarmos por você. — Isla se aproximou dela e segurou suas mãos, que suavam frio. — Faça isso por mim. Por favor. Não conseguirei lutar sabendo que você estará lá.

Hillary ficou séria o tempo todo, mas com a última frase de Isla as lágrimas intrusas começaram a descer. Ela não podia acreditar. Não podia lutar pelo seu reino. Sua morte estava predestinada. Tudo que estava acontecendo a levavam para seu destino cruel, aquele em que terminaria com a adaga no peito enquanto seu sangue manchava o gramado de Pitskarsia.

Hillary encarou os olhos suplicantes da amiga. Ela estava desesperada. Não dormia fazia dias. Tudo por causa dessa guerra maldita. Hillary queria protegê-la, mas não conseguiria. Estava fadada a nunca mais ter seus poderes de volta e só agora a esperança de tê-los de volta por algum motivo milagroso se fora. A esperança morreu.

Hill não conseguiu dizer uma palavra, apenas assentiu para a súplica da amiga. Isla a abraçou em agradecimento por aliviar o terror que inundava sua alma. Hill olhou para Johannes. Ele observava tudo com atenção e cautela. Não interromperia a discussão delas. Fez um sinal com os olhos para que Hill se sentasse ao seu lado.

Lily, aproveitando o silêncio, entrou na sala com uma bandeja de xícaras com chá. Enquanto servia, Johannes encarou Hill, que estava grudada ao seu lado, entrelaçou seus dedos aos dela e beijou sua mão. Depois, sorriu para confortá-la. Hill retribuiu o sorriso, mas este não havia chegado aos seus olhos, permaneciam tristes por ter de deixá-los ao amanhecer, já que as tropas de Zeligaia já estavam às portas de Pitskarsia.

Myles e Isla observavam o gesto íntimo com curiosidade. Depois que Lily voltou para o quarto, Myles continuou explicando o mapa.

Depois disso, Lily direcionou Hillary e Isla para o quarto de seus filhos. Nele havia duas camas de solteiro. Myles e Johannes ficaram nos sofás. O silêncio e a tensão entre as duas era grande. A luzes foram apagadas, e elas estavam em suas devidas camas enroladas nos lençóis brancos.

Hillary não conseguia parar de pensar no que Isla havia lhe pedido. Seu pai estava à sua espera e Lily ficara para acompanhá-la. Tudo estava planejado. Ela sentiu um grande aperto no coração. Pensar em perder seus amigos ou Johannes a deixava em desespero. Hill se virou na cama, em direção à sua amiga. Ela entendia a dor de Isla.

— Qual elemento te escolheu? — sussurrou Hill suavemente, quebrando o silêncio.

— Terra — Isla falou no mesmo tom.

Ela parecia estar aliviada por Hill ter falado.

— Sempre imaginei que a terra seria seu elemento — disse Hill, sorrindo. — E Myles?

— Raios.

Hillary se apoiou nos cotovelo. Isla pôde ver através dos fleches de luzes que entravam pela janela que Hill estava perplexa e admirada.

— Conhece a lenda? — perguntou ela.

— Claro! — respondeu Hill, rindo. — Um mago do raio, escolhido por três elementos por ser digno de coração. Que orgulho!

— Sim...

As duas ficaram em silêncio por alguns minutos até que Isla o quebrou.

— Vocês ficam bem juntos.

Hill sabia do que ela estava falando, por isso sorriu.

— Você acha?

— Eu vi o jeito que ele a olha. Ele a ama.

Hillary apenas sorriu. Um arrepio subiu por sua espinha com a última frase da amiga.

Essa poderia ser sua última noite junto com sua amiga. Ela queria proteger sua tímida e carinhosa amiga, mas nada que fizesse poderia ajudar. Estava sem poderes. Hill se levantou e devagar se deitou ao lado de Isla, cobrindo-se com o mesmo lençol que ela. As duas se abraçaram.

— Me perdoe por ter gritado com você — sussurrou Isla.

— Está tudo bem.

Hillary beijou o topo da cabeça de Isla.

— Eu só...

— Eu faria o mesmo se estivesse em seu lugar — sussurrou Hill.

Hill acariciou os cabelos longos e ruivos da amiga, tentando se lembrar de toda uma vida que passaram juntas. Imagens de quando Hillary roubara o croissant de chocolate de Isla e as duas saíram correndo pelo Grande Gramado gritando e rindo para ver quem o comia apareceram em sua mente. Imagens das duas estudando juntas e aprontando. A lembrança que mais lhe apertou o peito, no entanto, fora quando as duas roubaram um livro do último ano quando ainda eram crianças e imaturas para feitiços tão elevados. Tentaram fazer um feitiço afim de estudar as anomalias de algumas poções que ativara suas curiosidades infantis, mas dera errado, causando uma explosão. Elas ficaram atônitas e ganharam advertências severas. Porém, quando a noite chegara e Hillary ouvira Isla chorando na cama, uma dor se assentara em seu peito. Ela se levantara e se deitara ao lado amiga enquanto sussurrava que estariam juntas nessas dificuldades e não importava o que acontecesse. Não importava o quanto doía. Nada importaria, pois estariam juntas.

Era aquilo que latejava no peito de Hill naquele momento. Mesmo que não estivessem no mesmo lugar, suas almas estavam ligadas por algo muito maior que qualquer coisa existente. Algo que movia montanhas e separava mares.

Isla pareceu pensar o mesmo, pois intensificou o abraço.

— Será que não tem como voltarmos no tempo em que éramos crianças e corríamos pelo gramado da escola atrás de borboletas e chorávamos por causa de livros românticos? — perguntou Isla.

Um aperto lancinante correu pelo coração de Hill. Tudo que queria era poder responder que sim, mas estaria mentindo para si mesma e para ela.

— Os tempos bons voltarão. Tenha fé — respondeu Hill, sorrindo.

As duas dormiram juntas. Abraçadas como faziam quando tinham medo do escuro de seus quartos, quando eram crianças. Uma cuidando da outra sempre.

A noite antes da guerra não fora justa para Hill. Os sonhos proféticos lhe fizeram acordar com o coração palpitando. Isla estava tão cansada que não percebera. Hill se levantou e notou que o relógio marcava três horas da manhã. Um frio subiu pela sua barriga. A hora de sua despedida estava próxima.

Ela vestiu seu casaco e saiu do quarto. Hill precisava sentir o ar fresco em seus pulmões. Precisava estar consigo mesma antes de o conflito começar. Johannes e Myles dormiam um em cada sofá e não acordaram quando Hill abriu a porta e saiu. Ela tinha um destino, mesmo que não gostasse.

43

Como na primeira vez

A noite ainda brilhava quando Johannes e Myles se arrumavam para a batalha. Ele havia levado uma túnica negra para Johannes e vestido uma cinza. Por baixo da túnica, os dois usavam calças e blusas escuras. Isla saiu do quarto com os olhos arregalado a procura de algo pela sala. Seus olhos pararam nos dois.

— Onde está Hill? — disparou ela.

— Achei que estivesse com você — respondeu Myles.

— Não está.

Isla começou a ficar desesperada.

Johannes olhou em volta e pensou onde sua parceira poderia estar. Não quebraria uma promessa assim tão fácil. Não quebraria o pedido de Isla.

— Acho que sei onde ela poder estar. Me esperem aqui, por favor — afirmou Johannes, saindo da casa.

Isla e Myles torceram para que a encontrasse.

Lá estava ela.

Hill estava debruçada contra uma pilastra analisando o exército que se organizava abaixo. Eles estavam em um edifício próprio do exército. O prédio fora construído envolta de um grande campo verde, o qual os soldados se organizavam para partir. Fora todo erguido na pedra e Hill estava encarando os homens no topo do prédio.

O dia ainda não nascera, mas prometia grandes tempestades. Johannes se aproximou e Hillary o notou. Ela o encarou de cima a baixo, analisando a túnica que havia muito tempo não usava.

— Sabe... — brincou ela. — Eu tenho um professor bonito e muito parecido com você.

Johannes deu uma risada rouca, colocando-se ao seu lado. Hill voltou a encarar o exército.

— Muitos deles irão morrer hoje, e mesmo assim estão indo lutar. Mesmo sem poderes — confessou ela.

— Eles não estão predestinados.

Johannes pegou as mãos dela e as colocou em seus ombros, depois pousou as suas próprias na cintura de Hill, puxando-a para perto. Ele a encarou nos olhos e disse:

— Você é livre para tomar suas próprias decisões. Mesmo não querendo que vá, mesmo que me doa pensar em você lá, a decisão continua sendo sua. Eu a protegerei onde estiver.

Hillary sorriu para Johannes. Ele entendia o que ela estava sentindo. Isla não lhe deixara escolha, mas Hill entendia o porquê. Johannes começou a guiar Hill em uma dança leve e lenta. Hillary o encarou com um ponto de interrogação nos olhos.

— O que está fazendo? — perguntou ela.

— Dançando com você.

Ele pegou a mão dela e a girou. Hillary não conseguiu conter o sorriso. Ela entendeu o que ele estava fazendo e o admirou por isso. Ele era uma pessoa triste tentando fazer outra pessoa triste sorrir. Isso era amor.

Eles embarcaram naquilo que poderia ser sua última dança. Ambos sorriam um para o outro debaixo daquela aurora nublada e fria. Eram como um rio que corria para se abraçarem. Corriam para sentir um ao outro. Ele a girava e a trazia para perto de seu corpo quente. Seus pés em perfeita sincronia dançavam como na primeira vez em que estiveram nos braços um do outro.

A vida era uma dança.

Hillary deitou sua cabeça no ombro de Johannes como na primeira vez, e ele a abraçou.

— Como esse momento pode durar para sempre? — perguntou ela.

— Sinta o agora — respondeu ele, acariciando seus longos cabelos negros. — Aproveite o agora. Amanhã será outro dia cheio surpresas. Basta a cada dia o seu mal. O momento dura para sempre quando a nossa música vive.

Johannes se afastou para poder encará-la. Acariciou o rosto delicado dela e disse, sorrindo:

— Feche os olhos.

Hill franziu a testa, mas mesmo assim obedeceu.

— Pode abrir.

Assim que o fez, não acreditou no que viu. Teve de ficar vários segundos encarando para então entender o que estava acontecendo. Seus lábios começaram a tremer, e as lágrimas corriam como um rio pelo seu rosto.

— Foi você — afirmou ela.

Ele a encarou, confirmando. Em sua volta, havia vários cristais de gelo que dançavam. Todos perfeitos como nas noites em que tivera os sonhos que lhe atormentava. Eles dançavam ao redor de Hill e Johannes. Dançavam como haviam feito quando se sentira sozinha.

— Como? — perguntou ela, encarando-o com os olhos brilhantes.

Ele se aproximou e beijou sua testa. Um beijo gelado. Então ela se lembrou da primeira vez em que os cristais apareceram para ela e um lhe dera um beijo gelado na testa, assim como Johannes estava fazendo.

— Eu a sentia. Sentia seu desespero e seu medo — disse ele.

Ele beijou a ponta de seu nariz como o cristal fizera da segunda vez.

— Sentia quando você sonhava. De alguma forma, estava interligado a você. Como se os sonhos me levassem a você. Naquele momento, percebi que não era o único. Que não estava mais sozinho. Eu queria acalmá-la. Queria impedir seu sofrimento depois do pesadelo, pois sabia o quanto era ruim. Queria que sentisse que não estava sozinha.

Ele pegou sua mão direita e beijou a ponta de seus dedos, assim como os cristais fizeram quando ela tocara o vidro da janela da sala de aula. Ele esteve lá o tempo todo. Ele a sentiu e a protegeu. Não a deixou sozinha. Ele havia a acalmado quando estava desesperada e com medo.

— Obrigada — disse com lágrimas de emoção no rosto. — Obrigada por tudo.

Johannes aproximou os lábios dos dela e a beijou como na primeira vez, quando seus pés estavam sobre a areia da praia. Sentiu seu cheiro. Seu gosto. Dera-lhe um beijo suave e intenso. Um beijo de despedida.

— Eu a amo. Sempre amarei você. Não importa o que aconteça, meu coração é seu.

— Eu o amo com tudo que sou.

Isla e Myles estavam sentados na calçada, inquietos pela demora de Hill e Johannes. Quando os dois apareceram, levantaram-se e respiraram fundo em agradecimento por ela não ter ido a Pitskarsia sozinha. Lily estava esperando na porta, inquieta porque queria sair de Báshi.

Hill encarou os amigos e sorriu. Os dois se aproximaram. Hillary segurou a mão de Myles e com a outra apertou a de Isla. Myles chamou Johannes para se juntar à roda e lhe ofereceu a mão. Os quatro estavam interligados. Unidos.

— Vamos lutar pela vida. Pelo que é certo. Pelo nosso futuro — disse Johannes com convicção, encarando Hill.

— Se eu não tivesse conhecido vocês, não saberia que família é aquela que a gente constrói e não necessariamente aquela que a gente nasce — disse Hillary, em lágrimas. — Vocês são a minha família.

Isla soltou a mão de Johannes e abraçou Hill.

— Amo você, irmã — disse Isla.

Hillary a apertou ainda mais. Johannes e Myles lhes deram privacidade.

— Eu também a amo, minha irmã.

Myles se aproximou e encarou Hill quando elas se afastaram.

— É assim que ele trata as alunas? — perguntou ele, tentando soar engraçado.

Hillary lhe deu um tapa no braço.

— Só essa aluna — comentou, chorosa. Myles a envolveu nos braços. — Cuide da nossa ruivinha.

— E você se cuide.

Myles e Isla entraram no carro e Johannes se aproximou de Hill, beijando-lhe a testa.

— Volte para mim, guerreiro — sussurrou ela.

Johannes sorriu e assentiu.

Os três partiram, deixando Hill no meio da pista. As lágrimas rolavam pelo seu rosto, mas ela ainda sim abraçava a esperança de dias melhores. Não podia deixar o desespero tomar conta de si.

A esperança deve ser a última a morrer.

O tempo estava frio e chuvoso. Raios e trovões ameaçavam rugir durante a guerra. Pitskarsia nunca esteve tão cheia. Havia multidões de magos se preparando e se colocando em suas posições. Guerreiros com seus cajados fortes e poderosos. O gramado estava cheio deles. Havia, também, infantarias de militares e soldados da corte com suas metralhadoras e tanques de guerra, mas não estava completa, pois a destruição do Centro do Comunicação do Exército atrasou algumas tropas. Os magos que também lutavam com lâminas carregavam uma espada nas costas.

Myles, Johannes e Isla pararam no meio do Grande Salão para se despedirem e partirem para seus lugares na guerra. Myles e Johannes ficariam em frente ao exército de magos, guiando-os para a batalha. Isla iria para os túneis junto com Callum. Os túneis foram separados para dois magos em cada um. Um mago do fogo e outro da terra para fazer explosões. Quando precisassem sair, usariam a magia da terra.

Os três se despediram. Myles e Johannes estavam andando em direção à porta. Isla estava inquieta. Algo em seu coração dizia que devia fazer uma coisa. Eles estavam em guerra e talvez fossem morrer. Não podia deixar para o amanhã.

— Myles! — gritou ela.

Myles se virou e andou até Isla. Johannes continuou seu trajeto até a saída. Os dois se aproximaram e Myles estava com um ponto de interrogação nos olhos.

— É... que eu... eu queria te dizer... — Isla estava nervosa. Myles franziu a sobrancelha sem entender. — Na verdade... eu devia ter dito há... muito tempo.

— Está tudo bem?

Isla o encarou e percebeu que não conseguiria dizer o que planejava. Não conseguiria ser boa com as palavras. Ela não tinha esse dom. Sempre que precisava falar algo em público, Isla travava. Agora que estava olhando para aqueles belos olhos castanhos, mesmo sendo seu amigo de muito tempo, não conseguiu falar. Ela só podia fazer uma coisa...

Aproximou-se, envolveu o pescoço de Myles com seus braços e o beijou.

O beijo que ele tanto esperara. O rapaz ficou sem reação, mas a envolveu nos braços, como sempre desejara. Aquela era sua ruivinha. Sua garota. Aquela que levara ao baile. Aquela que tinha a voz mais doce do mundo.

— Sei... que não é o momento perfeito, mas... eu tinha de dizer... — comentou, ainda o envolvendo em seus braços.

— Este é o momento perfeito — o rapaz confirmou, sorrindo.

Myles ainda não acreditava no que estava acontecendo. Mesmo que a guerra se aproximasse, aquele beijo mudara sua vida. Os dois se encararam. Olhos verdes com olhos castanhos misturando-se para formar apenas um. O exclusivo deles.

— Eu amo você — confessou ela.

— Eu amo você e sempre amarei, ruivinha.

— Essa é uma boa hora para você fazer uma piada sem graça — ela brincou. A timidez estava voltando e o frio na barriga subindo.

— Olha... você me deixou elétrico.

As mãos de Myles foram carregadas por eletricidade, fazendo cócegas na cintura de Isla. Os dois gargalharam. Myles aproximou sua testa da dela e sentiu sua respiração tocar seu rosto.

— Nós teremos tempo um com outro — disse ele. — Teremos paz.

Isla assentiu, deixando uma lágrima rolar pelo seu rosto. Myles a beijou mais uma vez. Um beijo que havia muito tempo os dois ansiavam.

44

Sangue sobre o gramado

Os pingos de chuva inundavam todo o lugar. Os raios e trovões rugiam com a aproximação do exército de magos inimigos. Eles eram muitos. Multidões e multidões, mas o exército de Karsia não desistiria, não pararia de lutar pela paz e contra a tirania.

Os magos do fogo, com seus arcos e flechas feitos de puro magma e flamas, estavam preparados no topo de Pitskarsia. Os magos do campo de batalha estavam prontos, com Johannes e Myles à sua frente. Os magos do ar, escondidos pelos ventos, e os dos túneis, estavam em suas devidas posições, prontos para atacar.

Prontos para o rugido de guerra.

— O tempo está bom para você? — perguntou Johannes, encarando o exército inimigo que corria em sua direção pelas colinas acima.

— Está perfeito — respondeu Myles. — E para você?

— Está perfeito.

Johannes levantou a mão e nela se materializou seu cajado de gelo. Todos os magos atrás materializaram os seus, assim como Myles.

Johannes deu seu rugido de guerra.

Os magos das trevas vinham com todo seu furor, ódio e sede por sangue. Johannes mirou seu cajado neles e, no chão, fez nascer um muro pontiagudo de puro gelo. Os magos que não se prepararam para tal investida foram brutalmente perfurados, jorrando sangue para todo lugar. Johannes gritou, e os magos do fogo prepararam suas flechas e investiram, perfurando e queimando a todos que não se protegeram com seus escudos.

— Avançar! — gritou Johannes para os magos que estavam em frente ao campo de batalha.

Myles mirou seu cajado aos céus, e os trovões cantaram com seus passos. Ele fez descer raios como fogo, dilacerando todos que entravam em seu caminho. Não importava o quanto o escudo do mago fosse bom, ele teria de ser ótimo. Com uma investida de Myles, muitos caíram e só sobraram corpos sem pele.

A luta começara.

Isla estava em frente a um dos vários túneis. Ela olhava para o professor Dixon atrás de si a espera da confirmação.

— Agora! — gritou ele.

Isla respirou fundo e começou a correr túnel adentro com Callum ao seu lado. Enquanto corria e se preparava para a investida debaixo da terra, Myles corria em cima preparando seus raios com seu cajado de prata. Os passos estavam interligados, unidos pelo amor e pela guerra. Corriam pela estrada sangrenta e tempestuosa na esperança de ver no fim uma luz que brilhava para seus futuros.

Isla e Callum pararam quando o exército inimigo estava logo acima. Eles se encararam, e ele confirmou com a cabeça. Estava na hora! Isla tocou em uma raiz no canto direito e, com a outra mão, segurou outra no canto esquerdo. Ela fechou os olhos e se concentrou em todo seu poder, em todos aos inimigos que corriam acima, e liberou a magia, fazendo as raízes crescerem como serpentes enormes acima. Ela controlou cada uma e fez os magos caírem.

Myles olhou para frente, em meio a tantos magos de túnicas negras, havia várias raízes grossas com uns trinta metros de comprimento que cresciam do chão, dilacerando e sufocando todos que entravam em seu caminho. Várias delas prendendo e matando os magos que corriam. Myles sorriu, pois era Isla quem estava projetando duas dessas raízes esplêndidas. Aquele majestoso poder vinha de sua ruivinha.

Uma aluna gritou atrás dele. Um grito agudo de desespero. Quando Johannes e Myles a encararam, ela não estava ferida, mas assustada por algo que estava vendo. Os dois viraram para frente e o que viram lhes deixou apavorados.

Completamente apavorados.

Os magos têm a capacidade de projetar algo para a realidade, assim como Johannes fez Hillary quando estavam correndo dos magos pelos becos de Pitagária. Alguém estava concentrado em algum lugar das colinas acima, projetando gigantes com longas e afiadas espadas em suas mãos. Eles corriam rápido. Não havia vida, nem sangue, nem nada. Eram fruto da imaginação de alguém. O problema era que o gigante poderia tocar e ser tocado, pois era projetado com magia das trevas. O gigante foi feito de carne e osso, e tinha sede por sangue. Seus músculos se contraíam na medida que corria com todo seu furor, empunhando sua enorme espada.

Johannes e Myles não conseguiam ver quem projetava, pois o lugar estava embainhado por magos. Não havia como distinguir quem projetava ou não. Todos em volta já lutavam. Soldados embainhavam suas armas e atiravam enquanto os gigantes os esmagavam e os partiam ao meio.

Magos e seus cajados lutavam com bravura e morriam defendendo uma causa. Johannes e Myles lutavam lado a lado. Era como uma dança com seus cajados de gelo e raios. O sangue já escorria pelos seus rostos, e o suor, banhava suas costas. Eles matavam e se protegiam, mas, à medida que eliminavam um, mais uma multidão aparecia e os gigantes chegavam mais perto.

Johannes fez nascer do chão enormes lobos de gelo famintos por sangue. Eles matavam quem vinha a frente e dilaceravam seus corpos. Eram rápidos, ágeis, fortes e possuíam dentes enormes. Aquele era o Senhor do Gelo. Todos se maravilharam com sua facilidade em projetar animais feitos de seu próprio poder. Somente um senhor do elemento fazia tal coisa.

Os gigantes estavam perto. Johannes deu cobertura para Myles e ele investiu. Myles deu um salto no ar e fez seu cajado colidir com o chão.

Uma onda elétrica percorreu pelo chão queimando quem o tocasse até chegar ao primeiro gigante. Ele sofreu, mas não caiu. Myles fez um raio cair sobre sua cabeça, e enfim o corpo do gigante caiu esmagando seu próprio exército. Eles tinham derrubado um, mas centenas deles surgiam no topo da colina e desciam com seu furor.

A infantaria com suas metralhadoras e seus tanques de guerra bombardeavam e atiravam no exército inimigo, mas as armas de fogo não surtiam muito efeito. Eles morriam com mais facilidade, pois lutavam contra magos poderosos. Mesmo assim, lutavam defendendo seu reino e sua causa.

A paz e a liberdade.

45

Uma chance

Isla nunca havia usado tanto seus poderes como agora. As pálpebras remexiam de um lado para outro, sentindo todos os passos das pessoas acima, todos a quem ela esmagava. Não conseguia vê-los, mas conseguia senti-los. Não gostava daquilo, mas não iria parar de lutar.

— Agora — disse ela a Callum.

Callum obedeceu. Ele tocou as raízes que ela projetava e investiu seu poder de fogo. As raízes acima viraram como chicotes de fogo. As flamas queimavam sem precisar das próprias raízes para esmagarem os magos inimigos. Aquele poder era brutal. Terra e fogo juntos. Lutando como um só.

Isla sentia as chamas em suas raízes, mas as fortalecera para que não se partissem. Se não tivesse tomado a poção de Graham, talvez não conseguiria. Se todos não tivessem tomado, suas energias talvez estivessem acabando. Tudo graças ao professor que entregou sua vida.

Danyel, o parceiro de baile de Hill, era um dos magos que estava no topo de Pitskarsia, investindo em flechas de fogo. Seu elemento era o fogo. Vários alunos estavam ali, lutando por Pitskarsia e por Karsia. Lutavam pelas famílias vivas e pelas mortas.

O exército de magos sombrios era maior e mais forte que o deles. Eles estavam em desvantagem, mas não desistiriam. Um espírito de luta agora reinava nos corações daqueles alunos. Um espírito que ansiava acabar com a guerra e destroçar aquele exército inimigo.

Denyel ergueu o arco e flecha de puro fogo e, no expirar de sua respiração, ele a liberou, atingindo em cheio a cabeça de um mago das trevas que lutava abaixo. Assim todos os magos de fogo faziam, dilacerando o exército inimigo abaixo com suas flechas em chamas.

Todo sarcasmo de Denyel se fora no momento em que a primeira gota de sangue manchou o campo de batalha. Ele estava em chamas. Como todos que lutavam por Karsia, ele ansiava pela paz. E só tinha uma forma de alcançá-la: a luta.

Johannes e Myles decidiram abrir espaço para saberem quem estava projetando os gigantes para interrompê-lo. Os lobos de gelo avançavam a frente, abrindo caminho enquanto Johannes e Myles corriam. Com os poderes de seus cajados, matavam ou feriam quem tentava tocá-los pelas laterais.

No topo de uma colina, havia quatro magos encapuzados e cobertos com túnicas negras. Eles estavam de mãos dadas e com as cabeças abaixadas. Johannes e Myles se olharam debaixo de todo o sangue que manchavam seus rostos e suas túnicas e balançaram as cabeças confirmando. Aqueles só podiam ser os que estavam projetando os gigantes.

Os quatro magos da magia maligna estavam concentrados. Tinha de ser eles, mas estavam longe demais, e todo o exército inimigo investia como se estivessem protegendo-os. Deles nasciam os gigantes com armaduras de ouro e prata. Espadas que brilhavam mesmo sem os raios de sol. Eram tão ferozes e fortes que mesmo ao olhá-los os mais fracos morriam de medo.

— Vá atrás dos magos. Eu fico com os gigantes! — gritou Myles.

Johannes o encarou e pensou na bravura de suas palavras. Aquele não era mais um garoto. Myles se transformara em um homem. Em um guerreiro. Johannes confirmou e, com um movimento preciso, passou por debaixo de um gigante dilacerando sua perna com gelo cortante e começou a subir, deixando Myles para trás.

Abaixo deles, os alunos, professores, guerreiros e soldados lutavam. Muita morte banhava o belo gramado de Pitskarsia. Nada mais seria como antes. Ele sempre ficaria machado por sangue; sangue de pessoas que entregaram suas vidas pelo que acreditavam.

Atena, a única senhora elementar, a Senhora da Terra, embainhava seu cajado feito da pedra mais dura da natureza, o diamante, e lutava com os magos da terra ao seu redor. Ela era forte e graciosa. Fora escolhida pela terra por ter um coração humilde e caridoso. Era loira com leves fios grisalhos, seu corpo, esbelto como de uma jovem; e seus movimentos precisos como o de uma guerreira.

A Senhora da Terra.

Callum e Isla estavam concentrados em destruir tudo acima, mas algo conseguiu puxar uma das raízes de Isla e delas fez descer algo tóxico. Um tipo de veneno que corroía o corpo. Isla tirou as mãos das raízes, mas as palmas de sua mão se queimaram com aquele líquido. Ela gemeu de dor.

Callum ficou preocupado, mas antes que pudesse fazer alguma coisa, uma rajada desse mesmo líquido tóxico saiu usando as raízes como uma mangueira. As costas de Isla queimaram. Sua pele ficou em carne viva. Ela gritou de dor e correu. Callum foi banhado pelo mesmo líquido. Metade de seu corpo estava na carne viva. Sangue escorria pelo seu rosto. Metade de seu couro cabeludo estava em ruínas.

Isla chorou ao ver o amigo daquela forma. Ela correu de volta, segurou-o pelo braço não ferido e tentou correr de volta ao santuário. Ela seguia aos tropeços com Callum se apoiando nela. Porém a pessoa que fez entrar o líquido não havia desistido. Atrás deles o túnel fora aberto com um estrondo de poeira, e uma maga entrou, encarou-os com ódio e começou a correr em direção a eles.

O desespero tomou conta de Isla. Ela não sabia o que fazer. Ela pensava em ser forte, mas era muito difícil. Suas costas queimadas ardiam, seus músculos doíam e suas mãos sangravam. Ela não podia se curar. Não gastaria energia assim.

— Isla, corra — disse Callum. — Eu vou distraí-la enquanto você foge.

— Não — disse Isla, chorando.

— Vou morrer de qualquer jeito. Eu prefiro morrer em batalha a morrer em uma maca. Deixe-me te dar tempo.

— Não. Não vou deixar você — disse ela em meio aos soluços.

Callum se desvencilhou dos brações de Isla à força, materializou seu cajado e fez uma rajada de fogo em direção à maga. Isla estava estupefata. Fraco, Callum não conseguiria fazer isso por muito tempo. Quando as rajadas cessaram, a maga reapareceu com seu escudo mágico em volta de si e com os olhos sedentos.

Ela sorriu.

— Corra! — gritou Callum.

Ele empurrou Isla, e ela começou a correr sem olhar para trás com as lágrimas como sua parceira de sofrimento. Ela só queria fugir para bem longe. Atrás de si uma explosão inundou o túnel. Uma explosão de fogo. Callum fez a explosão e se suicidou para salvá-la. Ela chorou pela morte do amigo. Chorou pela sua bravura.

Isla corria e corria. O santuário estava próximo, tão próximo que conseguia ver as luzes. O túnel atrás de si despencara, fazendo vários magos caírem e se queimarem com as flamas feitas por Callum. Isla se permitiu olhar somente uma vez para trás, e esse foi o erro que salvou sua vida.

A maga estava viva e correndo atrás dela. Era muito poderosa. Seu escudo era magnífico.

— Eu vou pegar você, garotinha — debochou a mulher.

Isla chegou ao santuário. Sua respiração estava ofegante e o suor lhe banhava. As pontas de seu belo cabelo ruivo estavam em ruínas. Ela tinha de impedir a maga de ver a quantidade de túneis que haviam feito. Ela materializou seu cajado com a bela rosa amarela na ponta e fez despencar a terra para esconder os buracos e impedir a entrada da maga. Pelo menos por algum tempo.

Isla correu para a escada, mas uma explosão a fez tropeçar e tossir pela quantidade de terra que fora jogada contra ela. A maga apareceu do túnel e andou na direção de Isla. Ela apoiou seu corpo com sua mão ferida, levantou-se aos tropeços e começou a correr.

— Não adianta correr, boneca! — gritou a mulher, rindo.

Isla subiu as escadas, e a maga atrás de si começou a correr também. Elas passaram pelo corredor dos quadros e foram parar no Grande Salão, que ainda permanecia intacto. Isla seguiu para os portões, mas a guerra lá fora a assustou. Ou entrava na guerra com aquela quantidade de magos lutando ou combatia somente aquela maga.

Talvez tivesse uma chance.

Uma chance.

Isla se viu sem saída, mas decidiu ser forte. Parou, virou-se, encarou a maga que sorria e materializou seu cajado mais uma vez, revelando seu poder.

O elemento terra.

Isla estava preparada para lutar.

46

Destino

Johannes correu colina acima, com seus lobos de gelo cobertos de sangue abrindo caminho; restos de corpos cobriam os dentes enormes. Ele vagou em direção aos magos que, concentrados, sustentavam um feitiço: projetar gigantes para a destruição de Pitskarsia. Myles estava abaixo os impedindo de descer e chegar ao seu povo com seus incríveis e mortais raios.

Johannes estava a menos de cem metros dos quatro quando o mago da ponta esquerda se desvencilhou dos três e tirou seu capuz negro. Ali estava ele. A maldita pessoa que se fez cidadão de Karsia e traiu o reino. Ali estava Hunter, o antigo diretor de uma universidade que antes era o símbolo de paz e que naquele momento estava coberta de sangue de alunos e professores.

Johannes se tornou o mais frio gelo do inverno: sem piedade ou misericórdia.

Hunter começou a descer a colina em direção a Johannes. Dois senhores elementares preparados para se enfrentarem. Juntos, fariam a terra virar cinzas. Explosão cintilou de seus olhos ao enxergarem o adversário. Não havia misericórdia nos olhos de Johannes, mas ódio e sede de sangue.

Por Hillary que sofrera nas mãos de Hunter e, por seu povo, que agora sangrava em uma guerra estúpida, ele lutaria. Queimaria sua própria alma até ela virar um sussurro ecoado pelas ondas do mar, se fosse preciso.

Os dois pararam a vinte metros um do outro. Encararam-se com ódio nos olhos e fúria em cada músculo que se contraía.

— Então você é o motivo para eu ter de adiantar esta guerra? Onde está sua namoradinha, *professor*? — zombou o antigo diretor. Fumaças de gelo começaram a sair das mãos de Johannes. — Você é patético. Todos esperavam mais de um Senhor, mas você acabou com isso se tornando um mero professor — disparou Hunter.

— Foram os professores que treinaram seu exército — retrucou Johannes.

Ele não se importava com essa zombaria, pois amava o que fazia. Tinha orgulho de ser chamado de professor. E não desistiria daquilo que amava. Aquilo que lhe trouxera sua parceira, sua companheira, seu amor.

Ser professor é mais do que lecionar. Ser professor é educar. É ajudar uma pessoa a realizar seus sonhos. É ser amado e também amar.

Hunter deu um sorriso zombeteiro e disse:

— Pelo menos vocês servem para alguma coisa.

O diretor fez nascer do chão leões de fogo negro, com jubas de flamas igualmente negras e enormes dentes que aterrorizariam sonhos. Eles correram na direção de Johannes, mas se colidiram com os lobos de gelo dele.

Um estrondo reverberou pela colina quando os dentes de fogo se encontraram com os dos lobos de gelo. Aquilo era colossal e brutal. Uma verdadeira tempestade de chamas e gelo. Todos naquela guerra puderam ouvir os rugidos de seus poderes inundarem e abalarem a terra. O mundo.

Johannes materializou seu cajado de puro gelo com seu cristal que resplandecia vida. Hunter, num piscar de olhos, fez o mesmo, mas o seu era de fogo negro, brilhante com a luz da corrupção e da imundície.

A maestria em seus movimentos os faziam se destacarem. Eram os Senhores mais poderosos; as tatuagens brilhavam e resplandeciam com seus movimentos friamente calculados.

Eles se atacavam, esquivavam-se e rugiam com seus poderes, inundando cada músculo de seus corpos. Cajado contra cajado. Escudo contra escudo. Fogo e gelo.

Cada movimento era um impulso de puro poder. Pura glória e exuberância. Johannes seguia os passos de uma dança mortal. *Sangrenta*. Em certos movimentos até o diretor teve de se esquivar e recuar um passo para o poder do Senhor do Gelo. Ele se esquivou de seu ódio mortal, de seu gelo cortante e de seus sonhos.

Em um momento específico de pura falta de concentração, o diretor rodopiou com o poder de Johannes, mostrando o que estava preso embaixo de sua túnica.

Ódio reluzente em seus olhos explodiu em mil facas de gelo.

Johannes não acreditou no que viu ou em quem a possuía. Ali estava a adaga das quatro pedras: a adaga dos sonhos. Aquela que matara Elizabeth e mataria Hillary.

A maldita adaga da lenda.

Johannes tinha uma missão. E era a que mais importava para ele, pois viver sem aquele brilho nos olhos de Hill, sem a vida que latejava de seu ser, sem aquela risada rouca que despertava paz em seu coração, sem os olhos astutos e inteligentes era quase tão mortal quanto o objeto à sua frente.

Mudar o sonho. Mudar a profecia. Essa era sua missão. Ele precisava pegar a adaga a qualquer custo. O homem acreditava que os sonhos eram um aviso e poderiam ser modificados, por isso o faria por sua parceira.

Nem que isso custasse sua vida.

Deixar os amigos irem a uma guerra e não ajudar é umas das decisões mais difíceis a se tomar. Pensar que eles estão sangrando e morrendo é uma dor que ninguém consegue explicar. Um sentimento de rancor, desespero, angústia e medo. Hillary deixara seus amigos e seu parceiro irem. Seu corpo estava naquele carro ao lado de Lily, mas sua mente e alma estavam com eles na guerra.

Lutando com eles.

Hillary olhou para suas mãos, e uma lágrima rolou por sua bochecha. Seus poderes estavam mortos para sempre. Haviam virado cinzas dentro dela. Ela não o sentia, não o ouvia e nunca o tocaria. Nunca descobriria sua essência. Isso a corroía. Em seu dedo, estava o anel. Aquele maldito anel da pedra de sangue, o que carregava uma lenda mentirosa.

Elas demoraram para sair da casa da cidade, pois tiveram de arrumar as coisas de Lily. Quando foram para a estrada, a tarde já reinava, mas o sol estava encoberto pelas nuvens carregadas de água. O dia estava frio, escuro, tempestuoso e cheio de medo e terror. Lily dirigia com velocidade para encontrar sua família.

Hillary olhou em frente, mas o que viu não foi a estrada molhada pela chuva que descia como farpas pelos céus, e sim corpos e sangue espalhados por Pitskarsia. Fechou os olhos com força, e, quando os abriu, a estrada novamente apareceu. Seu corpo todo se arrepiou.

Não estava delirando: aquilo fora uma visão.

Uma dor lancinante bateu em suas têmporas. Ela apertou a cabeça com força e estava novamente em Pitskarsia quando abriu os olhos. Como se sua alma fosse transportada para aquele campo de medo, névoa e terror. Ela conseguia ver soldados usarem muros de corpos como escudos sangrentos. Viu vários corpos no chão, sangue espalhado pelo jardim que um dia fora verde e cheio de vida. Observou uma cratera enorme no chão causada por uma explosão de chamas em que pessoas caíam em cima de outras para aquele inferno incandescente.

Pressionou as pálpebras, gemendo de dor, e as abriu novamente, então estava no carro. Naquela tempestade luminosa e horrorosa que cobria Karsia. Lily a encarou com preocupação.

— Pare o carro — disse Hill.

Lily hesitou.

— Pare o carro! — gritou Hill.

Parte dela se arrependeu por ter gritado com Lily, mas ela precisava sair.

Precisava de ar.

Lily saiu da pista e estacionou em um acostamento. Hill abriu a porta e saiu aos tropeços, caindo de joelhos no chão. Enquanto pressionava as têmporas com as mãos, fechou os olhos. Quando os abriu, assistiu Isla com seu cabelo chamuscado em cinzas atrás de um escudo de pedra, lutando com uma maga das trevas. Viu Myles com seus raios sobrenaturais e ferozes dilacerando as vísceras de gigantes armados. Hillary viu Johannes coberto de sangue e gelo lutando contra o diretor que embainhava a adaga de quatro pedras.

A maldita adaga.

Hill não conseguia mais controlar a respiração. Tudo era como um rugido martelando em seu coração palavras que a diziam para voltar. Para lutar. Chamando-a para uma morte gloriosa. Uma morte digna de uma guerreira. Uma morte em um campo de batalha.

Não seja covarde. Lute! Cumpra seu destino.

Cumpra seu dever ou veja seus amigos morrerem.

Cumpra sua missão ou veja Johannes morrer.

De repente, voltou para a realidade.

Lily estava lá segurando seu braço e tremendo.

— O que está acontecendo?

Hill olhou para a estrada como se pudesse ver o campo de batalha e toda a extensão da gloriosa Pitskarsia e disse com convicção e determinação que até mesmo ela se assustou:

— Eu vou voltar.

— O quê? Não!

Levantou-se sentido cada músculo de seu corpo corresponder ao chamado da guerra.

— Desculpe por ter atrasado você, mas o meu destino está naquela guerra. Se o destino muda, outras pessoas morrem, pessoas que não deveriam morrer. Eu preciso estar lá.

Hillary começou a olhar a cidade em volta. Estava vazia. Não havia carros ou motos para roubar. Não sabia como voltar.

— Hillary, por favor — implorou Lily. — Volte comigo.

Hillary segurou firme os braços dela e, concentrando-se em seus olhos cor de âmbar, disse com firmeza:

— Volte para sua família e eu voltarei para a minha. Viva!

Lágrimas começaram a descer pelo rosto de Lily. Mas Hill não se importou e começou a vasculhar em volta com seu olhar aguçado de guerreira. Havia um estábulo fechado à sua frente. Seria sua única chance. Disparou, mas Lily pegou seu braço e comentou:

— Espere.

As duas já estavam encharcadas pela chuva. Lily abriu o porta-malas e tirou de lá uma túnica verde jade. A túnica que Hill havia mandado fazer, mas que não fora aceita pelas regras de Pitskarsia.

— Você deixou isso lá em casa da última vez que foi nos visitar.

A jovem pegou a túnica e a vestiu sobre as calças de couro preta e blusa justa branca. Não era tão longa como suas túnicas atuais, mas servia. Ela cobriu a cabeça com o capuz e abraçou Lily. Esta entrou no carro e deixou Hill.

Hillary correu até o estábulo, arrombou-o e roubou um cavalo. Uma fêmea de boa pelagem negra e bons músculos. Ela subiu e cavalgou de volta a Pitskarsia. Tudo à sua volta parecia soar como uma sinfonia de guerra. O que ela queria, no entanto, era poder estar mais uma vez naquele teatro com Johannes, segurando sua mão, entrelaçando seus dedos aos dele e se deleitando com a música de Tchaikovsky.

Sofrimento e dor eram o tema da sinfonia de guerra. Ela cavalgava ao som da chuva e dos tambores, que eram os batimentos de seu coração.

Ela havia se tornado a própria sinfonia, os tambores de guerra, a explosão de glória e fúria. Era uma guerreira com poderes ou não. E o medo não era mais um latejar constante em seu peito. Estava voltando por seu povo. Por seus amigos. Por sua família. Por sua mãe, que um dia amara Karsia. Por seu pai, que trabalhava e se entregava ao seu reino. Por Elizabeth, que morrera salvando seu filho.

Por Johannes.

Por ele...

Ela estava indo ao seu destino: à guerra dos sonhos.

47

Fúria mortal

Isla nunca havia lutado de verdade, por isso estar ali era um desafio que ela estava com medo de travar, mas enfrentou seu medo e o encarou de frente. A maga de longos cabelos castanhos empunhou seu cajado, mostrando toda sua magia maligna e se orgulhando do terror de Isla.

Uma maga da água.

Isla levantou o cajado de ouro com a bela flor no topo e, reunindo todo seu ódio e força, colidiu com a ponta dele ao chão. As pedras ao seu comando começaram a se rachar até que o impacto chegasse na maga. As estruturas do castelo se abalaram. Pedras se partiram, mas a maga maligna, com uma rapidez sobrenatural, protegeu-se.

– Então a garota luta – debochou a maga, sorrindo. – Isso vai ser divertido.

Ela lançou água em direção a Isla com a força parecida com a de um piso de concreto que a fez colidir com a parede atrás. Pedras de todos os tamanhos caíram das paredes, deixando os escombros espalhados pelo Grande Salão que uma vez fora o palco de um baile deslumbrante. Isla caiu no chão e, com dificuldade, tentava respirar. Sua garganta se encheu de sangue, fazendo-a cuspir e gemer de dor. As costas doíam e suas pernas tremiam, ameaçando permanecer no chão para sempre.

– Levante-se, princesa. Quero brincar com você de pé.

O ódio cresceu nos olhos de Isla. Ela não pensava mais em tudo que estava acontecendo fora do Grande Salão. Ela só conseguia ver aquela maldita maga com um sorriso predador nos lábios. Uma força sobrenatural que vinha de sua alma ameaçou explodir em seu peito. Não havia mais medo. Agora não só lutaria por tudo que a fizera ir para aquela maldita guerra, mas por ela mesma.

Por sua vida.

Por seus sonhos.

Levantou-se e a maga suspendeu o cajado, fazendo pequenos jatos de água. Eram como lanças afiadas e precisas. Como flechas que voavam ao encontro de sangue. De morte.

Isla colocou o cajado na frente de seu corpo, e as pedras que estavam no chão formaram uma parede entre ela e a maga. Algo surpreendente e poderoso. Os jatos bateram nas pedras com vivacidade e velocidade, mas Isla, mesmo gritando com a força que fazia para fazer as pedras permanecerem no lugar, as protegeu. Seu nariz e boca sangravam, manchando de vermelho a pele branca com sardas.

Estava ficando fraca e não sabia como vencer aquela batalha.

A maga parou os jatos.

— Não se esconda. Não seja covarde! — gritou.

Isla podia ser muitas coisas, mas não era covarde. Ela olhou para as pedras e teve uma ideia. Levantou seu cajado, e as pedras a obedeceram. Com força e ferocidade, as pedras levitaram e caíram sobre o escudo da maga. Muitas não a atingiram, mas seu escudo vacilou com cada impacto e uma a fez cair ao chão com o braço cortado e esmagado. A maga começou a rir, mas dessa vez não foi por Isla, e sim porque fora atingida por uma mera aluna.

— Inferno — xingou, levantando-se com olhos de águia. Aquilo não era o fim.

Era só o começo do derramamento de sangue. Uma sede insaciável.

Aquela palavra. Aquela maldita palavra entrou na mente de Isla remexendo suas memórias até achar a certa.

Inferno.

Lágrimas começaram a banhar a pele manchada, lavando o sangue que nelas inundava. Lágrimas de tristeza, dor e ódio. Um ódio que Isla nunca sentira.

— Você o matou — disse Isla, com os olhos arregalados e vermelhos.

— Seja mais específica, garota. Eu matei muita gente.

O coração de Isla trovejava.

— Você matou Graham! — gritou Isla.

A maga gargalhou.

— Devo ter matado — assumiu, dando um passo na direção de Isla.

Esta não se moveu, mas seus olhos queimavam com raiva.

— Seu nome é Ysa — afirmou Isla, contraindo o maxilar com força.

— É, então eu o matei. E você será a próxima.

Fúria mortal a inundou.

Tudo pareceu estar em câmara lenta para Isla. Como se estivesse em um outro plano olhando para ela mesma. A maga investiu novamente seus jatos, mas aquilo pareceu tão devagar para ela, como se estivessem no ritmo de uma música lenta e triste. Isla, com rapidez, mirou seu cajado e fez dele sair uma raiz com uma velocidade sobrenatural. Ysa não o viu, apenas quando ele já havia atravessado sua barriga e seus jatos de água negra haviam caído.

Sangue jorrou.

Isla não demonstrou rancor nenhum ou emoção alguma. Seu rosto estava lívido e seus olhos preparados. A maga a encarou com surpresa nos olhos e, pela primeira vez, sentiu medo da jovem aluna.

Aquela que ninguém acreditava ser forte.

Isla era uma guerreira, contudo.

Forte, linda, destemida e poderosa.

Isla enviou mais uma raiz que atravessou o ombro de Ysa. Depois outra que atravessou direto o coração e, em um só movimento, Isla retirou as três raízes do corpo dela, manchando o Grande Salão de sangue.

Ysa despencou no chão. Sem vida e sem alma.

A garota ceifou a vida de quem matara Graham.

Por ele.

Por ela mesma.

Com um movimento rápido, pegou as pontas de seu cabelo queimado e com magia o cortou acima dos ombros. Suas costas ardiam e seu coração palpitava. Isla olhou para o Grande Gramado e partiu para a guerra sem olhar para trás.

Os gigantes não paravam de descer. Muitos magos estavam sendo pisoteados e partidos ao meio por suas espadas afiadas. Myles não conseguia deter todos de uma vez. Muitos escapavam de suas ondas elétricas e desciam até os magos e soldados abaixo. Seus músculos estavam pedindo socorro, e seu corpo precisava de água.

Olhou para baixo, onde as pessoas lutavam com seus cajados, metralhadoras e flechas de fogo. Um grito constante de dor e desespero. A única coisa que queria saber era se Isla estava bem ou ferida. Seu olhar em volta lhe respondeu uma pergunta que só pôde ser respondida em momentos como aquele. Uma pessoa não conhece o verdadeiro significado do amor até ter ele em suas mãos e não poder deixá-lo partir.

Isla.

Isla.

Seu nome era como um canto em seu coração acelerado.

Tudo que via era morte, terror e desespero. Não havia mais alunos sorrindo. Havia guerreiros lutando e morrendo. Tudo aquilo aconteceu tão rápido. Meses antes estavam sentados no refeitório comendo e rindo. Agora lutavam ao lado de seus professores por mais tempo de vida com quem se amava.

Isla, chamou ele mentalmente.

Ela não respondeu nada, o que lhe desesperou. Seu sangue começou a borbulhar, e seus olhos viraram pura eletricidade.

Estou viva, respondeu ela.

A voz mental parecia cansada.

O alívio de Myles fora imenso. Seus lábios tremerem, sua garganta, queimou.

Amo você, disse ele.

E eu amo você. Volte por mim. Por nós, falou ela.

Uma lágrima escorreu pelo rosto de Myles. As palavras que ele tanto esperou para ouvir. Elas seriam seu conforto até que sua alma se dissipasse. Ela era sua garota, sua ruivinha, e ele faria de tudo para protegê-la. Estava decidido a correr até ela, contudo mais gigantes se aproximavam. Manadas deles corriam com suas armaduras poderosas e brilhantes.

Não podia descer.

Não agora.

A raiva de Myles fez os trovões cantarem. Seus olhos ficaram prateados e seu cajado fervilhava em raios. Ele fez descer dos céus raios de fogo até os gigantes. Quando tocaram o chão, uma explosão se acentuou disparando eletricidade, espalhando cinzas e corpos sem pele.

Os magos que estavam longe se aterrorizaram com tamanho poder, já os gigantes foram todos ceifados, sobrando apenas cinzas e pó, mas os três magos que os projetavam não desistiram de reproduzi-los. Myles teria de arranjar um jeito de pará-los.

Onde está Johannes?, era a pergunta que o perturbava.

Os senhores do gelo e do fogo negro eram como brasas queimado e o frio que dilacerava tudo que via pela frente. Quando suas forças estavam acabando, bastava um olhar para a adaga que Johannes se lembrava de sua parceira, então voltava a lutar com a fúria de antes.

Ela era seu combustível.

Cada golpe era um latejar do nome de seus amigos e de sua parceira.

Graham.

Hillary.

Mudar o destino, esse era seu lema. Salvar sua parceira.

Johannes e o antigo diretor lutavam com ferocidade. As investidas de Johannes haviam feito cortes profundos nas coxas e braços do inimigo, mas ele também se ferira. Seus pés haviam sido queimados pelo fogo negro que Hunter fez como magma em uma piscina incandescente.

Eles giravam com seus cajados, pulavam com fúria nos olhos e investiam seus poderes contra os escudos, que já latejavam. Tudo acontecia como numa batida de um tambor: uma música tensa e maligna. Cada investida aumentava o desejo de limpar o mundo daquela imundície.

Desejava um mundo melhor para seu povo, amigos e para a mulher que amava. Para todos.

Esse era seu verdadeiro sonho.

A adaga estava tão perto, mas difícil de acessar. Toda vez que Johannes chegava perto, Hunter o golpeava e lhe tirava sangue. Eles lutavam e rugiam ao som dos poderes de seus elementos. Os raios e trovões investidos por Myles cantavam junto com seus gritos de guerra.

Os dois estavam descendo a colina com o decorrer dos golpes colossais e chegaram na parte do gramado perto da arena, onde os professores um dia treinavam seus alunos. Não havia mais tantas pessoas ao redor deles. Havia somente o Senhor do Gelo e o Senhor do Fogo Negro em uma guerra infinita que nenhum recuaria.

Ou se vencia ou morria.

Vida ou morte.

— Eu sei o que você quer — provocou Hunter.

— Você não sabe de nada.

O maxilar de Johannes se contraiu.

— Eu vou gostar de matá-lo, Senhor do Gelo. Assim poderá nascer um Senhor da Água melhor que você. E depois matarei sua *namorada.*

Seu sangue queimou como se ele próprio fosse um mago do fogo. Aquela última frase fez subir em seu peito uma energia sobrenatural. De uma coisa ele sabia, no entanto: Hillary era forte. Era uma guerreira e não morreria sem lutar.

— Você pode até tentar, mas ela o estripará antes — respondeu Johannes.

Com os olhos cheios de fúria, Hunter pegou a adaga de sua cintura e os dois se prepararam para mais uma luta. Johannes não deixaria que as palavras dele se cumprissem. Hillary estava longe, por isso ele mudaria o destino.

Hillary.

48

"A nossa música sempre viverá"

Nada do que se ensinam nas escolas ou universidades, ou o que se lê em livros, mostra o verdadeiro significado de uma guerra. Tudo que se ensina é sobre heroísmo em grandes batalhas, sobre espadas que foram embainhadas das pedras e destinadas a um só ser para matar o inimigo. Eles não falam do quando os músculos doem e gritam a cada passo. Não falam o quanto sua garganta implora por água. Não falam que o sangue manchará suas roupas e sua alma. Que as vidas tiradas por suas próprias mãos lhe atormentarão os sonhos das mais belas noites.

Não existe heroísmo na guerra. Só existe morte e tristeza. Rancor e medo. Na maioria das vezes as pessoas não se importam com sua própria morte, mas o medo atinge sua alma em pensar que um parente seu morrera. Por isso, a guerra se sustenta. Por isso, as pessoas embainham suas espadas e cajados. Não é por si. É pelas pessoas que eles amam.

Hillary cavalgara até o topo de uma colina ao leste de Pitskarsia. Ela não sabia como lutaria, mas estava ali para cumprir seu destino. Ela lutaria, mesmo sem poderes. Ela lutaria por seus amigos e por seu parceiro.

Hill avançou com seu cavalo e de longe avistou Johannes lutando com Hunter perto da arena. Uma batalha acirrada para ambos. Seu coração começava a bombardear sangue mais rápido. Sua garganta rangia e suas mãos suavam frio. Os ventos gélidos faziam a chuva bater contra seu rosto com força. Hillary cavalgou com toda fúria e velocidade que podia.

Ela chegou perto da arena, desceu do cavalo e encarou os dois. Algo estava errado. Algo estava...

Por um momento eles pararam. Simplesmente pararam como se tivessem em choque por algo que ela não conseguia ver. Suas mãos começaram a tremer. Ela notou a mão de Johannes se levantar e, com a última gota de poder, ele aproveitou o momento em que Hunter se desconcentrara desfazendo seu escudo, e investiu nele uma rajada de gelo que o jogou para longe. Tão longe que Hillary não conseguiu ver aonde chegara.

Seu coração ameaçava sair de seu corpo.

Ela encarou Johannes, que estava de costas para ela, e, por um milésimo de segundo, viu as pernas dele tremerem, e então ele caiu de joelhos. Tudo à sua volta ficou sem som, sem vida, sem alma. Hillary correu e correu. Seu coração rugia a cada passo.

Correu contra os ventos.

Correu contra a chuva.

Correu contra tudo.

Johannes caíra no chão como se toda sua energia tivesse sido sugada. Hillary se ajoelhou ao seu lado e o virou para cima. Os olhos se encheram de lágrimas, e seu corpo inteiro ficou trêmulo.

Johannes estava com a adaga de quatro pedras enfiada em seu peito. Ele gemia de dor, e seu rosto estava perdendo cor. Aquela adaga estava corroendo seus órgãos e sugando sua vida. Hillary colocou a mão no peito dele. Ela tremia de desespero, mas o que viu lhe deu um fio de esperança, mesmo que a lenda falasse que era mentira.

Era uma esperança mesmo assim.

O anel de sangue brilhou em seu dedo. Ela o tirou e colocou no dedo tatuado de Johannes.

— Funciona! Funciona! — suplicou ela ao anel em meio às lágrimas.

— Saia, Hill — sussurrou ele com a voz rouca.

— Nunca mais o deixarei — disse ela com firmeza, encarando os olhos de Johannes e segurando sua mão com força.

Ela começou a olhar em volta à procura de algo que a pudesse ajudar. Qualquer coisa. Qualquer pessoa.

— Alguém me ajude! — gritou ela. — Isla, Myles. Alguém me ajude.

Johannes colocou sua mão sobre a de Hillary o que a fez encarar seus olhos que agora brilhavam cheios de lágrimas. Lágrimas de dor.

— Hill, você tem de me prometer... me prometa que ninguém segurará essa adaga a não ser *você*. Somente *você*, ninguém mais. Me prometa.

— Jo...

— Prometa! — implorou ele, apertando sua mão.

— Eu prometo — respondeu ela, rouca.

Ela nunca se odiou tanto por não ter mais poderes.

Ele relaxou e ela continuou:

— Você não pode me deixar dançar sozinha, Jo. Eu tropeço e você me ajuda a voltar para a coreografia, assim como faço com você, lembra?

Ele levantou a mão e acariciou o rosto molhado de Hill. Ela impedia que a chuva caísse no rosto de Johannes com o próprio rosto.

— Eu sempre dançarei com você, meu amor — disse ele, dando em breve sorriso.

— Não me deixe, por favor. — Ela voltou a olhar ao redor à procura de ajuda. — Alguém me ajude.

— Eu mudei o destino — sussurrou ele.

A frase era mais para si do que para ela.

— O quê?

Voltou a encará-lo.

— Você é o meu sonho, Hill. Você é o meu lar. Eu não poderia deixar você morrer — disse ele. — O destino mudou e você viverá e terá um futuro.

Ela estremeceu.

— Eu quero um futuro com você. Somente com você.

Ele tocou suas bochechas, manchando-as de sangue.

— Eu sempre estarei com você. Aqui — disse ele, olhando para o coração dela.

— Não. Não. Não. Por favor.

— A nossa música sempre viverá. — Ele a puxou para perto de seu rosto e encarou os olhos dela. Aqueles olhos que refletiam o céu noturno estrelado. — Eu amo seus olhos, Hill. Consigo ver o universo inteiro neles.

— E eu vejo nos seus — disse ela, chorosa.

Johannes a puxou e a beijou como na primeira vez. Beijou enquanto podia, enquanto tinha forças. Enquanto seu coração ainda batia. Um beijo de amor que lembrava todos os seus beijos anteriores. Todas as aflições que passaram juntos. Tudo em um beijo.

Tudo.

O universo inteiro.

Os dois pararam e abriram os olhos. Hill encarou aqueles olhos cor do céu da primavera. Tão azuis quanto o mar. Tão azuis quanto safira. A mão que Johannes pusera sobre o rosto de Hill perdera a força. Os olhos dele perderam a vida. Perderam a primavera. Perderam o brilho.

Não era mais o mar.

A mão dele caiu, e seus olhos permaneceram abertos encarando Hill.

Hillary não respirava. Não conseguia...

Johannes estava morto.

Johannes...

— Jo — chamou ela. Nada mais fazia sentido. Tudo girava com uma música sem ritmo e sem beleza. — Jo! — Ela o sacudiu, desesperada, sem deixar de encarar aqueles olhos sem vida. — Meu amor.

As lágrimas investiram como um rio raivoso. Seu corpo inteiro tremia.

Essa era a parte da guerra que ninguém ensinava, porque só se podia sentir. Só se podia grita e chorar. Mas nada mudaria o final.

Nada!

A dor da perda.

Johannes havia passado o destino de Hill para ele. Ele havia se entregado por ela. Ele fez isso sem pensar duas vezes, porque a amava.

A amava demais.

Uma dor lancinante corroía seu corpo, fazendo as veias de Hill queimarem como brasas ardentes. Ela estava queimando por dentro. Suas mãos tremiam, mas por um conjunto de sentimentos. Dor e perda se misturavam. Algo dentro dela, algo poderoso queria explodir, queria se libertar.

Hillary começou a se contorcer. Seu corpo inteiro rangia. Seus músculos se contraíam e descontraíam repetidas vezes. Olhou para os céus, deixando a chuva cair em seu rosto, e explodiu.

Ela gritou.

Gritou para liberar a dor e a perda.

O mundo pareceu parar ao seu redor.

Seu grito ecoou com os raios. Todos os magos, colina acima, ouviram seu grito de desespero. Algo no interior de Hill fora despertado enquanto o fazia. Algo que estava morto renasceu das cinzas como uma fênix. Hillary era a fênix. Um fogo que rugia dentro de si queria se libertar, então Hill o tocou e sentiu algo que pensou que nunca tocaria. Aquilo que era a luz de sua alma.

Seus poderes.

Hill olhou para suas mãos e se petrificou. Ela não só havia desbloqueado seus poderes. Havia se tornado algo muito maior. Muito mais poderoso. Em seu braço nascera uma tatuagem feita pelos espirais e arabescos negros até o topo de seus dedos, mas em sua mão a tatuagem mudara. Ali estava a insígnia de seu elemento.

Fogo.

Ela era a Senhora do Fogo.

49

O princípio de tudo

O som dos raios parecia se anular em comparação ao grito que emanou de Hill. O mundo tremeu com aquele poder que fez o fogo rugir. Todos sabiam o que aquilo significava. Myles, que estava de longe, sabia o que acontecera. Os gigantes pela primeira vez pareceram ter medo. Isla, que lutava no campo de batalha, soube de quem vinha aquele grito. Por isso correu.

O principal motivo daquele grito, todos sentiram. Porque, quando um elemento escolhe seu Senhor, o mundo treme e o universo rugi. As estrelas brilham e todos o sentem. Um Senhor é a alma pulsante de seu elemento.

Aquela que não tinha mais esperanças de ter seus poderes, foi escolhida.

Hillary, a Senhora do Fogo.

Uma esperança cresceu no peito de Hill. Ela olhou para o corpo de Johannes e percebeu que tinha uma esperança. Havia desbloqueado os poderes sozinha, então poderia fazer algo para que ele voltasse a vida, pensou ela.

Ele tinha de voltar.

Ele tinha...

Isla surgiu correndo das colinas acima e se deparou com o corpo de Johannes e Hill ajoelhada ao seu lado segurando sua mão e chorando. Ela tinha ouvido o grito de Hill e o distinguira. Isla caminhou para perto da amiga e se ajoelhou ao seu lado.

Hill colocou as mãos sobre o peito de Johannes e fechou os olhos, tentando se concentrar em seu poder.

– Não! – gritou Isla, retirando as mãos da amiga do peito dele. Hill a encarou com ódio nos olhos. Encarou aquele rosto coberto de sangue. – Você não pode gastar sua energia. Ele se foi.

— Ele não se *foi* — replicou Hill, voltando sua atenção ao corpo inerte no chão.

— Não.

Isla a fez olhar para si. Concentrar aquele olhar de tristeza em si.

— Você não está entendendo — disse Hill, chorando e colocando a mão sobre o próprio peito. — Era para aquela adaga estar... no meu coração.

Hillary tremia.

— E ela não está? — perguntou Isla, compadecendo-se da dor da amiga.

Aquela pergunta dilacerou o coração de Hill. Ela desabou em prantos, começou a sacudir Johannes e o abraçou, mas Isla a puxou para si e a acolheu. O corpo de Hill tremia como se tivesse sido eletrocutado, mas, mesmo assim, Isla a apertou tentando fazê-la se acalmar.

— Eu sinto muito — disse Isla, deixando que as lágrimas caíssem sobre seu rosto.

Hill soluçava e chorava.

— Vá atrás dele — disse Isla ao ouvido de Hill. Ela se afastou e encarou o rosto em prantos de Hill. — Mate-o.

Hill entendeu de quem ela estava falando. Hunter havia tirado seus poderes. Havia a separado dos amigos. Havia a trancafiado e agora matara seu parceiro.

A garota respirou fundo e se preparou para o que estava prestes a fazer. Tentou ao máximo controlar os tremores. Ela voltou seu olhar para o corpo de seu parceiro e fechou os olhos que antes brilhavam como o céu azul. Aproximou-se e beijou sua testa deixando suas lágrimas escorrerem pelo rosto de Johannes.

— Eu vou cumprir minha promessa — sussurrou, contra a testa de seu parceiro.

Hillary deslizou sua mão, pegou no cabo da adaga e a retirou do corpo de Johannes. Sangue começou a jorrar de seu ferimento, o que a fez chorar mais. Não acreditava que aquilo estava acontecendo. Nada parecia real.

Levantou com as pernas bambas, colocou a adaga em seu cinto, debaixo da túnica verde, e se preparou para andar em direção a Pitskarsia e deixar Isla com o corpo de Johannes.

Hillary prometeu a si mesma que o vingaria. Se o elemento fogo a escolhera, ela se transformaria na arquimaga do fogo que o mundo nunca viu.

Ela se tornaria a própria morte encarnada.

Hillary correu pela guerra atrás de uma pessoa que agora ela sabia quem era. Seu sonho não lhe mostrara, mas agora sabia. O antigo diretor. O Senhor do Fogo Negro. Hillary olhou para suas mãos trêmulas e se lembrou de seu sonho. Aquele sangue que as encharcava era de Johannes.

Seu sangue.

Ela olhou à sua frente com fúria nos olhos à procura de Hunter. Seus músculos cantavam seu puro poder. O fogo queimava em suas veias, pedindo para se libertar, mas ela estava esperando a hora certa. A pessoa que merecia toda sua ira. Merecia o inferno de seu fogo.

Pensou em seus sonhos e onde ele poderia estar. Só podia ser um lugar. Havia mais um sonho que precisava ser realizado, e ele aconteceria no castelo.

Aconteceria no Grande Salão.

A noite já brilhava inundando as colinas com sua neblina negra que seguia em meio à guerra. Ela viu Atena com seu cajado de diamante, observou a coordenadora Ravena lutando ao lado do professor Dixon. Todos cansados e sangrando. Todos lutando com a última gota de poder que lhes restavam.

Correu mais rápido com seus cabelos úmidos batendo em suas costas. No meio de uma colina, viu os raios que caíam dos céus e atingiam a terra. Myles estava ali, ele os controlava. Os estrondos colossais de seus trovões ficariam marcados na História. Ela viu vários de seus colegas e soldados lutando. As flechas de fogo que voavam e atingiam o inimigo.

Sangue.

Muito sangue.

Seguiu mais adiante e o que viu lhe apavorou a alma, mas as lágrimas não mais desciam, pois o que latejava em seu peito era o ódio puro. Hill viu os corpos de Liana e Aisha prostrados no chão. Juntas como sempre estiveram. Suas colegas de classe. Mortas brutalmente. Nunca mais veriam o alvorecer do sol. Nunca mais ririam ou se apaixonariam. Tudo por causa de uma guerra idiota.

Ódio. Fogo. Escuridão.

Tudo latejava em seu peito implorando para sair.

Implorando para se libertar.

Mais à frente ela viu o corpo sangrento e coberto de sujeira de sua professora de música. A mais carinhosa e prestativa professora de Pitskarsia, a Sra. Sasha. Morta.

Tudo se passava como se estivesse em câmara lenta e seu corpo estivesse correndo sozinho, pois sua alma ainda estava processando o que estava acontecendo. Tudo era como um borrão na escuridão.

Hillary se lembrou do que Johannes lhe dissera sobre perder sua mãe para encontrar seu elemento. Ela o havia perdido para sempre e agora era a Senhora do Fogo. Hillary preferia viver para sempre sem seus poderes do que o perder.

Um buraco enorme se abrira em seu peito. Tudo que queria fazer era chorar até não aguentar mais. Deixar que aquele fogo em seu peito a consumisse.

Por completo.

Johannes morrera.

Por ela.

O nome dele não saía de seus lábios. Ela ainda conseguia sentir os dedos dele entrelaçados aos dela em meio às carícias. Conseguia sentir os beijos e os abraços que lhe tiravam o fôlego. Conseguia ouvir suas risadas mais felizes. Conseguia sentir a dança.

A nossa música sempre viverá.

O universo inteiro em seus olhos.

Sempre viverá.

Ela subiu as escadas de Pitskarsia e parou de correr. Atravessou a portaria e entrou no Grande Salão. O palco de muitas alegrias agora estava em ruínas. Escuridão e tristeza. Uma parede estava em pedaços e várias pedras estavam sobre chão, assim como o corpo de uma maga, mas tudo estava em silêncio.

Completamente silencioso.

Caminhou até o primeiro degrau da grande escadaria, relembrando seus passos nos sonhos, e um estrondo ecoou pelo salão que a fez virar. As portas do Grande Salão foram fechadas e, na frente delas, encontrava-se a pessoa que procurava.

Hunter.

Ele caminhava despreocupado. Debochando em cada passo. Mas o ódio e a fúria estavam estampados em seus olhos. Um ódio primitivo e maligno.

— Como você fez isso? — perguntou ele.

Suas mãos estavam nos bolsos, e seu semblante, autoritário.

Hillary não respondeu. Apenas desceu o degrau sem tirar os olhos dele. Hunter deixou seu olhar cair para a mão direita dela a qual a tatuagem de Senhora do Fogo reinava. Ele levantou seu braço e encarou sua própria tatuagem.

A mesma tatuagem.

A mesma insígnia.

— Isso não é possível — disparou ele. — Um elemento só escolhe um Senhor.

— Talvez ele já tenha predestinado sua morte — retrucou ela com calma letal.

Nojo: era isso o que ela sentia.

Ele a encarou.

— Nós somos iguais, Hillary — alegou, sorrindo. — Eu tenho uma história para te contar.

— Você é um nada. Não tem amor ou amizade. Você é desprezível.

— Era uma vez...

Hillary deu um passo em sua direção, mas Hunter a fez parar com uma magia maligna muito forte. Ela estava presa e seu corpo não a obedecia, mas, a qualquer momento, o fogo que estava em seu peito iria explodir.

— Era uma vez...

— Eu não quero ouvir nada de você — gritou ela.

— Isso você vai querer ouvir. É a história da nossa vida e o motivo dessa guerra. — Ele começou a caminhar até ela, e Hill se concentrou naquele poder que corria em suas veias. — Era uma vez, três séculos atrás, uma mulher que havia nascido com um dom sobrenatural. Um dom que apavorava a todos, inclusive a ela. Foi escolhida por todos os elementos a ter a dádiva de sonhar com o futuro.

Hillary sabia de quem estava falando. Mas o que imaginava era como seria prazeroso estripá-lo.

Então ele continuou:

— Ela vivia aqui. Era professora de Pitskarsia. Então chegou uma noite em que sonhou com uma guerra. Uma guerra que devastaria Karsia. Imagine o quanto ficou desesperada, pois ela tinha uma família aqui. Tinha um marido e um filho de sete anos. O nome dela era *Elizabeth,* e ela sonhava com *esta guerra.* — O triunfo era aparente em seus olhos. — Os magos daquela época ficaram vinte anos acreditando nela. Acreditando que uma guerra viria e devastaria o reino, mas nada veio. Nada aconteceu, mas os sonhos não a deixavam quando sua cabeça se encostava ao travesseiro. Seus sonhos lhes diziam que alguém de dentro de Pitskarsia os trairia, mas não havia ninguém. Nada acontecia.

Com o pensamento, Hillary desfez aquele escudo maligno que a prendia, mas ficou parada ouvindo o relato sem deixar que ele percebesse que estava livre.

Só esperava a hora certa de pegar sua presa.

Ela era fogo e escuridão. Era uma loba e uma fênix. Era uma guerreira com sede de sangue.

— Então começou a perseguição. O rei estava cansado das histórias dela. Muitos fanáticos acreditavam nela e tudo virou um alvoroço. Mas com vinte anos contando a mesma história, eles não acreditaram mais, e o rei mandou que a matassem. Não só ela, e sim a sua geração. Eles pensavam que os sonhos proféticos poderiam passar de mãe para filho. Então ela correu, levou seu filho para uma mulher escrava e o deu a ela. Na despedida, Elizabeth deu algo ao seu filho que o protegeria. Um feitiço de amor. — Hunter mostrou um colar que estava envolta de seu pescoço; possuía uma pequena pedra de cristal. — Foi forçada a mandar seu filho para um país estrangeiro. Ela o mandou à Zeligaia. Quando ela voltou para se encontrar com seu marido, ele estava morto, pois ele não disse nenhuma informação sobre o paradeiro de sua esposa. Elizabeth morreu com a adaga de quatro pedras enfincada em sua barriga. O rei a enterrou em uma caverna e mandou que todos os senhores dos elementos fizessem uma proteção nela que impediria qualquer mago de entrar. O rei mandou que apagassem ela da História, que eliminassem sua existência, e assim foi feito.

"O garoto de sete anos carregou em si um ódio que ninguém entendia. Ele foi caçado, mas ninguém o encontrou. Quando ficou adulto, voltou à Karsia e descobriu que seus pais haviam sido assassinados por causa desses sonhos e que se entregaram para salvá-lo. Em seu coração, declarou guerra contra Karsia. Ele não era um profeta, mas sonhava com uma guerra. Com destruição e morte.

"Ele preservou e regou aquele ódio por Karsia durante anos e o passou a seu filho. Assim esse rancor foi passado de geração em geração, até que... dois magos da mesma linhagem dele foram presenteados pelos elementos para serem seus Senhores. Eles eram primos. Um era o Senhor do Ar e outro Senhor do Fogo. Os mais poderosos Senhores da História. Eles possuíam esse ódio no coração, mas depois de tanto tempo não fazia mais sentido, até que um deles teve um sonho. O mesmo sonho de Elizabeth. Um sonho profético. Então toda a raiva voltou e os primos decidiram que cumpririam o desejo de seu ancestral. Os dois armaram um plano. Um veio para Karsia e o outro virou...

— Presidente de Zeligaia — completou Hill. — Os primos são você e Júlio Cohen.

Hunter sorriu. Um sorriso letal e predatório.

— Você entende rápido, mas então eu te pergunto: qual de nós é o profeta?

Hillary o encarou e se lembrou do santuário, de *O conto das cinco pedras* queimado e todos os símbolos gravados no chão. Hieróglifos antigos e malignos. Grimórios de magia das trevas. Tudo sob Pitskarsia.

— Você. Você é o profeta.

Ele sorriu.

— Agora você entende o porquê de eu querer acabar com seus sonhos, mas você se tornou algo muito maior. Nós dois somos profetas e Senhores do fogo.

— Você ia me matar.

— Sim. Bloqueei seus poderes para você não se curar, e você morreria aos poucos. Assim ninguém perceberia que fora assassinada.

— Cretino...

— Mas tudo mudou agora. Em meus sonhos, vejo uma pessoa empunhando a adaga de quatro pedras e, de alguma maneira, as pedras se partem e liberam todo seu poder. Fui atrás da adaga. Contratei uma pessoa que você já conhece. Ronyele pegou a adaga para mim, mas só depois de anos que eu fui descobrir que ela fazia parte de uma lenda e que havia mais um objeto nessa lenda. Consegui o livro das Cinco Pedras, mas ele estava em ruínas então tive de o moldar e trabalhei nele dia e noite, mas só esse ano consegui lê-lo. Só que você já havia fugido. Por isso, fiz de tudo para ser mais rápido para roubar o outro elemento da lenda: o anel de sangue.

— Eu vi o livro. Você o guardava no santuário.

— Você nunca se perguntou o porquê só você conseguiu sentir o que havia lá dentro? Que só você o descobriu? Nunca se perguntou que energia era aquela que a chamava para entrar?

Hillary ficou em silêncio.

— Eu coloquei magia de profeta nele. Por isso só você o sentiu. E, quando descobri que não era o único, que havia mais um profeta, eu tirei tudo de lá.

— Você está enganado — replicou Hill. — Existia mais um profeta. — Ódio, pesar, dor, fogo... Hunter franziu a testa. — Johannes era um profeta — disse ela.

Ele ficou estupefato, vez que não sabia que Johannes era mais um. Que existia mais um além deles.

— Hillary, você tem de se juntar a mim para vigarmos Elizabeth. Devemos honrar nosso dom. Devemos isso a ela.

— Eu *nunca* me juntaria a você — disse Hillary com o nojo transparecendo em seus olhos.

— Mas não é isso que você procura? Vingança? Vingar seu namorado *morto*?

Pela primeira vez, Hillary sorriu. Mas não havia alegria. Não havia sentimentalismo. Aquele era o sorriso da morte.

— Eu procuro libertar o mundo da *besta* que é você — disse ela.

Hillary suspendeu sua mão tatuada à frente de seu corpo e juntou suas forças para formar aquilo que seria o seu poder. O fogo encarnado. Em sua mão, começou a se materializar o cajado, nascendo das cinzas que um dia fora seus poderes. Ele era como um flagelo de puro fogo e em sua ponta uma fênix nascia com as asas abertas em chamas.

O cajado da fênix.

O cajado da Senhora do Fogo.

50

Sangue e escuridão

A cidade colorida já estava vazia, mas o Sr. Baker esperava. Ele havia estacionado o carro em uma lanchonete e ali esperou por sua filha. A noite já brilhava em névoa e chuva, mas Hillary não chegara. Estava inquieto e impaciente, pois marcara de se encontrar com ela horas antes.

Mas nada.

O relógio marcava vinte e duas horas. Só uma coisa poderia ter acontecido. Somente uma. E essa opção não lhe agradava. Ele queria ser um pai diferente. Queria protegê-la como um pai comum. Amava sua filha, mas não sabia como dizer isso depois de tanto tempo.

Ela só poderia ter voltado e ido à guerra. Aquela maldita guerra. Sua querida filha estava em uma guerra sem poderes. O homem olhou para a estrada e se decidiu. Entrou no carro e voltou para a estrada em direção a Báshi. Ele havia perdido sua mulher. Não perderia sua única filha.

— Eu vou voltar, minha querida — sussurrou ele, acelerando o carro.

Tudo o que Hunter e Júlio Cohen fizeram desde o princípio da guerra foi para afetar Karsia, seu alvo principal. O expansionismo deveria ter mais magos e recursos. Tudo que eles fizeram. Toda morte era por causa de vingança que foi regada no coração da família desde que aquele garoto de sete anos perdera sua mãe Elizabeth.

Hillary nunca sentira seu corpo lhe responder tão bem. Tudo funcionava, e a energia que corria por suas veias estava mais viva. Ela queimava.

Seu fogo era sobrenatural, magnífico, poderoso e letal. Este ficara meses adormecido, porém agora a única coisa que queria era ser libertado.

E assim o fez.

Os movimentos de Hillary eram precisos e certeiros. Giros e rajadas de fogo eram lançados em Hunter. As chamas que saíam de suas mãos e de seu cajado eram puras flamas incandescentes. Hunter investia em seus movimentos de magia maligna. O fogo negro crescia em sua túnica quando girava e liberava seu poder.

Sua imundície e corrupção.

Aquela estava sendo uma luta árdua.

Eles lutavam como verdadeiros Senhores, deixando vestígios de sua luta por onde passavam. Vestígios do fogo de ambos. Hunter começou a impulsionar Hill a subir às escadas com golpes raivosos. Ela lutava enquanto subia as escadas de costas. Então percebeu o que estava acontecendo. Esse era só mais um episódio da realização de seu sonho.

Só mais um em que ela caía e o levava junto.

Subiram até estarem no terraço. A chuva havia parado, mas o chão ainda estava molhado. O céu ficou negro, e não havia estrelas. A guerra no gramado ainda cantava ao som dos tiros e trovões. Cantava ao som dos elementos e da morte. Os magos no topo de Pitskarsia, que manuseavam suas flechas de fogo, olharam para baixo e viram a luta dos Senhores do Fogo.

— Pare com isso! — disse ele. — Podemos fazer coisas grandiosas. Junte-se a mim!

— Jamais! — bradou, com tanta fúria que faria montanhas se moverem para se afastar de sua ira.

Hillary e Hunter estavam exatamente onde o sonho profetizara, só que agora ela entendia o seu papel.

Ela era a adversária em chamas.

Hillary levantou o cajado e lançou suas chamas. Hunter fez o mesmo, e elas se encontraram.

Fogo com fogo.

Um estrondo colossal.

Mortal.

As chamas de Hill e as de Hunter colidiam uma com a outra deixando magma cair ao chão. Todos na guerra conseguiam ver o espetáculo de cores que se seguia no terraço. Hill e Hunter se encaravam como presas a serem abatidas. Como se a morte estivesse à espreita. Eles começaram a se aproximar um do outro até que seus cajados colidissem e uma segunda explosão aconteceu.

Muito pior que a primeira.

Essa abalou o mundo.

O fogo dos dois explodiu até os céus. Myles, que estava nas colinas, sentiu o impacto daquela explosão. O chão do terraço se partiu, e Hillary e Hunter caíam como chamas. Seus corpos entraram em combustão para que amenizassem a dor da queda. Eles despencaram grudados um ao outro, como no sonho de Hill. Inimigos caindo unidos. Sempre lutando.

Quando os corpos se encontraram com o chão, o impacto foi horrendo; eles saíram rolando para as laterais do Grande Salão. As pedras que formavam o teto caíram, deixando o céu negro à vista. Os pedestais que antes exibiam as insígnias dos quatro elementos, estavam em pedaços. Nada sobrara. As escadas estavam em ruínas e as portas caíram. Hillary e Hunter usaram suas últimas forças para se protegerem dos escombros que poderiam os atingir.

Poeira. Escuridão. Sangue.

Hillary, com suas últimas forças, levantou sua cabeça. Mesmo que por um segundo, ela viu Hunter espatifado no chão. Tudo estava girando, seu corpo inteiro doía e sua têmpora sangrava. Ela não aguentou muito tempo. Sua cabeça voltou a cair no chão, cedendo ao desejo de nunca mais sair do lugar. Ela piscou três vezes, e a respiração quis abandoná-la. Seu corpo não mais a respondia, até seu coração batia vagaroso.

Desfaleceu em meio aos escombros do que um dia fora o Grande Salão.

De repente, como em sonhos, Hillary estava em casa. Sentia-se entorpecida, como se estivesse acordado de um sono profundo. Ela abriu e fechou os olhos várias vezes sem entender o que estava acontecendo. Levantou-se do sofá de sua casa, mesmo com as pernas bambas, e ficou de pé no meio do cômodo. O ambiente estava diferente: a sala estava limpa, a lareira aquecia a sala e as luzes amarelas iluminavam o recinto.

Hill caminhou até a mesinha central e pegou um retrato sobre ela. Uma foto sua com nove anos; seus pais estavam ao seu lado. Todos felizes e sorridentes. Aquela foto fora tirada de sua sala havia muitos anos. Por que estava ali, Hill não entendia.

Talvez estivesse morta, e o destino trouxera sua alma de volta para casa.

Seu corpo estava gelado como um cadáver, apesar da sala quente. Olhou em volta e era como se tivesse voltado à infância. Aquele lugar estava alegre de novo, e Hill não sabia o porquê. Tudo parecia colorido como nunca antes. Enquanto sua alma era escuridão.

De repente, a porta da cozinha se abriu, emanando o cheiro de bolo. Aquele cheiro que marcara sua infância. Uma mulher de longos cabelos negros entrou na sala. Usava um vestido azul simples e caseiro.

A mulher se aproximou, mas Hill ainda não conseguia enxergar seu rosto. Somente quando a mão quente dela tocou seu rosto que Hill a enxergou. Seu corpo ficou quente, e uma chama acendeu dentro de si. Mas não era a chama de seu poder. Aquela que latejava em seu peito era um fogo diferente. A mulher limpou as lágrimas que começaram e escorrer pelo rosto de Hill.

A escuridão se dissipou.

— Minha filha.

A mulher sorriu. Um sorriso de alegria e aconchego.

O corpo de Hill começou a tremer. Ela não sabia como reagir, não sabia o que fazer. Sua mãe se aproximou e a abraçou. Hillary a apertou como se não fosse mais deixá-la sair. O cheiro de seus cabelos a fizeram lembrar de momentos simples da infância. A falta daquele abraço a fizera perder noites inteiras chorando e gemendo pela dor. Mas agora estava ali. Sua querida mãe, por algum milagre, a abraçava novamente, permitindo Hill sentir mais uma vez como era estar nos braços da mãe.

Como era ser protegida por ela.

Sua mãe se afastou, ainda com o sorriso no rosto, e acariciou os cabelos da filha.

— Você está tão linda, minha filha.

— Mamãe — chamou Hill, lembrando-se do doce som daquela palavra.

— Você é agora uma mulher. Uma linda mulher. Tenho tanto orgulho de quem se tornou.

— Isso é real? — Sua voz estava trêmula.

— Estou aqui — disse ela, colocando a mão sobre o peito de Hill. — Eu sempre estive e sempre estarei.

Hillary soluçou.

— Eu sinto tanto a sua falta.

— Você tem de voltar. Voltar ao seu destino e garantir a vitória ao nosso povo.

Hillary olhou para suas mãos trêmulas.

— Eu não tenho mais forças.

Sua mãe pegou seu queixo delicadamente e o levantou para que a encarasse.

— Quando você está fraca é aí que está forte.

Hillary a encarou sem entender. Só o que conseguia pensar era naquele rosto materno. Naquelas belas feições que compartilhavam. Sua voz era doce quando falava. Era amorosa e suave. Era real.

— Minha filha, há algo muito maior que qualquer coisa que você já viu. Ele é muito maior do que os quatro elementos juntos. Maior que o ser que move montanhas ou que faz o mar se enfurecer. É nele que você deve se agarrar. Ele lhe dará a força que nenhum elemento poderá te dar, mesmo sendo a Senhora do Fogo.

— Mãe...

— Você tem de confiar. Ele te ajudará.

Hillary não estava entendendo. Aquelas palavras eram um enigma ao seu coração. Mas aquele toque. O toque de sua mãe era o calor de sua alma. Era daquele toque que ela não queria jamais se desvencilhar.

— Perdoe seu pai, minha querida.

Aquelas palavras soaram como uma flecha ao coração de Hill. Seu pai, aquele que a deixara sofrer sozinha, estava em algum lugar à sua espera.

— Eu já o perdoei — confessou Hill em meio às lágrimas.

Sua mãe sorriu.

— Quero que conheça uma pessoa — disse ela, agora segurando a mão tatuada de Hill.

A porta da cozinha se abriu e uma mulher segurando a mão de uma criança entrou na sala. Ela tinha cabelos longos castanhos e grisalhos, seu rosto emanava sabedoria e compaixão. Quando a mulher se aproximou, Hill a reconheceu. Aquela era a mulher dos seus sonhos. Aquela que caíra sobre ela e lhe pedira perdão. Aquela era Elizabeth.

— Olá, Hillary — disse Elizabeth, sorrindo.

— Elizabeth. — Foi a única coisa que Hillary conseguiu dizer em meio ao espanto.

Aquela criança só poderia ser seu filho. A criança que salvara e amaldiçoara seu reino. Eles estavam juntos mais uma vez.

— Quando voltar ao campo de batalha, confie em seus ideais — disse Elizabeth. — Me faça ser lembrada. — Hilary apenas balançou a cabeça, confirmando. Elizabeth acariciou o rosto em lágrimas de Hill. — Confie em seus ideais — repetiu ela.

Elizabeth segurou forte a mão da criança, mas um sorriso daquele pequeno garotinho lhe disse tudo. Ele olhou para Hill, e seus olhos lhe imploraram perdão. Perdão pelo mau que regou em seus corações e fez com que isso corroesse a alma de sua geração. Hillary entendeu por que Elizabeth lhe pedira perdão em seu sonho. Os dois saíram da sala e a mãe de Hill caminhou para a porta da cozinha, voltando para onde veio.

— Mãe... — disparou Hill.

Virou-se para encarar sua filha mais uma vez. A última vez. Ela sorriu.

— O vento sopra onde quer. Ouve a sua voz, mas não sabe de onde vem, nem para onde vai...

— Quem, mãe? Quem me ajudará?

— Amor — disse a mãe. — Ele se chama *amor*. Ele é o suporte do mundo.

E, com isso, sua mãe foi deixando a brasa quente que fervia em seu coração.

Amor.

Isla havia tirado o corpo de Johannes do meio da batalha. O levara para dentro da arena e o pusera no meio dela. Ajoelhou-se ao seu lado, colocou as mãos dele juntas sobre o peito.

A morte deveria ser algo com que as pessoas se acostumassem, mas nada se compara a dor da perda de uma pessoa amada. Nada se compara. É uma dor que deixa um buraco no peito que nada preenche.

Isla tocou o braço dele, fechou os olhos e vagou pelo seu corpo com a mente procurando fechar a ferida de seu peito. Quando chegou ao profundo corte, ela começou a liberar seu poder, não se importando que gastaria energia, mas não entendeu o porquê aquilo estava acontecendo tão rápido.

Energia demais.

Energia que não vinha dela.

Isla abriu os olhos, perplexa. Tirou a mão e observou o algo acontecer.

Uma força muito maior que ela e que qualquer outra coisa estava curando aquele ferimento sozinha. Membranas, veias e pele foram emendadas. O sangue coagulou. Então o peito dele começou a se contrair e a subir e descer.

Subir e descer.

51

Lar

Hillary abriu os olhos e estava de volta ao Grande Salão, ou o que sobrara dele. Levantou-se ainda machucada, mas não sentia dor. Era como se sua força fosse maior que qualquer dor. Uma força que vinha do interior. Ela entendeu o que sua mãe lhe dissera.

Hunter já estava de pé caminhando em direção a porta quando se virou e seu olhos se encontraram com os de Hill. Ele ficou com o olhar perplexo.

— Não pode ser real — protestou ele. — Você deveria estar morta.

Ele mancava e sangrava por todo lado.

— Eu não luto sozinha — avisou ela. — Eu luto com minha família e a força deles me faz viver. O amor pela justiça me trouxe de volta a esta batalha. — Hillary materializou seu cajado a frente do seu corpo, mas ela não o usou. Ele não era sua peça-chave. Ela tirou do seu cinto a adaga de quatro pedras e a levantou, mirando-a no coração de Hunter. — E eu não vou perder.

Ela se lembrou do feitiço que havia lido no museu de Franz Martinez. Aquele que queimava a pessoa de dentro para fora. Então o fez.

Hunter viu a realização de seu sonho. Hillary liberou sua rajada de fogo na adaga até que as quatro pedras se quebraram, liberando todo o poder que fora contido ali.

Toda a magnitude de uma lenda morta. Todo maligno.

Os olhos de Hillary eram como chamas. Terra, ar, fogo e água. Contidos em um só objeto. E mais o elemento principal. O elemento que estava dentro de Hill. Aquele que não conseguia ver, mas podia tocá-lo e senti-lo. Aquele que o vento soprava onde queria, e que cantava para ser ouvido.

O amor.

A adaga liberou toda sua força. Rajadas dos poderes de todos os elementos foram atiradas, fazendo as estruturas de Pitskarsia tremerem. Uma luz brilhante e incandescente inundou os céus, fazendo com que todos admirassem o espetáculo.

A mistura de todos os elementos.

E o amor.

Quando o poder da adaga foi liberado, Hill abaixou seu cajado e encarou o que sobrara do corpo de Hunter. O salão estava em ruínas. A beleza que antes brilhava naquele lugar agora estava despedaçada.

Hillary caminhou até o resto do corpo de seu inimigo e se ajoelhou ao lado com as costas viradas para os portões do Grande Salão. Algo ainda restava de Hunter. Aquela pedra de cristal feita por Elizabeth para proteger seu filho. Hill a pegou e a apertou firme em sua mão.

— A farei ser lembrada — sussurrou ela.

Na outra mão, estendeu o que sobrava da adaga. Somente aço, sem as pedras. A maldita arma que matara seu parceiro. Seus lábios tremeram, e lágrimas começaram a escorrer. Ela fez as chamas saírem de sua mão a ponto de a adaga derreter e cair no chão como magma.

Agora ela era a única Senhora do Fogo.

Ela fechou os olhos tentando impedir que mais lágrimas descessem, mas era impossível. Aquela dor não lhe deixava, e sabia que nunca a deixaria.

Jamais!

Uma onda de vento gélido inundou a sala fazendo os fios de cabelos negros de Hill dançarem com o movimento do ar. Do chão à sua volta começou a brotar cristais de gelo, e eles começaram a dançar em torno dela. O coração de Hill palpitava forte, as lágrimas se cessaram, e tudo que conseguia se lembrar era de seu parceiro conjurando aqueles belos cristais.

Cristais que brilhavam com vida.

Perfeito. Indomáveis. Companheiros. Reais.

— Hillary — chamou uma voz atrás dela.

A respiração da garota parou. Nada mais fazia sentido. Suas mãos tremiam como nunca. Hill se levantou, ainda com medo de se virar e ver o dono daquela voz. Ela estava com medo de ser tudo uma ilusão de sua cabeça, pois naquele momento ela não distinguia o que era real do imaginário.

Hill se virou e o que viu a fez estremecer. Ele estava ali a encarando. Estava de pé. Estava vivo. Seu parceiro, Johannes.

Vivo.

Ela deu um passo ainda com medo daquilo não ser real. Suas pernas tremeram.

Que se foda!

Deixou esse pensamento para trás. Tudo que ela queria era poder abraçá-lo e não o soltar mais. Nunca mais.

Assim, correu para seus braços. Quando seus corpos se tocaram, Hillary envolveu o pescoço dele em seus braços e ele a apertou contra seu corpo com força. Aquele toque era real. Aquilo não era imaginação sua. Ele estava ali, estava vivo.

Hillary chorou em seus braços, mas o sentido do choro mudara. Aquilo era emoção. Johannes a tirou do chão e a girou, apertando-a forte como se não fosse soltá-la mais. Esse era o desejo do dois.

Nunca mais se separar.

Hillary colocou o rosto dele entre suas mãos. Tudo que queria era poder ver aqueles olhos. Eles voltaram a ser tão azuis como céu da primavera. Ela sorriu em meio às lágrimas e o beijou, saboreando cada sentimento que sentiam um pelo outro. Sentindo a sensualidade de seus lábios macios e quentes, e o carinho das mãos que a apertavam contra seu corpo.

— Você está vivo — disse ela, contra os lábios dele.

— *Nós* estamos vivos.

Johannes se afastou para olhar aqueles olhos negros como a noite estrelada. Ele aproximou seus lábios da bochecha dela e beijou.

Aquilo era real.

A mão de Hillary deslizou sobre o peito de Johannes e foi parar onde a adaga o perfurara. Na túnica, havia um rasgo, mas a pele estava lisa e macia como se nunca tivesse sido atingida.

— Como? — perguntou ela.

Johannes segurou a mão dela sobre seu peito e Hill viu aquilo que antes fora sua esperança. Aquilo que a fizera implorar aos céus para que funcionasse. Em seu dedo estava o anel de sangue. Ele funcionara. Hillary sorriu para ele.

— Você o fez funcionar. O seu amor o fez funcionar. Por sua causa, eu voltei — disse ele, acariciando o rosto dela.

— O amor é o suporte do mundo — sussurrou ela. Johannes confirmou. — Eu vi a vida deixar seus olhos, senti sua mão cair, mas não consegui fazer nada. Nada! Eu o senti morrer em meus braços. — Os lábios de Hill tremiam. As lágrimas agora escorriam pelo rosto de Johannes. — Sei que perdemos muitas coisas na vida, mas nada se compara a essa dor. Johannes... você também é meu sonho. Você também é meu lar. Sou sua e você é meu, lembra?

Ele assentiu com carinho.

— Eu o amo com todo o meu coração — continuou Hill.

Hillary queria dançar com ele por toda sua vida e, a cada tropeço seu, queria que ele estivesse lá para ajudá-la. Assim como queria ser a pessoa a ajudá-lo. Sabia que passariam por tempestades, mas se não passassem suas vidas estariam incompletas. Sabia que quando elas fossem embora a calmaria viria e então navegariam por mares tranquilos.

— Quero escrever minha história com você, Johannes. Com você.

Ele encostou sua testa na dela.

— Quer se casar comigo? — indagou em um sussurro.

Um estrondo ensurdecedor explodiu atrás deles. Uma gigante bola de fogo voava em suas direções. Hillary girou Johannes para trás de si, materializou seu cajado e o levantou.

As asas de sua fênix eram chamas puras. A bola de fogo foi sugada por Hill, o que a fortalecera mais. Seu poder brilhava. Seus olhos haviam ficado da cor do fogo, o que deixou Johannes maravilhado com seu poder.

A guerra não tinha acabado.

Os dois desceram as escadas às pressas indo em direção ao gramado. Duas outras gigantescas bolas de fogo estavam voando em direção ao castelo de Pitskarsia, tentando impedir que os magos das flechas investissem mais, e para detruir o símbolo da magia de Karsia.

Hillary levantou suas mãos e as bolas pararam. Seus braços tremiam pela força que estava fazendo. Uma pressão imensa que carregava. Ela juntou as bolas formando apenas uma. Então tomaram a forma de uma fênix enquanto Hillary rugia com seu poder. Outras duas esferas de fogo foram lançadas em direção ao castelo com velocidade sobrenatural, então Hill a juntou a fênix, fazendo-a ficar muito grande.

Como um dragão.

Todas as pessoas presentes na guerra pararam para ver a enorme fênix que batia suas asas em chamas no ar. Aquela seria a cena inesquecível de todos os sobreviventes da guerra. A fênix sobre os braços levantados da Senhora do Fogo.

Johannes encarava Hill com admiração. Hill não só projetara a fênix. Ela era a própria fênix com olhos de fogo.

Hillary a fez alçar voo e arrastar as tropas inimigas. Muitos gigantes caíram com seus corpos em chamas vivas. Metade da tropa inimiga queimava com as chamas da fênix. Muitos morreram sem ao menos levantar seu cajado para lutar. Hillary ficou encarando o que fizera. Eles eram como pontos de luzes no meio de um vasto gramado de sangue.

Seu fogo.

– Nós temos um alvo – disse Johannes, aproximando-se. Os olhos de Hill voltaram ao seu habitual preto. Eles somente mudavam de cor quando as chamas de seu poder queimavam. – Eles estão no topo daquela colina.

Johannes apertou a mão tatuada de Hill entrelaçando seus dedos aos dela com força e carinho.

– Juntos – disse ele.

– Juntos – confirmou ela, abrindo um breve sorriso.

Os dois partiriam à guerra juntos. Lutariam juntos. Parceiros em tudo. Iguais em todas as coisas.

Eles eram arquimagos.

Senhor do Gelo e Senhora do Fogo.

Juntos.

52

Névoa e fogo

O campo de batalha era um complexo de corpos, sangue, flechas e mais sangue. Mesmo Karsia estando em desvantagem, ninguém se rendia. Seu exército era menor, mas a força que reinava em seus corações era o amor por justiça. Por isso lutavam com todo furor. Com tudo o que tinha e com tudo o que eram. As poções feitas por Isla e vários outros alunos bons em Alquimia ajudara muitos magos.

A energia que os movia.

Os magos do ar, que antes estavam escondidos para entrarem em ação na hora certa, já estavam no campo de batalha lutando com afinco. Lutando pela vida. Lutando por um mundo melhor.

Isla correu de volta ao campo de batalha. Ela já matara uma maga, agora não seria a hora de se acovardar. A guerra a mudou. A deixou mais forte, pois não importava o que acontecia, continuava lutando pela paz que outras famílias poderiam ter, mesmo ela não tendo. Isla materializou seu cajado e partiu para a guerra mais uma vez.

Seu cabelo curto balançava enquanto corria, e seu poder brilhava em seu cajado. Isla era beleza e força.

Estava pronta para lutar como nunca.

Atena estava no meio da batalha lutando com todo seu exuberante poder. Ela era a Senhora da Terra.

— Terra! — gritou Atena para que os magos da Terra ouvissem.

Isla se colocou de prontidão ao lado da Senhora. Vários outros magos se juntaram a eles. Atena levantou seu cajado e todos os magos enfileirados levantaram os seus.

— Ao meu comando! — gritou Atena. Isla tremeu, mas seguiu o exemplo. Ela levantou seu cajado com a flor amarela e sentiu seu poder percorrer suas veias pronto para ser disparado. — Agora!

Raízes de todos os tamanhos brotaram do chão como cobras vivas prontas para o bote. Elas prendiam os magos, oferecendo maior chances aos seus que lutavam contra eles. As raízes prenderam, esmagaram e empalaram muitos.

As pedras do chão começaram a se elevar. Pequenas e grandes. E então caíam em seus adversários, fazendo a terra tremer. Tornavam a ser levitadas e caíam novamente. Muitos outros magos da Terra as faziam girar como um tornado prendendo o mago no meio.

Isla seguia o ritmo de seu poder.

Por seu reino.

Por todos que amava.

Por ela mesma.

O caminho era árduo até o topo da colina. Johannes e Hillary teriam de passar por toda a guerra, pelos gigantes onde Myles os combatia e os impedia de descer para enfim chegar aos magos que os projetava. Os dois materializaram seus cajados e andavam de costas um para o outro, lutando com quem viesse.

Sempre juntos ao som dos tambores da guerra.

Johannes havia feito seus grandes lobos de gelo, com dentes mais afiados para avançarem abrindo caminho entre a multidão para que alcançassem Myles e os gigantes. Enquanto Hillary projetava várias fênix para queimarem quem entrava no caminho. Fogo e gelo. Opostos que lutavam juntos. Unidos para toda uma eternidade.

Os céus cantavam com os raios de Myles. Seu brilho era colossal e aterrorizante. Eles vinham em tons variados de roxo, azul e laranja. Myles fazia de tudo para não deixar que os gigantes descessem para açoitar seu exército. Ele lutava com toda a energia que tinha para derrubá-los e queimá-los com seus raios.

Seu cajado é lindo, disse Johannes para Hill na ligação mental.

Nunca gostei de cajados. Sempre preferi..., ela fez uma pausa e encarou seu cajado.

Será que é possível?, perguntou-se ela. Hillary então entrou dentro de si para tocar seu poder além de sua muralha mental. Então o moldou, coisa que nenhum outro fizera. Aquele poder era ela. Hillary abriu os olhos e encarou aquilo que brilhava em sua mão. O seu cajado desaparecera, deixando aquilo que preferia.

Hillary sorriu.

Em sua mão estava uma espada que possuía uma lâmina como um flagelo de fogo. Em seu cabo existia uma fênix com as asas abertas que flamejavam.

A espada da fênix era a materialização do poder de Hillary.

Exuberante e poderosa.

Uma guerreira.

Agora, sim, se parece com você, disse Johannes, encantado.

Hillary sorriu para ele em agradecimento.

Hillary levantou a espada e voltou a lutar. A espada da fênix era como se fizesse parte de seu corpo. Ela não pesava, apesar de seu tamanho exuberante, pois ela era a própria Hill, feita de seu poder.

Johannes e Hillary começaram a correr e lutar ao mesmo tempo com os magos que se aproximavam para tentar detê-los. Os dois lutavam juntos, combatendo juntos, como se nunca tivessem lutado separados. Quando um precisava de ajuda, o outro já estava de prontidão para guerrear contra o mesmo inimigo.

Seus peitos rugiam, as gargantas estavam secas. Seus músculos se contraíam e descontraíam com muita velocidade. Seus rostos e braços estavam machados de sangue, mas nada os fazia parar de subir. A guerra não lhes dava um segundo somente para pararem. Era lutar ou ver seus amigos morrerem. O que ninguém estava disposto a fazer.

A paz só se é conquistada através da luta.

Eles foram atrás daquela paz, lutando com toda fúria e com o amor pela justiça.

Quando os dois estavam na metade da colina, avistaram Myles com sua eletricidade lutando contra os gigantes. Johannes e Hillary se aproximaram dele às pressas. Ali não havia tantos magos para combater.

— Espada maneira — elogiou ele, olhando para Hill, mas seu olhar se voltou ao gigantes que nasciam.

— São três magos no topo da colina. Iremos precisar de você — disse Johannes para Myles.

— Não posso deixar os gigantes descerem — disse Myles de volta.

O estrondoso barulho dos passos dos gigantes aumentou.

— Nos dê cobertura. Interromperemos a concentração deles e então você sobe. Sem demora.

— Sim, capitão — debochou Myles. — Vamos acabar com esses frangotes.

Hillary sorriu.

— Vejo você lá em cima, Senhor dos Raios! — gritou Hill.

— Claro, Senhora do Fogo — respondeu.

Myles abriu um caminho para eles rodeado por eletricidade, na qual os dois passaram, como uma ponte. Myles não deixou que ninguém os tocasse. Os dois atravessaram entre as espadas dos gigantes famintos por sangue. Myles estava com vários ferimentos graves, mas sua energia era imensurável.

Os três magos encapuzados estavam no topo da colina ao norte de Pitskarsia. Hillary e Johannes subiram correndo. O ar lhes faltava, as pernas latejavam e o coração palpitava, mas eles não paravam de subir. Aquele poderia ser o fim. Dessa forma, poderiam ter uma chance, apesar do dobro do tamanho do exército inimigo.

Os desconhecidos pareciam alheios aos dois que subiam para ceifá-los. Porém o mago que estava na ponta esquerda se desvencilhou do feitiço que os três evocavam e mirou seu olhar em Johannes e Hillary. O mago de capa negra tirou seu capuz e mostrou os olhos sombrios e cheios de ódio e furor. Nele não havia beleza alguma, apenas rancor.

O mago desceu cinco passos colina abaixo e materializou seu cajado, mostrando a todos seu elemento: terra. Ele iria lutar para que os outros não parassem de evocar os gigantes para destruir toda Karsia. Ele girou seu cajado e evocou seu feitiço.

Os dois sabiam o que estava planejando. Sabiam que não os deixaria passar. Com a espada nas mãos, Hill evocou toda sua raiva pela guerra e, com força, enterrou a ponta de sua lâmina na terra. A partir dela um muro de chamas vivas se espalhou até chegar ao seu destino: os dois magos restantes.

O fogo brilhou.

O muro de fogo passou entre eles, fazendo-os se separarem e se desconcentrarem. Lá embaixo os gigantes sumiram, e Myles começou a subir sem pensar duas vezes. O mago do canto direito disparou em direção a Hill, mas algo o fez parar, como se alguém lhe tivesse dito para desviar seu alvo. Então o segundo mago, do elemento água, foi combater Johannes.

Hillary ficou encarando o mago encapuzado, o que estava no centro dos magos, enquanto Johannes travava uma batalha acirrada contra dois magos poderosos da terra e da água.

Hillary colocou sua espada de fogo a frente do corpo, em posição de luta, e se preparou para a batalha contra o mago misterioso. Ele parecia sereno e tranquilo, como se aquilo fosse uma batalha simples, mas quando viu no que Hill transformou seu cajado e na tatuagem em seu braço, pareceu entusiasmado.

Excitado pela luta.

— Então você é a profeta namoradinha do Senhor do Gelo? — perguntou ele, esboçando um sorriso predatório.

A única parte de seu corpo à mostra em sua túnica.

— Ele não é meu namorado. — Hillary semicerrou os olhos e contraiu os músculos da perna, preparando-se para disparar. — Ele é meu noivo.

Ela falou alto o bastante para que Johannes ouvisse e sorrisse enquanto lutava. Hillary disparou com sua espada de fogo e com determinação. O mago ficara parado, esperando até que ela chegasse perto o bastante e desaparecesse. Hillary tropeçou e quase caiu, olhou em volta sem entender, e o mago apareceu atrás dela.

— Achou que seria fácil? — zombou ele.

Hillary se virou e investiu com maior rapidez e destreza. Flamas brilhavam com seus movimentos. O mago despareceu e reapareceu à sua direita. Ele materializou seu cajado feito de ouro branco e em sua ponta fazia uma curvatura com espinhos negros.

O mago, com uma velocidade sobrenatural, investiu em Hill um feitiço próprio de um mago do ar, o que a fez perder o equilíbrio e colidir contra uma pedra a cinco metros atrás dela. Sua cabeça começou a sangrar, e suas costas doíam, como se tivesse fraturado um osso. As flamas brilhavam pelo caminho em que ela percorrera.

Quem é esse homem?, perguntava-se. Hillary voltou a materializar sua espada e com a outra mão liberou uma rajada de fogo em direção ao mago. Quando cessou, o mago já não estava lá, e ela foi jogada novamente, caindo colina abaixo, rolando e rolando.

Muitas pedras e galhos lhe cortaram o corpo, até que colidiu contra uma árvore. Hillary vomitou sangue e seu braço havia sido quebrado. Uma dor dilacerante dominou todo seu corpo, e ela gemia enquanto tentava se levantar.

– Será que a Senhora do Fogo está precisando de ajuda? – zombou ele, reaparecendo ao seu lado.

De sua túnica saía uma fumaça negra, e ele andava como se estivesse brincando com seu bichinho de estimação.

Ele era um sádico.

Hillary gritou de raiva e liberou seu fogo na direção dele, mas nada que fizesse poderia atingi-lo. Nada! Era rápido demais. Ele reapareceu em outro lugar e liberou sua rajada de fumaça negra que colidiu contra o estômago de Hill como um murro.

Ele foi para outro lugar e acertou sua perna direta, quebrando-a. O osso estava dilacerado. Hillary gritou de dor e em seu íntimo se apavorou. O mago ficou se teletransportando para vários lugares e em cada um ele torturava Hill. Até que seu corpo não aguentou mais e ela caiu no chão, coberta de sangue.

O fogo em seu peito se tornou uma pequena faísca.

Dor, medo e fúria.

O mago se ajoelhou ao lado dela e mostrou seu braço direito. O medo percorreu pelo sangue de Hill, apavorando seu corpo e o fazendo tremer. No braço do mago estava uma tatuagem, a tatuagem do Senhor do Ar. O mago apertou o cabelo de Hill, aproximou seu rosto do dela e tirou o capuz.

Seu rosto era assustador. Era um homem de meia-idade com os olhos negros pela magia maligna. Seu sorriso predatório era zombeteiro e tirânico. Nada nele transpassava bondade. Ele era o ódio encarnado. Uma lágrima correu pelo rosto de Hill enquanto a mirava com os olhos e puxava seu cabelo.

– Agora você sabe quem sou – cuspiu ele.

– Júlio Cohen – disse ela, com a voz rouca e a boca coberta de sangue.

Ali estava o primo de Hunter, o presidente de Zeligaia.

Ele sorriu e assentiu. Júlio Cohen apertou o braço de Hill e tudo se tornou escuridão e fumaça negra.

53

O amor é o suporte do mundo

Júlio Cohen apertou o braço quebrado de Hill e, enquanto ela gemia de dor e chorava, teletransportaram-se para o topo de uma colina afastada de tudo e de todos. De lá de cima dava para ter uma visão perfeita da guerra. A colina era muito alta e íngreme. Júlio a soltou no chão e foi admirar a vista da guerra. Hill se encostou em uma grande pedra e ali ficou sentada com sua perna e braço quebrados.

O dia estava começando a nascer. Ela olhou para baixo e pôde ver os magos da terra lutando contra os magos malignos. Em outra colina observou Myles e Johannes lutando contra os dois outros magos. Gelo e raios brilhavam naquela batalha.

O desespero subiu pela garganta de Hill em forma de bile e desceu em forma de lágrimas. Ela não sabia o que fazer ou como agir. Tudo estava se perdendo. Sua chance de vitória fora tirada dela. Agora estava fadada a morrer.

— Isso é arte para os meus olhos — ele comentou, virando-se de costas para Hill.

Seus braços estavam para trás do corpo relaxado.

— Você é um *doente imundo*! — gritou Hill, liberando sua raiva e cuspindo sangue.

Júlio gargalhou.

— Meu primo deveria tê-la matado enquanto teve chance. Teria sido mais prático — explicou ele. — Você deu trabalho para nós, mas mesmo assim venceremos. Sabe... ele realmente lutava pelos profetas. Ele queria se vingar, mas eu quero *mais*. Karsia será minha.

Virou-se para encarar Hill e continuou:

— A aliança Iluminada cairá, e o meu poder governará a terra. Meus magos serão os mais poderosos. Assim como que você está vendo que são. Todos obedecerão a mim e aos meus mandamentos.

— Você não é um deus — retrucou Hill.

Ela não entendia o porquê de ele lhe contar aquilo. Júlio era um verdadeiro tirano que não se importava com o valor da vida. Um sádico que amava o sofrimento. Um corrupto imundo.

— A farei assistir seus amigos morrerem, Senhora do Fogo. Eu mesmo matarei seu noivo em troca da vida de meu primo.

Os olhos de Hill se arregalaram. Em pensar em Isla e em Myles caídos no chão mortos, e em Johannes novamente em seus braços coberto de sangue, sentiu uma angústia incomensurável. Aquela dor ela não queria sentir de novo.

— Por favor, não... — implorou ela em meio às lágrimas.

Ele se agachou ao lado dela e apertou a perna quebrada de Hill. Ela chorou e gemeu de dor.

— Você acha mesmo que uma mulher poderia me matar? Acha que teria essa honra? — gritou ele, liberando sua raiva mortal e apertando com mais força a perna de Hill.

Estava fraca, seus poderes estavam se esgotando, e sua vida, deixando-a. Júlio retirou a mão, e ela deitou sua cabeça sobre a pedra e chorou.

Onde você está?, perguntou Johannes em sua mente.

Ele soava desesperado.

Hillary ouviu suas palavras, mas não ousou responder.

Onde você está?, perguntou ele.

Ela não iria trazê-lo para a morte. Não iria fazê-lo morrer tentando salvá-la quando o amor o havia trazido à vida. Por isso, nada respondeu.

— Todos os senhores elementares servirão a mim — disse Júlio, encarando-a.

— Prefiro morrer — disse ela, liberando seu rancor.

— Não se preocupe, você vai, mas antes quero vê-la chorar e pedir por misericórdia quando eu matar a todos de Pitskarsia. — Ele tinha aquele sorriso no rosto. — Quero que esteja viva quando eu empalar o arquimago do gelo vivo.

Lá embaixo uma bola de fogo igual a que Hill usara para fazer a fênix fora arremessada na universidade, matando vários magos que ali estavam atirando as flechas, destruindo a frente do castelo.

— Não — implorou ela.

Não adiantava se oferecer, ele sempre iria querer mais. Não adiantava o quanto implorasse, ele não cederia. Era um monstro se vestindo de mago. Um tirano que governava um país e trazia sofrimento ao mundo. Somente ele importava, somente os seus importavam. Ele chegaria ao poder e à soberania, não importando quanto sangue derramasse. Não importava que crianças fossem torturadas e assassinadas, ou que mulheres fossem estupradas e jogadas ao fogo. Ele chegaria ao poder.

Hill, por favor, implorou Johannes em sua mente.

Lembrou-se do rosto da mãe. Tão sereno e lindo. Ela que um dia fora uma mulher virtuosa, cheia de alegria e bondade. Ela que fora forte e destemida. Hill queria ser igual, mas estava à beira da morte. Ela não tinha mais uma adaga poderosa, e seus poderes estavam se esgotando.

A vida a estava deixando.

O vento sopra onde quer, ouve a sua voz, mas não sabe de onde vem, nem para onde vai, foram as palavras de sua mãe. *Ele é o suporte do mundo.*

Hillary meditou naquelas palavras. O elemento a havia abandonado, mas havia uma coisa que sempre permaneceria com ela. *Confie em seus ideais*, dissera-lhe Elizabeth. Esse era seu ideal. Aquilo era o que o vento soprava. Hillary ouvia sua voz, mas não sabia de onde vinha ou para onde ia, mas ele estava ali e sempre estaria. Ele era o suporte do mundo.

— O amor é o suporte do mundo — sussurrou ela.

Júlio apertou o pescoço dela e a levantou.

— O que você disse?

— O amor é o suporte do mundo — repetiu com a voz rouca, pois ele a estava asfixiando.

Encarou-a, incrédulo, e mostrou seus dentes com raiva. Em um movimento rápido e preciso, Hillary o abraçou. Tão rápido que nem ele conseguiu evitar. Ela passou as pernas em volta da cintura dele e se prendeu ao pescoço dele.

Hillary fechou os olhos e se concentrou na força que ainda continha. Ela era o amor que atravessava os ventos. Com a última gota de sua força e determinação, entrou em combustão. Seu corpo inteiro estava em chamas, e seus cabelos eram como flagelos de fogo, mas sua mente se concentrava no rosto de seus amigos e de seu noivo. Era por eles que lutava.

E por ela.

Hillary se tornou o fogo.

Júlio tentou se desvencilhar do corpo dela, mas nada a fazia se soltar. Seu corpo estava queimando grudado ao dela. Então ele virou fumaça negra e reapareceu em outro lugar, mas Hillary continuava grudada a ele, queimando-o vivo.

Júlio gritava, gemia de dor, mas nada a fazia soltar.

Ele virou fumaça e escuridão de novo, e a visão que os magos tinham de baixo era uma fumaça negra correndo pelos ventos com fogo ao seu lado. Eles viraram fumaça e chamas.

Era pelo amor que Hillary se teletransportava grudada ao corpo de Júlio.

— Isso é pelo meu povo — sussurrou ela aos ouvidos dele, enquanto queimava.

Reapareciam e sumiam num piscar de olhos, e em todo tempo ele tentava se desvencilhar da Senhora do Fogo. Ela estava concentrada em apenas o agarrar e queimar.

— Isso é pelas pessoas que morreram pelas suas mãos — disse ela.

Juntos, começaram a se teletransportar para baixo, descendo a colina. Júlio não sabia para onde estava indo, pois só queria sair daquele desespero que dilacerava sua pele, transformando-a em carne podre e sangue.

— Isso é por mim.

Desceram a colina, e, depois de muito tempo queimando, ele parou de virar fumaça, pois não tinha mais forças; seu corpo estava todo queimado. Quando parou, Hill estava sobre ele sem mais estar em chamas, e a espada da Fênix estava enfiada no peito de Júlio. Hillary aproximou o rosto do dele e disse:

— Seu reinado acabou. Quando estiver no inferno, lembre-se que uma mulher o matou.

Hillary, com a força de seu braço não quebrado, retirou a lâmina do peito dele e ouviu seu último inspirar de ar. Então a vida lhe deixou.

Júlio Cohen, o presidente de Zeligaia e Senhor do Ar, estava morto.

Morto.

Homens como ele não sabiam mensurar a força de uma mulher. Não se permitiam aceitar que as mulheres poderiam vencê-los e saírem vitoriosas. Não se permitiam pensar que elas poderiam ser mais fortes e poderosas.

Hillary caiu ao lado do corpo queimado e olhou para cima. As roupas que lhe cobriam o copo se transformaram em cinzas. O que a cobria era sangue. O céu já estava claro e nele não havia nuvens, somente o céu azul. Os raios de sol esquentavam seu rosto ensanguentado. Ela respirava com dificuldade e tudo à sua volta parecia estar distante. A vida estava lhe deixando.

A escuridão estava se aproximando.

Ouviu passos agitados por perto e então Johannes se ajoelhou e a puxou para perto. Ele tirou sua própria túnica e cobriu o corpo dela. O rosto dele estava embaçado e distante. Ele dizia algo para alguém atrás de si, mas Hillary não conseguia entender. Parecia desesperado. Myles apareceu ao seu lado e o susto em sua face foi grande ao ver a destruição que fizeram com Hill.

Seu corpo estava despedaçado.

– Acabou? – sussurrou ela a Johannes com a voz baixa e fraca.

Johannes parecia estar chorando. Ele a segurou com força contra seu corpo e disse:

– Eu vou te curar, meu amor.

Myles se sentou ao lado dele e os dois seguraram as mãos. Eles fecharam os olhos. Hillary entrou em transe. Nada parecia real. Seu corpo se enfraqueceu, e ela não mais o sentia. Tudo à sua volta estava se multiplicando e ficando cada vez mais distante.

Mais distante... Como se...

54

Por um mundo melhor

Myles havia posto suas mãos sobre o peito de Hill e transferido energia ao seu corpo para que ela reanimasse. De novo. De novo. Um turbilhão de energia passando pelas veias dela. Mas não acordava.

— Reaja — implorou Johannes. — Reaja!

Myles chorou e se ajoelhou ao lado dos dois.

Johannes começou a sacudi-la.

— Meu amor... por favor. — Johannes abraçou o corpo mole dela com força. — Não é para acabar assim. Não pode acabar assim.

Desespero e angústia mais uma vez dominavam Johannes. Ele começou a tremer. Hill havia sido curada. Não havia mais ossos quebrados ou outros ferimentos graves. Porém ela desfaleceu antes...

— Não o deixarei dançar sozinho.

Ele levou um susto, afastou-a e a encarou nos olhos. Não sabia se chorava ou se sorria. Os tremores de seu corpo não o deixaram. Hill sorriu para ele e o abraçou. Ele a apertou e os dois choraram.

Hillary estava viva.

Eles estavam vivos.

Myles limpou as lágrimas do rosto, respirou fundo e se levantou.

— Que susto você nos deu — disse Myles.

Johannes ajudou Hillary a se levantar e a segurou pela cintura como no dia em que fugiram de Pitskarsia. Hillary sorriu para Myles, e ele a abraçou.

— Estamos vivos — disse ela mais para si do que para os outros.

Ficaram alguns segundos se encarando e depois olharam para frente. Eles ainda estavam acima de onde a guerra tinha acontecido. Todos, inclusive os sobreviventes do exército inimigo, olharam para onde Myles, Hillary e Johannes estavam de pé.

Os magos das trevas sabiam que seu presidente estava morto e que agora não tinham como lutar. Se tentassem, de nada valeria, pois iriam perder. Por isso, todos se renderam, e Karsia venceu.

O amor venceu.

Todos sabiam quem havia matado o presidente de Zeligaia. Por essa razão, começaram a ecoar o nome da salvadora. Um grito de guerra uníssono.

Hillary.

Hillary.

A tirania havia perdido. O ódio e a sede por sangue haviam morrido naquele campo de batalha. Enquanto os três desciam para se juntarem aos seus amigos, todos encaravam e gritavam seu nome. Os olhos agradecidos e cheios de lágrimas.

Hillary.

Emoção seria uma palavra fraca para o que Hillary estava sentindo.

Os guerreiros de Karsia tiraram os rendidos do campo de batalha, e ali ficaram os soldados sobreviventes, os professores e alunos.

Seu povo.

Hillary, Johannes e Myles se aproximaram e pararam no meio da multidão de sobreviventes. Todos os encaravam como se estivessem preparados para ouvir algo deles. Hill os encarou e entendeu. Isla estava ali e sorria para o trio.

– Karsia está livre, assim como os outros territórios que foram invadidos – começou Hillary. – Nós cometemos um erro no passado e por causa dele hoje pagamos o preço. Nós devemos saber olhar para a história e não a apagar, pois assim corremos o risco de repeti-la, ou talvez pior. Talvez, na tentativa de apagar um mal do passado, nós podemos estar criando outro pior.

Hillary tirou do bolso a pedra de Elizabeth e se lembrou da promessa que fizera a ela. Ela seria lembrada, não por ser uma heroína, mas para que ninguém mais cometesse os mesmos erros. Para que ninguém esquecesse o que fizeram a Elizabeth. Para que todos se lembrassem de sua morte horrível e não a repetissem mais.

Hillary continuou:

— Não devemos abandonar os símbolos de injustiça do passado, e sim contemplá-los e lembrar de que não podemos cometer os mesmos erros. Nós vencemos. Karsia venceu e nós escreveremos nossa história.

— Por Karsia! — gritou Johannes, admirando Hill com um sorriso no rosto.

Ele materializou seu cajado de gelo e o levantou.

— Por Karsia — disse Myles, fazendo-o também.

Isla fez o mesmo e em seguida todos os que estavam presentes levantaram seus cajados em comemoração à guerra vencida e em homenagem às pessoas mortas nela. Hillary voltou seu olhar emocionado a Johannes. Ela materializou a espada da fênix e a ergueu.

— Por Karsia e por um mundo melhor — disse ela, sorrindo para Johannes.

— Por um mundo melhor — respondeu, beijando sua testa.

— Por um mundo melhor — todos disseram em uníssono.

Estavam emocionados e exaustos. As lágrimas desciam de alegria dos rostos de todos. A ameaça de morte e de dominação havia sido aniquilada. Karsia estava livre. As pessoas estavam livres. O amor suportou tudo.

Johannes segurou firme a mão de sua parceira, e os dois sentiram juntos o prazer de estarem vivos. O destino havia sido mudado, e eles tinham uma chance. A chance de fazer seus verdadeiros sonhos se realizarem.

Estavam juntos.

Família e amigos.

Depois que todos se dispersaram, a coordenadora Ravena se aproximou de Hill e Johannes.

— Hillary eu... — Ela estava com uma tristeza nos olhos. Ravena se ajoelhou aos pés de Hillary, deixando-a desconfortável. — Eu sei que nada que eu fizer vai fazer com que me perdoe, mas tenho de dizer. Eu fui uma tola! Devia ter impedido o diretor de a prender e bloquear os seus poderes. Eu me arrependo, Hillary...

Hill se ajoelhou na frente dela e segurou suas mãos. Agora Ravena que parecia constrangida. Hillary se aproximou e a abraçou.

– Eu a perdoo, Sra. Ravena. Todos nós merecemos uma segunda chance – disse Hillary. – Mas não faça aquilo que fere seus ideais e princípios, pois isso a destruirá. Siga seu coração sempre e não deixe que outras pessoas digam o que a senhora deve fazer.

Ravena a encarou, sorrindo.

– Eu a vi quando era apenas uma criança, mas o que vejo agora é uma mulher poderosa. O Senhor do Gelo tem sorte.

Hillary sorriu e olhou para Johannes.

Ele confirmou com a cabeça.

– Obrigada – disse mais uma vez a Sra. Ravena.

55

Início, meio e fim

Barracas do centro médico haviam sido construídas no Grande Gramado de Pitskarsia. Várias delas foram espalhadas e médicos e enfermeiros trabalhavam naqueles que haviam lutado. A tarde chegara limpando o sofrimento com seus raios solares. Hillary entrou em uma barraca à procura dos amigos. Ela havia tirado boa parte do sangue que estava em seu corpo, mas ainda havia muitos ferimentos espalhados por ele todo.

Caminhou e avistou Isla e Myles no final da barraca. Eles estavam com as mãos unidas. Hill sorriu para a cena. Finalmente tinham assumido o amor um para o outro. Isla estava com umas faixas nas costas e outras nos dedos; curativos para queimaduras.

— Como vocês estão?

— Melhor impossível — respondeu Myles levantando a mão que estava entrelaçada aos dedos de Isla.

Ela o encarou com careta, mas depois sorriu.

— Finalmente — disse Hill, gargalhando.

— Ela assumiu que me ama — disse Myles.

— Os dois vão começar — disse Isla com uma careta.

Hillary e Myles gargalharam da cara de Isla. Aquele momento os fazia lembrar de todas as risadas que deram na companhia um do outro.

Tudo estava bem.

— Gostei do novo corte — disse Hillary, encarando os cabelos curtos de Isla.

— Ela é linda de todas as formas — elogiou Myles.

Isla sorriu e corou.

— Seu braço e perna estão bem? — perguntou Myles, voltando seu olhar para Hill.

— Estão, sim. Vocês fizeram um bom trabalho.

— Eu só transferi a energia a Johannes. Ele que fez o trabalho.

— Então... — disse Isla, mostrando os dentes. — Você não vai nos contar?

— Contar o que vocês já sabem? — zombou Hill, sentando-se em uma cadeira próxima.

— Palhaça! Você e Johannes estão noivos.

Hillary sorriu.

— Senhora do Fogo e Senhor do Gelo — disse Myles, saboreando a sensação daquelas palavras.

— Por favor...

— É bem legal te chamar assim — brincou Myles.

Hillary e Isla gargalharam. Que falta fazia aquele simples momento juntos. Alguém atrás de Hill se aproximou e tapou seus olhos com as mãos. Hillary as segurou tentando reconhecer aqueles dedos másculos.

— Parceiro de baile? — perguntou ela.

— Ela sempre sabe. — Denyel pegou uma cadeira e se sentou ao lado dela, sorrindo. Ele estava vivo. Não fora atingido pela bola de fogo que destruíra toda a frente de Pitskarsia, mas ele estava com muitos ferimentos no rosto. — Eu vi sua grande fênix de cima. Tive uma visão privilegiada.

— Eu estava no topo de uma colina. Tive mais privilégio — brincou Myles.

— Licença, eu estava abaixo dela. Com certeza tive a melhor visão — brincou Hill.

Todos riram. Eles respiraram fundo e se encaram como se pudessem reviver todos os momentos em que passaram juntos.

— Acabou — suspirou Isla.

— Sim — disse Hill.

Todos concordaram.

— O que fará agora? — perguntou Denyel a Hill.

Hillary olhou para o bolso que continha a pedra de Elizabeth e disse:

— Vou escrever.

Denyel franziu o cenho e riu.

— Por que eu nunca me surpreendo quando você fala sobre livros? — brincou ele.

Era isso que Hillary queria fazer. Escrever a história, esse era seu desejo.

— Vocês viram Johannes? — perguntou Hill aos amigos.

A barraca estava aberta, dando para ter uma boa visão da colina do lado de fora. Isla sorriu para Hill e disse:

— Olhe para trás.

Hill o fez, e, descendo no gramado, estava Johannes com outro homem. Os dois caminhavam em direção a barraca em que ela estava. Ela se levantou e saiu às pressas. Não acreditava no que estava vendo. Depois de muito tempo, poderia realizar um de seus maiores desejos.

Aquele que latejava em seu peito desde criança.

Hillary começou a correr com lágrimas já escorrendo pelo rosto em direção ao homem que estava ao lado de seu parceiro. Os dois se abraçaram com força. Um abraço que esperavam havia muito tempo.

— Minha filha — disse o Sr. Baker, beijando o topo de sua cabeça.

Durante todo esse conflito, eles não haviam se visto. Apenas uma ligação os havia conectado, mas agora Hillary se sentia protegida por uma pessoa que jamais pensara. Ela estava abraçada ao seu pai. Quando perdeu seus poderes o que mais desejara fora poder estar nos braços do pai, e agora isso também se realizara.

Johannes os deixou para terem privacidade.

— Pai — disse, apertando mais a cintura do pai, sentindo o calor de seu corpo.

Ele se afastou e segurou o rosto da filha entre suas mãos e começou a analisar todo o corpo dela como se estivesse à procura de ferimentos graves, além dos arranhões que lhe cobriam o rosto. Seus olhos também estavam cheios de lágrimas.

— Eu estou bem — disse Hill.

O olhar de seu pai recaiu sobre o seu com ternura, orgulho e tristeza.

— Minha filha, me perdoe por não ter sido o pai que você merecia.

— Ah, pai, me perdoe também. Eu também não fui a filha perfeita.

— Eu quero ser melhor para você. Quero fazer parte de sua vida.

— Você já faz, pai — disse ela, sorrindo.

O Sr. Baker limpou as lágrimas de Hill com o polegar.

— Você — disse ele, acariciando o rosto da filha — se parece tanto com sua mãe. Tenho tanto orgulho de você.

As lágrimas desceram como um rio no rosto dela. Ela o abraçou mais uma vez. Mais forte, como se nunca mais fosse deixá-lo sair.

— Senti sua falta, pai. Todos os dias.

— Não mais estaremos separados. Eu quero estar sempre ao seu lado, se me permitir.

— Esse é o meu maior desejo.

Ele sorriu.

— Você é minha guerreira — disse o pai. — Ele é um bom homem, minha filha.

Sabia que ele estava falando sobre Johannes e que tinham conversado sobre os dois.

— Ele é — disse ela sorrindo. — E eu estou muito feliz.

Epílogo

Hillary estava dirigindo pela estrada que a levaria a Pitagária. Estava sozinha ouvindo suas músicas e apreciando a linda paisagem. Era noite, e o céu brilhava por causa das estrelas; a lua cheia iluminando o caminho. O carro ela havia ganhado de seu pai.

Tudo estava diferente.

O mundo estava diferente.

Karsia havia se juntado a Aliança Iluminada e assim eles se fortaleceram e eliminaram os vestígios de corrupção que Zeligaia havia espalhado com a magia das trevas.

Depois da guerra, sua vida mudara completamente. Oito meses se passaram desde o fim da guerra. Hillary e Isla decidiram, durante esses meses, que iriam ao Norte ajudar nos centros médicos às famílias doentes e carentes. Enquanto elas faziam seus trabalhos, Johannes e Myles trabalharam na reconstrução de Pitskarsia. Muito fora destruído, mas eles haviam trabalhado duro para reconstruir o lugar.

A senhorita Ravena havia entrado para a lista de candidatos ao cargo da diretoria de Pitskarsia. Os alunos que estavam no quinto e último ano da universidade fizeram apenas algumas provas e se formaram. Hillary, Isla e Myles haviam passado e seguiram suas careiras desde então.

Eles haviam realizados seus sonhos. O anel de sangue fora guardado pela corte e virou um objeto histórico de uma lenda. Não o destruíram, pois ele fazia parte da História.

Dentro do carro estavam as roupas de Hill e todos os seus pertences. Ela começara a escrever a história de Elizabeth e de todos os acontecimentos históricos que lhe fascinavam. Hill encontrou na escrita uma forma de se libertar. Ela também queria reescrever os livros históricos que encontraram no museu Franz Martinez.

Hill abriu o vidro do carro e sentiu a brisa do mar inundar seus pulmões. Era ali que ela queria viver o resto de sua vida, sentindo aquele mar e olhando para aquelas estrelas sob a cidade artística de Pitagária. Ela dirigiu até um lugar que lhe marcara a vida. Um lugar que seria o início de um sonho e de uma vida.

Ela desceu do carro e encarou aquilo que seria sua casa. Johannes uma vez lhe dissera que queria comprar a casa da mãe de volta, mas os dois conversaram e decidiram que queriam algo novo, algo só deles. Algo que marcara suas vidas. Por isso compraram a arena que eles haviam lutado com lâminas.

Assim eles decidiram que construiriam suas próprias histórias juntos.

Johannes havia tirado as tábuas das janelas, e a porta estava nova. Não era uma casa, mas em breve seria. Ela não mais parecia abandonada. Agora aquela arena se transformaria na casa que os dois conquistaram juntos.

Hillary se aproximou da porta e olhou para a mão. Nela havia o anel que ele fizera para ela. Um anel feito de cristal com um pingente de cristal de gelo. A marca de uma vida. Aquele cristal esteve com ela até quando não o conhecia. Ela sorriu diante das lembranças que pareciam tão antigas. Hill também havia feito o anel de Johannes com seu próprio poder. Ele era de ouro e possuía uma insígnia do elemento fogo e dentro dele ela gravou a frase "O universo inteiro".

Ela encarou a porta, a abriu com sua chave e fez questão de entrar com o pé direito. Tudo estava escuro do lado de dento, mas, antes que ela fizesse uma chama, uma luz lhe chamou atenção. Hillary fechou a porta e encarou aquilo que seu parceiro havia feito. O teto fora todo enfeitiçado por Johannes e nele brilhava a noite estrelada, como ele havia dito que eram os olhos dela. Um lindo céu noturno estrelado.

O universo inteiro era deles.

Pode me dar uma ajudinha, esposa?, perguntou ele pela ligação mental.

Hillary sorriu ao escutar, mesmo que mentalmente, a voz de seu parceiro. Ela olhou para a frente e pôde distinguir no chão várias velas. Então, com um estalar de dedos, todas foram acesas e iluminaram o lugar. Hill ficou boquiaberta com o que Johannes havia feito com o lugar.

Tudo estava limpo. No chão várias velas foram postas para iluminar o ambiente com simplicidade e romance. No centro da arena havia uma grande cama de casal. Ela era baixa e possuía dois travesseiros e vários lençóis brancos. Ao lado da cama havia uma garrafa de vinho e várias guloseimas. Mas o que mais lhe chamou atenção foi o vestido estendido sobre a cama. Ele era vermelho-escuro como o vestido que usara para encantar o ladrão.

Por que você não aparece?, perguntou ela.

Hillary sorria para aquele belo cenário.

Daqui eu consigo te admirar melhor. Por que não se veste?

Hill pegou o vestido e sorriu.

E você só vai ficar observando?, indagou.

Cada movimento!

Hill conseguiu sentir a malícia em sua voz, o que a fez morder os lábios.

Isso não é justo, retrucou ela.

Sua vez chegará, apressadinha.

Hill não conteve o riso. Então começou a tirar as calças e depois a blusa, deixando amostra suas belas curvas. Ele fez questão de fazer tudo bem devagar. Depois que colocou o vestido vermelho que acentuava suas curvas, olhou em volta e viu Johannes aparecer de onde se escondia. Ele estava com um terno preto charmoso que lhe deixava sensual. Ele apareceu com aquele seu sorriso habitual de lado e com os cabelos negros despojados, como Hill amava.

– Qual é a ocasião, marido? – perguntou Hill, saboreando a última palavra com uma emoção radiante.

Ele se aproximou e passou sua mão em volta da cintura dela.

– O início de uma nova jornada – sussurrou ele. – Senti sua falta.

– E eu a sua – disse ela, acariciando o rosto de Johannes.

Hillary sorriu para seu parceiro e marido.

– Já que é só a gente. Vou dar meus ajustes – disse ela, maliciosa.

Ela puxou a gravata dele com força e sensualidade, trazendo o rosto dele para perto do seu, mas sem o beijar. Depois, tirou sua gravata. Johannes a encarou adorando a situação. Então ela removeu o paletó e, quando suas mãos foram para os botões da camisa, ele perguntou:

— Mas já?

— Calma, apressadinho. Só quero que esteja mais à vontade.

A conexão que tinham era especial e sabiam que era única, como se tivessem sido feitos um para o outro. Hillary desabotoou os quatro primeiros botões, deixando o peito musculoso dele disponível.

— Agora sim.

— Dance comigo, Senhora do Fogo?

— Sempre, Senhor do Gelo.

Com magia ele ligou uma música que parecia estar vindo de todos os cantos da arena. Hillary sorriu e percebeu que nunca haviam dançado com música, agora eles dançariam ao som de uma lenta e suave. Johannes havia preparado tudo.

Puxou-a para perto com suas duas mãos em volta da cintura dela, enquanto Hill envolvia o pescoço dele, mas sem deixar de encarar aqueles belos olhos azuis e sensuais. Havia mistério neles e, como ele sempre dissera, ela também conseguia ver o universo em seus olhos. O universo dos dois.

— Eu amo você — disse ele, sorrindo, enquanto a conduzia na dança.

— E eu amo você.

Encaravam-se como se pudessem ver todo o futuro que passariam juntos. Como se pudessem ver seus corpos envelhecendo, mas ainda se amando de uma forma incomensurável, pois a alma é eterna.

— Sei que está pouco agora, mas... — disse ele, olhando para a arena que só tinha uma cama.

— Nós construiremos este lugar juntos — interrompeu ela.

— Faremos um quarto espaçoso com uma cama grande.

— Eu quero uma banheira para dois em nosso quarto.

Johannes a encarou e sorriu imaginando as loucuras que poderiam fazer na banheira.

— Está anotado — disse ele. — Teremos uma grande biblioteca onde você poderá escrever todos os seus livros, e lá eu os lerei deitado em um sofá, admirarei sua bela escrita e sua mente incrível.

Hillary sorriu.

— Faremos também outros quartos para os nossos pequenos senhores dos elementos.

— Eles serão poderosos demais. Teremos de tomar cuidado — ele comentou, brincalhão. Hillary gargalhou. — Colocarei um belo piano preto de cauda na biblioteca para que eu possa admirar seus dedos dançarem pelas teclas.

— Eu chamarei nosso lar de A Casa dos Sonhos.

Ele se aproximou e encostou sua testa na dela.

— Aos sonhos que sonhamos com o coração.

Os dois estavam felizes. Tudo parecia realmente um sonho. Depois de tantas dificuldades, atravessaram até a morte para ficarem juntos, sempre ajudando um ao outro a se levantar depois de um tropeço. Assim eles prometeram fazer para sempre. Se amarem até que a terra virasse cinzas.

Johannes acariciou o rosto de Hill e murmurou:

— Eu já disse que amo seus olhos?

— Já, mas você pode continuar dizendo isso sempre e sempre.

Johannes gargalhou.

— Sempre — prometeu.

Ele levou seus lábios aos dela e sussurrou contra eles:

— Eu amo seus olhos. Consigo ver nosso universo inteiro neles.

— E eu vejo nos seus — respondeu no mesmo tom.

Hillary sorriu, e ele a envolveu em um beijo intenso debaixo das estrelas.

Um beijo de amor.

O início de uma nova jornada.

O fim da guerra dos sonhos.

Agradecimentos

Primeiro, quero agradecer à minha irmã, que também é minha melhor amiga, Maysa, por sempre acreditar que eu conseguiria realizar o sonho de escrever um livro. Escrevê-lo foi uma jornada de amor que me fez aprender coisas que levarei para o resto da vida. Obrigada, Maysa, por me ouvir declamar tantas vezes os mesmos parágrafos deste livro, por me ouvir contar e recontar as histórias de cada personagem. Por isso dedico esta obra à minha irmã, por me ensinar que o amor é o suporte do mundo, pois sem ele não moveríamos montanhas ao escrever – você é minha Isla.

Não poderia deixar de agradecer imensamente aos meus pais, que sempre me motivaram e acreditaram que esse sonho poderia, sim, se tornar realidade. A vocês eu devo tudo que tenho e tudo que sou. Vocês são a mais bela e rara joia em meu coração. Eu amo muito vocês.

Agradeço também aos meus primos e amigas, que sempre me colocaram para cima quando estava desanimada. Vocês que sempre sorriam e me motivavam a continuar escrevendo e a dar lugar à minha imaginação. Por isso, de coração, meus agradecimentos a Raquel Santos, Sara Rainielle, Walquíria Olieira, Matheus Ronyele – que me emprestou seu nome para um personagem do livro –, Ingryt Leocádio e Natasha Leocádio.

E, por último, mas não menos importante, agradeço à Plus Editora, que fez esse sonho se tornar realidade. Agradeço pelo carinho, pela dedicação e companheirismo. Agradeço pelos elogios e críticas.

Desde que comecei a escrever este livro já pensava no Grupo Editorial Coerência como um algo muito elevado para mim, por isso, estar editando este livro com vocês é uma grande honra. Eu agradeço de coração.

Para saber mais sobre os títulos e autores do GRUPO EDITORIAL COERÊNCIA, visite o site **WWW.EDITORACOERENCIA.COM.BR** e curta as nossas redes sociais.

Além de informações sobre os próximos lançamentos, você terá acesso a conteúdos exclusivos e poderá participar de sorteios, promoções e eventos.

@GRUPOEDITORIALCOERENCIA

@PLUSEDITORA

AV. PAULISTA, 326, CJ 84
BELA VISTA - SÃO PAULO - SP - 01.310-902

LILIAN@EDITORACOERENCIA.COM.BR

(11) 3287-1614

NÃO PERCA A OPORTUNIDADE DE REALIZAR O SONHO DE SE TORNAR UM ESCRITOR.
ENVIE SEU ORIGINAL PARA O NOSSO E-MAIL E
PUBLIQUE CONOSCO.

Grupo Editorial
coerência

Esta obra foi composta na fonte ITC Legacy Serif,
tamanho 11 pt, e impressa em papel pólen soft 70g/m².
São Paulo, abril de 2021